Novembers Tränen

1. Auflage 2019

ISBN 978-3-7641-7088-2

Lektorat: Angela Iacenda
Umschlaggestaltung: Carolin Liepins
unter der Verwendung von Fotos von shutterstock.com

Druck und Bindung: CPI books GmbH
Gedruckt auf Papier aus geprüfter nachhaltiger Forstwirtschaft.
www.ueberreuter.de

Mina Teichert

Novembers Tränen

ueberreuter

1
Frost

Wenn ich an meine frühe Kindheit zurückdenke, ist da sofort das Gefühl von Geborgenheit, das nur Nonna mir geben konnte. Meine gute, alte Nonna, mit ihren wissenden Augen und ihren knorrigen Händen, in denen sie meine hielt, wenn ich Angst hatte. Sie alleine war mein Fixpunkt in dieser beängstigenden Welt, an dem ich mich orientieren konnte.

Bis man mich ihr wegnahm und ich allein mit mir zurechtkommen musste.

Ich erinnere mich genau. Es war Anfang November und kurz vor meinem achten Geburtstag, als Polizisten unsere Karawane stoppten. Sie sahen mich, das Mädchen mit Haaren so hell wie gesponnenes Silber und den wasserblauen Augen, inmitten des Clans der Wölfe, alle mit kaffeebrauner Haut.

Als sich niemand als meine Eltern ausweisen konnte, rissen sie mich einfach aus Nonnas Armen. Ich schrie und wehrte mich, doch ich war machtlos gegen die fremden Männer in Uniform.

Ich spüre bei dieser Erinnerung die alte Verzweiflung, wie sie unter meine Haut rutscht und brennt.

»Nonna war mein Zuhause«, höre ich mich benommen sagen. Nonna war so viel mehr als das für mich gewesen. Sie war für mich meine Mutter, meine weise, alte Hexe, die in zauberhaften Rätseln zu mir sprach und mich mit Wissen füllte wie ein leeres Gefäß. Meine Hüterin, sie beschützte mich vor mir selbst.

»Nein, November, diese bösartige Frau hat dich geraubt, mein Kind«, höre ich die Oberschwester des Winterordens behaupten und mein Magen rebelliert. Dabei zuckt meine Hand kurz, ich spüre den Drang, meinen Mund zuzuhalten, meine Lippen zu versiegeln, und sammle mich. Ich rutsche auf dem blanken Holz des Stuhles hin und her und betrachte das Dreieck aus Metall an der Wand, in dem das Kreuz der Rosen eingebettet ist. Das Symbol für die Schwesternschaft und den Glauben an den Gott des Himmels.

»Sie waren Verbrecher. Allesamt«, fügt die hagere Frau an und mein Blick bleibt an der oberen Spitze des Dreiecks hängen.

»Das kann doch nicht …«, meine Stimme versagt.

»Du musst den Tatsachen endlich ins hässliche Antlitz sehen.«

All die Jahre soll ich um jemanden getrauert haben, der mich belogen hat? Die wenigen wirklich schönen Erinnerungen meines Lebens sollen jetzt vom Tisch gefegt werden wie ein Kartenhaus, das ich selbst so mühsam vor dem Einstürzen bewahrt habe?

»November, ich weiß. Das ist nicht leicht für dich«, versucht die Oberschwester zu mir durchzudringen. Doch ich kann mich kaum auf sie konzentrieren. Ich muss die ganze Zeit daran denken, wie ich jede Nacht, seitdem ich hier im Kloster bin, Nonnas Gesicht heraufbeschworen habe, um sie nicht zu vergessen. Dass ich unsere Lieder gesungen, an unsere Rituale gedacht und ihre Warnungen verinnerlicht habe. In jeder freien Minute an diesem tristen Ort mit seinen alten Turmzimmern und Sälen, deren Mauern einem zuzuflüstern scheinen.

»November, hörst du mir zu?«, fragt Oberschwester Klara und faltet ihre Hände auf dem wuchtigen Schreibtisch. Ich schaue auf. In ihr mageres Gesicht. Ihre Wangenknochen stechen hervor und untermalen die Härte, mit der sie jedem der Winterkinder hier in ihrem Kloster begegnet.

»Ich kann mir vorstellen, dass es dich hart trifft«, höre ich sie sagen. »Aber die Wahrheit ist ein wichtiger Bestandteil unseres Lebens. Und wenn wir nicht wissen, wo wir herkommen, wie sollen wir dann wissen, wo wir hingehen?«, sinniert sie und beugt sich etwas weiter über den Tisch. Ihr in Rosen gebettetes Kreuz, das sie um ihren dünnen Hals trägt, schabt dabei leise über das Holz. Viel zu laut füllt mich das Geräusch aus. Mein Blick huscht zu dem großen Prunkfenster. Regentropfen sammeln sich an dem Glas und rennen wie Tränen an ihm hinab. Ich schlucke.

Weine nicht, kleine November waren Nonnas letzte Worte, als man mich ihr wegnahm. *Vergiss es nicht, weine niemals.* In ihren braunen Augen schimmerten damals Tränen. Tränen, die ich nicht weinen durfte.

»Der Clan, der dich geraubt hat, tötete deine Eltern, November. Du musst aufhören, an diese Gruppe zu glauben und dich endlich ganz und gar Gott und uns zuwenden«, beschwört die Oberschwester mich eindringlich.

Mein Leben ist ein Witz. Dieser Gedanke poltert durch meinen Kopf, als ich antworte: »Aber, das tue ich doch.« Meine Stimme ist wie ein Hauch im Wind, der zu etwas Größerem werden sollte. Und erinnert mich an die Stürme, die über die Wälder hinwegziehen und Dinge mit sich nehmen, um sie nie wieder herzugeben.

»Denkst du, wir merken nicht, dass du dich nicht von deinen alten Idealen lösen möchtest? Dass dir die Gedanken, die diese Menschen dir eingepflanzt haben, immer noch deinen Verstand vernebeln? Und dass du deine Gabe nicht preisgibst?«

»Das stimmt nicht«, lüge ich und erinnere mich an den schrecklichsten Tag in meinem Leben. An den Tag, als Tränen mit nur einem Wimpernschlag über die Ufer traten. Mit ihnen eine unheilvolle Macht, die mein Haustier tötete und sich mit kalten Tentakeln einen Weg in die Luft suchte. Nie hatte ich so viel Entsetzen empfunden. Nie hatte ich so viel Angst in den Augen anderer gesehen.

Ich blinzle, um die Erinnerung abzuschütteln.

»Dein Herz ist nicht dabei. Und das muss sich ändern, Kind. Öffne dich uns«, fordert die alte Frau vor mir nachdrücklich. »Gib preis, welche Kraft du in dir trägst.«

Weine nicht, November, hallt es in mir wider, und alles, was mich ausmacht, sträubt sich wie gewohnt dagegen, mich zu offenbaren. Die Eindringlichkeit in Nonnas Stimme sucht mich sogar nachts heim. Immer noch. Meine Hände krallen sich in den Stoff meines Kleides und ich weiche dem starren Blick der Leiterin dieses Ortes aus. In ihren Augen glimmt leiser Zorn, den sie kaum verbergen kann.

»Wir behüten Winterkinder seit mehr als dreihundert Jahren, November. Wir opfern uns für eure Sicherheit auf. Denkst du nicht, dass wir euer Vertrauen verdienen?«, fragt sie bemüht ruhig, doch ihre Körperhaltung verrät ihren Unmut.

»Ich vertraue auf euch, Oberschwester«, beeile ich mich zu erklären. »Es ist nur …« Ich verstumme, versuche meine wilden Gedanken zu zähmen. »Wie sicher sind die Berichte der Polizei? Kann es sich nicht um ein Missverständnis handeln? Vielleicht hat der Clan mich lediglich irgendwo gefunden und aufgenommen … Vielleicht haben sie mich gerettet …« Vor Gott weiß wem, schießt es mir durch den Kopf. Oberschwester Klara unterbricht mich mit einem Zischen.

»November, wirklich …« Sie legt ihren Kopf schief, feine Härchen haben sich aus ihrer strengen Frisur gelöst und legen sich dabei in Wellen. Mitleid flackert über ihre vertrocknete Miene.

»Na gut«, sagt sie plötzlich und stößt sich etwas vom Tisch ab. »Du willst es nicht anders.« Mit etwas zu viel Schwung zieht sie die Schublade vor sich auf und knallt eine Akte auf die Arbeitsfläche.

Ich fahre zusammen.

»Du willst Beweise?«, fragt sie mich und schlägt die graue Mappe mit dem Namen *Winterkind Nummer 37* auf. Wie von selbst deute ich ein Kopfschütteln an. Meine Augen weiten sich, während ihre langen Finger Fotos aus einer Klarsichtfolie herausziehen. Sie sind alle an ein- und demselben Ort geschossen worden. Auf einem herrschaftlichen Anwesen mit malerischem Wald, der wie ein schützender Ring um ein kleines Herrenhaus liegt. Fast zu schön, um zu existieren.

»Das ist deine Mutter …«, erklärt die Gläubige und deutet auf eines der Fotos. Ich möchte wegschauen. Mir die tote Frau auf dem Holzboden eines weitläufigen Flures, unter der sich eine dunkle Lache Blut ausgebreitet hat, nicht ansehen. Ihr Körper ist so unnatürlich verdreht, dass es mich beinahe selbst schmerzt.

»Und das bist du«, höre ich gegen meinen Willen. Ihr Finger deutet auf ein weiteres Foto einer Überwachungskamera. Es ist unscharf, dennoch kann ich einen dunkelhäutigen Mann mit großer Nase erkennen, der ein Kleinkind mit weißblonden Haaren auf dem Arm trägt. Es hat die gleiche alabasterfarbene Haut wie ich. Die gleichen großen Augen, und neben ihm erkenne ich eindeutig Nonna, die direkt in diese Überwachungskamera schaut. Ich blicke an ihr vorbei, betrachte den Hintergrund des Bildes und erkenne den Flur, den Boden und den leblosen Umriss.

Bitte, nicht!

»Der Clan ist in das Haus eingebrochen, mit dem Ziel, dich zu stehlen. Sie wussten, dass du etwas ganz Besonderes bist. Wertvoll, machtvoll. Und sie schreckten nicht einmal vor dem

Mord an einer liebenden Mutter zurück.« Ich spüre, wie mein Herzschlag einmal aussetzt, nur um daraufhin schmerzhaft in meiner Brust weiterzuschlagen. Ich fühle, wie mein Hals eng wird und ein Brennen hinter meinen Lidern einsetzt.

Nicht weinen, November.

»Nehmen Sie die Fotos weg. Bitte«, sage ich tonlos. Der kahle Raum mit seinen weißen Wänden scheint sich auf einmal um mich herumzudrehen. Ich hefte meinen Blick auf Schwester Klaras Gesicht. Ihre Miene ist versteinert, wie so oft. Nichts von ihren eigenen Emotionen trägt sie in diesem Moment nach außen. Vielleicht hat sie einfach keine, wenn andere leiden, denke ich und straffe meinen Körper. Tapfer und stark. Meine zitternden Finger finden eine Strähne meines Haares und ich drehe sie manisch, um mich von dem dumpfen Druck hinter meinen Augen abzulenken.

»Ich wollte dir das ersparen, November. Wirklich«, sagt die Oberschwester mit einem leichten Bedauern. »Aber manchmal muss man der Wahrheit in das grauenhafte Gesicht schauen, mein armes Kind.«

»Was ist mit Nonna? Wo ist sie?«, höre ich mich selbst fragen, während die Fotos wieder in der Klarsichtfolie verschwinden. Ist sie schon zur Rechenschaft gezogen worden? Hat man den Clan verurteilt?

»Eine Fahndung läuft seit einem Jahr«, beantwortet sie meine Frage und klappt die Mappe zu.

»Wie lange wissen Sie denn schon davon?«, hake ich nach.

Sie räuspert sich. Lange, aber keine Spur verlegen. »Ich habe es für besser gehalten, dich erst jetzt mit den grausigen Tatsachen zu konfrontieren«, erklärt sie und erhebt sich langsam von ihrem Platz. Ihre Knochen knacken, während sie sich gerademacht.

»Jetzt, wo du uns offenbaren musst, was in dir schlummert«, fügt sie an.

»Es ist keine Gabe, wie Sie vielleicht denken«, setze ich an und knete meine Hände. Sie sind kalt. Eiskalt. Wie tot.

Oberschwester Klara schiebt ihren Stuhl zurecht. Das schabende Geräusch auf dem alten Holzboden wühlt mich auf. Ich schaue hilflos zu der alten Frau auf, während sie auf mich zukommt.

»Ich bin verflucht«, flüstere ich. Sie legt ihre Hand unter mein Kinn, zwingt mich, ihr in die Augen zu sehen. Das Blau ihrer Iris ist hart wie gefrorenes Meerwasser.

»Jedes Gottesgeschenk hat seine dunkle Seite, mein Kind«, erklärt sie, als wäre ich noch acht Jahre alt. Als hätte ich gerade erst die Schwelle zu diesem Ort überwunden. Und die Welt, wie ich sie kannte, hinter mir gelassen.

»Ich habe dich noch nie weinen sehen, November«, spricht sie ihre Überlegungen laut aus. Die Art, wie ich die Luft einziehe, verrät ihr, dass ihre Vermutung richtig ist. Ruckartig lässt sie mich los, tritt von dem Stuhl zurück und fordert mich auf, mich zu erheben.

»Kopf hoch, mein Kind. Du wirst den Verrat deiner Nonna überwinden. Gott ist an deiner Seite«, fügt sie hinzu. Meine Knie sind weich und die Ordensschwester schiebt mich zur Tür. »Ich erwarte jetzt vollen Einsatz von dir«, mahnt sie mich ernst.

»Natürlich«, antworte ich und lege meine Hand auf den schweren Türknopf.

»Wir werden dich unterstützen, wenn du uns brauchst«, ermuntert sie mich. Die große Tür ihres Büros schwingt langsam auf und ein Strom kalter Luft lässt mich frösteln.

»Denke darüber nach. Du weißt, wo du mich findest«, sagt sie und ich verneige mich vor ihr. Der Saum meines weißen Baumwollkleides berührt den Steinboden des weitläufigen Flures federleicht. So federleicht, wie ich mich gerade fühle. Schwerelos, aber nicht auf die gute Weise.

»Gottes Gnade für euch, Oberschwester«, sage ich.

»Gottes Gnade für dich, mein Kind«, antwortet sie und faltet ihre Hände wie zum Gebet.

Die nächsten Stunden starre ich aus dem Fenster unseres Zimmers, bis Holly wie ein Wirbelwind hereinplatzt.

»Was machst du hier ganz alleine?«, fragt sie mich und knallt die Tür viel zu hart ins Schloss.

Ich fahre herum. »Bist du verrückt? Du weißt doch, wir sollen keinen Lärm machen«, erinnere ich sie an die stillen Stunden unserer Gemeinschaft und schaue zu, wie sie sich rücklings auf ihr Bett fallen lässt. Das Weiß ihres Kleides trifft auf das Weiß ihrer Bettwäsche.

»Verrückt? Ist das eine Fangfrage?«, trällert sie und hebt ihre feinen Augenbrauen. Ihre blauen Augen funkeln im wenigen Licht der Novembersonne, die ihre Strahlen durch die dunkelgrünen Vorhänge schickt.

»Nein, du hohle Nuss«, antworte ich und ziehe eine Grimasse. Mir ist eigentlich gerade gar nicht nach Gesellschaft. Auch wenn Holly meine beste Freundin ist und ich sie lieb habe.

»Du hohle Nuss doch selber«, scherzt Holly und setzt sich wieder auf. Ihre feuerroten Haare stehen ihr wirr vom Kopf ab.

»Hast du die Neuigkeiten schon gehört?«, fragt sie mich und beginnt mit ihrem Hintern auf der Matratze zu hüpfen. Ich schlucke trocken. Die letzten Neuigkeiten reichen mir für die nächsten Monate. Wenn nicht sogar Jahre.

»Ey, was hast du denn?«, fragt sie misstrauisch. »Sonst bist du doch immer die Erste, die wissen will, wenn sich an diesem monsterlangweiligen Ort etwas tut«, überlegt Holly und springt auf. In wenigen Schritten ist sie bei mir und legt ihre Arme um meine Taille. Sie drückt mich, nicht zu fest und doch bestimmt. Mein Blick wandert zu dem halb blinden Spiegel neben unseren Schränken und ich betrachte uns in ihm. Holly ragt mir bis zur Nase. Unsere Kleider verschmelzen zu einem hellen Fleck in diesem tristen Zimmer, in dem nur ein Bildnis der heiligen Rettung der gläubigen Menschen vor dem ewigen Eis die Wände schmückt. Auch die Farbe unserer Haut hebt sich nur wenig voneinander ab, bis auf Hollys Sommersprossen.

»Heute nicht«, antworte ich und schließe die Augen.

»Was ist los mit dir?«, bohrt Holly nach und verstärkt ihre Umarmung noch etwas. In diesem Moment mache ich mich beinahe unsanft von meiner Freundin los.

»Nichts, ich bin nur genervt …«, beginne ich und gehe ein paar Schritte im Zimmer umher. Holly legt ihren Kopf abwartend schief und versucht eine einzelne Braue zu heben, wie ich es tue, wenn ich ihr nicht glaube. Es misslingt ihr.

»Ah, deswegen tigerst du hier auch auf und ab wie ein Tier in einem Käfig. Und deine Aura ist schmutzig wie ein Ententümpel.«

Ich bleibe stehen und sehe sie aufmerksam an.

»Du kannst Auren sehen? Du hast deine Kraft gefunden?«, frage ich überrascht. Holly dreht auf den Fußspitzen eine Pirouette. Ihr Kleid formt eine Glocke um ihre Beine und schwingt nach, als sie stehen bleibt.

»Nein, natürlich nicht«, zwitschert sie wie ein Vögelchen im Frühling und grinst breit. Dabei kommt ihre Zahnlücke zum Vorschein. »Ich bin doch nicht wie Pia.« Ich weiß, dass sie dieses spezielle Dezemberkind nicht ausstehen kann. Pia erzählt Holly einfach zu gerne, was für eine trübe Aura sie hat. Ich glaube allerdings, dass Pia Hollys spitze Zunge nicht mag und sie deshalb nur aufzieht.

»Oh«, sage ich tonlos und wünsche mir, dass ich nichts von meinen Kräften wüsste. Oder besser, dass sie gar nicht existierten.

»Nein, alles beim Alten. Ich kann dir nur vorhersagen, wann der nächste Matheüberraschungstest ins Haus steht und wann der erste Schnee fällt«, meint sie und tänzelt auf mich zu.

»Oh, oder auch nicht?«, fragt sie sich selbst und schwenkt plötzlich hinüber zum großen Fenster. Mit einer fließenden Bewegung zieht sie den Vorhang zur Hälfte auf. »Gott, wieso schneit es und ich weiß nichts davon?« Holly macht einen Schmollmund, was mich sonst zum Lachen bringt. Nur diesmal nicht.

»Sag mal, ist das etwa Ruby?«, fragt sie eine Oktave höher und stützt sich auf das von Ameisen zerfressene Fensterbrett.

»Hat sie ihre Bestimmung entdeckt?« Ich stelle mich neben Holly. Kleinste Flocken kleben an der Scheibe und verschmelzen mit den nassen Spuren der Regentropfen. Die Wolken türmen sich zu einem unheimlichen Gebilde und verschlucken das Licht des Tages.

»Das ist ja krasser Scheiß«, stößt Holly aus. Ich drücke ihr meinen Ellenbogen in die Rippen. Schließlich ist es uns verboten zu fluchen.

Auf dem Hof stehen fünf Ordensschwestern in einem Halbkreis um die schwarzhaarige Ruby, die Köpfe gesenkt und in Gebete vertieft. Das Mädchen hebt ihre Hände über ihr Haupt, ihr Gesicht sieht angestrengt aus, wie unter Schmerzen.

»Als hätte sie in eine Zitrone gebissen«, überlegt Holly und drückt ihre Nase an das Glas. Ihr Atem lässt die Scheibe beschlagen.

»Mh«, brumme ich zustimmend und frage mich, ob es vielleicht möglich ist, seine Kraft auch wieder zu verlieren? Ich habe seit vielen Jahren nicht mehr geweint. Vielleicht funktionieren meine Tränen ja gar nicht mehr? Vielleicht hat sich mein Problem verwachsen mit den Jahren? Wie eine Lebensmittelunverträglichkeit, die einfach verschwindet.

»Also, wenn es wehtut, eine Gabe zu erhalten, brauche ich keine«, flüstert Holly und malt einen Blitz in die Atemwolke auf dem Glas. »Dann bleibe ich lieber eine Niete.«

»Du bist keine Niete, Holly«, rüge ich sie und lege meine Hand auf ihre Schulter. Sie lacht glockenklar auf und schaut mich an.

»Du weißt genau, was Unerblühte erwartet. Eine Laufbahn als Betschwester oder ich werde einfach auf die Straße gesetzt. In die Wildnis abgeschoben, raus aus dem Schwarzen Wald, raus aus dem Leben, das ich kenne.« Holly schaut wieder hinaus. Sie lebt, seit sie ein Säugling ist, in diesem Kloster. Immer wieder bläut man uns ein, wie gefährlich die Welt außerhalb dieser Mauern und jenseits des Waldes ist. Obwohl die Bäume auch nicht ohne sind, besonders im Frühling oder Sommer. Jetzt zum nahenden Winter schlafen sie und wir können bedenkenlos zwischen ihnen umherstreichen, doch wehe sie fühlen sich vom Menschen bedroht. Holly hatte einmal ein Herz in einen Stamm einer Eiche gekratzt, eine fiese Mutprobe, erdacht von Ylvi, die allerdings die Erste war, die machte, dass sie wegkam. Denn Bäume kommunizieren miteinander und können giftige Substanzen aussenden, um sich der Schädlinge, in dem Fall uns Mädchen, zu entledigen. Holly war drei Wochen krank, als die Blütenstaubwolke der Bäume sie einnebelte.

»Das kann sicher wunderbar sein, in die weite Welt zu gehen«, überlege ich und male mir eine Zukunft mit bunter Malkreide. Hollys Augen beginnen zu leuchten.

»Du bist auch immer noch ohne Kraft. Vielleicht bleiben wir beide ja Nieten. Dann können wir gemeinsam gehen. Wir können die vielen Städte sehen, ihr Leuchten, die vielen Feste und Riesenrad fahren«, sagt sie und in ihrer Stimme liegt mit einem Mal so viel Hoffnung, dass die Möglichkeit, ihr von meinen Tränen zu erzählen, noch weiter in die Ferne rückt.

»Holly, egal, was wir werden, ich bin immer an deiner Seite«, verspreche ich ihr. Sie stellt sich auf die Zehenspitzen, ihre Hände fassen meine und ihre Lippen berühren flüchtig meine Wange.

»Wir sind Schwestern im Herzen, nichts kann uns trennen«, erklärt sie feierlich und ich liebe sie dafür.

»Nichts kann uns trennen«, antworte ich und lächle.

Draußen wird es wieder heller. Die riesigen Kiefern und Tannen, die das gesamte Anwesen umringen und uns viele Kilometer von der Außenwelt abschneiden, zeichnen sich deutlich vor dem zinngrauen Himmel ab.

»Schau mal«, staune ich und lege meine Hand an das Glas. »Sie hat es geschafft.«

Dicke Flocken tanzen um Rubys schlanke Gestalt herum und verschleiern die Sicht. Ihre Arme wedeln, als würde sie ein Orchester dirigieren. Und die Flocken folgen ihr wie in einer eigenwilligen Choreografie.

»Superkalifragilistisch«, zwitschert Holly und ich lache.

»Du guckst zu viele Relikte aus der alten Welt«, sage ich und atme tief durch. Ich wundere mich mal wieder, wie so vieles in den Hunderten Jahren im Eis überleben konnte. Und wie sehr der Orden an den alten Dingen festhält, wobei er zeitgleich predigt, dass die alte Lebensweise den Untergang herbeigeführt hat.

»Hier gibt es ja nichts anderes außer Aufgetautes«, beschwert Holly sich wie so oft. Ich weiß, dass ihr die wöchentlichen Ausflüge in die näheren Städte nicht reichen, und ich quittiere ihre Aussage mit einem Schnaufen.

»Also, eigentlich frage ich mich gerade, wozu Rubys Gabe gut sein soll … Denkst du, sie kann damit die Weltherrschaft an sich reißen?«, spöttelt Holly und grinst frech. »So ganz nach dem Motto: Friss meinen Schnee, Baby!«

»Keine Ahnung, warten wir es ab«, sage ich und spüre, wie ich mich ganz langsam wieder nach dem Besuch bei der Oberschwester entspanne.

Als die Glocken des Turms zum Nachmittagsgebet läuten, habe ich mein Gemüt vollends im Griff.

»Och, echt jetzt? Ist es schon wieder so weit?«, fragt Holly und taucht aus einem ihrer Lieblingsbücher auf. Sie jammert und schlurft wie unter einer schweren Last zu ihrem Nachttisch hinüber, was mir ein Schmunzeln entlockt. Holly ist gerne die Theatralische von uns beiden.

»Ja, leider«, bestätige ich mit einem Blick auf die Uhr.

Holly greift sich eine Bürste und bändigt ihre Haare, um sie hochzustecken. Ich krame die Gebetsumhänge aus dem Schrank, werfe ihr einen davon zu. Ungelenk fängt sie ihn auf dem Weg zum Boden ab. Manchmal wünschte ich, dieser grässliche Umhang würde mich einfach verschlucken. Unsichtbar machen, sodass ich tun kann, was ich will, ohne dass es jemand mitbekommt. Mich frei werden lässt wie eine Schwalbe im Wind. Ich liebe Schwalben, sie sind die wenigen Vögel, in deren genetischen Code nicht diese unbestimmte Feindseligkeit uns Menschen gegenüber programmiert wurde, wie bei so vielen Naturgeschöpfen nach der Eiszeit.

»Komm schon, begleite mich in den Vorhof zur Hölle«, scherze ich versucht vergnügt und reiche Holly meine Hand.

Sie schaut mich prüfend an. »Warte mal«, fordert Holly und stopft eine gelöste Strähne zurück in meinen Dutt. »So kann ich dich doch nicht gehen lassen. Wie schlampig du wieder aussiehst«, flüstert sie sarkastisch, bevor sie sich zur Tür wendet.

»Danke, meine Liebe. Ich bin froh, dass du an meiner Seite bist und mich auf meine Unzulänglichkeiten aufmerksam machst«, sage ich und folge ihr.

»Ja, nicht wahr?« Ihr Lachen ist ansteckend. »Auf diese Weise muss das nicht Schwester Runa machen.« Sie knüpft ihren Umhang bis zum Hals zu und zwinkert.

Auf dem Flur strömen die Winterkinder der Mittelstufe zusammen und wir werden einen Wimpernschlag später von der Menge verschluckt. Ich senke meinen Blick, schaue auf das

Gewirr von Füßen und versuche neben Holly zu bleiben, was gar nicht so leicht ist.

»Was wolltest du mir eigentlich für Neuigkeiten erzählen?«, will ich wissen und hake mich bei ihr ein, bevor wir getrennt werden können.

»Ach ja!« Holly sieht mich mit einem Glitzern in den Augen an. »Es kommt ein Neuer.«

»Was du nicht sagst«, flüstere ich. Sie nickt heftig. Eine der Nonnen steht im Gang und lässt uns verstummen. Sie taxiert jeden Einzelnen mit ihren strengen Blicken. Wir trotten vorbei und ich strauchle, stütze mich an dem rauen Stein der Wand ab. Alle sind still, nur unsere Schritte machen knarrende Geräusche auf den Dielen, die beinahe im ganzen Herrenhaus ausgelegt sind, und ich warte auf den richtigen Moment, um weiterzureden.

»Ist das nicht genial?«, kann Holly es nicht abwarten. Henry, einer der Gewissenhaftesten unter uns, dreht sich zu uns um und legt seinen Finger an die Lippen. Ich nicke ihm beschwichtigend zu.

»Das ist mal aufregend und kommt nicht oft vor«, stelle ich flüsternd fest, als er sich wieder nach vorne wendet. Wir Winterkinder sind eine überschaubare Gruppe von siebenundvierzig im Alter von sieben bis neunzehn Jahren, die keine Eltern mehr haben und unter der Barmherzigkeit der Schwestern aufwachsen. Es ist bereits zwei Jahre her, dass das letzte Winterkind zu uns kam. Mona wurde ganz alleine in unserer Hauptstadt Bärau gefunden, als sie gerade eine eingefrorene Ratte auftaute. Sie konnte mit ihren fünf Jahren bereits den Frost in sich aufnehmen und streunte wer weiß wie lange elternlos umher.

»Ja, nicht wahr?«, quietscht Holly und wird von ihrem Hintermann mit einem Zischen zum Schweigen gebracht. Sie wirbelt herum.

»Chill mal dein Leben und zisch mich nicht an. Man wird ja wohl mal etwas sagen dürfen«, meckert sie leise.

»Es ist aber Andachtszeit«, antwortet die zierliche Erna und rümpft die Nase. Als wir die steinerne Treppe erreichen, stockt der Fluss, in dem wir schwimmen, und die Oberstufe vermengt sich mit uns. Jemand drängelt und wir fädeln uns vorsichtig ein.

»Und das Beste ist, er heißt *Romeo*«, raunt Holly mir zu. »Wenn das nicht heiß ist! Ich liebe *Romeo und Julia*«, erinnert sie mich und kommt aus dem Gleichschritt. »Wenn das nicht der Stoff für eine ordentliche Romanze an diesem eingestaubten Ort ist, dann weiß ich aber auch nicht. Was meinst du, wer wird die Julia?«

Meine Hand verfehlt das Treppengeländer und ich komme aus dem Tritt. »Weiß nicht.« Die Liebe. Sie ist ein Mysterium für sich und sie schüchtert mich ein. Wie eine Göttin, die dir alles geben, aber auch alles nehmen kann, wenn sie will.

»Hallo, Ember«, höre ich jemanden hinter mir flüstern und Holly verstummt. Ich drehe mich über die Schulter zu dem siebzehnjährigen Matti um. Meine Lippen formen ein »Hallo« und ich lächle zaghaft. Er weiß, dass ich ihn mag. Und ich weiß nicht, ob es ihm auch so geht.

»Ich habe gehört, der Neue ist hässlich wie die Nacht und hat einen Sprachfehler«, erzählt er ungerührt.

Holly übersieht fast die nächste Stufe. »Ist nicht wahr!«, protestiert sie viel zu hitzig und ich schaue wieder nach vorne.

»Doch, doch. Er kommt irgendwo aus dem tiefsten Transsilvanien, oder so.«

»Das Land gibt es nicht mehr«, brumme ich.

»Doch, doch. Und dort weiß man ja über die offensichtlichen Zahnstellungsprobleme Bescheid. Überbiss, zu lange Eckzähne und so weiter«, scherzt er in meinem Rücken. »Und seit wann heißt du denn *Julia*, Holly?«, fragt er unvermittelt. Holly bleibt stehen und hält den Verkehr auf.

»Boah, Matti! Raus aus meinem Kopf«, verlangt sie beinahe schrill. Er hebt beschwichtigend die Arme und lacht heiser.

»Verdammte Dezemberkinder, echt jetzt!«, mault sie und geht weiter. Ich schmunzle.

»Du bist auch ein Dezemberkind«, erinnere ich sie an ihren eigenen Geburtsmonat.

»Aber ich bin nicht so ein distanzloser Arsch wie Matti«, zischt sie und nickt zu dem blonden Jungen mit den smaragdgrünen Augen.

»Na gut, na gut. Reg dich nicht auf, das bekommt deinem Teint nicht«, sagt er und zuckt entschuldigend mit den Achseln. Hollys Gesichtsfarbe wechselt von Rot zu Weiß und ich nehme ihre Hand in meine. Für einen Moment habe ich Sorge, dass sie in Ohnmacht fällt vor Ärger. Als sie jünger war, kippte sie des Öfteren einfach um.

»Matti, im Ernst. Du solltest dich was schämen«, rüge ich ihn und mein Puls beginnt zu jagen bei dem Gedanken, dass er auch in meinem Kopf herumwühlen könnte. »Du weißt genauso wie wir, dass es unter Strafe steht, unsere Gaben gegeneinander einzusetzen.«

Er räuspert sich leise, fast verlegen. »Wenn Holly aber so laut schreit, dass ich sie nicht überhören kann …«, beginnt er und versteckt sein Lächeln, indem er sich von uns abwendet.

Wir erreichen das Erdgeschoss, die große weiße Halle, und werden langsamer. Hier unten dröhnen die Glocken durch einen Lautsprecher und füllen den ganzen Raum aus. Ich widerstehe dem Drang, mir die Hände auf die Ohren zu pressen. Holly drückt mich zur Seite, direkt auf die kleine Kapelle im Haus zu. Matti legt seine Hand in meinen Rücken und eine Gänsehaut bildet sich in meinem Nacken. Das große Kreuz mit den Rosenranken über der Flügeltür hängt schief und ich bekreuzige mich wie alle anderen, die hindurchtreten. Das große Dreieck daneben symbolisiert die Dreifaltigkeit Gottes: den

Vater, seine Kinder, das Eis mitsamt Aufstieg in den Himmel, als untrennbares Element.

Ich setze mich auf einen der alten Stühle und alles fühlt sich plötzlich so surreal an. Als würde ich hier nicht hingehören. Als würde ich nicht bereits neun Jahre jeden Tag hier sitzen und für meine Gabe und die der anderen beten.

Mona, das jüngste Winterkind, ein Lockenkopf mit braunen Augen, klettert auf meinen Schoß und ich ziehe sie an meine Brust. Ihre Hände sind warm und umklammern meine Finger. Ich spähe durch den schmalen Gang nach vorne, dorthin, wo das größte Klavier steht, das ich kenne. *Aber was kenne ich schon?*, schießt es mir durch den Kopf. Mona zappelt und fädelt ihre Finger in meine. Ich spüre ihr Unbehagen und weiß, was sie mir sagen will, obwohl sie noch nie ein Wort gesprochen hat.

»Eine Stunde, dann kannst du wieder hinaus«, flüstere ich aufmunternd in ihr lockiges Haar. Ihre Hände saugen die Kälte aus meinen Knochen und füllen mich mit Energie, die mir eigentlich Behagen bereiten sollte. Doch jetzt prickelt alles in mir unangenehm.

»Mach mal Platz«, fordert Holly, als sie sich neben mich quetscht. Matti sitzt zwei Reihen vor uns und dreht sich immer mal wieder verstohlen zu uns um.

Niemand liebt diese Gebetsstunden. Ich wette, jeder zweite wünscht sich an einen anderen Ort, weit weg, und Matti als Erster. Ich erinnere mich an den Tag, an dem er die ganze heilige Zeit über demütig vor dem Altar knien musste, weil er im Unterricht aufmüpfig gewesen war. Seitdem bleiben ihm die Späße in Gegenwart der Oberschwester im Halse stecken.

Die Schwestern in ihren grauen Kutten versammeln sich hinter dem wuchtigen Altar aus Kirschholz. Ihre Hände sind gefaltet, ihre Blicke gesenkt, während Oberschwester Klara mit strenger Miene eintritt. Es wird mucksmäuschenstill in dem stets festlich geschmückten Raum des Herrenhauses und Ruby schreitet gehüllt im mit Silberstickereien verzierten Umhang durch die Reihen nach vorne. Dicht hinter der Ältesten. Ihre grazile Erscheinung wirkt noch aristokratischer als sonst und einige von uns ziehen scharf die Luft ein bei ihrem wunderschönen Anblick. Besonders Gregor, der heimlich in das Januarmädchen verliebt ist. Holly kneift mich, fängt meine Aufmerksamkeit und deutet auf Rubys Hände, die kraftlos an ihrer Seite baumeln. Eine Haltung, die nicht zu ihr passt, und erst jetzt erkenne ich, dass sie verbunden sind. Etwas Rot tritt durch den weißen Stoff und leuchtet wie ein Schandfleck in dieser Reinheit der Kapelle.

»Was ist mit ihr passiert?«, wundere ich mich. Holly zuckt die Achseln und schaut dem offensichtlich verletzten Mädchen nach.

»Meine lieben Winterkinder«, eröffnet Oberschwester Klara mit einer erhabenen Geste. »Heute ist ein großer Tag des Erwachens«, beginnt sie und nimmt Ruby, die angespannt über uns hinwegschaut, in Empfang. Die Oberschwester legt ihre dürren Hände auf ihr schwarzes Haupt, während sie sich tief vor ihr verbeugt.

»Ein besonderes Erwachen, das nicht ohne Schrecken einherging …«, redet sie weiter und Ruby erhebt sich langsam wieder. Sie reckt ihr Kinn auf eine Weise vor, die an Trotz erinnert. Ihre Augen wirken dabei, als hätte sie vor nicht allzu langer Zeit geweint. Und ich muss es wissen. Nichts habe ich so sehr studiert wie das Phänomen des Weinens. Solange es sich auf das Beobachten beschränkte.

»Heute hat Ruby ihre Gabe gefunden und sie willkommen geheißen. In Demut und Gottesfurcht wird sie ab heute dienen und die Welt zu einem besseren Ort machen«, verkündet die Oberschwester noch lauter. Ihre Stimme wird von den Wänden hin und her geworfen und donnert wie ein D-Zug durch den

Raum. »Lieber Gott, wir danken dir«, antworten die übrigen Schwestern im Chor und wir stimmen mit ein.

»Gott hat seinen Schäflein ein weiteres Geschenk gemacht und wir alle nehmen es dankbar an«, höre ich weiter zu. Mein Blick huscht über die Winterkinder. Ein Meer aus Weiß mit unterschiedlichen Haarfarben und ich frage mich, ob es stimmt, dass unser Leben immer und stets in Gottes Hand liegt. Ob er uns jederzeit wieder von der Erde tilgen wird, wenn wir ihm nicht mehr gefallen, wie die Schwestern es sagen.

»Gott, wir danken dir«, singt der Chor erneut, während ich versuche, Nonnas alten Kinderreim aus dem Kopf zu kriegen.

Deine Gabe, meine Gabe, lass sie nie alleine. Deine Gabe, meine Gabe, heimlich still und leise. Meine Gabe, deine Gabe, kann uns alle töten. Meine Gabe, deine Gabe, der Frostkuss ist vonnöten.

»Ruby wird ihre Aufgabe mit Würde tragen und sie nach deinen Wünschen einsetzen, oh Herr«, verspricht die Oberschwester.

Rubys Miene ist reglos. Die verbundenen Hände, die an ihrer Seite hängen, zittern kaum merklich.

»Gott, erbarme dich unser«, erhebt sich der Chor. Meine Gedanken rennen davon. Nonna hatte nie von Gott gesprochen. In ihren Geschichten war es immer der Winteratem, der den Winterkindern ihre Macht überträgt.

Mona legt ihren Kopf an meine Schulter und ich werde schläfrig. Nonnas Stimme erklingt erneut in meinem Kopf:

Es waren einmal Väterchen Frost und Gevatter Tod. Die hatten einen Streit darüber, wer machtvoller sei. Väterchen Frost meinte, dass ohne seinen Schnee und Hagel, der die Ernten zerstörte, weniger Menschen verhungern würden. Er bestand darauf, dass ohne sein Eis, das Menschen auf Seen verschluckt, nicht halb so viele Seelen Gevatter Tod folgen würden. Dass ohne seinen Winteratem niemand erfrieren würde oder von Krankheit so sehr gezeichnet wäre, dass sein Ende absehbar war. Daraufhin wurde Gevatter Tod sehr wütend und forderte Väterchen Frost heraus …

Ich kneife die Augen zusammen und versuche mich zu erinnern, wie die Geschichte weiterging. Doch plötzlich ist da nur noch Leere, die mir lauthals ins Ohr schreit. Mir wird so übel, dass ich Mona von meinem Schoß schubse und aufspringe.

»Geht's dir nicht gut?«, fragt Holly alarmiert. Ich kann nicht antworten, quetsche mich an ihr vorbei und presse mir die Hand vor den Mund, mein Magen rebelliert.

Die Stimmen der Betenden verschwimmen zu einem breiigen Singsang und ich stürme aus der Kapelle hinaus. Meine Schritte hallen wie Gewehrschüsse durch den Flur, während ich ihn durchquere. Und ich kann erst wieder atmen, als mich draußen auf dem Hof die kalte Novemberluft in Empfang nimmt und mein überhitztes Gesicht kühlt. Ich drehe mich um, schaue zurück zum übermächtigen Gebäude, das sich grau über mir erhebt und seinen Schatten weit vorauswirft. Fast ist es, als würde sein Raunen und Flüstern mich warnen wollen. Mich auffordern, in den Schwarzen Wald zu fliehen und nicht wieder zurückzukommen.

2

Einsamer Schnee

In dieser Nacht träume ich das erste Mal seit langer Zeit wieder vom Clan.

Ich war wieder klein, saß auf Nonnas Flickendecke meiner Schlafstätte und presste meine Nase am kleinen rechteckigen Fenster des Wohnwagens platt. Nonna stand draußen im Nieselregen und unterhielt sich mit Silvano, dem Anführer unseres Trecks nach Osten. Sie schienen über irgendwas zu streiten. Silvano gestikulierte wild und Nonnas unnachgiebiger Blick drückte ihn dann und wann einfach nieder, als würde er die Schwere der Welt in sich tragen. Ich wusste, was es hieß, wenn sie einen so ansah, und wendete mich von dieser Szene lieber ab. In dem Augenblick bemerkte ich, dass die Wohnwagentür einen Spalt offen stand. Mein Herz machte einen Satz.

»Muck?«, rief ich alarmiert und horchte. Doch der Kater lag nicht mehr auf seinem Platz vor dem Bett und ich sprang auf, um ihn zu suchen. Ich ließ mich auf die Knie fallen, um unter die Möbel schauen zu können. Er war nicht da. Nonna hatte mich so oft ermahnt, dass ich auf das Tier aufpassen müsse. Meine Beine trugen mich zur Tür, ich spähte hinaus. Der Wind wehte Wortfetzen und das Rauschen vorbeifahrender Autos wie einen wütenden Spielball zu mir herüber. Vorsichtig stieg ich aus, schlich zwischen den Wohnwagen umher. Es waren sieben an der Zahl und sie sahen ganz unterschiedlich aus. Der Letzte war silbern und kantig wie Nonnas Brotschatulle. Der Erste wurde von einem rostigen Auto gezogen und war mit bunten Aufklebern verziert. Am Straßenrand standen andere Leute des Clans und rauchten Zigaretten, der Qualm trieb mir in dünnen Schwaden entgegen.

»Muck«, rief ich leise und spähte in das anliegende Maisfeld, vor dem Nonna mich gewarnt hatte. Es war so hoch, dass ich zweimal so groß sein müsste, um es überschauen zu können, und mir wurde ganz mulmig zumute. Diese Pflanzen konnten einem Streiche spielen, wenn man sich in ihnen verlief. Deshalb ernteten auch nur Maschinen das goldgelbe Korn, wenn es reif war, und nicht wie einst Menschen mit Werkzeug.

»Kater, wo bist du?«, fragte ich und meine Tonlage kippte ins Weinerliche. Er durfte einfach nicht fort sein, er war doch mein bester Freund! Das Wesen, was mich am meisten verstand und immer für mich da war. Plötzlich ertönte sein kratziges Miauen. Ich wirbelte herum und entdeckte ihn unter einem der Wagen.

»Da bist du ja«, sagte ich erleichtert und versuchte ihn zu erreichen. Meine Strumpfhose wurde nass, während ich mich auf den Knien vorwärtsschob, und mein roter Pulli verhakte sich an der Karosserie. Muck sträubte sich, als ich seine Tatze fassen wollte, und entzog sich meinem Griff. Ich krabbelte hektisch auf ihn zu, das Tier erschrak und rannte einfach los. Fort von mir. Direkt auf die Straße. Ein Auto hupte. Reifen quietschten. Ich drückte mich platt auf den Boden und sah, wie Mucks kleiner schwarzer Körper von einem Fahrzeug erfasst und zur Seite katapultiert wurde.

Die Zeit stand plötzlich still. Bis mein dröhnender Herzschlag mich unter dem Wohnwagen heraustrieb und zur Straße rennen ließ. Der Fahrer des Autos gab einfach wieder Gas und fuhr davon. Muck zappelte wie ein Fisch auf dem Trockenen, sein Maul war weit aufgerissen und er fiepte. Der seltsamste Ton, den ich bis dahin gehört hatte. Ich spürte den Schmerz kaum, als ich mich vor ihm auf den Asphalt fallen ließ. Die weiche Haut meiner Knie riss auf. Nur vage nahm ich wahr, dass Nonnas Name gerufen wurde. Die Stimme, die sie rief, klang beunruhigt, fast ängstlich.

»Muck, mein armer Muck«, flüsterte ich meinem Kater zu und schob meine Hände unter seinen Körper, um ihn aufzuheben. Dunkles Rot färbte meine helle Haut und mir entfuhr ein spitzer Schrei. Mit ihm begannen meine Augen zu brennen. Mit ihm löste sich schuldgetränkte Trauer, die mit einem Donnern Einzug in meine Seele hielt. Mit ihm trat die erste Träne über die Ufer und tropfte auf Mucks schwarzes Fell. Der Himmel verdunkelte sich urplötzlich. Die Träne dampfte, eine seltsame Hitze ging von ihr aus, als sie durch das schwarze Fell sickerte. Plötzlich riss Muck seine Augen auf. Sie rollten in seinen Höhlen, als er zu zucken begann.

Er stirbt, er stirbt unter furchtbaren Qualen, dachte ich. Und diese Erkenntnis bohrte sich in meine Brust.

Als Nonna ihre Hand auf meine Schulter legte, hatte ich das Gefühl, keine Luft mehr zu bekommen.

»Mach, dass es aufhört«, wimmerte ich und kniff die Augen fest zusammen. Weitere Tränen lösten sich aus meinem Wimpernkranz. Tränen, die wie Nonna mir versprach, eines Tages Glück bedeuten könnten, schickten nun ihre unheilvolle Macht in die Luft. Fast konnte ich wahrnehmen, wie sie sich wie summende Schallwellen fortbewegten.

»Weine nicht, November, bitte weine nicht«, flehte Nonna mich an. Ihre brüchige Stimme bebte. Ich schaute mich zu ihr um. Mucks toter Körper rutschte dabei von meinem Schoß und ich schluchzte trocken. Nonnas schwarzes von Silberfäden durchzogenes Haar hatte sich vollends aus ihrem Knoten gelöst und versteckte ihr rundes Gesicht. Mein Blick glitt an ihr vorbei zu den Menschen aus dem Clan. Silvano trieb seine Familie in den Wohnwagen in vermeintliche Sicherheit. Ein anderer Wagen startete den Motor und fuhr mit durchdrehenden Reifen an. Kies spritzte in alle Richtungen. Zwei Männer tauchten in das Maisfeld ein und rannten Hals über Kopf davon. Ich schmeckte Salz auf meinen Lippen und versuchte gegen den Druck in meiner Brust anzukämpfen.

»Atme ganz ruhig, November. Tief in den Bauch«, mahnte Nonna mich und ich griff nach ihrer beringten Hand. Sie fühlte sich so dürr an. Ich hatte gar nicht in Erinnerung, dass sie hart und kalt war. Wind frischte auf und wehte Nonna die Haare aus dem Gesicht. Mein Atem stockte. Ihre Haut löste sich auf und hing in Fetzen von ihren Wangenknochen.

»Es wird alles gut, mein Engel«, tröstete sie mich und drückte mit ihren Fingern meine. Mein Blick huschte nach unten, auf ihre tote Hand.

Ich riss mich los, schrie, so laut ich konnte …

Mein Sturz wird durch meine Bettdecke, in die ich mich hoffnungslos verheddert habe, gebremst. Trotzdem stoße ich mir gehörig den Kopf, als ich auf dem Boden aufkomme.

Holly knipst ihr Licht an und starrt auf mich hinunter. Sofort überprüfe ich, ob ich im Schlaf geweint habe, und atme erleichtert auf. Nichts. Meine Augen sind trocken.

»Du willst mir immer noch erzählen, dass alles gut mit dir ist, oder?«, fragt meine Freundin und geht vor mir in die Hocke. Ich befreie mich aus der Decke und rapple mich mit ihrer Hilfe auf.

»Ja«, antworte ich zittrig.

»Aha.« Holly stöhnt und kriecht wieder in ihr Bett. »Dann schrei wenigstens leise«, murrt sie und ist sichtlich sauer darüber, dass ich mich ihr nicht anvertraue.

»Es tut mir wirklich leid«, sage ich tonlos und ordne meine Kissen. Holly hat keine Ahnung, wie sehr es mir leidtut. Ich würde so viel dafür geben, wenn ich darüber reden könnte. Aber alles in mir sträubt sich mit einer so enormen Kraft dagegen, sodass ich diese Hemmschwelle nicht überwinden kann.

Am nächsten Morgen habe ich mich wieder fest im Griff. Holly ist immer noch verstimmt und wirkt ziemlich einsilbig auf mich. Bis wir nach dem Mittagessen aus dem Speisesaal kommen, den Flur durchqueren und am Büro der Oberschwester vorbeigehen.

»Halt mal«, zischt Holly plötzlich und zupft an dem langen Ärmel meines Kleides.

»Was ist denn?«

Sie nickt in Richtung des Haupteingangs. Dort steht ein verwaister Koffer, dessen schwarzes Leder an mehreren Stellen aufgerissen ist. Hinter uns verteilen sich die Schwärme anderer Schüler auf verschiedene Gänge und mein Blick heftet sich an diesen fremden Gegenstand, der mich in eine immense Unruhe versetzt.

»Meinst du, der gehört dem Neuen?«, höre ich Holly aufgeregt fragen.

»Keine Ahnung«, antworte ich und setze mich in dem Augenblick wieder in Bewegung, in dem die schwere Bürotür aufschwingt. Die Zeit verlangsamt sich. Der Neue, ein hochgewachsener Junge mit dunklen Locken, tritt mit Oberschwester Klara heraus, die auf ihn einredet. Unsere Blicke treffen sich, verhaken sich miteinander und kommen nicht voneinander los. Das dunkle Braun seiner Augen entwickelt einen enormen Sog und ich muss mich regelrecht zwingen, diesen verstörenden Moment zu unterbrechen.

»Was war das denn?«, flüstert Holly und bleibt stehen, während ich auf die Treppe hinauf zu den Zimmern zusteuere. »Warte doch mal.« Sie eilt mir nach und angelt nach meiner Hand. Ich treibe meine Schritte voran, werde schneller, gehetzter. Das Bild dieses Romeos hat sich mir eingebrannt. Seine verwegene Aura, die Augen, die eine gewisse Traurigkeit in sich bergen, und sein sinnlicher Mund. Seine zerschlissene Lederjacke, die Jeans, alles ließ ihn wie einen James Dean aus einer anderen Zeit aussehen. Aber das ist es nicht, was mich aufwühlt. Vielmehr ist es ein Gefühl, dass wir uns kennen. Als würde es zwischen uns eine Verbindung geben.

Hollys Mund formt stumm Worte, während sie sich neben mich stellt. Die Botschaft ist klar: »Ist der heiß.« Auf meinen Lippen zuckt es nervös und ich wage einen Blick zurück über meine Schulter. Und das soll ich umgehend bereuen.

»Ach, November!«, ruft mich in dem Moment Oberschwester Klara und winkt mich zu sich und dem Neuen heran.

Holly sieht mich fassungslos an, weil ich einfach weitergehen will, und hält mich zurück.

»Spinnst du?«, flüstert sie und runzelt die Stirn.

»November und Holly, würdet ihr beide bitte zu mir kommen!«

Das ist keine Frage, sondern ein Befehl. Meine Beine wollen immer noch nicht stehen bleiben. Holly ruckt an meinem Arm.

»Tickst du noch richtig?«, zischt sie und deutet ein Kopfschütteln über mein Benehmen an.

»Ja, aber natürlich, Oberschwester«, beeilt sie sich, für uns zu sprechen, und ich bleibe endlich stehen. Mein Herz schlägt mir bis zum Hals. Holly ist mit wenigen Schritten unten bei ihnen. Ich folge ihr. Der Neue steckt seine Hände in die Hosentaschen, seine Miene verrät nichts darüber, wie er sich fühlt.

»Kinder, ich möchte, dass ihr unseren Neuling Romeo zur Oberstufe begleitet«, erklärt Oberschwester Klara knapp. Ihr Blick tastet mich ab, wie so oft. So suchend, so kühl.

»Hallo, ich bin Holly«, stellt meine Freundin sich gewinnend lächelnd vor und streckt dem Jungen, der sich sicher schon eine ganze Weile rasieren muss, ihre Hand entgegen. »Freut mich sehr, dass ich da bin«, scherzt sie. Ich frage mich, wie alt dieser Romeo wohl sein mag. Sicher über achtzehn. So viel steht fest.

»Ich bitte um Benehmen, Holly«, tadelt die Oberschwester sofort und deutet auf den verwaisten Koffer, der nicht unweit von uns steht, und redet dann weiter mit dem Neuankömmling.

»Es gibt hier klare Regeln und Grenzen. Lassen Sie sich von Ihrem Zimmernachbarn einweisen«, rät sie und er nickt leise lächelnd. Ich kann diese Art des Lächelns nicht einordnen. Es hat etwas Ironisches an sich. Eine Frechheit, die hier im Keim erstickt wird. So viel steht fest.

Holly schnappt sich seinen einsamen Koffer. Sofort schnauft sie unter dem Gewicht.

»Was hast du da drin? Backsteine?«, fragt sie und ächzt. Er hebt eine Augenbraue lässig an und antwortet: »Nein, Waffen. Ein ganzes Arsenal, um genau zu sein.«

Holly grinst dümmlich. »Du bist witzig.«

»Mal sehen, wie lange du das noch findest«, murmelt er und weicht Schwester Klaras Blick aus, die ihn jetzt mit schmalen Augen mustert.

»Nun gut. Wir haben alles besprochen, für's Erste«, verkündet sie gedehnt, schaut beiläufig auf ihre Armbanduhr und in dem Augenblick wendet der Neue sich mir zu und sein Lächeln wird sanfter.

»Hallo, mein Name ist Romeo«, stellt er sich vor. Seine Stimme ist samtig und ich bemerke erst nicht, dass er mir seine Hand entgegenhält.

»Ember.« Zögerlich ergreife ich sie und verfluche meine plötzlich schwitzenden Handflächen.

»Bring ihn zu Mattiaschek, er weiß Bescheid und wartet auf ihn«, befiehlt die Oberschwester mir und wendet sich schließlich ohne ein weiteres Wort von uns ab. Die Tür zu ihrem Büro fällt laut hinter ihr ins Schloss. Romeos Daumen streicht sacht über meinen Handrücken und die Zeit verlangsamt sich erneut. Bis seine Mundwinkel verräterisch zu zucken beginnen, während ich ihn so vertieft betrachte.

Holly räuspert sich lautstark neben uns. »Können wir dann mal?«

Romeo lässt mich so ruckartig los, als würde ich ihn plötzlich mit Hitze versengen. Ich blinzle verwirrt, nehme Abstand und schaue zu Boden auf die Karoformen der Fliesen, als ein Hauch Spott über sein schönes Gesicht flackert. Peinlich. Was denke ich mir nur dabei, ihn so anzustarren?

»Gib schon her, kleiner Redhead«, höre ich Romeo belustigt zu Holly sagen und schaue wieder auf. Er nimmt ihr seinen schweren Koffer ab und trägt ihn mit Leichtigkeit.

»Ich heiße Holly«, erinnert meine Freundin ihn und lächelt wieder so dümmlich. So wie es aussieht, ist sie auch von seiner äußeren Hülle beeindruckt. Doch ein gutes Aussehen ist nur Schein und der kann bekanntlich trügen. Ich straffe meine Schultern und gehe voran. Einige der jüngeren Kinder durchqueren den Flur und strömen auf den Innenhof. Sie lärmen so sehr, dass ich Romeos nächste Frage kaum verstehe.

»Und hier lebt ihr also alle? Ihr Winterkinder?«

»Ja, und du jetzt auch, wie es aussieht«, antwortet Holly und macht einen Ausfallschritt, um auf seiner Höhe zu bleiben.

»Ja, das sieht so aus.« In seiner Stimme liegt eine Spur Trauer, während er die Bilder des Weltuntergangs an den Wänden betrachtet. Die Motive sind immer gleich. Eis und Tod. Und Gott, der seinen mahnenden Finger erhebt.

»Wir müssen in den zweiten Stock«, erkläre ich und er zwinkert mir selbstsicher zu. Ich konzentriere mich auf die Stufen und muss immer wieder an den braunen Koffer in seiner Hand denken. Wieso rüttelt der Anblick von diesem Gepäckstück an mir, wie ein Hund, der sich in meinem Hosenbein verbissen hat?

»Ist deine Freundin immer so verkrampft?«, höre ich ihn Holly fragen. Sie verschluckt sich an einem Lachen. »Ähm«, stammelt sie. »Nicht immer, aber manchmal.« Ich rolle mit den Augen und Holly zuckt unschuldig die Achseln, während Romeo sich beeilt, mit mir Schritt zu halten.

Die Hälfte der Treppe ist geschafft. Ich starre aus dem Fenster mit dem großen Dreieck aus Fiberglas und wundere mich über die Eisblumen, die am unteren Rand erblühen und weiter emporklettern. In einer Mordsgeschwindigkeit.

»Erzähl doch mal, Ember«, spricht mich der Neue an und berührt im Gehen ganz leicht meine Hüfte. »Ich würde gerne mehr über das außerordentlich gute Freizeitangebot an diesem düsteren Ort wissen.«

Als ich stehen bleibe, stößt sein Koffer mir in die Kniekehlen.

»Wieso düsterer Ort?«, sage ich irritiert und frage mich, ob er die Dunkelheit des Schwarzen Waldes an sich meint und die Tatsache, dass er an trüben Tagen beinahe gänzlich das Licht schluckt? Oder die Tatsache, dass Wälder gefährlich sind, sie uns aber gut von anderen Kreaturen und Menschen abschirmen?

Sein Blick bekommt etwas Eindringliches, als er mir so ins Gesicht guckt.

»Es ist doch offensichtlich, dass dies hier kein fröhlicher Platz auf Erden ist«, stellt er fest. Bilder von Nonna und ihrem Clan huschen mir durch den Kopf. Ein Lagerfeuer, Umarmungen, Gelächter, Lieder … ein fröhlicher Ort.

Holly kommt oben an, grinst schief und wartet auf uns.

»Ach, das täuscht. Die Oberschwester ist ein bisschen, na, wie sagen wir es mal, verstockt«, beginnt sie zögerlich. »Die kann einem schon mal die Welt in den dunkelsten Farben malen.«

»Holly«, mahne ich sie zur Vorsicht und spähe in alle Richtungen. Wenn jemand Falsches ihre Worte hören sollte, würde das Konsequenzen haben. Und niemand will eine Nacht im Stillen Zimmer verbringen und über seine missratenen Gedanken nachgrübeln müssen.

»Ja, ja. Ist ja schon gut«, flüstert sie und winkt uns herauf.

»Aha, hier wird also nur mit Kohle gezeichnet und nicht mit bunter Wasserfarbe«, überlegt Romeo viel zu laut.

»Nein, so ist das nicht«, verteidige ich den Winterorden. »Es ist lediglich wichtig, dass wir uns alle zugunsten des Zusammenlebens an Regeln halten«, wiederhole ich die Worte der Schwestern, die ich Abertausende Male rezitieren durfte.

»Regeln sind da, um sie neu zu erfinden«, antwortet Romeo schlagfertig. Holly lacht und mir klingelt die Ernsthaftigkeit seiner Worte in den Ohren.

»Du wirst dich schon einfügen«, prophezeie ich ihm und will weitergehen, doch er steht mir plötzlich im Weg. »Jeder hat das bisher. Und wir können glücklich sein, in Frieden und Sicherheit zu leben.«

»Sicherheit«, murmelt er kaum hörbar und wendet sich von mir ab. Er streicht sich sein dunkles Haar aus der Stirn und geht voran. Sein Lachen hört sich erstickt an, ich erkenne es fast nicht als solches.

Plötzlich ertönt ein heftiger Knall. Das ganze Haus bebt und ich klammere mich erschrocken am Treppengeländer fest. Romeo lässt seinen Koffer fallen und stürzt zu mir, um mich zu halten, als selbst der Marmor unter unseren Füßen zittert. Sein Griff schließt sich fest um meinen Oberarm, damit ich den Halt nicht verliere. Der Koffer poltert die Stufen hinab und öffnet sich. Nur kurz werfe ich einen Blick auf den Inhalt: Klamotten, Bücher und ein Medaillon aus Mondstein. Dann knackt das Glas des Fensters und ein feiner Riss zieht sich über die gesamte Nordseite bis zum Fuße des gelben, aus Mosaiken gebildeten Dreiecks, bevor er sich in spinnennetzartige weitere Linien aufzweigt.

»Scheiße, was ist das?«, ruft Holly von oben und schlägt sich erschrocken die Hände vor den Mund. Draußen auf dem Hof heult auf einmal ein Sturm um die Ecken des Gebäudes und über ihn hinweg ertönt ein schriller Schrei. Mein Herz gerät aus dem Takt und ich spähe hinaus, suche den Hof mit seinen akkuraten Rasenflächen und Buchsbaumhecken ab. Ich erkenne Ruby, wie sie panisch vor etwas davonrennt. Zuerst denke ich an die hohen Zäune, die uns vor dem Wald und den Tieren schützen.

Ihre schwarzen Haare wehen wild um ihren Kopf und ihre Arme hat sie zum Sprint angewinkelt. Sie schlägt einen Haken wie ein gehetztes Kaninchen und folgt dem Pfad zum Park. Einige in Kutten gehüllte Schwestern dicht auf ihren Fersen. Meine Augen weiten sich vor Überraschung und Schock, als diese sie einholen und sich auf das schmale Mädchen werfen. Ich kann erkennen, wie eine von ihnen ausholt und das zierliche Januarkind hart schlägt. Sie wird auf den Rücken geworfen, um dann mit vereinter Kraft auf die Beine gezogen zu werden. Der Sturm flacht augenblicklich ab.

»Du hast recht«, flüstert Romeo neben mir. Seine Lippen berühren mein Haar und sein Atem kitzelt meinen Nacken. »Ein sehr sicherer und friedlicher Ort, mein Herz.«

Mein Atem stockt. Langsam wende ich mich um, schaue ihn an. In seine dunklen Augen, die sich ernst auf meine heften.

3
Hagel

Die nächsten Tage vergehen unendlich langsam. Es wird gemunkelt, Ruby sei ins Stille Zimmer gesperrt worden, weil sie verrückt geworden sei. Oberschwester Klara hingegen behauptet, sie wäre nur krank und auf der Pflegestation. Doch es ist seltsam, dass niemand zu ihr darf. Hollys Stift kratzt viel zu laut auf dem Papier, während sie von der Schultafel abschreibt, und meine Gedanken fallen in sich zusammen. Ich schaue von meinem Heft auf. Das Gefühl, dass sich Blicke in meinen Nacken bohren, nimmt mich ein. Unwillkürlich wende ich mich um, doch da ist nur das Portrait des Gründervaters des Winterordens. Er ist wirklich nicht gerade vorteilhaft in Szene gesetzt worden, wenn man mich fragt. Die raubvogelartige Nase, die ihm dominant im blassen Gesicht sitzt. Die blutunterlaufenen Augen, die mit stechendem Blick auf einen niederschauen. Die Hände auf dem Schoß, wie zum Gebet gefaltet, so verkrampft, dass man denkt, die Fingerknochen könnten jederzeit brechen.

»November«, höre ich Schwester Runa meinen Namen sagen. »Bist du schon fertig mit der Abschrift?« Vor Schreck verliere ich den Stift und schaue ihm nach, wie er über die Dielen rollt. Mit einem leisen Klack bleibt er vor einem Stuhlbein liegen.

»Nicht ganz.« Flink beuge ich mich vor, angle nach dem Stift und ziehe den Kopf ein, weil Runa mich im nächsten Moment anbellt wie ein verärgerter Hund, dem man seinen Knochen nahm. Ihre dunklen Haare sind so streng frisiert, dass es aussieht, als habe sie einen winzigen Hinterkopf. Und ihre zinngraue Kleidung schnürt sie so eng ein, dass ich mich frage, ob sie überhaupt atmet.

»Natürlich.« Ich bemerke, dass der Neue, der mir schräg gegenübersitzt, mich ausgiebig mustert. Die Härchen in meinem Nacken stellen sich sofort auf, ich kann sogar spüren, wie mir ein Schauer über die Schultern und die Arme läuft. Zeitgleich steigt mir Röte ins Gesicht. Warum werde ich jedes Mal so nervös, wenn er in meiner Nähe ist? Holly grinst in sich hinein. Ob sie meine Reaktion auf ihn wahrnimmt?

Mein Stift huscht über das Papier und ich versuche, mich ausschließlich auf den Text zu konzentrieren, doch die Frage, was er, Romeo, wohl für Kräfte hat, lässt mich nicht los. Alle reden über ihn und keiner weiß etwas. Matti, der mit ihm ein Zimmer teilt, sagt, er wäre ein Buch mit sieben Siegeln. Aber dass er erblüht sein muss, steht außer Frage. Sonst hätte man ihn als Volljährigen nicht im Winterorden aufgenommen. Oder doch?

Ein Zettelchen landet auf meinem Tisch und ich verstecke es schnell, bevor Schwester Runa es entdecken kann. Ihr strenger Blick wandert unaufhörlich über unsere Köpfe, aufmerksam und lauernd. Manchmal denke ich, sie hat einen Riesenspaß daran, Strafen auszusprechen. Besonders wenn es um uns Mädchen geht. Holly musste einmal eine Stunde lang ihre Bücher auf den Armen balancieren, bis sie vor Muskelschmerz jammerte. Und das nur, weil sie es in der Lehre der Sprachen vorzog, in *Romeo und Julia* zu blättern.

Heute Nacht um zwölf an der alten Weide. Ich habe eine Überraschung für dich, steht auf dem Flugzettel.

Ich lächle still in mich hinein und lasse die Nachricht von Matti unauffällig in meinem Kleid verschwinden. Um Mitternacht ist es so weit und ich werde siebzehn Jahre alt. Ich halte den Atem an und schaue zu Holly, die verschwörerisch zu mir linst und mit den Brauen wackelt.

Die Schulglocke ertönt, alle schließen die Hefte und räumen ihre Plätze auf. Nur Romeo bleibt auf seinem Stuhl sitzen und schreibt weiter.

»Willst du ihn nicht auch einladen?«, flüstert mir Holly ins Ohr und nickt zu ihm. Seine dichten Locken versperren die Sicht auf seine Augen und er schirmt das Geschriebene vor neugierigen Blicken ab. Seit seiner Ankunft haben wir nicht wieder miteinander gesprochen.

»Ich weiß nicht.« Etwas hält mich davon ab, auf ihn zuzugehen. Es fühlt sich beinahe an wie eine durchsichtige Barriere, die mich schützt.

»Ich finde, es wäre barmherzig, ihn in unsere Gruppe zu integrieren«, sagt Holly, während die Ersten das Schulzimmer verlassen und nach draußen drängen.

»Na, wenn das so ist, sollten wir das unbedingt tun.« Die Antwort bleibt auf halbem Wege in meinem Halse stecken, als Romeo sich ruckartig erhebt und mit gesenktem Haupt durch den Gang geht. Holly fackelt nicht lange, schubst mich und schon stehe ich direkt vor ihm, stolpere fast in ihn hinein.

»Guten Morgen«, sage ich lahm. Er legt den Kopf schief, blickt unter langen Wimpern, auf die jedes Mädchen neidisch wäre, auf mich hinab. Abwartend und spöttelnd.

»Ich bin mir nicht sicher«, antwortet er.

Mein Lächeln verrutscht. »Bei was bist du nicht sicher?«

»Ob dieser Morgen *gut* ist.«

»Ist er«, mischt sich Holly ein, die hinter mir hervorlinst und mich weiter auf ihn zuschiebt. Ich unterdrücke den Impuls, sie zu treten.

»Hallo, Redhead«, begrüßt er sie sanft.

»Holly«, erinnert sie ihn nett. »Mein Name ist Holly.« Sie ist ganz zappelig.

»Ich habe heute Nacht Geburtstag«, beginne ich schüchtern und weiche seinem intensiven Blick aus, was ihn zu amüsieren scheint. Denn er versucht ein verräterisches Mundwinkelzucken zu verbergen, indem er sich mit der Hand über das frisch rasierte Kinn fährt. »Ich weiß.«

Ich runzle die Stirn. »Oh, woher …?«

»Mein Zimmernachbar.«

Natürlich, Matti muss es ihm erzählt haben.

»Und, leider nein. Ich habe keine Zeit«, ist seine knappe Abfuhr auf meine nicht gestellte Frage. Mein Magen zieht sich zusammen.

Holly sieht so enttäuscht aus, wie ich mich fühle, und seufzt. Romeos Hand legt sich auf meine Schulter und er dirigiert mich sanft, aber bestimmt, aus dem Weg.

»Ich wünsche euch trotzdem eine schöne Feier. Ihr werdet sicher einen *Heidenspaß* haben«, flüstert er uns noch zu und will sich in Bewegung setzen. Augenblicklich habe ich das Gefühl, der Himmel könnte über uns zusammenstürzen angesichts der offenen Gotteslästerung. Holly schnappt erschrocken nach Luft, weil Schwester Runa noch im Raum ist und auf dem Pult ihren Lehrstoff sortiert.

»Sag nicht so was«, warnt sie ihn und legt den Finger an ihre Lippen.

Romeos Miene verschließt sich, der Druck seiner Hand verstärkt sich, als er sich an mir vorbeidrängt. Ich schaue zu Boden und er lässt uns einfach stehen.

»Was hat der denn Wichtiges vor?«, fragt Holly und zupft an meinem Ärmel, weil ich wie eine dumme Kuh diesem Jungen nachschaue. »Man kann doch hier gar nichts anderes machen als pennen. In der Nacht, meine ich.«

»Er will einfach nicht, Holly. So einfach ist das.«

»Oh.«

»Es ist besser so. Ich wette, der Typ bedeutet eh nur Ärger.« Ich drücke meine Tasche an meine Brust. Vielleicht, weil mein Herz dort drinnen einen klagenden Rhythmus anschlägt, der mich irritiert. Und ärgert. Ich schätze, der Ärger darüber ist das größere Problem, denn er kann Wut auslösen. Und Wut kann die Augen feucht werden lassen, ja sogar Tränen heraufbeschwören.

»Apropos Ärger«, fällt Holly ein, während sie mir folgt. Sie schultert ihre Jutetasche und hakt sich bei mir ein. »Ich habe eine Flasche Holunderschnaps von Emma, der Köchin, geklaut.«

»Holly!«, tadle ich sie und vergesse Romeo und seine Absage für den Moment.

»Was denn? Dir zu Ehren müssen wir doch etwas Besonderes machen. Und ich hab es lange und gut geplant. Niemand wird es erfahren.« Sie vollführt einen hübschen Sprung, während wir in den großen Flur traben. Einige Grüppchen halten sich hier auf, die kleine Mona entdeckt uns und kommt auf mich zugelaufen. Sie umschlingt meinen Bauch und schaut mich aus großen seelenvollen Augen an.

»Was ist los?«, frage ich sie und streiche ihr eine Locke aus dem Gesicht. Sie presst ihre Lippen fest zusammen, so sehr, dass sie ganz weiß werden.

»Mona, du musst endlich mal die Zähne auseinanderkriegen«, sagt Holly leicht gereizt und stopft eine rote Strähne zurück in ihren Zopf. »Ganz ehrlich, immer dieses Ratespiel, das ist echt zu anstrengend.«

Mona nimmt mich an der Hand und zieht mich hinter sich her, durch zwei Grüppchen von Schülern, die sich angeregt über einen Test unterhalten, zum Ausgang.

»Wo willst du hin?«, frage ich sie sanft. Holly verschränkt ihre Arme missgelaunt, während sie uns folgt.

»Wieso redest du eigentlich noch mit ihr? Sie antwortet ja doch nicht. Obwohl sie es sicherlich könnte. Aber dann wäre sie ja nur halb so mysteriös, oder?«, knurrt sie und ich fange Monas hilflosen Blick auf.

»Holly, hör auf damit«, verlange ich. Niemand weiß, was für Gründe Monas Schweigen hat. Und keiner hat das Recht, sie deshalb zu kritisieren. Monas zarte Hand legt sich auf die eiserne Türklinke und drückt sie hinab. Nichts geschieht. Das Haupttor ist verschlossen.

»Nanu?«, wundert sich Holly, stolpert in uns hinein und versucht es gleich an Monas statt noch mal, wesentlich energischer.

»Wir dürfen heute nicht raus«, mischt sich Streber Henry ein und wächst ganze zwei Zentimeter neben uns.

»Wieso nicht?«, will Holly wissen.

»Anweisung von ganz oben«, sagt er knapp, streicht unruhig über sein kurzes blondes Haar und will sich wieder seinen Freunden zuwenden, die ungeduldig mit einem Kartenspiel auf ihn warten.

»Was soll das denn heißen? Von Gott, oder was?«, hält Holly ihn zurück und ich spähe durch das Glas nach draußen. Es sieht alles aus wie immer, aber das große eiserne Tor ist geöffnet.

Henry seufzt theatralisch, wie er es gerne tut, wenn wir anderen einmal mehr unwürdig und dumm sind, und putzt seine Brille am Hemdärmel.

»Natürlich nicht, du Huhn. Oberschwester Klara hat mir die Aufgabe zuteilwerden lassen, es euch zu sagen, aber nicht zu erklären. Weißt du, Holly, du darfst sicher alles essen, aber nicht alles wissen.«

»Das ist ja wohl das Blödeste, was ich je gehört hab. Und nachher bin ich fett und ungebildet, oder was?« Sie zuckt hilflos die Achseln. Dann an mich gerichtet: »Ember, sag doch auch mal was dazu.«

»Wir wollen aber später noch einen Spaziergang machen. Weißt du, wie lange wir nicht hinausdürfen?«, frage ich freundlicher und Henry setzt seine Brille wieder auf die dicke Nase.

»Ihr werdet es schon merken«, antwortet er und fixiert mich mit einem kühlen Blick. Romeo steht einige Meter entfernt an eine Wand gelehnt und beobachtet uns interessiert. Etwas in mir erwacht. Eine Art Trotz und ich mache einen Schritt auf Henry zu.

»Spiel dich doch hier nicht so auf, wenn du etwas weißt, dann sag es halt.«

»Holla, die Waldfee. Ember, du wirst ja richtig böse«, stellt er mit einer Mischung aus Hohn und Sorge fest, bevor er sich wieder fängt und sachlich wird. »Schau her, ich weiß auch nichts Genaues. Es muss etwas mit Rubys Erblühen zu tun haben. Wir haben hohen Besuch, soweit ich weiß. Deshalb soll niemand aus dem Haus.«

»Hohen Besuch?« Ich runzle die Stirn. »Ist Ruby denn wieder gesund?«, frage ich nach und Mona neben mir antwortet mit einem energischen Kopfschütteln.

»Es geht ihr gut«, behauptet Henry und faltet die Hände auf dem Rücken. Die ganze Art, wie er vor mir steht, schreit nach Vorsicht. Ich verenge die Augen.

»Dann kann ich sie ja sicher besuchen gehen.«

»Heute nicht«, platzt er plötzlich heraus. »Ich sagte ja, dass sie hohen Besuch bekommen wird. Also darf sie nicht von euch gestört werden.«

Romeo lässt uns nicht aus den Augen und Tausende Fragen schwirren mir plötzlich durch den Kopf. Warum diese Geheimniskrämerei? Wieso darf Ruby niemanden von uns sehen? Wieso empfinde ich dieses Prickeln in meinem Nacken? Dieses unbestimmte Gefühl, das mich aufkratzt und … ja, was eigentlich?

»Ember, wo willst du hin?«, ruft Holly mir nach, als ich mit schnellen Schritten den Flur durchquere. Ich sperre ihre Stimme aus und den Blick von Romeo, der mir folgt. Energisch quetsche ich mich durch eine Gruppe Jüngerer und biege in den Gang, der das Herrenhaus mit dem alten Kloster verbindet. Ich beginne zu rennen. Meine Schritte machen quietschende Geräusche, als ich um die Ecke schlittere und beinahe mit einem Mann, der aussieht wie ein Soldat, zusammenkrache.

»Hoppla, junges Fräulein«, sagt er und ich weiche überrascht zurück. »Wohin des Weges?«

Ich erkenne eine Waffe unter seiner schwarzen Jacke und lasse mir nichts anmerken. Ehe ich etwas antworten kann, geht die große Tür der Pflegestation am Ende des Korridors auf und Schwester Runa kommt mit Ruby zusammen heraus.

»Ruby!«, rufe ich und winke, der Mann baut sich wie ein Hindernis vor mir auf. Ruby bleibt kurz stehen, lächelt mich aus der Ferne an. Es ist ein seltsames Lächeln, das mir eine Gänsehaut verursacht.

»Darf ich mal?« Ich will mich an dem Fremden vorbeidrücken, doch er weicht nicht zurück, stupst mich unsanft an der Schulter. »Entschuldigung«, presse ich hervor und er versperrt mir die Sicht. Das graue Gemäuer um uns herum nimmt an Dunkelheit zu und droht mich zu erdrücken.

»Nein, das ist nicht möglich. Sie haben heute keinen Zutritt zum Kloster«, antwortet er mit Bedauern. Schwester Runa sorgt mit einer Handbewegung dafür, dass er mich am Arm nimmt und zurück zum Eingang des Herrenhauses führt. Holly wartet bereits im Türrahmen auf mich und bekommt den Mund nicht mehr zu.

»Wer ist das denn?«, fragt sie erstaunt und mustert den Mann mit Kurzhaarschnitt und markantem Kinn.

»Das wüsste ich auch gerne«, sage ich und mache mich aus dem Griff frei. »Würden Sie sich mal bitte vorstellen?«

Er öffnet wortlos die Tür und schickt mich hindurch. Henry taucht hinter uns auf. »Ich kümmere mich um die beiden«, verkündet er großspurig und ehe ich mich's versehe, legt er seine Hand in meinen Nacken. Müdigkeit lässt mich schlagartig taumeln. Alles, was ich noch höre, ist Hollys erbosten Aufschrei, während ich in Henrys Arme sinke.

»So ein Arsch«, flucht Holly leise vor sich hin. Meine Lider sind schwer und ich muss kämpfen, um sie zu öffnen. Nur langsam stelle ich meine Sicht scharf und erkenne unser Zimmer. Die schweren grünen Vorhänge bewegen sich sacht vor dem offenen Fenster und Holly schaut hinaus. Wieder flucht sie zwischen zusammengebissenen Zähnen.

»Holly?«, krächze ich und versuche mich aufzurichten. Noch immer steckt mir Henrys Müdigkeit wie Blei in den Knochen. Wie konnte er mir das antun? Es ist verboten!

»Ember, endlich.« Holly wirbelt herum und hockt im nächsten Moment vor meinem Bett.

»Was ist hier los?« Meine Stimme klingt hohl in meinen Ohren und ganz allmählich sickert die Erinnerung wieder in mein Hirn.

»Etwas Merkwürdiges geht vor sich«, raunt sie mir zu. »Der hohe Besuch, von dem Henry spricht, ist das Oberhaupt des Winterordens, ein direkter Nachfahre des Gründers. Keiner hat ihn je zu Gesicht bekommen, bis jetzt.« Ihre Augen sprühen vor Aufregung und sie kaut immer wieder auf ihren Lippen herum.

»Merkwürdig«, wiederhole ich. »Hast du Ruby gesehen?« Ich setze mich auf, das Zimmer um mich herum wankt.

»Nein, es heißt, sie ist bei ihm. Diesem geheimnisvollen Mann, der vor uns abgeschirmt wird, als hätte er die Frostpest oder so.« Holly überlegt einen Moment. »Oder wir, wie man es sieht.«

»Arme Ruby«, hauche ich und denke an ihre verschlossene Miene, als ich nach ihr rief. Diese Leere in ihrem Blick.

»Ach, der geht es sicher gut«, beruhigt Holly mich. »Die trägt ihre Nase noch ein paar Zentimeter höher, weil sie jetzt denkt, sie sei etwas ganz Besonderes.«

»Wie kommst du darauf?« Ich stehe ungelenk auf, torkle ein paar Schritte und öffne den wurmstichigen alten Schrank.

»Na, Matti hat erzählt, er wäre dabei gewesen, als man sie auf dieses Treffen mit dem Mann vorbereitete. Er hat gehört, wie sie sich aufgespielt hat, du kennst sie ja.«

»Hm«, mache ich nachdenklich. Es stimmt schon, sie steht gerne im Mittelpunkt, aber trotzdem passte ihr Blick, den sie mir zuwarf, nicht zu ihr. So verklärt, so hilflos. Oder habe ich mich einfach geirrt? Holly greift sich warme Kleider und Wollmäntel aus dem Schrank, dessen Tür ich nur unschlüssig hin und her schwenken lasse.

»Und ausgerechnet, wenn wir deinen Geburtstag feiern wollen, machen die hier so einen Aufriss«, beschwert sie sich weiter und gibt mir einen kleinen Stoß. »Komm in Gang, es gibt noch viel zu tun.«

Ich blinzle verwirrt und schaue auf die Uhr. Es ist nach zehn und stockdunkel draußen, nur der volle Mond schickt sein fahles Licht über die Wipfel der Bäume des Schwarzen Waldes und lässt den Frost glitzern.

»Sollten wir unsere Party nicht lieber verschieben?« Ich habe heute kein gutes Gefühl dabei, heimlich hinauszuschleichen.

»Bist du verrückt?« Hollys Augen werden groß und ihr Mund steht offen. »Es reicht doch, dass wir fast nur im Winter diese Treffen abhalten können. Und jetzt haben wir den Anlass, deine Ehrennacht.«

Ich muss über ihre Empörung lächeln. »Schon gut, ich meine ja nur, nicht, dass wir erwischt werden.«

»Wir machen es wie immer. Uns wird keiner bemerken.« Mit einer flinken Bewegung fange ich das cremefarbene Kleid, das sie mir zuwirft, und ziehe es über das dünne, das ich bereits trage. Der Wollstoff kratzt im Nacken und ich klappe den Kragen um. Ich ärgere mich einmal mehr über die Tristesse unserer Kleidung hier beim Winterorden.

»Ich weiß, was du denkst«, sagt Holly zu mir und legt ihren Arm um meine Taille. »Etwas Farbe würde uns guttun.«

»Du sagst es.« Ich denke an Nonna, an die bunten Kleider, die alle im Clan trugen. An die wilden Muster und Stickereien, die so viel Lebensfreude ausdrückten. Und an den Schmuck aus Silber und Mondstein.

Schnell sind unsere Betten so drapiert, dass es aussieht, als würden wir gut verpackt schlafen. Nur für den Fall, dass eine neugierige Nase sich ins Zimmer stecken sollte.

»Aber einen Vorteil dieser tollen Klamotten gibt es«, meint Holly feixend, während sie sich ein letztes Mal vor dem Spiegel dreht, bevor sie nahe der Kommode in die Knie geht. »Wir sind quasi unsichtbar, wirst schon sehen.« Mit den Fingern hebt sie eine Diele an und zaubert die geklaute Holunderschnapsflasche hervor. Aufgeregt knackt sie mit den Fingern, eine schreckliche Angewohnheit, und lässt die Flasche in ihrer Tasche verschwinden.

Ich verstecke mein langes Haar unter einer cremefarbenen Wollmütze und lausche an der Zimmertür. Alles ist still auf dem Flur. Auf drei drücken wir die Klinke und huschen hinaus. Unsere Schuhe sind an den Schnüren zusammengebunden und baumeln um unseren Hals, damit wir auf leisen Sohlen nach unten gehen können. Das ganze Haus ist wie ausgestorben. Nicht einmal aus dem Büro der Oberschwester dringt ein Laut, wo sonst klassische Musik durch die Ritzen schwappt. Die alte Standuhr begleitet uns mit ihrem Tick Tack und ich lasse meinen Blick durch den Flur zu der Stelle wandern, von der aus Romeo mich heute beobachtet hat. Romeo, soll er doch bleiben, wo der Pfeffer wächst! Ich für meinen Teil freue mich auf Matti, da würde er mit seiner provokanten Art sowieso nur stören. Jemand hat kürzlich erzählt, der Rebell habe sich bereits mit Schwester Runa angelegt, die ihn zum Putzen einteilen wollte. Und richtig Ärger gab es wohl, als seine Haare gestutzt werden sollten. Sicher würde er nicht mehr lange hier sein, wenn er sich weiter so benahm.

Holly und ich eilen Hand in Hand noch eine Etage tiefer, bis zur Küche und dann in den Kartoffelkeller. Der muffige Geruch von altem Gemäuer schließt uns ein und ich lasse meine Finger zur Orientierung über die aussalzenden Wände wandern.

»Warte kurz«, flüstert Holly und flitzt zu einem Regal. Ich staune nicht schlecht, als sie mit einem Kuchen zurückkommt.

»Tada!«, formen ihre Lippen stumm und sie lässt ihn fast fallen, als sie ihn mir entgegenstreckt. Überrascht schlage ich mir die Hand vor den Mund und stoße dabei an zwei Töpfe hinter mir. Es klirrt und ich fange sie wieder ein, stoppe ihre verräterischen Bewegungen. Hollys Lächeln verrutscht, während sie lauscht, doch wir bleiben unentdeckt. Ich betrachte die hübsche 17 aus Zuckerguss und helfe ihr, ihn vorsichtig in die Tasche zu bekommen. Dann schlüpfen wir in unsere schwarzen Stiefel.

Ich frage mich, ob die anderen schon am Treffpunkt sind. Und wer alles dabei sein wird, wer es alles wagen wird, in den verbotenen Wald zu gehen.

»Komm«, flüstert Holly und zieht mich mit sich um die nächste Ecke in den antiken Teil des Kellers, der fast nie betreten wird. Ein Spinnennetz macht ein hörbares Geräusch, als ich es auf dem Weg zum Ausgang zerreiße. Im nächsten Moment nimmt mir eiskalte Luft den Atem. Die winzige Tür schließt sich hinter uns und wir sind frei.

Kies knirscht unter unseren Schritten und Holly beginnt zu rennen, während sich meine Hand fest um ihre schließt.

Wir erreichen den Zaun, der uns vom Wald trennt, der wie ein riesiges schwarzes Tier vor uns liegt, die Wipfel nur Scherenschnitte vor einem mit Wolkenfetzen verhangenen Nachthimmel, und plötzlich wird mir bewusst, dass etwas anders ist als sonst.

»Guck mal, hast du schon mal Licht im alten Turm gesehen?«, fragt Holly mich und späht zum uralten Teil des Herrenhauses, der zum Kloster übergeht. Er war schon immer riesig und dominant, doch nie belebt.

»Nein, ich dachte, er sei eine Ruine.« Hatten die Schwestern nicht sogar von Einsturzgefährdung gesprochen? Ich reibe mir die kalten Hände und hauche hinein. Weißer Nebel steigt vor mir empor und ich will gerade weitergehen, da schiebt sich ein schmaler Schatten vor eines der runden Turmfenster in der Mitte. Jemand ist im zweiten Geschoss. Jemand Großes.

»Lass uns zu den anderen gehen«, schlägt Holly vor, zupft an meinem Mantel. Sie öffnet mir die eiserne Pforte, auf der in geschwungenen Winterrosen das Emblem vom Winterorden prangt, und ich gehe vor ihr hindurch. Ich weiß nicht, wann es mir genau klar wird, dass uns jemand folgt. Aber in dem Augenblick, in dem ich die Schwelle zur Sicherheit des Ordens und dem Wald übertrete, habe ich das Gefühl, rennen zu müssen. Erschrocken wirble ich herum, als etwas im Unterholz knackt. Holly läuft mir in die Hacken. Wolken schieben sich vor den Mond und verschlucken das Silberlicht. Ich kann meinen Puls spüren.

Ehe Holly etwas sagt, lege ich meinen Finger warnend an ihre vollen Lippen. Alles ist still. Zu still.

Pass auf dich auf, kleine November. Viele werden dich jagen.

Wieder ein Geräusch. Mein Herz macht einen Sprung und ich möchte wieder zurück zum Klostergelände. Holly vollführt eine Art Gebärdensprache, mit der sie mich fragt, was zum Teufel ich für ein Problem habe, und geht dann einfach weiter. Ich atme tief ein und sperre mein Unbehagen weg. So wie ich die Gedanken an Nonna wegsperre. Die Frage, ob sie mich belogen hat. Ob sie mir meine Mutter genommen hat. Ob sie eine Mörderin … Ich kneife mir in den Handrücken, versuche den inneren gegen einen äußeren Schmerz zu tauschen.

Unter Hollys Füßen knacken trockene Äste und gefrorenes Laub raschelt unendlich laut. Ich folge ihr weiter, schaue mich dann und wann prüfend um. Als ich nach Hollys Arm greife und versuche sie zurückzuhalten, zeigt sie mir einen Vogel.

»Mach dich mal locker, Ember. Seit wann bist du so eine Memme?«, fragt sie mich leise und ich weiß es nicht. Vielleicht seitdem das, was ich zu wissen glaubte, infrage steht?

»Scheiße«, zischt Holly und bleibt plötzlich stehen.

»Was ist?« Ich halte die Luft an, Holly hebt langsam ihren Arm, zwingt mich zurück.

»Ein Kaninchen.«

»Wo?«, frage ich gehetzt und suche das Dickicht und die Senken vor den Baumstämmen ab. Dann entdecke ich es. Mit dunklen Knopfaugen starrt es uns an, ruhig und abschätzig.

»Können wir einen großen Bogen …« Weiter komme ich nicht, da klopft es alarmierend mit seinem Hinterlauf mehrfach auf den gefrorenen Boden.

»Holt es Verstärkung?«, zische ich und mache einen Schritt rückwärts.

»Keine Ahnung, es sieht verärgert aus. Siehst du, wie es mit der Nase wackelt?«

Ich kneife die Augen zusammen, versuche bei dem wenigen Licht im grauen Gesicht des kleinen Fellbündels zu lesen. Es sieht eigentlich echt süß aus, wie ein Stofftier zum Liebhaben.

»Gib ihm den Kuchen«, fordere ich und öffne Hollys Tasche, die an ihrer Seite baumelt.

»Das ist jetzt nicht dein Ernst, oder?«, protestiert sie halbherzig und lässt mich gewähren.

»Doch, da hinten kommen nämlich seine Brüder«, erkläre ich leise, nicke nach rechts und greife mit den Fingern den weichen Teig meines Geburtstagskuchens, um ihn zu opfern. Besser er als wir.

»Die mögen doch gar keinen Kuchen«, überlegt Holly und beobachtet, wie ich die Krümel auf gefrorenem Laub und Moos verteile. Es tut mir leid um die Mühe, die Holly sich gemacht hat. So feine Leckereien sind sehr schwer zu organisieren. Das graue Kaninchen blinzelt einmal, hopst näher und schnüffelt an dem Zuckerguss, der meine Siebzehn war.

»So, und jetzt einfach langsam weg hier«, schlägt Holly vor und tritt rückwärts. Ein Ast kracht unter ihrem Schuh und das Tier mit den Knopfaugen fletscht hässliche gelbe Zähne.

»Kacke!« Holly fliegt rücklings über einen Baumstumpf und landet auf dem Hintern. Im nächsten Moment zähle ich vier dieser raufustigen Biester, die aus kahlen Büschen und Erdhöhlen kommen. Ich will Holly auf die Beine ziehen, da schießt das Erste auf uns zu und grunzt so laut, dass ich aufkreische. Gerade als ich denke, es wird Hollys Gesicht zerfetzen, taucht Ylvi wie aus dem Nichts auf und erwischt zwei von ihnen mit einem Messer. Ylvi, das Januarkind, das sich so leise wie fallender Schnee bewegen kann, und immer so ernst ist wie Bitterbier.

»Heilige Scheiße!«

Das Kreischen der Kaninchen geht mir durch und durch und ich habe augenblicklich Mitleid mit ihnen. Das dritte setzt zu einer Attacke an, es sieht gar nicht mehr niedlich aus mit dem ganzen Fell und den braunen Augen. Infektiöser Schaum läuft aus seinem Maul und es klappert böse mit seinen scharfen Beißern. Ylvi ist schnell, sie stößt vor, packt das Tier zielsicher im Nacken und durchtrennt seine Kehle mit der Klinge.

»Oh, Ylvi«, keucht Holly und würgt, als der kupferne Geruch von frischem Blut uns entgegenschwappt. »Ich kotz gleich im Strahl.«

Ylvis Kaltblütigkeit überrascht mich immer wieder und trifft mich wie ein harter Schlag in der Magengegend. Die Wipfel der Bäume beginnen, sich zu drehen, und ich sammle mich mühselig, damit mir nicht schwarz vor Augen wird.

Holly stützt mich, während Ylvi das tote Tier in ihren Beutel stopft, als hätte es nicht vor Kurzem noch gelebt.

»Da kann Emma ja endlich mal wieder eine anständige Blutwurst machen.« Ylvi ignoriert unser Entsetzen. »Gut, dass ich immer auf euch aufpasse, wenn es darauf ankommt.« Sie steckt die verbotene Klinge, die sich als Küchenmesser entpuppt, in ihre Jackentasche und geht mit weiten Schritten voran, die so leise sind, dass man meinen könnte, sie berührt den Boden nicht.

»D-d-danke«, stammle ich, folge ihr und frage mich, ob sie es war, die uns die ganze Zeit beobachtet hat.

»Ylvi, kleiner Tipp am Rande«, zischt Holly und schaut sich vorsichtig um. »Blut klebt an deinen Händen.«

Ylvi dreht die Finger vor ihren Augen, betrachtet sie und stößt hart die Luft aus. »Es gibt weitaus Schlimmeres als das.«

Holly wirft mir einen langen und vielsagenden Blick zu.

»Herzlichen Glückwunsch zum Beinahe-Geburtstag übrigens«, sagt Ylvi nach einigen stillen Sekunden zu mir und taucht unter einem tiefhängenden Ast hindurch.

»Hat dir schon mal jemand gesagt, dass du echt creepy bist?«, stichelt Holly weiter. Ylvis störrische Haare entziehen sich ihrem Zopf, stehen vom Kopf ab und als sie versucht, sie zu bändigen, wischt sie etwas Blut in die Spitzen. Ich kann es im Mondlicht sehen, das wieder durch die Wipfel fällt und Formen zu unseren Füßen zeichnet.

»Ja, du«, antwortet sie gelangweilt. »Und schon mehrfach.«

Wir erreichen die kleine Anhöhe, die an die Lichtung grenzt, und sehen bald darauf das Leuchten des kleinen Lagerfeuers, das eigentlich keines ist. Es sind nur Kerzen, die dicht zusammengestellt für schimmerndes Licht sorgen.

»Wir sind da«, freut sich Holly und überholt Ylvi, die irgendetwas vor sich hinknurrt, als sie dabei unsanft von meiner Freundin abgedrängt wird, und ich entschuldige mich an ihrer statt.

Ich zähle mindestens acht Leute, die sich auf dem Lager niedergelassen haben und uns schon erwarten. Matti erhebt sich und winkt mir zu. Sofort summt es in meinem Bauch aufgeregt und ich spüre, wie sich meine Wangen rot färben, als er mich überschwänglich an sich zieht.

»Da ist ja unsere Hauptperson«, flüstert er an meinem Hals, bevor er mich wieder auf meine Beine stellt und mir neckend meine Mütze über die Augen zieht. »Warum hat das so lange gedauert?«

»Wir mussten einen Karnickelangriff über uns ergehen lassen«, berichtet Holly und erwähnt Ylvis Hilfe nicht weiter. »Und eure Wundertüte hat euch etwas mitgebracht«, fügt sie etwas viel Wichtigeres an und zaubert die Flasche mit Holunderschnaps aus der Tasche.

»Du bist die Beste«, freuen sich die unerblühten Zwillinge Oksana und Olga, deren Köpfe so kahl wie Bowlingkugeln sind, über die Flasche mit Glück und halten die kleine Mona in ihrem übergroßen Wintermantel auf Abstand, die versucht an die Flasche heranzukommen.

»Wer hat denn eigentlich den Zwerg mitgebracht?«, beschwert sich Holly mit Blick auf die Siebenjährige, die zur Antwort gekonnt mit den braunen Augen rollt.

»Sie hat mich erwischt, was hätte ich machen sollen?«, erklärt Junus, ein Dezemberkind mit der Gabe zu erkennen, wenn jemand krank wird. Er fixiert Mona, die beinahe über ihren

Mantelsaum fällt, mit einem eisigen Blick. »Und da sie nächste Woche eine Grippe bekommt, hab ich es nicht übers Herz gebracht, ihr den Spaß zu verderben«, scherzt er.

Monas Handbewegung sagt so viel wie: sie hätte ihm den Spaß verhageln können, nicht umgekehrt.

»Na ja. Mona gehört ja zum inneren Kreis«, sage ich und zwinkere ihr zu. Sie hüpft sofort an meine Seite und scheitert, als sie sich zwischen mich und Matti drängen will.

Ihre Finger fühlen sich beinahe heiß an, als sie sich in meine fädeln. Wir setzen uns auf einen umgestürzten Baumstamm nahe an die Kerzen, Matti zündet eine weitere an. Einen Moment lang, während der Wind durch die Äste streicht, habe ich das ungute Gefühl, die Bäume würden sich etwas zuflüstern. Sich auffordern, etwas gegen uns zu unternehmen, gegen die nicht ungefährlichen Flammen, und ich zwinge mich zur Ruhe, erinnere mich daran, dass sie bereits schlafen und uns sicher nichts tun werden.

»Ihr habt ganz schön lange gebraucht«, beschwert sich Karla, die eigentlich immer schlecht gelaunt ist, und fordert von Holly den Schnaps. Ich kann nur ihre Augen sehen, weil ihr Wollschal ihr Gesicht verhüllt, und frage mich, ob sie eigentlich gerade lächelt.

»Ember, die Pennratte, wurde ewig nicht wach«, erklärt Holly ungerührt in ihre Richtung. »Ich befürchtete schon, sie sei zu einer Art neumodischen Dornröschen mutiert.« Holly entzieht Karla die Flasche, noch während sie an ihren Lippen hängt, und trinkt selbst einen großen Schluck.

»Wer weiß, das hätte ja geschehen können. Ich meine, was denkt Henry sich dabei, seine Kraft gegen sie einzusetzen?«, knurrt Matti und stochert mit einem Zweig grob in einem Laubhaufen.

»Es heißt, er hatte die Erlaubnis von Oberschwester Klara«, gibt Ylvi zu bedenken und die Art, wie sie Matti die ganze Zeit beobachtet, lässt mich an ein Gespräch mit Holly denken. »Ich schwöre dir, da geht was zwischen den beiden«, hatte Holly gemeint und ich lachte sie aus. Jetzt grinst sie mich offen an, weil ich mich frage, ob sie recht haben könnte.

»Die Erlaubnis wofür? Machtmissbrauch? Oder Ordnung halten? Das sind unterschiedliche Dinge«, mische ich mich in das Gespräch ein und denke an das schreckliche Gefühl, als ich die Kontrolle über mich verlor. Es ist diesem Stechen in der Brust, wenn ich darüber nachdenke, dass Ylvi etwas mit Matti anfangen könnte, sogar ähnlich.

»Erinnert ihr euch noch an letzte Woche, da musste er noch ins Stille Zimmer, weil er beim Streitschlichten Junus eingeschläfert hat. Und das für eine ganze Woche«, meint Ylvi und studiert mich viel zu lange. Ich schaue weg.

»Das passt eigentlich nicht zu den Schwestern und ihren Grundsätzen. Ich kann mir nicht vorstellen, dass sie Henry einen Freifahrtschein ausgestellt haben«, wirft Holly ein.

Sie übernimmt wieder den Schnaps und kippt viel zu viel in sich hinein. Ich muss an einen Tag im Sommer denken, an dem sie Bitterbier im Dorf getrunken und nachts ins Bett gekotzt hat.

»Habt ihr eigentlich auch das Licht im Turm gesehen?«, komme ich auf ein anderes Thema zu sprechen. Mattis Ellenbogen berührt den meinen, ganz sanft.

»Ich habe gehört, es wurden allerlei seltsame Gerätschaften, die irgendwie medizinisch aussehen, in den Turm und die umliegenden Zimmer des Klosters gebracht«, berichtet Matti und schaut beiläufig auf seine Armbanduhr. Das Kloster. Die meisten Räumlichkeiten in ihm dürfen wir nicht betreten. Mit Ausnahme des Krankenzimmers und des Stillen Zimmers, das eher einem Verlies mit winzigen Fenstern gleicht.

»Ich habe gehört, der Nachfahre des Gründers ist zu Besuch«, sagt Ylvi gelangweilt und guckt Matti wieder viel zu lange an.

Er bemerkt den Blick, streicht sich durch sein kurzes blondes Haar. Eine Verlegenheitsgeste?

»Ob das mit Ruby zu tun hat?«, frage ich mich. »Der Besuch?«

»Schwester Runa hat gesagt, es habe nichts mit ihr zu tun, dass er gekommen ist«, antwortet Ylvi.

Holly schnappt nach Luft. »Du hast mit Runa geredet? Was sagt sie noch?«

»Nichts weiter, nur dass alles recht überraschend kam und sie sich ärgerte, weil sie Tag und Nacht nur noch als Mädchen für alles herhalten müsse. Und das, obwohl sie noch Prüfungen für die Oberstufen vorzubereiten hätte, bla, bla, bla.« Das Januarkind öffnet ihre Hand und lässt die Flammen unter einer kleinen Windböe erzittern. »Ach ja, und dass wir alle das Oberhaupt spätestens zum Dezemberfest kennenlernen werden.«

»Na, da bin ich mal gespannt.« Ich öffne meine Wolljacke, weil die zarte Wärme der Kerzenflammen mich aufwärmt. Oder die Nähe zu Matti, der seinen Arm um meine Taille legt und mich lange ansieht. Beinahe denke ich, er würde mich küssen. Doch ehe wir uns so nahekommen können, drängt sich Mona zwischen uns. Enttäuschung macht sich in mir breit, Holly entgeht die verpatzte Möglichkeit nicht und schwenkt die Flasche Holunder hin und her. »Mona, wenn du herkommst, darfst du mal dran schnuppern«, lockt sie mit verbotenen Früchten. Mona denkt gar nicht daran, mich freizugeben, sie versucht auf meinen Schoß zu klettern.

Ich lasse sie gewähren und gucke in die Wipfel über uns, die sich sanft wiegen und dann und wann den Blick auf vereinzelte Sterne preisgeben. *Glitzernde Tränen aus Schnee am Himmelszelt.*

Als mich Hollys Flasche erreicht, nehme ich einen großen Schluck, der mir süß und kühl die Kehle hinabrinnt. Wärme breitet sich im Magen aus und fließt bald schon durch den ganzen Körper.

»Wir sollten tanzen«, schlägt Holly vor und springt auf die Beine. »Es sind nur wenige Minuten bis Mitternacht!« Matti reicht mir die Hand und ich stehe auf. Mona läuft zu Holly, die Stimmung ist mit einem Mal so ausgelassen, dass ich mich leicht wie eine Feder fühle. Die Flasche wird geleert, Sandra erzählt Witze und Matti gibt mir heimlich sein Geschenk. Es ist in Zeitungspapier verpackt und als er sich zu mir beugt, flüstert er in mein Ohr: »Erst öffnen, wenn du alleine bist.« Sein Atem kitzelt mich und ich nicke stumm, während ich es schnell in meine Jackentasche stecke. Seine Finger flirten mit meiner Knopfleiste und sein Lächeln ist so süß, dass ich überlege, ihn zu küssen. Einfach nicht mehr darauf zu warten, dass er es endlich tut.

Holly kreischt, sie tanzt mit Mona im Kreis, ihre roten Haare wirbeln um ihr Haupt. Sara beginnt zu singen, ihre glockenklare Stimme wird vom Wind wie ein Spielball umhergeworfen und der Moment, in dem ich Matti küssen könnte, verstreicht.

Mädchen mit einem Vogel, sie fand ihn im Schnee, sie wünschte ihm das Leben und ließ ihn gehn. Gott kannte den Schnee und den kleinen Vogel, doch das Mädchen nie.

Ich stimme mit ein in das Lied, das jeder hier singt, und lasse mich mitreißen. Matti legt seine Hand auf meine Hüfte, lässt mich eine Pirouette drehen. All meine Sorgen zerfallen zu Staub und ich halte mich fest an Mattis Händen. Meine Mütze rutscht mir vom Kopf und befreit meine langen Haare. Wir tanzen und singen, bis die Stunde null schlägt und vom Glockenturm des Klosters zu uns herüberhallt. Matti dreht mich in seinen Arm. Vorsichtig berührt er mein Gesicht, streicht mit den Fingern über meine Wange bis zu meinem Kinn. »Alles Gute zu deinem Geburtstag, Ember«, raunt er und sein Blick wandert zu meinen Lippen. Ich kann nichts sagen, erwarte meinen ersten Kuss. Den es schon so oft hätte geben können und den ich mir so wundervoll ausgemalt habe in meinen heimlichen Träumen.

Wie aus weiter Ferne höre ich die anderen mir gute Wünsche zurufen. Ich schließe meine Augen, stelle mich auf die Zehenspitzen, spüre den Druck von Mattis Händen auf meinen Schultern, wie sie mich zu sich dirigieren und dann … taumle ich, als Matti mich loslässt. Holly schreit wie am Spieß, ich wirble herum. Ich sehe gerade noch, wie sie zu Boden geht und um Haaresbreite das Feuer der Kerzen verfehlt. Matti stürzt zu ihr, zerrt sie von den Flammen weg.

»Holly, was hast du?«, brülle ich und falle ebenfalls auf die Knie. Es ist lange nicht mehr vorgekommen, dass sie ohnmächtig geworden ist. Manchmal geschieht es, wenn sie sich aufregt. Sie verdreht ihre Augen, bis nur das Weiß in ihnen zu sehen ist. Mona kauert sich zusammen und beginnt lautlos zu weinen. Die anderen stehen ratlos um uns herum, während ich versuche ihren zuckenden Körper zu bändigen. Ihre Fingernägel fahren mir durch mein Gesicht, ich lasse sie los, ganz kurz nur.

»Gott, ob der Schnaps vergiftet ist?«, höre ich Ylvis kühle Stimme, ihre Miene ist reglos. Die Zwillinge klammern sich aneinander.

»Wir müssen sie zu den Schwestern bringen«, kommandiert Matti und versucht Holly vom Boden zu heben. In dem Augenblick macht sie sich steif wie ein Brett und stößt erneut diesen Schrei aus, der an den eines Tieres erinnert. Etwas flattert auf, eine Eule. Ein Grollen kommt als Antwort aus dem Wald und ich frage mich, was wir alles wecken könnten.

»Holly, Holly, bleib bei mir«, flehe ich sie an und lege meine Hände an ihre Wangen. Weißer Schaum quillt aus ihrem Mund und ich schluchze trocken. *Weine nicht, November!*

»Oh Gott, tut doch was«, jammere ich und fange ihre Arme ein.

Die Zwillinge beginnen die Kerzen zu löschen und als ich Matti Platz machen will, damit er sie vom Boden hebt, packt

Holly mich und zieht mich ruckartig zu sich herunter. Ich schnappe erschrocken nach Luft.

»Du wirst weinen, November«, sagt sie ganz klar und deutlich. »Und deine Tränen werden töten.« Ihr Blick ist stechend, Blut sickert aus ihrer kleinen Nase, tropft auf den hellen Kragen ihres Kleides und dann wird ihr Körper ganz schlaff. Sie fällt in Ohnmacht. Die Stille, die sich dabei über uns senkt, ist ohrenbetäubend.

Ich zittere am ganzen Leib, Gedanken an Nonna und meinen Clan drängen sich mir auf. Ich kann sie vor meinem inneren Auge sehen, diese Tränen, die ich damals weinte. Wie sie ihre bösartige Macht entfalteten und die Luft verseuchten.

Ich blinzle, Matti starrt mir ins Gesicht. Die Bilder in meinem Kopf spiegeln sich in seinen Augen, mein Geheimnis ist offenbart. Er deutet ein Kopfschütteln an und ich weiß nicht, was er mir damit sagen will. Wird er es für sich behalten? Mein Geheimnis? Wortlos lädt er Holly auf seine Arme, stemmt sie hoch und so plötzlich, wie sie zusammengesackt ist, so schnell kommt sie wieder zu sich.

»Hoppla«, flüstert sie und zappelt wie ein Fisch am Haken. »Lass mich runter, du hast das falsche Mädchen.« Sie strampelt so lange, bis er sie auf den Waldboden absetzt. Meine Beine sind taub und wahrscheinlich wäre es tatsächlich besser, wenn mich jemand statt ihrer tragen würde.

»Was ist passiert? Bin ich eingeschlafen?«, fragt sie keine Spur benommen und befreit ihre Jacke von Laub und Schmutz. Mattis Lippen sind zu einem Strich verzogen, seine Hände ringen miteinander und so, wie er dasteht, eingerahmt von grauen Bäumen, wirkt er vollkommen verloren.

»Nein«, beginne ich zögerlich und habe das Gefühl, als drehe sich die Welt ein wenig schneller um mich herum.

»Du bist erblüht«, sagt Matti knapp, wendet sich ab und beginnt dann mit den anderen aufzuräumen. Ich weiß nicht, was sie mitbekommen haben. Ob sie Hollys Worte verstehen konnten.

Mona wischt sich Tränen von den geröteten Wangen und ist die Einzige, die uns weiterhin anstarrt.

»Ist ja krass.« Holly runzelt die Stirn, ich wage es nicht, sie loszulassen. »Und wieso kann ich mich nicht daran erinnern?« Sie verzieht ihr Gesicht und stampft wütend mit dem Fuß auf. »Das darf doch wohl nicht wahr sein. Da trinkt man einmal Alkohol und ist so besoffen, dass man sein Erwachen nicht mitbekommt?«

»Du warst ohnmächtig, du musst zu einer der Schwestern«, höre ich mich sagen. Mir hallen immer noch ihre Worte durch den Kopf. *Du wirst weinen, November, und töten.*

Ich schlucke trocken, meine Kehle ist wie zugeschnürt.

»Unglaublich schlechte Idee. Ich hab 'ne Fahne wie ein alter Seebär.« Sie haucht sich in die Hände und schnuppert. »Jab, das trifft es. Du weißt genau, was passiert, wenn herauskommt, dass wir getrunken haben. Ich geh nicht ins scheißstille Zimmer, nur über meine Leiche.« Sie macht sich unwirsch von mir los, als ich sie stützen will. Matti weicht meinem Blick aus, sammelt die Kerzen ein und geht voran.

»Ich dachte, wir feiern hier heute mal richtig. Stattdessen zieht ihr alle ein Gesicht wie fünf Tage Froststurm«, meckert Holly und ich will nur noch in unser Zimmer.

Ein Donnern ertönt über uns und überlagert meinen lauten Herzschlag.

In der nächsten Sekunde trifft mich etwas Hartes auf der Schulter. Ein Rauschen erfüllt die Luft, die Zweige über uns biegen sich, rascheln, während amseleigroße Hagelkörner ihren Weg zum Boden finden. Mona duckt sich und presst sich an den Stamm einer riesigen Fichte. Holly versucht sich mit bloßen Händen zu schützen und Matti übernimmt das Kommando.

»Lauft, wir müssen ins Haus!«, schreit er, schmeißt die Kerzen achtlos zu Boden und reißt Mona an sich. Sie schmiegt sich an seine Brust, während er mit ihr vorausrennt. Überall schlagen die Hagelkörner auf den Boden, sie brechen Zweige, zersplittern Eis und wirbeln Laub und Tannennadeln auf. Ich renne, so schnell ich kann, Holly dicht hinter mir. Als wir aus dem Schutz des Waldes kommen, trifft mich eines der Geschosse direkt im Gesicht, ich spüre Haut aufreißen, doch es schmerzt nicht. Mein Körper ist voller Adrenalin. Ich zerre Holly in Richtung Kellereingang. Die anderen verschwinden zu ihren Fenstern, durch die sie geklettert sind, und ich sehe sie nicht mehr. Mein Atem keucht laut, als die Tür sich hinter uns schließt und das Prasseln des Hagels und die schrecklichen Ereignisse aussperrt.

4

Unwetter

Die ganze Nacht hat es gestürmt und Holly hat im Schlaf gesprochen. Ich weiß nicht, ob ich überhaupt ein Auge zugemacht habe, nach ihren Worten im Wald. Lange lauschte ich in die Dunkelheit und versuchte, schlau aus dem Gemurmel zu werden, doch nichts ergab einen Sinn. Dann packte ich Mattis Geschenk aus. Es war ein purpurfarbenes Halstuch aus Seide, wie ich es schon oft in Zeitschriften bestaunt hatte. Eine wundervolle Abwechslung zu den tristen Farben an diesem Ort. Und sicher nicht gerne gesehen.

»Hey«, murmelt Holly, als sie sich auf die Seite dreht und ihre Beine an den Bauch zieht. »Es tut mir so leid.«

»Was tut dir leid?« Ich schlage die Bettdecke zurück und schiebe mich von der Matratze. Die Kälte des Fußbodens kriecht über meine nackten Füße und ich beeile mich, zum Schrank zu kommen, um mich anzukleiden.

»Dass die Nacht so blöd war«, höre ich Holly sagen. Ich schaue über die Schulter.

»Das muss es nicht.«

Holly streckt sich ausgiebig und zeigt plötzlich mit dem Finger auf mich. »Du«, sagt sie.

»Ich?« Mein Magen kribbelt.

»Du hast aber noch den ganzen Tag Geburtstag, deshalb machen wir es uns jetzt schön«, entscheidet sie gewohnt fröhlich.

Ich atme auf. In Windeseile sind wir gewaschen und fertig für den Tag. Einziges Manko, meine Schramme und der kleine blaue Fleck im Gesicht lassen sich nicht verstecken.

Es ist Samstag und außer zum Gebet zu erscheinen, haben wir nichts vor an dem heutigen Tag. Also hoffe ich, es fällt niemandem auf.

»Ich habe viel mit dir vor, meine liebste Ember«, verkündet meine Freundin, als wir nach dem Glockenschlag mit den anderen nach unten strömen.

»Da bin ich ja beruhigt, ich dachte schon, das wird ein Tag wie jeder andere«, scherze ich und mein Blick trifft auf Romeo, der unweit von uns stehen bleibt und scheinbar auf uns wartet.

Jemand hinter mir drückt mir seine Hand in den Rücken, als ich langsamer werde. Ausgerechnet in diesem Moment komme ich ins Stolpern, weil ich an einer losen Diele hängen bleibe. Mist. Romeos Augen weiten sich, blitzschnell ist er bei mir und fängt mein Straucheln ab. »Kannst du nicht mal aufpassen?«, fragt er ärgerlich und reiht sich neben mir ein.

»Entschuldigung«, presse ich hervor und versuche zu ignorieren, dass Röte in mein Gesicht aufsteigt.

»Ich wollte dir alles Gute zu deinem Ehrentag wünschen«, sagt er gestelzt und ich frage mich, ob er sich verpflichtet fühlt, das zu sagen, weil ich ihn gestern beinahe zur nächtlichen Feier eingeladen hätte.

»Vielen Dank, das ist sehr freundlich.« Ich schaue in seine unergründlichen Augen, die mich an etwas erinnern wollen, das ich nicht greifen kann. Betrachte die feinen goldbraunen Sprenkel der Iris, die sich je nach Licht zu verändern scheinen. So wunderschön und hypnotisierend.

Romeo unterbricht den Blickkontakt, hakt seine Finger in den Bund seiner weißen Hose. »Und? Wie war eure Party?«

»Nicht wie erwartet«, antworte ich wahrheitsgetreu und bemerke, dass Holly neben uns ganz genau zuhört. Ich habe ihr immer noch nicht erzählt, was sie zu mir gesagt hat, während ihres schrecklichen Anfalls. Und ich gedenke es auch nicht zu tun. Zumindest noch nicht.

»Das ganze Leben ist nicht das, was man erwartet.« Romeo versucht ein Lächeln, doch es misslingt ihm.

Ich kann spüren, wie unwohl er sich fühlt. Ob es an diesem Ort liegt, der Tatsache, dass er seine eigenen Klamotten nicht mehr tragen darf, oder an mir, kann ich nicht sagen. Für einen Moment mustert er meine Blessuren im Gesicht, entscheidet sich aber, nichts dazu zu sagen.

»Wie wahr«, antworte ich und ärgere mich, dass mir nichts Besseres einfällt. Ich ertappe ihn dabei, wie er auf mich herunterstarrt, lange und nachdenklich, mit einem leisen Lächeln auf den Lippen. Mein Atem geht schneller und als wir die Treppe erreichen, nimmt er plötzlich meine Hand in seine. Hitze prickelt aus ihr und strömt über meine Haut, belebt mich. Er ist mir ganz nah, ich kann seinen würzigen Atem riechen, während er mir ein winziges Kästchen gibt.

»Für dich«, haucht er.

»Danke«, meine Stimme ist heiser und ich räuspere mich. Lächelnd nimmt er wieder Abstand, sein Körper verspannt sich, wie Wild, das einen Jäger wittert. Ich schaue ihm verdutzt nach, wie er sich in der nächsten Sekunde an den anderen Winterkindern vorbeischiebt, fort von mir, und aus meinem Sichtfeld verschwindet. Wir traben die Stufen hinab, Holly dicht neben mir, und ich lasse das Kästchen in die aufgenähte Tasche meines Kleides rutschen.

»Was hab ich denn noch so verpasst?«, will Holly wissen und knufft mich unsanft. Ich zucke die Achseln und ducke mich unter einem strengen Blick von Schwester Runa, deren verkniffene Miene mir manchmal Angst macht. »Das frag ich mich auch«, antworte ich Holly und ziehe sie mit mir in die Kapelle hinein. Doch einen Moment später werden wir getrennt, als wir Plätze einnehmen sollen.

»Vater unser, leite unsere Kräfte, mache uns stark«, höre ich die Gebete wie aus weiter Ferne, während ich auf dem knarrenden Stuhl hocke und mich fremd in den eigenen Reihen fühle. Meine Finger fahren die Kanten des Kästchens nach und öffnen es. Das Medaillon liegt kühl in meiner Hand, als ich es herausnehme und es betrachte. Es ist so wunderschön. Ein Mondstein eingefasst in Silber und Weißgold. Viel zu kostbar, um es irgendeinem Mädchen zum Geburtstag zu schenken. Was ist bloß in diesen Jungen gefahren?

Ich wende es, lese eine Gravur: *Wenn du die Frage bist, bin ich die Antwort.*

Nachdem ich Romeo vergeblich den ganzen Morgen gesucht habe, um ihm dieses viel zu wertvolle Geschenk gegen den Protest von Holly zurückzugeben, machen wir uns auf den Weg in die nächste Stadt. Der Fußmarsch über die ewig lange Zufahrt durch den Wald ist wie jedes Mal anstrengend und Holly ist kurz davor, in ihren Meckermodus zu schalten. Der Ostwind pfeift um uns herum, als hätte er es auf uns abgesehen. Und ich bin froh, dass der Bus nicht lange auf sich warten lässt. In weniger als einer halben Stunde erreichen wir die Stadtmauern von Bohra und steigen wieder aus.

»Ich finde, du hast echt Glück«, sagt Holly zu mir und hält ihre Mütze fest, als eine Böe sie erwischt.

»Ich habe Glück, dich zu haben«, antworte ich fröhlich, schlendere mit ihr über die Straße und betrachte die vielen Häuser und Läden der Kleinstadt. Kinder lärmen auf einem Spielplatz, eine Frau mit Gewehr hütet sie, für den Fall, dass etwas die Mauern überwinden könnte, und sieht dabei so entspannt aus wie die Mädchen und Jungen selbst.

»Nein, ich meine, weil du gleich zwei Verehrer hast«, sagt Holly und ich erkenne die Traurigkeit in ihrem Lächeln.

»Mein Schatz, für dich wird es jemanden ganz Besonderen geben«, verspreche ich ihr, nehme mein Purpur-Tuch ab und binde es ihr um den schmalen Hals.

»Ember, das solltest du nicht tun«, meint sie und befühlt ehrfürchtig den feinen Stoff. »Wenn Matti das wüsste. Der würde ausrasten.«

»Er würde es verstehen, dass ich die schönen Dinge mit meiner Freundin teile«, antworte ich und mein Herz wird warm, als sie mir ein strahlendes Lächeln schenkt.

Wir kommen an die Marktpassage und zu unserem Lieblingsladen, dem *Modern Girl,* und gehen hinein. Wie immer kündigt uns das kleine Glöckchen über der Tür an und wir tauchen in eine Welt aus Farben und Glitzer ein. Die neuesten Trends warten hier jedes Mal auf uns, Kleider mit fraulichen Ausschnitten, Stiefel, die hohe Absätze haben, Ketten mit Perlen und Kristallen und Taschen mit Vogelprints aller Art.

Pamela, die Besitzerin, begrüßt uns. »Nanu, da seid ihr ja mal wieder. Wie geht es euch?«, fragt sie nett. Ich bewundere ihr Outfit, die enge schwarze Lederkleidung, die ihren Busen betont. So anrüchig und aufregend. So fremd und verboten. Ich würde es niemals wagen, so etwas zu tragen. Wahrscheinlich würde ich sofort vom Blitz getroffen werden und in die Hölle einfahren. Oder die nächste Eiszeit würde mich als Erstes töten, wie es in den Annalen steht.

»Super geht's uns«, antworte ich. Pamela wirkt nachdenklich, betrachtet das rote Tuch um Hollys Hals und ihr Blick verengt sich ärgerlich. »Du bist eine ganz schön untreue Tomate, wie mir scheint«, sagt sie streng. Holly guckt verdutzt. »Wie meinst du das denn?«

»Na, du bist mir ja ein Scherzkeks. Du hast so ein Tuch bei mir bestellt und nicht abgeholt«, erinnert sie meine Freundin, die aussieht, als wäre ihr der Bus vor der Nase davongefahren. »Und so wie es scheint, hast du es woanders herbekommen. Nicht die feine Art, wenn du mich fragst.« Pamela rümpft ihre Nase, in der zwei silberne Ringe stecken.

»Ich hab doch nichts bestellt«, wehrt sich Holly. Pamela stößt hart die Luft aus und stemmt die Arme in die Hüfte.

»Schätzchen, soll ich dir den Bestellschein zeigen?«, fragt sie harsch und mir ist danach, wieder zu gehen.

»Das ist ein Missverständnis. Es ist meins, ich habe es ihr nur gegeben«, mische ich mich ein und die Art, wie Holly den Kopf schieflegt und grübelt, lässt eine Ahnung in mir erwachen.

»Du hast einen Bestellschein von mir?«, hakt Holly bei Pam nach und die Verkäuferin nickt.

»So eine Ratte!«, zischt Holly mir zu. »Matti, diese fiese Elster, hat mir meine Geschenkidee gestohlen. Einfach aus dem Kopf gefischt, dieser Betrüger.« Sie fummelt unruhig an dem schönen Stoff herum, überlegt, ob sie ihn abnehmen sollte.

»Das würde er doch nicht …«

»Und ob«, schneidet sie mir das Wort ab. Pam sieht verwirrt von einem zum anderen, hebt dann ihre manikürten Hände abwehrend und ich quetsche mich mit einer knappen Entschuldigung an ihr vorbei, folge Holly, die drauf und dran ist, den Laden zu verlassen.

»Der kann was erleben, wenn ich den in die Finger bekomme«, motzt sie und Pamela ruft uns nach: »Ist immer wieder schön, wenn ihr mal vorbeischaut.« Bevor wir abrauschen wie ein Gewittersturm.

Der Rest des Ausfluges verläuft etwas glücklicher. Wir essen Waffeln mit Sahne, quatschen über unsere Zukunftspläne und lachen viel. Nur als wir darüber sprechen, wann Holly den Schwestern ganz vorschriftsmäßig verraten wird, dass sie erblüht ist, wird es schwierig. Denn solange ich keine Gabe habe, will sie ihre nicht verraten, was heikel ist. Wenn man sie bei so einer Unaufrichtigkeit erwischen sollte, haben wir keine Ahnung, was ihr blühen würde. Und noch etwas ist unangenehm. Das Gefühl beobachtet zu werden, ist für mich allgegenwärtig. Und immer wieder schwirren mir die Warnungen von Nonna durch mein Hirn: *Sie werden den November jagen, doch weine nicht, süßes Kind!*

Ich glaube, ich hatte selten einen so seltsamen Geburtstag. Während wir die schmale Allee entlang auf das mächtige Herrenhaus des Klosters zusteuern, versucht Holly mit belangloser Konversation die Stimmung zu retten. Ich sperre meine Emotionen endgültig tief in mein Inneres und spüre, wie mein Gemüt abkühlt. Wie Frost hält Gleichgültigkeit Einzug und lässt mich wieder frei atmen. Was ist, das ist. Was geschieht, geschieht.

Ich lasse meinen Blick über den riesigen Innenhof schweifen, der durch die Stahlzäune vom Wald getrennt liegt. Er ist beinahe friedlich und lässt einen die Gefahren des Sommers fast vergessen. Wenn die Tiere des Waldes Junge haben, kann man nicht so gefahrlos spazieren gehen. Da könnte selbst ein Kuckuck zu einem Raubvogel werden.

Noch ehe wir die ersten grauen Stufen des Haupteingangs erreicht haben, wird die mächtige Flügeltür auch schon geöffnet. Sie begrüßt uns mit ihrem lauten Knarren und Matti steckt seinen blonden Schopf heraus. Als er beginnt zu sprechen, ist seine Miene ernst und seine Stimme distanziert.

»Wo wart ihr? Es ist ein Verstoß gegen die Hausordnung, wenn ihr euch nicht abmeldet«, murrt er und lässt uns hinein.

Holly gibt ihm einen rüden Schubs als Antwort. »Mit Verstößen kennst du dich ja aus, was?«, faucht sie und ihr ganzer Zorn sprudelt über. »Erkennst du das?« Sie zupft an meinem roten Tuch um ihren Hals. Für einen Moment habe ich Sorge, dass sie vor Zorn umkippen könnte.

»Allerdings«, antwortet Matti und verengt die Augen.

»Du hast meine Idee gestohlen! Und ich hatte die ganze Zeit schon so ein blödes Gefühl, als hätte ich etwas Wichtiges vergessen. Du siehst, du musst noch an deinen verkackten Fähigkeiten arbeiten, du Riesenarsch!«

Er stemmt die Arme in die Seite und sieht Holly fassungslos an. »Ich weiß nicht, was du mir vorwirfst. Ehrlich.«

»Na, das rote Seidentuch war nicht deine Idee. Sondern meine!« Holly läuft rot an vor Wut, ihre kleinen Hände ballen sich zu Fäusten. Ich halte sie am Arm zurück, bevor sie auf die Idee kommt, sich auf den Dezemberjungen zu stürzen.

»Genau genommen war es Romeos«, antwortet Matti glatt und schaut uns düster an. »Die Geschenkidee, meine ich.«

Ich brauche eine ganze Weile, um zu verstehen, was er da eigentlich sagt. Ist der Neue etwa auch eine Elster? Ein Dezemberkind mit den Fähigkeiten, Gedanken zu sehen und zu stehlen? Oh, bitte nicht. Was hat er alles in mir erkannt? Was hat er in mir gelesen, ohne dass ich es mitbekam? Eis schießt durch meine Adern und ich beginne zu zittern.

»Das spielt jetzt allerdings keine Rolle, denn es gibt Wichtigeres zu besprechen«, setzt Matti erneut an und reicht mir auffordernd die Hand. Ich bin unfähig zu reagieren und seine besitzergreifende Art missfällt mir.

»Etwas Wichtigeres als die Klärung unseres Disputs, ich glaube kaum!«, zischt Holly und versucht Matti vors Schienbein zu treten.

»Können wir nicht vernünftig miteinander reden?«, frage ich und muss unbedingt mehr über Romeo wissen.

»Das schlage ich auch vor«, antwortet plötzlich die Stimme von Oberschwester Klara, die kraftvoll den Flur erfüllt und uns augenblicklich erstarren lässt. Sogar die wütende Holly. Mir kommt der Gedanke, dass sie von Hollys Erblühen weiß, vielleicht von Matti selbst, und sie nun mit sich nimmt wie Ruby. Ich angle nach ihrer Hand, halte mich an ihr fest.

»Ich kann das erklären«, versucht es Holly, die dasselbe denkt wie ich. Umso mehr überrascht es mich, als die Oberschwester mich mit strenger Miene an ihre Seite winkt.

»November, mitkommen. Die anderen gehen umgehend auf ihr Zimmer und bleiben dort«, fordert sie und die Falte zwischen ihren Brauen vertieft sich. »Ich dulde diese Art von Streitereien nicht in meinem Haus.«

Die Sekunden ziehen sich in die Länge. Mit Mühe zwinge ich meinen Atem gleichmäßig über meine Lippen und fange meine Emotionen ein, dränge sie tief in mir zurück.

Wortlos eile ich hinter der Oberschwester her. Ihre Schritte sind schnell und hallen laut durch den Flur, während sie ihn durchmisst und auf den runden, in Stein geschlagenen Gang in Richtung Kloster zuhält. Ich meide es, mich nach Holly und Matti umzuwenden. Irgendwann bleibt Oberschwester Klara stehen, kramt ihren Schlüsselbund aus ihrer Tasche und schließt eine schon ewig verschlossene Tür damit auf. Ich habe sie schon gar nicht mehr als solche wahrgenommen und als sie hinter uns ins Schloss fällt, bewundere ich den filigran gearbeiteten Knauf. Ich möchte ihn drehen und wieder hinaus aus diesem Teil des Gebäudes. Eine große Wendeltreppe mit verschnörkeltem Stahlgeländer führt hoch hinauf. Meine Beine gehen wie von selbst, erklimmen Stufe um Stufe. Mein Blick huscht über den Rand in die Dunkelheit des Kellers, der sich unter uns befindet. Es sieht aus wie ein schwarzes Loch, bereit, alles zu verschlucken, was hineinfällt.

»Wo gehen wir denn hin?«, wage ich nach zwanzig Schritten zu fragen.

»Es wird Zeit, dass du den Gründererben kennenlernst«, sagt die Oberschwester, ohne sich umzudrehen. Ihre Haare sind wie immer so streng nach hinten gebunden, dass nicht eine Strähne aus ihrer Frisur herausfällt. Sofort stopfe ich mir eine lose Locke zurück in den Zopf in meinem Nacken.

»Warum ich?« Die Frage hängt eine Weile zitternd in der Luft.

»Er wird dir alles erklären, Kind.«

In der ersten Etage gibt es zwei Glastüren, hinter denen Menschen wie in Laboren arbeiten. Sie tragen weiße Kittel und schauen durch Mikroskope, analysieren Tabellen. Grelles Licht flutet aus den Räumen in das Treppenhaus.

»Was sind das für Leute?«, will ich wissen und bleibe stehen. Ein schlanker Mann vor einem Computer bemerkt mich und schaut auf. Sein Blick ist freundlich, ich lächle ihm zu.

»Die neue medizinische Station«, antwortet Oberschwester Klara und schnalzt missbilligend mit der Zunge, als sie bemerkt, dass ich wie ein Baum festgewurzelt dastehe. »Trödle nicht, du wirst erwartet.«

Ich gehe weiter, knete meine kalten Hände. Im zweiten Stock angelangt, legt Oberschwester Klara mir ihre knochige Hand in den Rücken und schiebt mich nach einem kurzen Anklopfen in ein Zimmer, das so strahlend weiß ist, dass es mich blendet. Überall hängen seidige Vorhänge vor den alten Mauern aus Sandstein und bewegen sich sacht im Windhauch, der durch ein rundes, halb offenes Fenster weht. Alles hier im alten Turm ist viel größer, als es von außen erahnen lässt.

»Alpha, hier ist das Mädchen, nach dem Sie geschickt haben«, höre ich Oberschwester Klara sagen, während ich mich noch staunend umgucke. Ein Mann, der in einem weißen Ledersessel vor einem Kaminfeuer sitzt, erhebt sich. Er hat dunkles Haar, das von Silberfäden durchzogen ist, und ein freundliches Gesicht. Mit einer fließenden Bewegung nimmt er seine Lesebrille ab und steckt sie in die Innentasche eines Sakkos. Oberschwester Klara tritt mir unauffällig in die Kniekehle, damit ich nicht vergesse, vor dem Mann zu knicksen. Einstudiert folge ich ihrer Anweisung und senke huldvoll den Blick. In mir ist alles kalt, unendlich kalt.

»Es ist mir eine Freude«, sage ich. »Gottes Gnade für euch.«

Er tritt an mich heran, mein Blick klebt an den glänzenden Schuhspitzen seiner Stiefel, bis er mich mit einem Finger leicht an meinem Kinn berührt, damit ich zu ihm aufschaue.

»Die Freude ist ganz meinerseits, mein schönes Kind«, sagt er sanft. Ein Grübchen bildet sich auf seinen Wangen, während er ein Lächeln unterdrückt, und ich fühle eine Mischung aus Unbehagen und Freude. Mein Blick huscht wieder zu Boden, als *schön* hatte mich noch niemand bezeichnet. Ob er Ruby schon kennengelernt hat? Ob er ihr das auch sagte? An diesem Ort hat man uns früh beigebracht, dass Äußerlichkeiten nicht thematisiert werden sollen. Worauf es ankommt, ist das, was in uns verborgen liegt. Oder eben nicht.

»Setz dich doch zu mir, ich möchte dich gerne näher kennenlernen«, meint der hochgewachsene Mann nun und macht eine einladende Geste zu einer Sitzgruppe, auf deren Tisch zwei Tassen und eine Kanne mit dampfender Flüssigkeit steht.

Ich studiere sein Aussehen, traue mich, ihn direkt anzublicken. Er müsste so um die fünfzig Jahre alt sein und treibt sicherlich viel Sport. Seine Arme sind muskulös und seine Hand, die sich auf meine Schulter legt, ist kräftig. Was aber weitaus mächtiger ist, ist seine Präsenz, mit der er den Raum um uns herum füllt. Ich setze mich ungelenk an den Tisch. Schlage die Beine übereinander und stelle sie dann wieder nebeneinander, nur um sie wieder übereinanderzuschlagen.

Er lächelt, dann zwinkert er mir freundlich zu. Irgendwie hat er etwas Väterliches an sich, wenn ich so etwas überhaupt vergleichen kann, denn ich hatte nie einen Vater. Aber ich stellte es mir oft so vor. Ein freundlicher Mann mit Fürsorge und Interesse und genügend Kraft, um eine Tochter zu beschützen, und ich beginne mich etwas zu entspannen.

»So, da wären wir beide nun«, sagt er sanft. Mit einer Handbewegung scheucht er die Oberschwester hinaus und ich komme nicht umhin, mich diebisch darüber zu freuen, dass jemand mal mit ihr so von oben herab umspringt. So, wie sie es gerne mit uns tut.

»Du hast ein hübsches Lächeln«, stellt der Mann fest und nimmt mir gegenüber Platz. Warum macht er mir so viele Komplimente? Ruby sagte mal, Schmeicheleien seien das Lasso, das ein freies Pferd fängt.

»Danke.« Mein Blick schweift durch den Raum. Weiter hinten stehen Bücherregale mit uralten Werken aus der vergangenen Zeit.

»Wie geht es dir hier, bei uns im Winterorden?«, fragt Alpha interessiert und schließt für einen Moment die Augen. Ich frage mich, ob er versucht, mich mit anderen Sinnen als dem Sehen zu ergründen. Ob er eine Gabe hat?

»Gut«, antworte ich wahrheitsgetreu, denn in diesem Moment stimmt es. Die Verwirrungen der letzten Tage sind noch präsent und diese Situation macht mich nervös, aber es geht mir gut.

»Hast du viele Freunde hier gefunden?« Er blickt mich wieder an, lehnt sich vor und gießt Tee in die beiden Tassen.

»Ja.« Ich nicke eifrig.

»Dieser Ort hier ist ein bisschen wie eine große Familie, oder?« Die Fältchen um seine Augen vertiefen sich, als er kurz lächelt.

Ich frage mich, inwiefern er zu dieser Familie passt, von der er spricht.

»Und Sie sind so was wie der verlorene Sohn, oder wie?«, rutscht es mir raus und seine Teetasse macht auf halber Strecke zum Mund halt. Seine Lippen kräuseln sich leicht. Die Andeutung eines erneuten Lächelns oder Missfallen über meine Äußerung?

»So in etwa. Ich war zuletzt hier, da warst du noch ganz klein«, erklärt er mir. »Du hast dich wenig verändert, November.«

»Sie kennen mich?« Ich werde ganz hibbelig.

»Wie könnte ich dich vergessen? Das Mädchen mit den Silberhaaren und der zerbrechlichen Aura.« Er ist ernst, vielleicht sogar etwas traurig, als er an etwas Vergangenes denkt.

»Wann war das?« Neugierde bricht hervor, eine Regung, die genauso unschicklich ist wie Eitelkeit.

»Als ich dich hierhergebracht habe«, sagt er knapp und wartet ab, wie ich darauf reagiere.

Ich runzle die Stirn. Wie passt das zusammen?

Er deutet mit einem Kopfnicken zu einem Schreibtisch, auf dem Mappen liegen, ganz obenauf meine, die Nummer 37.

»Ich habe dir sogar schon mal ein Schlaflied gesungen«, behauptet er und eine Erinnerung huscht durch meinen Kopf. Ein Mann mit dunklem Haar, er trägt mich auf seinen Armen durch einen Garten. Über mir flechten Äste ein Dach aus Blättern.

»Tut mir leid. Ich kann mich nicht an Sie erinnern.« Ich zucke bedauernd die Achseln, reibe mir anschließend über die Arme. Nicht weil mir kalt ist, sondern weil sein Blick etwas Kühles bekommt.

»Das macht nichts. Wir haben Zeit, uns ganz neu kennenzulernen«, sagt er und die Art, wie sich seine Miene verändert, spricht von einem unsteten Gemüt.

Der Tee schmeckt süß und blumig. Wie wundervoller Nektar rinnt er mir die Kehle hinab und ich kann gar nicht genug davon bekommen.

»Nun, erzähle mir ein bisschen von dir«, bricht Alpha das Schweigen. »Wann bist du erblüht?« Er erhebt sich. Gemächlich geht er zum Kamin und legt ein Holzscheit nach. Die Flammen züngeln gierig an der frischen Nahrung und verschlingen ihn. Zeitgleich verbrenne ich mich am heißen Tee und kleckere auf mein Kleid.

»Mist.«

Er dreht sich über die Schulter zu mir um, hebt seine Augenbrauen und beeilt sich, mir ein Taschentuch zu reichen. Dankend nehme ich es an und tupfe an dem hellen Stoff herum.

»Ich bin es nicht, die kürzlich erblüht ist«, lüge ich aus Gewohnheit. Beinahe verrate ich, dass es Holly ist, die ihre Gabe erlangt hat. Seine Miene ist unbewegt. Werde ich aus dem Winterorden entlassen? Weil ich keine Gabe offenbare? Ist es das, weshalb ich hier bin? Oder weiß er längst über mich Bescheid? Ich bekomme Angst, ich spüre sie in meinem Magen scharren wie ein verschlucktes Tier.

Alpha lacht trocken auf, was in ein Husten übergeht, das sich alles andere als gesund anhört. Feine Äderchen schwellen um seine Augen an und färben sich bläulich.

Sofort springe ich von meinem Sessel auf. »Kann ich Ihnen helfen?« Ich reiche ihm seine Tasse Tee, sie zittert leicht in meiner Hand, und warte, bis sich der Husten beruhigt hat. Er nimmt einen großen Schluck und lehnt sich etwas zurück.

»Das wirst du, mein Kind«, antwortet er beinahe zärtlich. »Weißt du, November, ich kenne dich besser, als du denkst. Und ich weiß, dass die Kraft der Tränen in dir verborgen liegt.«

Meine Zunge klebt an meinem Gaumen, der Nachgeschmack des Tees wird bitter.

»Das ist nicht wahr«, sage ich tonlos und weiche vor dem Mann zurück, als er sich erhebt. Er legt seinen Kopf schief, reicht mir die Hand.

»Du brauchst dich nicht zu fürchten, November. Alles ist gut, mein Kind. Es wird sich nicht viel für dich ändern. Du lebst hier mit deinen lieben Freunden weiter, nur, dass du aufhörst zu lügen und kooperierst. Einverstanden?«

Er legt seinen Arm um mich und schlendert mit mir in Richtung der Tür zum Treppenhaus. »Wir werden uns gut um dich kümmern, du bist etwas ganz Wertvolles«, sagt er feierlich.

Ich frage mich, ob er meine Panik wahrnimmt. Väterlich drückt er meine Schultern, als er mich vor sich stellt. »Du bist das Beste, was unser Orden hervorgebracht hat. Dir werden Privilegien zuteilwerden, von denen du nie geträumt hättest«, verkündet er. Mein Kopf ist leer. Meine Gefühle taub.

»Danke sehr«, antworte ich dressiert. Er küsst mir die Stirn, seine Berührung ist zart.

Bald darauf nähern sich schwere Schritte und es klopft dreimal an der massiven Tür. Das Einzige in diesem Turmzimmer, was von dunkler Farbe ist. Als sie sich öffnet, glotze ich dem Typen entgegen, mit dem ich schon einen Zusammenstoß hatte. Und der mich unweigerlich an einen Soldaten erinnert hat, als er das Kloster vor uns Schülern abschirmte. Er sieht mich nicht direkt an.

»Sie ist bereit«, erklärt Alpha knapp und legt seine Hand an meinen Rücken. Mit sanftem Druck manövriert er mich an die Seite des fremden Mannes. Ich bin völlig verwirrt. Für was bin ich bitte bereit?

»Ich werde dir alles schenken, was du verdienst«, verspricht Alpha mir zum Abschied und erwähnt, dass die Tests beginnen können. Meine Frage, um was es sich dabei genau handelt, bleibt mir im Halse stecken. »Mach uns alle stolz, November«, ruft Alpha mir nach, während ich von dem fremden Mann, der sich nicht mal vorstellt, eine Etage tiefer in einen fensterlosen Raum gebracht werde.

Stumm sitze ich auf einem ausrangierten Metallstuhl, der im Zentrum des kargen Zimmers steht. Über mir scheint eine einzelne Glühbirne und taucht alles in blaues Licht. Ich beginne zu schwitzen, Panik steigt in mir hoch, lässt meine Finger prickeln.

Weine nicht, November. Hüte dein Geheimnis.

Ich werde das Gefühl nicht los, dass ich um mein Leben laufen sollte. Dass sich eine unsichtbare Schlinge gerade um meinen Hals legt, um mich bei nächster Gelegenheit zu erdrosseln. Wie auf Autopilot erhebe ich mich, als alles ruhig scheint. Ich drücke die Klinke herunter, öffne leise die Tür und spähe hinaus. Der Soldat ist in dem Raum verschwunden, der wie ein Labor aussieht. Vorsichtig setze ich einen Fuß in den halbdunklen Flur. Dann laufe ich los, die Treppe hinunter. Meine Finger spüren dem Stahlgeländer mit seinen Verzierungen nach. Ich verfluche meine Schuhe, die ein leises Quietschen von sich geben, als ich auf einer Stufe ins Rutschen komme. Fast habe ich es geschafft, ich kann den Ausgang schon erkennen. Mein Blick klebt an dem hübschen Knauf. Lass die Tür offen sein, bete ich stumm vor mich hin. Bitte! Von oben höre ich die Gespräche, die der Soldat mit der Ärztin führt. Sie reden über Blutergebnisse und Mutationen. Ich will gerade aus dem Treppenhaus flüchten, zu Holly laufen, da legt sich wie aus dem Nichts eine Hand auf meinen Mund und reißt mich nach hinten.

5
Vertrauen

»Pssst.«

Ich kralle meine Fingernägel in einen Arm, während ich rückwärts die Wendeltreppe in Richtung Keller hinabgezogen werde. Meine Füße verlieren immer wieder die Bodenhaftung auf den Marmorfliesen und ich strample dagegen an. Als wir in die Schatten des Untergeschosses eintauchen, schaffe ich es, mich zu drehen, und erkenne Romeo. Ich weiß nicht, ob ich erleichtert sein soll. Was zum Teufel macht er hier?

Sein Mund ist zu einem schmalen Strich verzogen und als ich ihm in die Finger zwicke, keilt er mich zwischen sich und der Steinwand ein. Ich halte die Luft an, von oben ertönt Tumult. Schnelle Schritte eilen die Stufen hinab, jemand ruft meinen Namen. *November!?*

In der Dunkelheit kann ich Romeos Miene nicht erkennen, ich spüre seinen Atem in meinem Nacken, während wir abwarten, bis der Soldat aus dem Treppenhaus geht, um mich im Herrenhaus zu suchen.

»Vertraust du mir?«, flüstert Romeo mir zu und nimmt meine Hand in seine. Ob ich ihm vertraue? Was soll das für eine Frage sein? Er tut gerade so, als würden wir uns schon seit Ewigkeiten kennen.

»Gott, diese verdammten Kinder! Wer hätte gedacht, dass die alle so widerspenstig sind?«, schallt es von oben. Eine wütende Frauenstimme. Etwas zerbricht. Vielleicht Glas.

»Komm mit«, raunt Romeo mir zu und führt mich in ein Kellergewölbe, in dem ein Generator leise vor sich hin surrt und für Strom im Turm sorgt. Sein Arm legt sich auf meine Hüfte, wie zufällig, während er uns ins Halbdunkel eines kleineren Raumes sperrt. Spinnenweben reißen, heften sich an meine Kleidung, Staub kitzelt in meiner Lunge. Es dauert lange, bis sich meine Augen an die Dunkelheit gewöhnen.

»So, da wären wir beide«, flüstert Romeo viel zu heiter an meinem Ohr und ich mache mich unwirsch von ihm los, als ich langsam realisiere, was gerade passiert ist. Was tue ich hier bloß? Ich verstoße gegen unzählige Regeln und verärgere wahrscheinlich das absolute Oberhaupt dieses Ortes. Und überhaupt, wo genau will ich eigentlich hin?

»Hast du hier etwa auf mich gelauert?«, frage ich angespannt in Romeos Richtung. Er antwortet nicht, sieht mich nur herausfordernd an. Ein Zufall kommt hier ja wohl kaum in Betracht oder hatte er spontan denselben Drang nach Flucht? Aber woher wusste er, wo ich bin?

»Du weißt schon, dass du manchmal ganz schön creepy bist, oder?«, zische ich. Ich habe nur Zuckerwatte im Kopf, die sämtliche Synapsen verklebt. Was ist hier eigentlich los?

Licht dringt durch ein winziges Kellerfenster und ich taste mich in dessen Richtung. Romeo folgt mir. Er sieht mich ungläubig an, als hätte ich etwas sehr Dummes gemacht.

»Du kapierst es nicht, oder?«, fragt er und Spott zeigt sich auf seinem hübschen Gesicht. Ich verschränke schützend die Arme vor der Brust. Er wendet sich von mir ab und schiebt ein leeres Regal an der Wand zur Seite. Hinter ihm kommt ein Entlüftungsschacht zum Vorschein. Das alte Metall ist angelaufen und rostig.

»Hilf mir mal, Prinzessin«, ächzt Romeo, während er das Gitter abnimmt, und ich rühre mich nicht.

»Ich denke gar nicht daran, bis du mir sagst, was das hier werden soll.«

Er stößt einen ärgerlichen Laut aus. »Ich hol dich hier raus, wonach sieht das denn aus?«, antwortet er genervt und hält mir im nächsten Moment auffordernd die Hand entgegen. Seine Locken versperren ihm die Sicht und er bläst sie sich aus der Stirn. »Du bist in Gefahr.«

»So ein Unsinn! Wie kommst du darauf?«, höre ich mich antworten und weiß doch schon eine ganze Weile, dass es so ist. Vor mir gähnt der schwarze Schacht, der in die Mauer führt und irgendwo im Nichts verschwindet.

»Da rein, beeil dich.« Plötzlich schließt sich sein Griff fest um mein Handgelenk und mit einem Ruck befördert er mich hinauf. Kopfüber tauche ich in die Dunkelheit. Ich kann gar nicht so schnell protestieren, wie seine Hände sich an meinen Hintern legen und schubsen. Ich rutsche vorwärts. Stickige Luft weht mir entgegen und ich bekomme einen Anflug von Panik. Enge, ich mag keine Enge.

Was mach ich hier?, frage ich mich selbst. Was hat das nur alles zu bedeuten? Dieser seltsame Alpha und seine Äußerungen. Und jetzt Romeo, der wie aus dem Nichts auftaucht und so tut, als hätte er die Weisheit mit Löffeln gefressen. Ich muss gerade vollkommen überschnappen, dass ich versuche, aus dem Kloster zu flüchten. Und das mit einem Typen, den ich überhaupt nicht kenne. Ohne Holly. Holly! Kaltes Grauen packt mich. Der Gang macht einen Knick und ich halte an. Romeo gibt mir einen weiteren Stoß von hinten. Unsanfter diesmal.

»Stopp«, stoße ich aus. »Ich kann das hier nicht.« Ich will einfach nur zurück. Zurück zu Holly, in mein Zimmer, in mein Bett, in mein Leben. Alphas Antlitz zuckt durch meinen Kopf. Sein recht freundliches Lächeln, sein Stolz auf mich. *Ich schenke dir alles, was du verdienst.* Vielleicht hat er es ja doch ehrlich gemeint? Vielleicht habe ich total überreagiert, weil Nonna mir so viele Flöhe ins Ohr gesetzt hat, als ich klein war?

»Hey, hey, hey. Mach jetzt keinen Scheiß«, fleht Romeo. »Und sei bitte leiser. Du weckst noch die Höllenhunde.«

»Du hast mich, glaube ich, nicht verstanden«, zische ich zurück. »Ich kann das hier nicht machen.« Über die Schulter schaue ich zu dem Jungen, über den ich gar nichts weiß.

»Das hier ist mein Zuhause«, sage ich unsicher.

»Jetzt heul nicht rum und bieg nach rechts«, kommandiert Romeo und versetzt mir einen weiteren rüden Stoß. Was ist nur in ihn gefahren? Ich bin geneigt, ihm meinen Fuß ins Gesicht zu treten. Aber ich zügle mich und meine Verwirrung. Romeo hat ja keine Ahnung. Ich heule nicht, ich behalte meine Tränen für mich, immer! Und genau das ist mein Scheißproblem! Aber vielleicht heult er, wenn wir hier wieder rauskommen. Denn ich hab Lust, ihm die Nase zu brechen.

Ich beiße die Zähne zusammen und tue, was er verlangt. Hier unten hat es keinen Zweck, sich gegen ihn zu wehren. Stück für Stück komme ich voran, mein Kleid bleibt auf Hüfthöhe an einem Nagel hängen und ich höre es unnatürlich laut reißen. Endlich dringt uns das späte Licht des Tages entgegen und ich werde schneller. Mein Puls rauscht mir in den Ohren, während meine Finger sich durch das Gitter schieben, das uns von der Freiheit trennt. Ich will meinen Pseudoretter gerade fragen, ob er immer so super Fluchtpläne hat, da bewegt es sich und fällt aus der Mauer der Klosterrückseite. Mit einem dumpfen Knall kommt es auf dem Boden auf. Ich lande in einer Hecke aus gefrorenem Holunder und weiche gerade noch rechtzeitig Romeo aus, bevor er direkt auf mir landen kann. Mit einer schnellen Bewegung bedecke ich meine Beine, die durch den Riss im Kleid bis zum Oberschenkel freigelegt sind. Das Wetter ist sehr viel kälter geworden und kleinste Schneeflocken treffen auf meine überhitzte Haut.

Romeo rappelt sich auf und späht über den Rand des Buschwerks. Er trägt seine eigenen Sachen, die Jeans und eine lässige Lederjacke mit Felleinsatz. Die Wolken werden dunkler, bedrohlicher und Schatten wälzen sich über dem Kräutergarten und die Spielwiesen auf uns zu.

»Wenn ich *jetzt* sage, dann rennst du, so schnell es geht, hinüber zum Waldrand«, flüstert er mir zu und setzt das Gitter des Schachtes wieder ein. Seine Augen glitzern vor Aufregung, als er mich ansieht.

»Nein. Warum sollte ich?«, presse ich hervor. Mit einem Satz ist er bei mir und drückt mich nieder, als jemand am anderen Ende des Gartens erscheint. Es sind zwei Schwestern, die mit gefalteten Händen und gesenktem Blick zum Haupttor eilen. Dann sind sie verschwunden. Mein Blick hängt an den Bäumen, die düster am Rande des Geländes vor uns aufragen. Sie sind zu still, ihre Blätter zittern, als koste es sie unglaublich viel Kraft, ihr Rauschen nicht zu einem Schrei anschwellen zu lassen. Sie sehen überhaupt nicht schlafend aus.

»Erst erklärst du mir, was hier los ist«, fordere ich unmissverständlich von Romeo und mache mich von ihm frei.

»Nicht jetzt, du musst mir vertrauen«, beschwört er mich mit Eindringlichkeit in der Stimme. Meine Hand streift das Medaillon, das er mir heute Morgen geschenkt hat. Das Schmuckstück, das an seinem ersten Tag aus seinem Koffer gefallen war, als die seltsame Druckwelle auf dem Hof einen Riss in die Wand gesprengt hat.

»November«, haucht er und schaut mir tief in die Augen. »Ich werde dich beschützen, komme, was wolle.«

Ich kann nicht anders, als in diesem dunklen Blick zu versinken. Es ist, als erfasse mich etwas, das nicht bereit ist, mich je wieder freizugeben. Und dann ist da ein Gefühl, als wollte ich mich an etwas erinnern. Wie ein Wort, das einem auf der Zunge liegt und doch nicht zu greifen ist.

Mein Mund öffnet sich, um etwas darauf zu erwidern. Ihn zu fragen, was geschehen wird. Denn offensichtlich kennt er das Unheil, das sich noch vor mir verbirgt.

»Jetzt«, raunt er mir zu. Automatisch sprinte ich los, Romeo hält meine Hand und für einen Moment fühle ich mich tatsächlich bei ihm sicher. Wir quetschen uns durch das Tor, tauchen ins Dickicht, springen über Wurzelwerk, laufen durch den Wald. Immer wieder schaue ich zurück und sehe, wie die Lichter des Herrenhauses kleiner werden und drohen zu verschwinden. Angst erfasst mich mit kalten Klauen.

»Stopp«, stoße ich aus, stemme die Füße in den weichen Waldboden. »Sag es mir!« Das Zwitschern von Vögeln verstummt, die Bäume werden still.

Ich blicke Romeo prüfend an. Was genau weiß er? Was hat er vor? Wenn er eine Elster ist, könnte er ein Meister der Manipulation sein. Ein Könner in Täuschung und Verrat. Nonna selbst hat mir Geschichten erzählt. *Hüte dich vor den Gefühlen einer Elster*, hat sie gesagt.

»Der Mann, der sich euer Beschützer nennt, hat keine edlen Motive«, sagt er knapp.

»Und du schon?«

»Dein Medaillon, weißt du, wem es einst gehörte?«, fragt er völlig aus dem Zusammenhang gerissen.

»Nein.«

»Deiner Mutter.«

»Meine Mutter ist tot.«

»Du wirst es auch bald sein, wenn du nicht mit mir kommst.«

Tot? Wie kann er das wissen? Geht es hier wirklich um Leben und Tod?

»Und die Schwestern dieses Ordens haben keine Ahnung, was für Kinder sie hier sammeln. Sie setzen euch einer großen

Gefahr aus und nehmen in Kauf, dass ihr sterbt, bevor ihr überhaupt richtig lebt«, knurrt Romeo. Meine Gedanken verheddern sich im Hirn.

»Was ist mit Holly? Ich kann sie nicht alleine lassen.«

Wir haben nur uns, schießt es mir durch den Kopf. Und sie ist mein Ein und Alles, meine Schwester, meine Familie.

Romeo rauft sich die Haare, er schaut zur Seite, um ein abfälliges Lächeln zu verstecken. »Ich hab ja gewusst, dass es kein leichter Job wird, aber dass du es mir so schwer machen würdest, dich zu retten, hätte ich nicht gedacht«, sagt er.

Was soll ich nur tun? Wieder reicht er mir seine Hand, wackelt auffordernd mit den Fingern. Zögerlich nehme ich sie und er hilft mir tiefer ins Dicht des schwarzen Teils des Nadelwaldes. Die Luft ist flüssiges Silber und ihre Kälte brennt in meiner Lunge.

»Holly wird es auch alleine schaffen«, meint er etwas sanfter. »Ihr droht keine akute Gefahr.«

»Aber mir schon?«

Romeo nickt knapp.

»Wer bist du?« Ich zwinge mich zur Ruhe, während ich wirklich weinen könnte, von dem Hin und Her meiner Gedanken.

»Nonna schickt mich«, gibt er widerwillig zu. Alles in mir versteinert. Das ist nicht möglich.

Vermutlich starre ich ihm mit offenem Mund entgegen, denn Romeo spricht langsam weiter. »Sie hat dich nie aufgegeben, November.«

Mein Mundwinkel zuckt. Ein kläglicher Laut, ähnlich einem Lachen, löst sich aus meinem Hals. Und bevor meine Augen anfangen können zu brennen, friere ich meine Emotionen ein.

»Jetzt komm weiter oder muss ich dich etwa tragen?«, fragt Romeo ungeduldig. Er stemmt die Arme in die Seiten und legt den Kopf schief. Ich gehorche. Etwas zu rasch vielleicht, denn sein Gesicht im Halbdunkel des Waldes verrät Misstrauen.

»Von wem genau hast du das Medaillon?«, frage ich. In der Ferne schreit ein Käuzchen und begrüßt die Nacht. Ich hoffe, es hat mehr Interesse an Mäusen und Nagern als daran, einem Menschen die Augen auszuhacken.

»Von Nonna.«

Ich stelle mir vor, wie sie das Schmuckstück vom toten Hals meiner Mutter nimmt.

»Und die Inschrift?« *Wenn du die Frage bist, bin ich die Antwort.* Was hat das zu bedeuten?

»Du wirst sie verstehen, wenn wir ankommen«, erklärt Romeo. Äste knacken unter meinen Schuhen. Kalte Luft dringt mir unters Kleid und lässt mich frösteln.

»Wo ankommen?« Ich kann seine Miene nicht deuten, sein Gesicht, ich ducke mich, als etwas über meinen Kopf hinwegsegelt.

»Wir müssen zu meinem Bus, dann verlassen wir den Schwarzen Wald, fahren durch die Silberauen und werden, sobald es geht, zu Nonna stoßen.«

»Und wo soll das sein? Wo treibt sie sich rum?« Ich kann es nicht vermeiden, dass Wut und Misstrauen in meiner Stimme mitschwingen.

»Ich werde es erfahren. Irgendwo jenseits der Steppe der Trübseligen, in der Nähe der Jungen Wälder, auf jeden Fall«, antwortet er und schaut sich besorgt um. Irgendwas hat er gehört.

»Das ist sehr weit weg«, stelle ich fest. »Hinter der Landesgrenze«, wird mir außerdem bewusst. Natürlich, Nonna muss sich ja vor der Polizei verstecken. Wegen Mordes an meiner Mutter …

Ich beginne zu zittern und hauche mir in die kalten Finger. Dann sagen wir eine Weile nichts. Als ich in ein Kaninchenloch trete, reißt mein Kleid endgültig bis zur Hüfte.

»Oh nein«, hauche ich erschrocken und klammere es mit den Händen zusammen. Mir entgeht Romeos anzüglicher Blick nicht.

»Ich finde, du könntest es öfter so tragen.« Er grinst und betrachtet mich ausgiebig im Dämmerlicht des sterbenden Tages.

»Hör auf zu glotzen«, fauche ich und spüre trotzdem dieses aufgeregte Kribbeln in meinem Magen.

»Warum? Du bist hübsch. Du solltest es auch mal zeigen«, meint er gleichgültig. »Überhaupt, wer ist denn euer Modeberater in dem Laden, den ihr *Zuhause* nennt. Diese grauen und weißen Säcke, hinter denen ihr euch versteckt, sind das Schlimmste, das ich je gesehen habe«, scherzt er.

»Gut, dass du sonst keine Sorgen hast«, ätze ich und denke an die Auseinandersetzung, die er mit Oberschwester Klara hatte, weil er auch die Leinenanzüge der Schule tragen musste.

»Sei nicht so, Ember«, sagt er zu mir. »Gezicke steht dir nicht.«

Eine Weile gehen wir stumm nebeneinanderher. Mir schwirren immer mehr Fragen durchs Hirn, mit voller Gewalt. Wenn meine Gabe so wertvoll ist, wer sagt mir, dass Nonna und der Clan nicht auch nur davon profitieren wollen? Und wäre Romeo dann so etwas wie ein Kopfgeldjäger?

Ich ahne, wo wir uns befinden. Bald wird der dichte Fichtenwald in den Eiswald übergehen, der aus Tausenden dünnen Stämmen besteht, die sich wie tote Finger in den Himmel recken, und an die einzige befahrbare Straße grenzt. Ich kann schon sehen, wie es heller um uns herum wird. Aus weiter Ferne höre ich einen Motor, sicher ein Wagen, der zum Kloster will. Zurück zum Kloster … Plötzlich wird mir klar, dass das meine letzte Chance sein könnte, in mein altes, sicheres Leben zurückzukehren. Zurück zu Holly!

»Es tut mir leid, wenn ich blöd reagiert habe. Ich bin nur etwas gestresst«, erkläre ich und bemühe mich um einen neutralen Gesichtsausdruck.

»Ach, ist das so?«, fragt Romeo leise und lächelt mich gewinnend an. »Alles wird gut, Ember.«

»Ja, sicher. Am 32. Oktober um 25 Uhr.« Ich ducke mich unter einem tief hängenden Ast hindurch, vermeide es, ihn zu berühren. Die Motorgeräusche kommen näher.

»Und wo steht dein Gefährt? Ist es noch weit weg?«, frage ich und spüre, wie mein Blut schneller durch die Venen gepumpt wird. Romeo deutet nach Nord-Ost.

»Nur noch fünf Minuten in die Richtung, dann hast du es geschafft …« Er weicht einem Busch aus, umrundet ihn.

Ich reagiere sofort, jetzt oder nie! Ich sprinte los, nach Norden zur Straße, und höre einen Fluch hinter mir. Äste peitschen mir ins Gesicht, verhaken sich in meinem Kleid, als wollten sie mich aufhalten. Ich breche sie kaputt und bete, dass es nicht möglich ist, die Bäume zu wecken. Ich wäre sicher so gut wie erledigt, wäre es Frühling. Meine Füße stolpern über Baumwurzeln und ich drohe zu stürzen. Schwere Schritte holen auf, gleich wird er mich packen. Ich schlage einen Haken und Romeos Griff verfehlt mich um Haaresbreite. Die Scheinwerfer eines Wagens schicken ihr Licht durch den Wald und fressen die Schatten. Ich beschleunige meine Schritte, winkle die Arme wie beim Sprint an und jage aus dem Unterholz.

»Ember!«, schreit Romeo. Voll echter Verzweiflung, die meinen Herzschlag für einen Moment aussetzen lässt. Meine Beine verlieren den Halt, als ich auf die Schotterstraße gelange, und rutschen einfach weg. Der Länge nach schlage ich hin. Schmerz wird durch meine Knie und Hände geschickt. Die Scheinwerfer des großen Autos blenden mich und rasen auf mich zu. Es wird mich einfach überfahren! Ich schließe die Augen und schreie. Bremsen quietschen … und das Fahrzeug kommt eine Armlänge vor mir zum Stehen. Zischend atme ich ein, versuche mich aufzurappeln, doch meine Gelenke fühlen sich wie Pudding an.

Türen klappen.

»Kind, wo kommst du denn her?«, fragt der Chauffeur des Ordens atemlos. Er greift mir unter die Arme und hilft mir auf. Meine Augen brennen. Ich muss mich konzentrieren und schlucke trocken. Schwester Runa kommt hinzu. Sie macht keine Anstalten, mich zu trösten. Ganz im Gegenteil, sie durchbohrt mich mit einem strengen Blick.

»Es ist weit nach Sperrstunde. Was tust du hier, so weit weg vom Haus?«, fragt sie schneidend. Sie trägt eine schwarze Haube, die der Winternonnen, und ihre Finger kneten unruhig das Kreuz mit Rosendornen.

»Ich war spazieren und hab mich verletzt. Eine Eule hat mich angegriffen, ich muss sie verärgert haben«, lüge ich. Blut frisst sich auf Höhe der Knie durch den Stoff meines Kleides und färbt ihn rot.

»Du weißt, wie leicht die Tiere zu reizen sind. Sie sind alle negativ auf den Menschen programmiert. Es war sehr dumm von dir, hier alleine herumzustreunen«, sagt sie belehrend, als hätte ich im Unterricht nicht aufgepasst. Die Natur war sauer auf den Erdenbürger. Sie hatten sich nämlich wie nicht geladene Gäste auf einer Party verhalten. Und trotzdem sie mit offenen Armen empfangen wurden und auf der hübschen Welt mitfeiern durften, pisste die rüpelhafte Gattung Mensch in den Teich, zerschlug die Gartenzwerge und die Hauseinrichtung und quälte ihre Tiere. Jetzt will Mutter Natur sie nicht mehr auf der neuen Party dabeihaben. Was mir durchaus einleuchtet.

Meine Finger halten den Riss des Kleides zusammen, der zu viel meiner milchfarbenen Haut zeigt. Der Chauffeur stützt mich. Mein Blick wandert zum Wald hinüber. Ich erkenne Romeo, der sich hinter einem Stamm verbirgt und zu mir sieht. Sein Blick ist unendlich traurig.

»Ich muss in die falsche Richtung gegangen sein«, stammle ich, während ich zum Wagen gebracht werde. Der Motor röhrt gleichmäßig und laut und übertönt das Hämmern meines Herzens.

»Nun gut. Das können wir daheim klären. Steig erst mal ein«, meint Runa und hält mir die Tür auf. »Aber beschmutze den Sitz nicht mit deinem Blut.«

»Nein, natürlich nicht«, antworte ich und rutsche auf die lederne Rückbank. Der Duft von Bergamotte und Asche steigt mir in die Nase und erinnert mich an etwas. An meine Ankunft im Winterorden, als mich ein Wagen wie dieser über die Straße fuhr. Kurz flackert Nonnas Gesicht und ihr Schmerz in meinen Erinnerungen auf, als man mich aus ihren Armen riss. Konnte so jemand meine Mutter getötet haben? *Weine nicht, November!*

»Wie siehst du nur aus?«, tadelt Runa, als sie sich zu mir umblickt. Viele Strähnen haben sich aus meinem Dutt gelöst und rahmen mein Gesicht wie weiche Wolken. Ich kann es im Rückspiegel des Wagens sehen. Meine Wangen sind verschrammt und voller Dreck. Meine dunkelblauen Augen sehen zutiefst verschreckt aus. Ich versuche den Riss meines Kleides zu verbergen.

»Ich hatte Angst«, gebe ich zu. Runas Miene wird milder.

»Und da bist du kopflos durch den Schwarzen Wald gerannt? Du armes Ding.« Sie tätschelt meine rechte Hand, die reglos auf meinem Schoß liegt, und wendet sich dann wieder nach vorne. »Ich werde dich gleich versorgen und dann bist du wieder wie neu, November.«

Wie neu. Die Worte hallen in mir nach. Nichts ist mehr, wie es war. Alles ist anders. Selbst ich fühle mich anders an.

Ich lehne meine Stirn gegen das kühle Glas der Fensterscheibe, als wir anfahren. Mein Blick verhakt sich mit Romeos, wie an dem Tag, an dem wir uns das erste Mal gesehen haben. Er bleibt zurück, verschwindet hinter Bäumen, während wir den Weg, der sich vipergleich durch den Wald windet, entlangrauschen. Das Kloster kommt in Sicht, wie ein Berg ragt es über uns auf. Das Herrenhaus ist ein kleiner Zwilling an seiner Seite. Der Turm erhaben in der Mitte, ähnlich einem Wächter, der lange schlief und nun wieder reanimiert wurde.

6
Schwester aus Eis

Holly zieht mich an sich, als ich in unser völlig auf den Kopf gestelltes Zimmer komme, und lässt mich lange nicht mehr los. Schubladen sind geöffnet, Kleider liegen auf den Betten und ein Buch mit meinen Kritzeleien aus trüben Tagen liegt auf dem Schreibtisch.

»Sie haben überall nach dir gesucht«, haucht Holly und ich lasse fassungslos meinen Blick umherwandern. »Die Oberschwester war außer sich vor Sorge um dich und wollte wissen, ob du heimliche Pläne hattest zu verschwinden.«

Warum glauben sie, dass ich Fluchtpläne hatte? Wieso reagieren sie so heftig auf mein Verschwinden? So lange war ich doch gar nicht fort, maximal eine Stunde vielleicht. Wenn Alpha mir wirklich Privilegien und Freiheiten zuteilwerden lassen wollte, warum fühle ich mich gerade wie eine Gefangene? Bin ich vielleicht doch wie ein blindes Huhn zurück in die Falle getappt?

Ich mache mich behutsam von ihr los und gehe zum Bett, um mir ein sauberes Kleid zu nehmen, da mein altes von Runa in den Müll verfrachtet wurde. Sie hat mich verarztet und unter die Dusche gesteckt und anschließend in diesen kratzigen Mantel, der über meine Haut reibt wie Schmirgelpapier. Meine Muskeln schmerzen, als wäre ich einen Marathon gelaufen, und ich versuche meine Wunden an den Beinen und Armen vor Holly zu verbergen, während ich mich umziehe. Doch sie ist aufdringlicher als erwartet und folgt mir in unser kleines Bad.

»Heilige Scheiße!«, stößt sie aus und schlägt ihre Hände vor den Mund, als sie die Verbände entdeckt. »Was ist denn bloß passiert?«

»Nichts«, sage ich lahm. Selbst wenn ich wüsste, was genau geschehen ist, kann ich es ihr sagen? Muss ich es sogar?

Ich schließe den frischen BH und schlüpfe in mein Kleid und seine Tristesse schließt mich ein.

»Du machst mir Angst«, haucht Holly und ihre Augen glänzen verdächtig. Ich sammle mich, zwinge meine Unruhe zurück und versuche ein Lächeln.

»Vertraust du den Schwestern, Holly?«, frage ich sie ernst und beginne alles, was diesen Ort ausmacht, zu hinterfragen. Was soll ich nur denken?

»Na ja, sie sind echte Spaßbremsen, aber ja. Sonst schon, wieso?« Sie legt den Kopf schief, ich sehe, wie ihre Welt ins Wanken gerät, als sie erkennt, dass ich es nicht mehr tue.

»Was, wenn sie uns schaden könnten?«, stelle ich die Möglichkeit in den Raum. In dieses in Unordnung gebrachte Zimmer, das wir uns schon so lange teilen. Falls Romeo doch recht hatte, sind wir vielleicht tatsächlich nicht sicher. Und dann würde ich mit Holly zusammen von hier verschwinden müssen.

»Wie meinst du das?« Sie versperrt mir den Weg, als ich beginnen will aufzuräumen. Ihre blauen Augen heften sich fest auf meine. Ich trete zur Seite, sie auch. Ich gehe rückwärts, sie folgt mir und schnappt nach meinem Arm.

Hier ist er also. Der Zeitpunkt, an dem es gilt, alles auszusprechen. Ich atme tief ein, draußen vor dem Fenster zieht ein Eissturm auf und in meinem Inneren fühlt es sich genauso an.

»Holly, ich habe dich belogen«, beginne ich und sie rührt sich nicht. »Ich habe eine Gabe, aber sie ist böse.«

»Was?« Sie lächelt unsicher und spielt dabei mit der Zunge an ihrer Zahnlücke. »Nichts an dir kann böse sein«, entscheidet sie dann. Ich schlucke schwer, denke an meine Tränen, an die Angst, die sie ausgelöst haben vor so langer Zeit.

»Doch, es sind meine Tränen. Sie sind schlecht.« Hollys Mimik friert ein, ihr Griff um meinen Oberarm lockert sich und sie denkt nach.

»Willst du wissen, was du in deiner Vision gesehen hast?«, frage ich sie beim nächsten Wimpernschlag und meine Stimme gerät klirrender, als ich es will. »Du hast prophezeit, dass ich weinen und damit töten werde. Es wird genau das eintreten, was ich immer verhindern wollte. Ich bin eine Gefahr für dich und andere.«

Bitterkeit sitzt mir im Hals, ich schmecke sie auf meiner Zunge. Wäre ich mit Romeo gegangen, egal, was seine wahren Motive sind, hätte ich Holly vor mir bewahrt. Vor einer tickenden Zeitbombe.

»Das ist doch Unsinn«, haucht sie und setzt sich auf meine Bettkante. Ihre Finger kneten den Stoff des Lakens, dann schaut sie mich entsetzt an.

»Oh, verkackter Mist«, flüstert sie und klopft sich an die Stirn. »Es tut mir so leid, ich habe dich verraten, während meiner Vision, stimmt's?«, wird ihr klar. Sämtliche Farbe weicht aus ihrem Gesicht. »Matti, er muss es gewesen sein. Ich habe gehört, dass jemand den Schwestern deine Gabe offenbart hat. Ich dachte, es wäre dummes Gerede, aber jetzt? Vielleicht wurdest du deshalb zu dem Gründererben gebracht.«

Mein Magen wird zu Eis. Matti? Er hat nicht einmal mit mir geredet und mein Geheimnis einfach preisgegeben? Ich dachte, er mag mich. Ich dachte, ich wäre verliebt in ihn.

»Möglich«, überlege ich und setze mich neben meine beste Freundin. »Bitte verzeih mir, dass ich dir nie die Wahrheit gesagt habe.«

»Ach, Ember«, seufzt sie und rückt näher zu mir. Ihre Schulter berührt meine, während wir stur geradeausblicken.

»Nicht jede Wahrheit ist wichtig. Und du bist der ehrlichste Mensch, den ich kenne. Sogar, wenn du lügst.«

Jetzt sehen wir uns an. In ihrem Blick liegt alles, was wichtig ist, und ich nehme sie fest in den Arm.

»Holly, wir müssen hier nicht bleiben«, hauche ich in ihr Feuerhaar. »Wir sind alt genug, um woanders zu leben.«

»Das wäre so mega.« Ihre Antwort geht in dem Geräusch der sich öffnenden Tür unter, als Oberschwester Klara mit Ruby im Schlepptau eintritt. Wir springen zeitgleich auf und knicksen tief, fühlen uns ertappt.

»Gott sei's gedankt, dass es dir gut geht, November«, höre ich Oberschwester Klara sagen, während ich auf ihre Schuhspitzen starre.

Holly kann nicht anders und umarmt die zu lange vor uns verborgene Mitschülerin. »Wie geht es dir, Ruby? Wir haben dich lange nicht mehr gesehen.«

Ruby lächelt und küsst Holly auf die Wange, die sich entschuldigend sofort wieder Haltung annimmt.

»Mir geht es sehr gut. Ich musste sehr viel lernen, es war nicht immer leicht, aber jetzt fühle ich mich einfach unglaublich«, erzählt sie und strahlt übers ganze Gesicht. Der Blick, den die Oberschwester mir schenkt, ist anders als sonst. Weniger streng, aber auch nicht wirklich freundlich. Sie unterbricht naserümpfend das fröhliche Geplänkel und wendet sich an mich. Mir fällt auf, dass viele Äderchen in ihren trüben Augen geplatzt sind. Sie muss sich vor Kurzem fürchterlich aufgeregt haben, wegen mir vermutlich.

»November, du hast dich offenbart, mein Kind?«, fragt sie mich und wir kennen beide die Antwort, dass das nicht freiwillig geschah. Ich nicke knapp.

»Ich freue mich sehr für dich und heiße dich und auch Holly zur Zeremonie heute Abend willkommen. Euer großer Weg kann beginnen«, verkündet sie. Doch ihre Haltung ist nicht so feierlich und stolz wie sonst. Etwas anderes schwingt mit. Sorge.

»Heute Abend schon?«, rutscht es mir raus.

Ruby klatscht anerkennend in die Hände. »Ich freue mich so sehr für euch, meine Schwestern«, jubelt sie und schlingt ihre Arme fest um Holly, die ihr am nächsten steht. Ich wanke zurück, mein Bett stoppt mich und ich setze mich auf meine Matratze. Oberschwester Klara steht stocksteif da, wie eine Statue aus Eis, wie so oft. Sie trägt heute eine schwarze Kutte mit Dreieckornamenten in Grau. Und ich spüre, wie sie innerlich bebt.

»Gut«, sagt sie zögerlich, während ich sie nur dumm anglotze. »Ihr drei könnt euch noch etwas austauschen, dann wird Ruby euch zu Runa und mir geleiten, damit wir euch salben und einkleiden können für euren großen Moment.«

Meine Nackenhaare stellen sich auf, als Holly beginnt vor Freude zu tanzen.

»Genießt euren Triumpf, dankt Gott für die Erwählung und seid pünktlich.« Die Schwester bekreuzigt sich und küsst mit spitzen Lippen das Kreuz um ihren Hals.

»Ja, das werden wir sein«, beeilt sich Holly zu sagen und salutiert, was der Oberschwester sonst eine kleine steile Falte über die Brauen zaubert. Jetzt passiert nichts mit ihrem Gesicht, sie wendet sich wortlos um und geht.

»Ruby, du musst uns alles erzählen. Wir haben uns Sorgen um dich gemacht«, spricht Holly der gesamten Gemeinschaft der Winterkinder aus der Seele. Ich betrachte das Januarmädchen, wie sie sich anmutig auf Hollys Bett mit den ganzen Kleidern setzt, ihr langes schwarzes Haar aus dem Knoten löst, sodass es wie ein Wasserfall über die Schultern fließt. »Gott, Runa hat mir die Haare so fest gebunden, man könnte denken, sie wollte mich skalpieren«, murmelt sie und schlägt ein Bein über das andere.

»Ja, das kenn ich«, stimmt Holly ihr zu und verzieht mitfühlend ihr rundes Gesicht. »Wenn ich nicht ordentlich genug bin, möchte sie mir die Locken auch gerne festtackern. Ein Glück, dass ihr meist das Werkzeug fehlt.« Holly lacht glockenklar. »Aber jetzt erzähl uns, was du erlebt hast.«

Ruby macht eine dramatische Pause.

»Sehr viel habe ich erlebt«, meint sie dann geheimnisvoll. »Und ihr …«, sie macht wieder eine Pause, »… werdet es mir gleichtun.«

»Lass dir nicht alles aus der Nase ziehen«, fordere ich verärgert. Ich mag Rubys Wichtigtuerei nicht sonderlich und habe das Gefühl, gleich zu platzen, in unserem dunklen Zimmer mit den schweren Vorhängen, die einem den Atem stehlen.

Rubys Miene wird milde, feine Linien legen sich um ihre schräg stehenden Augen, als sie lächelt. »Du solltest dich in Geduld üben und dich zurücknehmen, Ember. Ich habe gehört, dass du schon für Trubel gesorgt hast.« Sie hebt tadelnd eine ihrer Augenbrauen und erinnert mich an die Gebote des Hauses. *Sei gehorsam und bescheiden* ist nur eines davon.

»Wer sagt denn so was?«, will ich wissen und weiche Hollys besorgtem Blick aus.

»Jeder. Du hattest die große Ehre, Alpha kennenzulernen, und hast es gewagt, seine Gastfreundschaft auszuschlagen.«

»Das stimmt so nicht«, verteidige ich mich, auch wenn ich es besser weiß.

»Wusstet ihr, dass Romeo von der Schule geflogen ist?«, wechselt sie abrupt das Thema und beobachtet genauestens meine Reaktion.

»Was ist damals mit dir auf dem Hof passiert, Ruby?«, stelle ich die Gegenfrage. Denn das kann ich mindestens genauso gut wie sie. Themen wechseln, sodass man ein Schleudertrauma erlebt. Ruby behält Haltung und betrachtet ihre langen Fingernägel, die spitz nach vorne zulaufen.

»Du willst also gar nicht wissen, was mit Romeo passiert ist?«, stellt sie fest.

»Nein.«

Holly lehnt sich rücklings an die Fensterbank und schaut gespannt zwischen uns hin und her.

»Moment mal, Romeo ist weg? *Ich* will aber wissen, wieso«, mischt sie sich ein.

»Er hat die Hand gegen Runa erhoben, als sie ihm die Haare schneiden wollte. Außerdem hat er verweigert, seine Kraft zu zeigen. Und die Oberschwester bezweifelt mittlerweile, dass er überhaupt ein Winterkind ist.«

»Er soll was?« Würde er wirklich eine Schwester angreifen?

»Ich wusste es. Er hat gar keine Gabe«, zieht Holly voreilige Schlüsse. »Und Matti hat nur gelogen, als er sagte, Romeo habe meine Geburtstagsidee gestohlen«, sucht sie meine Zustimmung. Mir bleibt schlicht die Spucke weg.

»Oh, nein. Das denke ich eher nicht«, meint Ruby, die gar nicht weiß, wovon wir reden. »Dieser Romeo ist einfach nur ein Rebell und so jemanden können wir hier nicht brauchen. Gabe hin oder her.«

»Du hast meine Frage nicht beantwortet«, komme ich zurück zum Thema. »Was ist mit dir selbst passiert? Wieso warst du verletzt, bist auf dem Hof vor den Schwestern geflüchtet und was war das für eine heftige Erschütterung, die beinahe die Schule in zwei geteilt hätte?« Ich bin nicht bereit, über Romeo nachzudenken.

Ihre dunklen Augen werden ernst und sie richtet sich zu ihrer vollen Größe auf. »Hört zu, deshalb bin ich hier.«

Hollys Wangen färben sich rot, so gespannt ist sie. Es ist für einen Moment so still zwischen uns, dass man eine Schneeflocke fallen hören könnte.

»Dann raus mit der Sprache«, fordere ich nach unendlich langen Sekunden.

»Ich habe einen großen Fehler begangen«, beginnt Ruby. Es muss ihr schwerfallen, es zuzugeben, denn Ruby macht nie etwas falsch.

»Welchen denn?«, fragt Holly spitz und ich denke über Vertrauen nach.

Ember, vertraust du mir? Romeos Stimme spukt durch meinen Kopf, rüttelt an mir.

»Ihr dürft nicht den gleichen begehen, das möchte ich euch erklären. Es ist meine Pflicht als Ältere, euch Jüngeren meine Erfahrungen näherzubringen«, sagt Ruby lehrerhaft. »Ich hatte Probleme, die Gabe anzunehmen. Manchmal ist eine geschenkte Macht mit Schmerz verbunden. Ihr müsst ihn unbedingt annehmen. Er ist ein Teil, der von nun an zu euch gehört.«

»Aha«, sagt Holly dümmlich. »Wieso sollte eine Gabe denn Schmerz verursachen? Dann ist es ja kein Geschenk mehr, sondern ein Fluch.« Holly spricht meine Gedanken aus, die mir scharf auf der Zunge brennen.

»Wie kannst du so etwas sagen?« Ruby sieht schockiert aus.

»Na ja, so wie du es schilderst? Oder trägst du nur etwas dick auf?«, hake ich nach und ernte ein verärgertes Schnaufen.

»Nimm mich gefälligst ernst«, meckert Ruby und beugt sich etwas in meine Richtung. »Wenn ihr es nicht willkommen heißt, wird es euch zerrreißen. Das prophezeie ich euch.«

»Du bist ja so was von schräg, weißt du das?«, sagt Holly und reibt sich vor Unbehagen über die Arme.

Ruby lächelt, es erreicht ihre Augen nicht.

»Hör mal, Holly Schätzchen. Du wirst dich an meine Worte einfach erinnern, wenn es so weit ist.«

»Na, du machst mir ja Mut.« Holly knabbert an ihren Fingernägeln. Ihr Blick findet meinen, fragend, besorgt und ich schicke ihr eine Geste, die sie beruhigt. Eine winzige Handbewegung, alles wird gut!

»Was ist auf dem Hof passiert?«, wiederhole ich meine Frage an Ruby und sie hebt genervt eine Augenbraue.

»Das Wetter ist eine Naturgewalt«, beginnt sie. »Denkst du tatsächlich, wenn man es schneien lässt, hat das keine Konsequenzen? Ich hab einfach nur Angst bekommen, vor so viel Macht und dann …« Sie gestikuliert wild und sucht nach den richtigen Worten. »Kurz gesagt, ich habe es mir schwerer gemacht als nötig. Und ich bin hier, damit euch so etwas nicht geschieht, meine Lieblingsschwestern.« Sie grinst, weil wir alles andere als ihre Lieblinge sind.

»Also weißt du gar nicht, was die Druckwelle verursacht hat«, stelle ich fest. Ruby rollt mit den Augen und steht auf.

»Ach, Ember, was du immer hast. Natürlich weiß ich das. Ich habe die Energie nicht kanalisiert, dabei ist sie mir mit viel zu viel Wucht entglitten und hat dafür gesorgt, dass die Luft sich zu schnell abkühlt. Es ist eine Wolke entstanden, diese war elektrisch geladen und dann hat es gekracht, so einfach war das«, betet sie herunter und überprüft ihre Frisur vor unserem milchigen Spiegel. Ich sehe die Brandwunde an ihrer linken Hand, als sie sich in die Wangen kneift, um Farbe in ihr Gesicht zu bekommen.

»Also wie bei einem Gewitter?«, fragt Holly und runzelt die Stirn. »Ist das nicht gefährlich?«

»Nein, ist es nicht. Weil diese Energie ein Teil von mir ist«, beruhigt uns Ruby und dreht sich völlig aufgeräumt zu uns um. Dann klatscht sie in die Hände und strahlt uns an.

»Es wird Zeit, wollen wir gehen?«

Also ist es so weit? Werden Holly und ich jetzt für immer ein Teil dieses Hauses sein? Unsere Träume und Pläne schleichen sich von hinten an und sterben einen leisen Tod, als Holly fröhlich nickt und sich zur Tür bewegt. »Klar, bereiter geht's nicht. Lassen wir es krachen.«

Draußen tobt ein Sturm und rüttelt fluchend an den Fenstern, während wir auf die Zeremonie vorbereitet werden. Ich wünschte, ich würde draußen stehen. Vor dem Gebäude, im Zentrum des Windes, um den Sturm in mir selbst auszuhalten. Holly lacht glücklich, als sie aus der Wanne mit Mandelmilch steigt und Schwester Liz sie ins weiche Handtuch wickelt. Schwester Runa knöpft mein Festtagsgewand in meinem Rücken zu. Ihre Finger sind eiskalt und verursachen mir eine Gänsehaut.

»Du bist so still, Ember«, sagt sie freundschaftlich. So versöhnlich wie nie zuvor.

»Ich bin aufgeregt«, gebe ich zu und lasse mich von ihr auf einen Hocker vor einen Spiegel mit Goldrahmen manövrieren. Alles in diesem Raum ist so edel und schön, es durchbricht alles, was wir sonst von diesem Haus kennen.

»Du magst es nicht, im Mittelpunkt zu stehen, hab ich recht?«, fragt Runa und lächelt. Die Fältchen um ihre braunen Augen vertiefen sich und ich wage es, ihr Gesicht zu erforschen. Jedes Mädchen hier ist auf ihre Nase neidisch, die so gerade und schmal ist, dass sie Runa ein aristokratisches Aussehen verleiht. Ihre Wangenknochen heben sich leicht ab und zeichnen Schatten.

»Ja«, antworte ich knapp und senke wieder meinen Blick.

»Das ehrt dich, gutes Kind.« Ihr Blick fällt auf Holly, die sich gerade vor einem anderen Spiegel dreht und von allen Seiten begutachtet. Ihr Kleid ist ausladender als meins, und die Stickereien sind nicht allein Silber, sondern mit Rosé-Gold verwoben, das wunderschön zu ihrem roten Haar passt.

»Ich bin die Königin des Winters«, zwitschert sie und schaut über die Schulter zu mir. Ihre Augen leuchten, bis Runa tadelnd mit der Zunge schnalzt und meinen Kopf mit einem Ruck nach vorne dreht, damit sie mein Haar zu einem kunstvollen Geflecht zusammenstecken kann.

Es dauert nicht lange – oder anders, es kommt mir vor, als würde die Zeit nicht mehr funktionieren wie sonst. Denn sie ist viel schneller um, als ich gedacht hätte, und wir sind fertig. Holly und ich betrachten uns ein letztes Mal und schon werden wir abgeholt. Jetzt trennen uns nur noch ein paar Schritte von dem Hier und dem Dort. Von dem unbekümmerten Leben als Schülerin und den Verpflichtungen einer Erblühten.

Oberschwester Klara öffnet die Tür zu diesem traumhaften Raum und es geht los. Wir legen unsere neuen Umhänge um, ziehen die Kapuzen über unsere Frisuren und folgen den Schwestern und Nonnen, die betend vor uns hergehen, in die Kapelle.

Ich kann mich noch gut daran erinnern, als es Ruby war, die gefeiert wurde, oder Matti. Heute wohnen Fremde diesem intimen und heiligen Ritual bei. Menschen wie Alpha und seinem Zirkel, wie Ruby es nennt. Ein Raunen geht durch die Anwesenden, als wir eintreten. Holly vor mir hebt heimlich die Hand zum Gruß und winkt der kleinen Mona, die auf Ylvis Schoß sitzt. Die Schwestern beginnen zu singen, die Schüler stimmen mit ein. Bald schon ist der ganze Raum ausgefüllt mit den Hoffnungen und Wünschen für den Winterorden.

Als wir am Altar aus Kirschholz ankommen und niederknien, höre ich kaum, was Oberschwester Klara erzählt. Ich nehme nur wahr, dass Alpha in einem grellen weißen Gewand erscheint und die Segnung selbst übernimmt. Sein Stolz ist beinahe greifbar, sein Lächeln voller Freude. Während seine Hand sich nacheinander auf unsere Köpfe legt, denke ich an Nonna. Wie sie mir stundenlang in stürmischen Nächten übers Haar gestreichelt hat, wenn ich mich fürchtete. Ich lausche dem Lied, das von den Verbindlichkeiten der Erblühten kündet und versichert, dass sie jeden kommenden Tag gelten werden.

Es waren einmal Väterchen Frost und Gevatter Tod, sie hatten einen Streit, überlagert der Satz die nächste Strophe des Liedes der Schwestern. *Und von da an gab es immer zwei. Die Frage und die Antwort.*

Ich blinzle. Die Berührungen Alphas sind beinahe tröstlich, väterlich und schützend.

»So sei es, Töchter des Winterordens«, singt Oberschwester Klara. »Geweiht unserem Gott, werdet ihr dienen bis in den Tod.« Ihre Stimme schwillt beim letzten Sakrament an und nimmt den ganzen Raum ein, bis eine süße Stille entsteht. Ich atme durch, mein Körper ist angespannt und überreizt. Alpha stellt sich vor uns und berührt unsere Stirn mit Eis, das ihm Runa in einer silbernen Schüssel reicht. Ich heiße seine Kühle willkommen und spüre dem Tropfen nach, der mir über die Augenbrauen rinnt, dann über die Nasewurzel flieht und sich wie eine Träne seinen Weg über meine Wange sucht.

Ich höre Holly neben mir laut ausatmen. Ein Kichern huscht durch die erste Reihe und lockert die Anspannung. Es ist die sonst so ernste Ylvi, die sich einen Weg zu Matti gebahnt hat. Ich wünschte, ich würde bei ihnen sitzen.

Aber das wirst du, beruhigt mich meine innere Stimme. Bestimmt schon bald.

Dann verebben die Gebete. Es ist getan. Wir haben die Schwelle überschritten.

Holly verstößt gegen das Protokoll, als sie wie eine Läuferin, die eine Siegeslinie überquert, ihre Hand in die Höhe reißt und in die Luft springt.

»Ich hab es geschafft«, freut sie sich und fällt mir um den Hals. Runa verkneift sich ein Lächeln, schiebt uns dann bestimmt zurück in die Reihe, in der wir die Kapelle mit den

Schwestern vor allen anderen verlassen werden. Wir setzen uns in Bewegung, ich linse zu den Schülern, in deren Mitte der Soldat und einige Frauen, die ich in dem Labor gesehen habe, sitzen. Beim Verlassen erheben sich die Übrigen und schließen sich uns an. Oberschwester Klara strafft sich und schwebt uns allen voran. Es ist, als würden wir nicht mehr wir selbst sein. Als hätten wir uns verändert.

Am nächsten Morgen, noch bevor die Dämmerung als blaues Leuchten am Horizont zu erahnen ist, wache ich mit hämmerndem Herzen auf. Dieses Gefühl der Unruhe, das mir wie Ameisen über die Haut kriecht, legt sich den ganzen Tag nicht. Und als Holly nach den Schulstunden in unser Zimmer stürmt, bestätigt sich meine Unruhe, dass etwas nicht stimmt.

»Sie reißen uns alle auseinander!«, presst sie hervor und schließt die Tür hinter sich bemüht leise. Ihre Miene ist gehetzt, ihr Augen zu Schlitzen verzogen. Auf dem Flur höre ich das Poltern von schweren Stiefeln, die Soldaten, die vorbeieilen. Ich stoße mich vom Fensterbrett ab.

»Was sagst du da?« Nichts würde mich und Holly trennen. Das kommt gar nicht infrage. Ich beginne zu schwitzen.

»Matti ist weg. Niemand weiß, wo er hin ist.« Holly fährt sich unruhig über Nase und Mund. »Nicht, dass mich das stören würde, aber es geht das Gerücht um, dass er nicht freiwillig gegangen ist. Es ist die Rede von einem Kampf in seinem Zimmer. Möbel waren umgekippt, ein Stuhl zerstört und sein Schrank durchwühlt.«

Meine Gedanken huschen schneller durch meinen Kopf, mir wird ganz schummrig. Romeo hat mit Matti gelebt. Vielleicht ist er …?

Holly schiebt sich in meinen Arm. Ich streiche ihr mit den Händen über den Rücken und atme ihren vertrauten Geruch nach Vanille ein.

»Ylvi ist auch weg«, flüstert sie so leise, als hätte sie Angst, gehört zu werden. »Jemand hat sie schreien hören, bevor sie verschwunden ist. Und die Schwestern versuchen es zu vertuschen.«

Ich mache mich von ihr los. »Ylvi ist immer mal verschwunden«, will ich sie beruhigen, während meine Gedanken rasen. Das Geistermädchen bewegt sich schließlich so leise und heimlich wie fallender Schnee. Aber normalerweise verschwindet sie lautlos …

»Glaub mir, das alles ist nicht normal. Und Romeo, der ist auch weg. Beseitigt, wie die Jüngeren munkeln.«

»Beseitigt?«, hake ich nach. »Jetzt schraub mal wieder runter, Dramaqueen.« Ich hole Luft, sie lässt meine Lunge brennen. »Dem geht es gut, ich hab ihn noch gesehen, als ich mich verlaufen hatte«, versuche ich zu erklären. »Der wollte unbedingt hier weg. Unsere Art zu leben hat ihm nicht zugesagt.« Ich denke an seine dunklen Augen, den leisen Spott auf seinen schönen Zügen und an die echte Sorge in seinem Blick.

»Oh, na wenn das so ist. Dann ist ja alles in Ordnung, oder was?«, meint sie ironisch. »Echt, November, sonst hast du bessere Antennen. Ist deine Intuition kaputt?« Sie bläst eine gelöste Locke aus ihrem Gesicht und stemmt die Arme in die Hüfte. »Hier geht was vor sich.«

Zeitgleich mit dem letzten Satz nähern sich wieder schwere Schritte aus dem Flur. Schwerer als die der Schwestern, und plötzlich geht die Tür ohne Vorwarnung mit etwas zu viel Schwung auf und jemand kommt hereingeweht, so kalt wie ein Schneesturm.

Holly wirbelt erschrocken herum. Vor uns steht der Soldat, der Mann, dem ich entwischt bin, und dann schiebt sich Oberschwester Klara an ihm vorbei. Wie eine Eiskönigin schaut sie auf uns herab und sagt nur drei Worte: »Packt eure Sachen.«

7
Neue Wege, neue Tränen

Während ich als Einzige nicht in ein Zimmer des Klostergebäudes, sondern in den wiederbelebten Turm gebracht werde, ist mir zunächst gar nicht wohl dabei. Oberschwester Klara selbst geleitet mich mit nachdenklicher Miene erneut die Treppe hinauf. Sie sagt kein Wort. Erst als sie eine schwere Eichentür zum obersten Raum, die durch eine elektronische Verriegelung gesichert ist, öffnet, dreht sie sich zu mir um.

»November«, beginnt sie und betritt vor mir das wundervollste Zimmer, das ich je gesehen habe. »Du wirst ein völlig neues Leben beginnen. Eines, das nur ganz wenigen von uns offensteht.« Ihre sonst so kontrollierte Miene wird weich, als sie mein Staunen sieht. Der Raum ist groß, viel geräumiger, als man erwarten würde. Vor halbrunden Fenstern hängen feine Vorhänge aus rotem Samt. Die Wände sind aus Kalkstein und mit orientalischen Teppichen abgehängt. In der Mitte steht ein Himmelbett mit bunter Bettwäsche, nicht zu vergleichen mit den groben Leinenstoffen aus unseren alten Zimmern. Ein kleiner Schreibtisch befindet sich neben der Tür, auf der anderen Seite gibt es einen Kamin für die kalten Wintertage.

»Wieso?«, frage ich leise. So zaghaft, dass ich selbst es kaum höre. Oberschwester Klara geht voran, stellt meine Kiste mit meinen Habseligkeiten vor den prachtvollen Schrank aus Akazienholz. Ich schreite den Raum ab, finde eine weitere Tür, die zu einem kleinen Bad mit einer frei stehenden Badewanne führt, die auf vier Löwenfüßen ruht. Goldene Prunkspiegel, Marmorfliesen, weiche Handtücher. Mein Mund klappt auf, ich bin vollkommen geblendet. Beinahe schneeblind. Das alles soll für mich ganz alleine sein?

»Richte dich erst mal ein«, meint Oberschwester Klara, während ich mich um meine eigene Achse drehe. »Oder hast du noch Fragen?«

»Ja, wo sind die anderen?«, muss ich wissen.

»Sie haben ähnliche Zimmer wie du. Allerdings nebenan im Kloster«, beruhigt sie mich.

»Wann kann ich sie besuchen?« Ich lasse meine Hände über den Vorhang des Himmelbettes streichen und entdecke eine kleine Schachtel mit einer weißen Schleife darum.

Oberschwester Klara lächelt, winkt mich zu sich und ich nehme das Geschenk mit zu ihr. Ich schaue sie fragend an, suche in ihrem Gesicht nach Anzeichen von Missgunst.

»Sehr bald. Ihr werdet euch sehr bald wiedersehen«, antwortet sie stattdessen auf meine Frage und ihre Finger verharren auf Höhe meines Ohrs, bevor sie zögerlich eine meiner Silbersträhnen zurückstreichen. Die Berührung ist fürsorglich, so fremd. Beinahe zucke ich zurück.

»Behalte deine Pflicht im Auge«, bittet sie eindringlich. »Du bist jetzt seine ganze Hoffnung.« Ihr Mund verzieht sich kaum merklich. Ich kann diese Regung nicht deuten. Ich verstehe nicht, was sie mir sagen will. Etwas verbirgt sich zwischen den Zeilen, wie ein ängstliches Tier, das sich im Dickicht versteckt.

»Das werde ich«, schwöre ich trotzdem feierlich. »Ich werde euch stolz machen«, sage ich, weil ich denke, dass sie diese

Worte hören will. Doch es scheint sie keineswegs glücklich zu machen. Ganz im Gegenteil. Fast denke ich, Tränen in ihren Augen schimmern zu sehen, bevor sie sich abwendet und mich zurücklässt. In diesem traumhaften Zimmer mit der betörenden Schönheit eines Hochglanzmagazins, wie Holly und ich sie immer in dem kleinen Laden in der Stadt bestaunt haben. Ich ziehe an der weißen Schleife des hübschen Kartons und öffne es. Eine hübsche Rosenbrosche aus Silber liegt in ihm und ein kleiner Zettel mit geschwungener Schrift darunter. *Ich schenke dir alles, was du verdienst.*

Als sich die Tür schließt, nehme ich das leise Surren der automatischen Verriegelung erst gar nicht wahr. Doch dann klingt sie umso lauter in der Stille nach.

»Liebe November«, begrüßt mich der Gründererbe freudig, als ich zu ihm gebracht werde. In seinem Zimmer, das sich direkt unter meinem befindet, sitzt er bereits an der Tischgruppe, an der wir zuletzt sprachen. Ich trete ein, meine Finger kneten nervös den Stoff des neuen farbenfroheren Kleides, von denen ich unzählige in Geschenkkartons mit weißen Schleifen im wuchtigen Kleiderschrank gefunden habe. Und es fällt mir verdammt schwer, mich daran zu erinnern, nicht zu viel Gefallen an meinem eigenen Spiegelbild zu verspüren.

Alpha lächelt sanft und wissend, erhebt sich und kommt mit beschwingten Schritten auf mich zu.

»Du siehst bezaubernd aus«, stellt er zufrieden fest. Er macht eine anerkennende Geste, die mich dazu veranlasst, mich wohlerzogen wie eine Ballerina vor ihm zu drehen und mich zu präsentieren. Es ist mit Sicherheit klug, ihm erst mal zu gefallen.

»Wirklich, wie eine Königin.« Auffordernd reicht er mir seine Hand. Sie ist weich und warm, als ich meine in seine lege und er mich zum Tisch hofiert. Diesmal steht auf ihm eine Karaffe mit Apfelsaft vom letzten Sommer und eine Silberschale mit Butterkuchen. Mir läuft augenblicklich das Wasser im Munde zusammen. Herrlich.

»Gefällt dir dein neues Zimmer?«, will Alpha wissen und reicht mir ein Glas und ein Tellerchen, das ich mir großzügig fülle.

»Es ist sehr schön«, gebe ich zu. »Aber verschlossen«, füge ich an und versuche in seinem Gesicht zu lesen, während ich etwas zu gierig und gar nicht damenhaft einen Schluck des Saftes probiere. Er ist süß und prickelt auf der Zunge. Als er mein Erstaunen über den Geschmack bemerkt, sagt er erklärend: »Champagner. Ich habe mir erlaubt, etwas in den Saft zu mischen. Das Edelste für meine Edle«, schmeichelt er weiter und ich verschlucke mich. Beinahe treten mir Tränen in die Augen und ich versuche gleichmäßig weiterzuatmen.

»Ich muss dir etwas erzählen, November«, beginnt der Mann dann zögerlich und ich horche auf. Er wirkt plötzlich nervös und seine Haltung, die sonst so kontrolliert und stark ist, bekommt Risse. Risse, die ihn menschlicher wirken lassen, nicht wie einen Sohn von Göttern. »Du fragst dich sicher, warum sich so viel hier verändert hat«, beginnt er.

Ich nicke und stelle mein Glas zurück auf den Tisch. Mein Bauch fühlt sich wohlig warm an und für einen winzigen Moment denke ich an meine Geburtstagsfeier im nächtlichen Wald. »Wir werden angegriffen«, verkündet Alpha. Das Gefühl in meinem Bauch bekommt augenblicklich Stacheln.

»Es gibt Gruppen, die den Winterorden ausrotten, die Kinder mit Gaben und auch mich tot sehen wollen«, behauptet er. Als ich unter seinen Worten zusammenzucke, greift er über den Tisch und tätschelt meine Knie. Nur ganz kurz. Ich hatte davon gehört, dass es Menschen gibt, die uns fürchten, und spürte auch die Zurückhaltung der Dorfbewohner gegenüber uns Klosterkindern nur zu klar.

»Das ist der Grund, warum wir die Sicherheitsmaßnahmen verstärken und euch Erblühten so sehr schützen. Deshalb müsst ihr eine Weile damit leben, dass wir euch einschließen.«

Er deutet meine Miene richtig. »Oh, das wird nicht für immer so sein, versprochen«, bemüht er sich, meinen Schrecken zu zerstreuen. »Nur so lange, bis wir die Bedrohung von außen ausgeschaltet haben. Und das wird nicht mehr lange dauern«, verspricht er und mustert mich dann eingehend. Ich sitze wie versteinert da, es dauert eine ganze Weile, bis ich das Gesagte verdaut habe.

»Wer hasst uns denn so sehr?« Wieso würde jemand mich umbringen wollen? *Wegen deiner Tränen, November.*

»Das hat weniger mit Hass, als mit Macht und Angst zu tun.« Alpha hält inne und überlegt. Seine Finger tippen unruhig auf der Sessellehne.

»Etwas, das man nicht versteht, wirkt auf andere bedrohlich. Und um sich und seine Lieben zu schützen, würde man alles tun, richtig?«, fragt er schließlich.

»Sicher.«

»Deshalb würde man euch töten. Aus Angst, ihr könntet Schaden anrichten«, erklärt er noch eine Spur ruhiger. »Aber du brauchst dich nicht zu sorgen, da ich euch hier beschütze. Ich bin extra deshalb hier, das ist meine Aufgabe.« Er fädelt seine feingliedrigen Hände ineinander. »Besonders unsere Königin.«

Ich verstehe ihn nicht, sein Lächeln vertieft sich. »Du bist die Krone der göttlichen Schöpfung«, schmeichelt er mir und ich spüre Röte in meine Wangen schießen. »Deine Tränen können alle Leiden der Welt heilen.«

Hitze schießt mir durch die Adern und wird von Kälte abgelöst.

»Du kannst mich heilen, damit ich euch weiter beschützen kann, November.«

Weine nicht, November.

»Sie verstehen nicht, meine Tränen sind gefährlich. Sie töten, sie heilen nicht.« Wenn ich weine, braucht hier keiner mehr Schutz vor einer Bedrohung von außen. Dann bin ich das Unheil, das alles zerfrisst. Ich denke an die dunkle Macht der Tränen, wenn sie aus Kummer und Wut fließen. Auch wenn Nonna mir damals etwas davon erzählte, dass man Gutes tun kann, wenn man vor Freude und Glück weint ... Ich kann mich nicht an ihre genauen Worte erinnern. Für einen Moment bin ich zurück in meiner Kindheit und halte meine leblose Katze auf dem Schoß. Tränen so schwarz wie Teer bahnen sich ihren Weg, vergiften die Luft und bringen Krankheit. Ich selbst lag zwei Wochen im Fieber nach diesem einen Vorfall damals. Wie sollen diese Tränen heilen können?

»Deine Tränen sind mehr wert, als alles Gold und Silber der Welt. Du wirst lernen, mit ihnen umzugehen«, ermutigt er mich väterlich. Meine Gedanken sind unstet, flüchtig wie Seifenblasen. Kann das wirklich sein?

»Sind Sie denn krank?«, frage ich vorsichtig. Sein Blick wird traurig und seine Stimme bekommt einen dunklen Unterton, als er mir antwortet.

»Unheilbar, wenn du mich nicht rettest.« Sein Geständnis wiegt schwer auf meinen Schultern. Was soll ich nur tun? »Du musst uns nur helfen, dir zu helfen«, gibt er hinterher und versucht, die Stimmung wieder aufzulockern, indem er in die Hände klatscht und aufsteht, um das Feuer im Kamin zu entzünden.

»Es wird angenehmer, als du denkst.« Angenehm! Er hat ja keine Ahnung! »Und dir wird jeder Wunsch erfüllt. Du musst ihn nur formulieren«, lockt er und lässt ein Feuerzeug aufflammen. »Vieles weiß ich von dir, November. Dass du gerne die Welt sehen willst, zum Beispiel. Und wenn die ersten Tests gelingen, dann entführe ich dich an die schönsten Orte unserer

Erde. Ich werde dich die geheimnisvollsten Städte entdecken lassen und dir so viel Freiraum geben, wie es dir guttut«, lockt er mich weiter. Eine aufgeregte Hitze wird bei dem Gedanken an Freiheit in mir entfacht. Ich will das Meer sehen, das Salz des Wassers schmecken. Holly sagt, es sei wie Tränen. Die Lichter der Großstadt, die ich nur aus Zeitschriften und Büchern kenne, will ich mit eigenen Augen entdecken. Es gibt so vieles, was ich erleben möchte. Den verwunschenen Brunnen von Elster, in dem ein alter Eisbär wohnt, der Träume erfüllt. Oder die Türme der Bienenstadt und ihre Honigmanufaktur. Doch zu welchem Preis?

»Darf Holly mitkommen?«, muss ich wissen. Das Feuer im Kamin lodert auf, umschmeichelt Alphas Silhouette.

»Aber natürlich, der kleine Wirbelwind ist doch schon längst mit eingeplant«, sagt er lächelnd. Mein Herz schlägt schneller und ich verdränge mein Unbehagen. Die Vorstellung, dass dieser Mann Winterkinder sammelt, wie andere alte und seltene Postzeichen. Zu ihrem Schutz natürlich. Die Worte von Romeo klopfen zwar leise an, aber ich schiebe sie energisch fort.

»Also, werden wir uns gegenseitig unterstützen?«, fragt er hoffnungsvoll und reicht mir die Hand. Als ich sie ergreife, lächelt er, als hätte ich mich richtig entschieden. Aber habe ich wirklich eine Wahl?

Am nächsten Morgen erwache ich erst, als die Sonne schon hoch am Himmel steht. Ich habe so gut geschlafen wie schon lange nicht mehr und hüpfe beinahe beschwingt aus den weichen Federn. Kurz nachdem ich mich angekleidet habe, klopft es zaghaft an meiner Tür und der Soldat kommt herein.

»Ich soll dich ins Labor begleiten«, begrüßt er mich und ich traue mich das erste Mal, ihn genauer zu betrachten, während ich mir Hollys rotes Halstuch umlege. Er ist nicht älter als Ende zwanzig, hat dunkelblondes Haar und eng zusammenstehende Augen, die mich freundlich, aber sehr zurückhaltend anschauen.

»Zunächst heißt es: Guten Morgen«, lasse ich ihn wissen, dass er unhöflich ist. Der Anflug eines Lächelns huscht über seine Miene.

»Entschuldige. Den wünsche ich dir natürlich auch«, meint er und deutet mit einer knappen Kopfbewegung an, dass ich ihm folgen soll. Ich gehorche, flechte nur noch schnell den seitlichen Zopf zu Ende.

»Sie sind zu unserem Schutz hier«, sage ich, als ich hinter ihm her trabe. Es ist eher eine Frage als eine Feststellung meinerseits. Ich schließe auf und traue mich, ihm fest ins Gesicht zu sehen, während wir die Treppe hinuntergehen.

»Das ist richtig.« Die Antwort ist knapp. Ich frage mich, ob er Anweisung hat, nicht mit uns Schülern zu plaudern.

»Sind noch mehr von Ihrer Sorte hier?«

»Wir sind zehn«, meint er widerstrebend, als werte er seine Aussage, nachdem sie getätigt ist.

»Aha.« Ich werde langsamer, horche auf unsere Schritte, die das einzige Geräusch im Treppenhaus sind.

»Sie sind sicher gut ausgebildet in dem, was Sie tun. Waren Sie beim Militär oder einer Stadtgarde?«, versuche ich mehr herauszufinden.

»Du bist ganz schön neugierig«, stellt er fest und lächelt mir über die Schulter zu. »Du brauchst dir keine Sorgen machen, wir sind sehr gut ausgebildet.«

»Das hoffe ich doch, wenn wir tatsächlich bedroht werden«, sage ich so locker wie möglich und schaue ihn prüfend an.

Wenig später sitze ich in einem hellen Labor, ohne dass ich etwas gefrühstückt habe. Die Ärztin, eine Frau mit freundlichem Wesen und weizenfarbenen Haaren, sprüht mir Desinfektionsmittel auf die Haut des Oberarmes und versichert mir, dass ich ganz bald etwas zu essen bekomme. Mein Blick findet den des Soldaten, der mir gegenüber auf einem Hocker Platz genommen hat und mich ausgiebig mustert.

»Hey, wie heißen Sie überhaupt?«, frage ich ihn. »Ich meine, wenn Sie jetzt meinen Babysitter spielen, will ich wenigstens wissen, wie ich Sie nennen soll.« Eine Impfnadel durchbohrt meine Haut. Sie sagen, es ist eine Auffrischung von Tetanus, Frostfieber und Co. Ich ziehe scharf die Luft ein, weil es ganz schön brennt. Warum genau ich das brauche, sagen sie nicht.

»Lukas«, antwortet der Soldat, ohne die Miene zu verziehen. »Und das ist Frau Dr. Leander«, erklärt er mir mit einer Kopfbewegung zur Ärztin.

»Freut mich, ich bin November«, stelle ich mich offiziell noch mal vor. Frau Leander tätschelt mir die Stelle, in der die Nadel eben noch gesteckt hatte.

»Sind Sie Alphas Leibheilerin?«, will ich nun wissen. Meine Beine schaukeln nervös über den Rand der Liege, auf der ich sitze. Weiter hinten in dem Raum arbeitet eine andere Frau an einem Mikroskop und ich möchte zu gerne wissen, was sie hier alles so untersuchen.

»Ja, das kann man so sagen«, sagt Frau Dr. Leander, lächelt mich an, nimmt dann eine Schale mit einer neuen Spritze und fünf Kanülen. Mit einer geübten Bewegung staut sie mit der Manschette das Blut in meinem Arm und klopft auf den Venen herum.

»Was hat er denn?« Meine Frage hängt eine Weile zwischen uns dreien in der Schwebe, während die Ärztin gewissenhaft meine Haut erneut desinfiziert. Ich betrachte sie genauer. Sie ist höchstens vierzig Jahre alt und hat einen schönen Mund und gerade weiße Zähne.

»Alpha?«, hakt sie nach und will mich wohl vom Eindringen der Nadel ablenken.

»Ja, wer denn sonst?«

»Einen inoperablen Gehirntumor.« Die Antwort löst Mitleid in mir aus. So etwas hat niemand verdient. Mein Blick wandert von Lukas' betroffener Miene zu meinem Arm. Dunkles Rot füllt die erste Kanüle, bis sie voll ist, schnell wird sie gewechselt und mir wird ganz seltsam zumute.

»Und Sie können da gar nichts für ihn tun?«, höre ich mich wie aus weiter Entfernung fragen.

»Nein, nur die Beschwerden lindern.«

Ich befeuchte meine Lippen, meine Zunge ist schwer. Lukas erhebt sich von seinem Stuhl und kommt langsam auf mich zu. Er und die Ärztin tauschen einen schnellen Blick.

»Es muss schlimm sein, wenn man spürt, wie man stirbt«, überlege ich und mit einem Mal kippt meine Welt. Der helle Raum mit seinen Laborutensilien und Reagenzgläsern versinkt in Dunkelheit und ich habe das Gefühl zu fallen.

»November?«

Ich schwebe, bis etwas an mir rüttelt. Eine Erinnerung an Romeo. An die Nähe zu ihm, seinen Körper, als er mich mit sich nehmen will, und mich an sich drückt, während wir uns im Schatten des Kellers verbergen. Für einen Moment spüre ich seine Umarmung, seinen Atem in meinem Nacken, bevor ich mich in seinem Arm drehe und unsere Lippen nur Zentimeter voneinander entfernt sind.

Schlagartig reiße ich die Augen auf. Was ist denn hier los? Und was zur Hölle träume ich da eigentlich?

»Hey, du bist ohnmächtig geworden«, sagt Lukas, der Soldat, besorgt und ich versuche meinen Blick scharf zu stellen. Er übt Druck auf meine Schulter aus, als ich von der Liege aufstehen will.

»Oje.« Übelkeit steigt mir die Kehle hinauf.

»Das kommt vor. Manche Menschen können einfach kein Blut sehen«, mischt sich die Ärztin ein und taucht in mein

Sichtfeld. »Etwas zart besaitet, was?« Sie verzieht kaum merklich ihre vollen Lippen.

»Das ist mir noch nie passiert«, entschuldige ich mich und es ist mir wirklich unangenehm. »Ich bin sonst nicht so zimperlich.«

Wenig später darf ich die anderen im Gemeinschaftsraum treffen. Ich bin unendlich froh, dass es Holly und meinen anderen Freunden gut geht. Doch ich erfahre auch allerlei Beunruhigendes. Angeblich war Romeo unbefugt ins Gebäude gelangt und hat Oberschwester Klara überfallen. Man erzählt sich, er gehöre einer Verschwörung an, die plant, den Winterorden auszulöschen und mit ihm seine Kinder. Mein Herz schmerzt, wenn ich auch nur versuche, diesen Anschuldigungen zu glauben. Doch was kann ich in dieser verrückten Zeit eigentlich noch glauben?

8
Der Teil von uns

Tage später ist es so weit. Ich muss mich meiner Aufgabe stellen, die mich mehr ängstigt, als ich wahrhaben will.

»Bleib ganz entspannt«, sagt Frau Dr. Leander, während sie mir Elektroden am Kopf befestigt und mich an einen von zwei Monitoren auf Rädern anschließt. »Damit können wir deine Gehirnströme sichtbar machen. Das hilft uns zu verstehen, was geschieht, wenn du weinst«, erklärt sie mir und ich zähle die Kacheln auf dem Boden, von denen jede vierte einen Sprung oder Riss aufweist. Mein Mundwinkel zuckt nervös bei dem Gedanken an Tränen. Irgendwann lasse ich meinen Blick durch die Scheibe des gläsernen Käfigs schweifen, in dem ich sitze. Vor mir, in sicherer Distanz, wartet Alpha auf einem mit Leder bezogenen Stuhl und reckt seinen Daumen aufmunternd in die Höhe, Hoffnung funkelt in seinen Augen. Lukas liest in einer Zeitung ganz am Rande des Geschehens, neben den Labortischen, als gehöre er nicht dazu. Zwei andere Personen in weißen Kitteln, die ich nicht näher kenne, machen sich Notizen, haken Checklisten ab und prüfen Daten auf einem weiteren Bildschirm. Ich registriere beiläufig, dass die Sonne sinkt und der Tag zu Ende gehen will. Ich möchte auch, dass er endet. So sehr.

Oberschwester Klara sitzt in zweiter Reihe, betet mit einem Rosenkranz und murmelt vor sich hin, ebenso wie Runa, die hinter ihr an der Wand lehnt. Dann bringt jemand etwas zu mir, das mich in Aufregung versetzt.

»Nein, nein. Das nicht«, protestiere ich, als ich den kleinen Vogel in seinem Gefängnis aus Silberstäben sehe. In freier Wildbahn und innerhalb eines Schwarms können sie gefährlich sein, aber so alleine wirkt er wie das zerbrechlichste Wesen, das ich kenne. Sein rechter Flügel hängt seltsam zur Seite und er sieht aus, als wäre er irgendwie benommen. »Er darf hier nicht sein, nicht, wenn ich den Tränen freien Lauf lasse«, rege ich mich auf und möchte am liebsten aufstehen und flüchten.

»Ganz ruhig, November.« Frau Dr. Leander geht vor meinem Stuhl in die Hocke und schaut mir tief in die Augen. »Wir würden nichts tun, was nicht zwingend notwendig ist. Du kannst uns vertrauen.«

Vertraust du mir, November?, huscht Romeos Stimme durch meinen Kopf und ich schüttle sie ab. Der Käfig wird auf einen kleinen Tisch neben den Apparaten in die Ecke gestellt. Mir viel zu nahe.

»Ja, sicher«, antworte ich mit belegter Stimme und schließe einen Moment die Augen. Meine Fingernägel graben sich tief in das helle Fleisch meiner Arme.

»Wir haben nicht mehr viel Zeit, du musst schnell deine Kraft kennenlernen und die zuverlässigste Möglichkeit zu erkennen, ob sie gefährlich wird, ist ein Lebewesen in deiner Nähe.«

Der wunderschöne Vogel ist ganz ruhig, bewegt nur sein Köpfchen, nichts ahnend.

»Das stimmt«, gebe ich zu und betrachte ihn, wie er auf der Stange sitzt und mich seinerseits beobachtet.

»Denke daran, dass deine Gabe ein Teil von dir ist, der akzeptiert werden will«, meint Frau Dr. Leander und versucht zu lächeln, doch ihre Anspannung kann sie damit nicht verschleiern. »Begrüße sie einfach wie einen alten Freund.«

All die Hoffnung, die in diesem Raum weilt, nimmt mir die Luft zum Atmen.

»Kann es losgehen?«, fragt sie mich, nachdem sie das letzte Mal einige Daten überprüft und mir dann einen Klipp am Zeigefinger befestigt hat, der meinen Puls misst. Er schlägt gleichmäßig auf einem zweiten Bildschirm aus und ich frage mich, warum er nicht panisch rennt oder flimmert, bei dem, was ich vorhabe.

»Denke daran: Es kann nichts Schlimmes geschehen in diesem Raum aus Glas. Selbst die Luft wird gefiltert, wenn er verschlossen wird«, erinnert mich die Ärztin an das ausgeklügelte Sicherheitssystem. Ich suche Oberschwester Klaras Blick zur Bestätigung, doch sie ist in ihre stummen Gebete vertieft.

»Du kannst niemandem schaden, November. Du bist in einem Hochsicherheitslabor.«

»Ich weiß«, antworte ich leise.

»Du musst dich einfach aufs Heilen konzentrieren, dich von positiven Emotionen leiten lassen, dann wird alles gut gehen.«

Frau Leander lässt mich nun allein in dem gläsernen Würfel. Ich atme tief ein und wieder aus, versuche die gespannten Blicke der Personen vor der Scheibe auszublenden.

Alphas Gesicht sieht heute anders aus, seine Miene spricht von Zuneigung und Mitgefühl für meine Situation, der Herausforderung, der ich mich seinetwegen stelle, aber dennoch distanzierter. Gestern konnte ich sehen, dass er mich wie eine Tochter lieben wollte.

Ich schließe die Augen, drifte davon. Meine Gedanken gehen auf Reisen, die Tür tief in meinem Innersten, die es gewohnt ist, verschlossen zu sein, öffnet sich Spalt um Spalt.

Meine Hände auf meinem Schoß entspannen sich. Liebe. Dieses Gefühl ist das mächtigste unter den positiven Emotionen. Es löst sich aus meinem Bauch, wärmt mein Herz und fließt gemächlich durch meine Venen. Ein leises Lächeln schleicht sich auf meine Lippen, als ich an einen sinnlichen Mund denke. Ich sehe ein schönes Gesicht vor mir, wie es sich mir nähert, Hände legen sich sanft an meine Wangen …

Ich reiße die Augen wieder auf, erschrocken, und verspanne mich augenblicklich. Wie kann ich denn jetzt an Romeo denken? Verärgert beiße ich mir auf die Unterlippe. Alpha zuckt, beugt sich forschend näher in meine Richtung. Ungeduld flackert über seine Miene.

Das Vögelchen zwitschert jetzt, als fordere es mich auf weiterzumachen und ich beginne von Neuem.

Holly. Meine Schwester, mein Herz. Ich versinke in einer Erinnerung, als wir uns das erste Mal begegnet sind.

»Wer bist du denn?«, hat sie mich gefragt, als wir in unserem Zimmer aufeinandertrafen. Ich saß nur da, auf dem Bett, und starrte mit leerem Blick vor mich hin. Gerade erst hatte man mich aus Nonnas Armen gerissen und mich verschleppt. Ich hatte mich tief in mir selbst zurückgezogen und Hollys Anwesenheit flackerte wie eine durchsichtige Realität nur am Rande in meinem Bewusstsein auf.

Holly versuchte alles, um mich zu erreichen. Zuerst schenkte sie mir ihre Puppe. Dann malte sie mir Bilder und klebte meine Seite der Wand damit voll. An eines kann ich mich noch besonders gut erinnern. Es zeigte zwei Mädchen, die zu Vögeln wurden und davonflogen. *Ich wünschte, ich könnte fliegen.* Irgendwann setzte sie sich mit auf meine Matratze, direkt vor mich und nahm meine schlaffen Hände in ihre. Ich weiß nicht, wie lange wir uns so gegenübersaßen, aber es muss lange gewesen sein. Die Sonne zog ihre Bahn über die Wipfel der Bäume des Schwarzen Waldes und der Mond löste sie ab. Ganz langsam war die Taubheit in mir verschwunden und als ich das nächste Mal blinzelte, blickte ich das etwas jüngere Mädchen mit den Feuerlocken direkt an. Der Schleier zwischen uns hatte sich gehoben. Ihr Lächeln war sanft, wissend und als ich entschied, mich in ihren Armen zu verkriechen, war es, als rettete sie mir mein Leben.

Ich spüre, wie meine Kehle sich zusammenzieht. Dankbarkeit und pure Liebe lassen meine Augen feucht werden. *Du kannst niemandem schaden, November.* Die Worte zu denken, gibt mir Kraft, um mich ohne Gegenwehr vom Treibsand der Gefühle verschlucken lassen. Denn so fühlt es sich an, den Tränen ihren Raum zu geben. Die Worte werden mein Mantra, ich wiederhole sie immer und immer wieder. Bilder von Holly und meiner Vergangenheit rennen an meinem inneren Auge vorbei. Ich kann meine liebste Freundin im Geiste lachen hören, denke an ihre Späße, ihre Fürsorge, ihre Loyalität. Meine Sicht verschwimmt, Alpha und die Ärztin tauschen einen langen Blick. Die erste Träne steigt auf, löst sich aus meinem Wimpernkranz und rinnt über meine Wange. Ich kann es kaum fassen, mein Innerstes bebt vor Aufregung. Mein Herz zieht sich heftig zusammen, als ich erneut meine Gefühle, die so lange vergraben lagen, zulasse, sie herbeirufe. Ich blinzle. Das Vögelchen beginnt zu singen, es rührt sich. Der schlaffe Flügel wird bewegt, getestet, als wäre er neu. Ich kann sogar fühlen, wie die noch nicht ganz verheilten Kratzer und Wunden meines Ausfluges auf meiner Haut beginnen zu prickeln und sich zurückbilden. Es ist überwältigend.

Zeitgleich bekomme ich Angst. *Weine nicht, November!*

Andere Bilder mischen sich in die guten Erinnerungen, Holly, wie sie einst vor einem Selbstmordkommando stechender Bienen flüchtete und die alte Steintreppe im Holundergarten runterstürzte und sich den Arm brach. Der Schreck, den ich verspürte, als ich sie fallen sah, und die Hilflosigkeit unterbrechen mein Mantra. Liebe beinhaltet so viel mehr als pures Glück. Auch Sorge um einen Menschen. Das gleichmäßige Piepen der Apparaturen, an die ich angeschlossen bin, verändert sich. Die nächste Träne tritt über die Ufer.

Ich will das nicht! Sie fühlt sich heiß an auf meiner Haut. Bevor ich sie fortwischen kann, fühle ich ihre unheilvolle Macht, wie sie austritt und sich mit der Luft vermengt. Ich springe vom Stuhl, der kippt mit einem lauten Scheppern zu Boden. Die Kabel an meinem Kopf straffen sich, halten mich an den Apparaten. Der Vogel flattert wild im Käfig.

Alpha ist sofort bei mir an der Glasscheibe. Seine Lippen bewegen sich beschwörend, seine Hand presst sich auf das Glas vor meiner. Ein Schluchzen löst sich aus meiner Kehle. Ich finde die Tür in mir nicht, um die Emotionen wegzusperren, sie wollen sich nicht mehr zurückdrängen lassen. Mein Blick fliegt zu dem Vogel in seinem silbernen Käfig. Sein Gezwitscher ist zu panischen Schreien angeschwollen. Er fliegt wie wild geworden umher, kracht von einer Seite des Gitters zur anderen, bevor er plötzlich zu Boden fällt und keinen Mucks mehr von sich gibt.

»Oh, nein!«, stöhne ich. Der Raum dreht sich, die Glaswände streben auf mich zu. Mein Körper ist schwer. Schnell stütze ich mich ab und gehe in die Knie. »Holt mich hier raus!«, kreische ich.

Die Ärztin wirbelt herum, eilt zu einer Leiste an der Glaswand und drückt auf einen Knopf. Meine Haare, meine Kleidung, alles an meinem Körper fliegt plötzlich hoch in einem kurzen Sturm, als die Luft in dem Glaskasten abgesaugt und durch frische ersetzt wird.

Die Ärztin legt Alpha tröstend die Hand auf die Schulter, drückt ihn kurz, traurig, beinahe liebevoll. Dann läuft sie davon, in einen anderen Raum. Alpha rührt sich nicht, starrt mich einfach nur an. Meine Finger krallen sich in die Elektroden an meinem Kopf und reißen sie herunter. Dabei zupfe ich mir einige Haare samt Wurzel aus. Ich spüre es kaum.

Langsam, ganz langsam frieren meine Gefühle ein. Der leblose Vogel auf dem Boden seines Käfigs löst nichts mehr in mir aus. Die Übelkeit, die in mir aufsteigt, ist rein körperlich. Mit einem Zischen öffnet sich die Tür und die Ärztin kommt zu mir. Sie zwingt mich zurück auf den Stuhl und hilft mir, alle Drähte zu entfernen.

»Beruhige dich, November«, raunt sie mir zu. »Du hast alles richtig gemacht.«

Alpha schreitet wie ein Löwe den Raum ab, den Blick intensiv und nachdenklich auf mich gerichtet.

»Ich hab ihn umgebracht«, erinnere ich sie an den Vogel.

»Du hast ihn erst geheilt. Sein gebrochener Flügel war wieder intakt.« Ihre Antwort ist emotionslos. »Das war sehr gut für den Anfang.«

Schwester Runa taucht neben mir auf, ein kaltes Tuch saugt die feinen Schweißperlen auf meiner Stirn auf. Sie ist freundlich, viel schwesterlicher als sonst.

»Alles in Ordnung?«, fragt sie mich und versucht zu lächeln. Ich nicke.

»Die Geschichte zeigt uns, dass es immer einmal Rückschläge gab in der Erprobung der Tränen«, mischt sich Alpha ein, der immer noch auf und ab tigert.

Ich habe meine eigene Geschichte, denke ich. Nonna hat sie mir anders erzählt, da bin ich mir sicher. Es gibt Regeln. Und ich frage mich, ob Alpha sie kennt. Angestrengt versuche ich Nonnas Stimme heraufzubeschwören, zu rekonstruieren, was sie mir noch über meinen Fluch gesagt hat.

»Morgen machen wir weiter«, verkündet Alpha und bleibt stehen. Er sieht zu mir herüber, sein Blick hat etwas Fiebriges und Ungeduldiges. »Es wird dann schon viel besser laufen, wenn du analysiert hast, was du falsch gemacht hast.«

In dem Moment, als der letzte Satz zu mir durchdringt, muss ich würgen und erbreche mich über Runas Schuhe.

»Um Gottes willen«, haucht sie und springt zurück. Ich will ihr sagen, dass Gott nichts damit zu tun hat. Dass ich mir nicht einmal sicher bin, ob wirklich er für die Gaben verantwortlich ist, da kommt mir die Galle hoch und sie ergießt sich zwischen meinen Fingern über mein schönes Kleid. Am Rande sehe ich Oberschwester Klara, wie sie angespannt auf Alpha einredet. Er hebt abwehrend die Hände und lässt sie stehen, ihr Blick wandert unendlich langsam zu mir und verweilt, bis ich vom Stuhl auf die Knie falle, weil mein Magen so heftig krampft, dass ich denke, mein Innerstes würde sich nach außen stülpen.

Es hat lange gedauert, bis ich meine Schreckhaftigkeit als Kind im Winterorden abgelegt hatte und ich mich freiwillig im Haus bewegte. Nur mit Holly zunächst, später auch mit anderen Kindern. Manchmal, wenn der Alltag hart war, die Stunden, die wir auf Knien verbrachten, um für unsere Gaben zu beten, zu lang dauerten, war Ruby da und diejenige, die allem an diesem Ort etwas Positives abgewinnen konnte. Sie erzählte uns die Geschichten der Winterkinder anders als die Schwestern. Fröhlicher und mit so viel Glanz, dass wir alle es kaum noch erwarten konnten, groß zu werden. Und wenn es Momente gab, in denen Ältere rebelliert hatten und dafür bestraft wurden, sang sie Lieder für uns, damit wir die Auseinandersetzungen nicht hörten und Angst bekamen.

Jetzt, in diesem Moment, denke ich an diese Tage und sehne mich nach ihnen zurück. Ich lehne meine Stirn an das Glas der halbrunden Fensterscheibe meines Turmzimmers und blicke auf den Hinterhof des Klosters. Das Rauschen des Windes ist laut hier oben im Turm und gibt klagende Laute von sich. Die Sonne ist im Begriff unterzugehen und färbt die Wipfel der Bäume rot. Unten stehen einige Schwestern aufgereiht wie Perlen an einer Kette und halten sich an den Händen. Ihre Umhänge wehen im Wind wie weiße Friedensfahnen und stechen aus der Dämmerung hervor, die alles ins Grau taucht.

Wofür sie wohl beten? Und wann habe ich das letzte Mal zu Gott gesprochen? Der Wunsch, die Kapelle aufzusuchen, kommt über mich und beinahe stoße ich mich von der Fensterbank ab, um dort hinzueilen. Ich sollte Abbitte leisten, für meine Gedanken vorhin. Doch dann fällt mir ein, dass die Tür verschlossen ist. Als ich an morgen denke, dreht sich eine Faust in meinem Magen und erinnert mich an die Übelkeit.

Einige Herzschläge später entdecke ich den Grund für die Versammlung auf dem Innenhof. Es ist Ruby, die eine weitere Übung im Sinne ihrer Pflichterfüllung absolvieren muss. Ich schiebe die Gardinen etwas zur Seite, damit ich bessere Sicht habe. Ich erkenne weitere Personen, Alpha, der die Spitze des Ganzen bildet, geht voran, gefolgt von der Oberschwester. Ruby schreitet gehüllt in ihren weiten Mantel mit der großen Kapuze mit erhobenem Haupt hinterher, kurz schaut sie den Turm hinauf und ich will meine Hand zum Gruß heben. Ich tue es nicht, vielleicht ist ihre Haltung schuld daran. Oder einfach das Ritual, das die Übrigen einleiten. Sie nimmt Stellung in der Mitte, direkt auf dem Rasen, der an den kleinen Springbrunnen grenzt, und hebt die Hände. Sie legt den Kopf in den Nacken, schaut in das Himmelsrund über den dunklen Kiefern. Ich kann sehen, wie die Wolken sich verändern, sich aufbauschen und das Rot am Himmel verdunkeln.

Ich öffne das Fenster, der Wind bläht die Vorhänge und drückt es viel zu kräftig nach innen. Doch ich will alles genau mitbekommen, was sie tut. Wie sie ihre Kraft unter Kontrolle bekommt. Mit einem Ruck lässt sie ihre Arme nach unten fahren, nur um sie wieder gen Himmel zu strecken. Ich stelle mir ihre kontrollierte Miene vor, die sie immer hat, wenn sie alles gibt. Das Beste aus sich herausholt. Von hier oben kann ich sie nur erahnen.

Alle Personen sind so klein wie Puppen aus meiner Perspektive. Der Wind zerrt an meinem Haar, ich lehne mich etwas weiter hinaus und zähle die Schwestern, deren Gesang Schwingen bekommt und sich über den Wind erhebt. Ruby beginnt zu tanzen, sie setzt einen Fuß vor den nächsten, dreht sich. Ihre Hände fahren dabei durch die Luft und es beginnt zu schneien. Weiße Punkte tanzen wie aus dem Nichts zu mir herüber und schmelzen auf meinen Fingern, als ich sie fange. Freude durchströmt mich. Ich möchte Ruby anfeuern und jubeln, weil sie ihre Kraft lenkt. Es ist wunderschön, wie sie die Flocken beherrscht und zu Formen werden lässt, die sie besuchen und davonschweben. Alpha klatscht in die Hände und sagt ihr etwas, das ich nicht verstehe. Rubys Bewegungen werden daraufhin kräftiger, ihr Tanz schneller. Flocken verdichten sich zu Hagel, der so kräftig zu Boden geht, dass er rauscht und den Wind in den Bäumen übertönt. Ich weiche zurück, es schmerzt, von den Körnern getroffen zu werden. Die Schwestern stehen unbeugsam inmitten des Ganzen, nur Alpha schirmt sein Gesicht vor der kalten Macht ab. Ruby wankt. Der Hagel ebbt ab. Ich kann erahnen wie schwer sie atmet. Ich winke ihr zu, als ihr Blick wieder nach oben gleitet. Oberschwester Klara will zu ihr gehen, wird von Lukas, dem Soldaten, abgehalten. Ein kurzes Handgemenge entsteht. Ich runzle die Stirn. Was geht da vor sich? Ruby steht wieder auf, klopft sich Schnee von ihrem Mantel und schiebt ihre Ärmel zurück, befreit ihre Handgelenke. Sie hört auf etwas, das Alpha fordert. Ich verenge die Augen, lausche. Ruby beginnt von Neuem. Die Wolken über uns werden schwarz, Schnee nimmt mir die Sicht, dringt auf mich ein, sodass ich mich am Fenstersims festhalten muss. Ein Grollen zerreißt die Luft um uns herum, ich spüre die Elektrizität, schmecke sie auf der Zunge und halte den Atem an.

Ruby stößt einen Schrei aus. Er geht mir durch Mark und Bein und ich erinnere mich an ihren Rat. *Du musst den Schmerz annehmen, er ist ein Teil von dir. Ich habe es nicht gekonnt, deshalb wurde ich verletzt.* Sie öffnet ihre Hände, heißt ihre Macht willkommen.

Grelles Licht durchstößt die dreckigen Wolken und zuckt hinab auf die Erde. Der Blitz jagt direkt in Rubys zarten Körper und lässt sie mit Wucht zu Boden gehen. Ich bemerke erst nicht, dass es mein eigener Schrei ist, der mir in den Ohren klingelt. Ich kann nicht aufhören, ich hole Luft und brülle erneut los. Ruby liegt inmitten von Schnee und dampft, wie ein gekochtes Reh. Niemand rührt sich, alle starren nur auf ihren unnatürlich verdrehten Körper, auf die verkohlte Haut, auf das Feuer, das den Stoff ihres Kleides frisst und sich ausbreitet.

Ich wanke zurück, der Wind schlägt das Fenster weiter auf, der Vorhang schiebt sich vor das entsetzliche Bild.

Du musst deine Gabe akzeptieren, sie gehört zu dir, auch wenn sie schmerzt. Der Schmerz ist ein Teil von dir …

Ich stürze über den Teppich, lande auf dem Hintern und schiebe mich weiter und weiter zurück, bis ich mit dem Rücken an der verschlossenen Tür lehne. Ich zittere.

Ein Teil von uns …

Ich schluchze trocken und vergrabe mein Gesicht in den Händen. *Weine nicht, November!* Mit Wucht lasse ich meinen Hinterkopf gegen das massive Holz der Tür krachen. Wieder und wieder, bis ich die Tränen zurückgedrängt habe.

Draußen legt sich der Sturm, Stimmen werden laut. Befehle werden gebellt, jemand wehklagt. Schneeflocken wehen herein, legen sich friedlich auf den Boden und schmelzen. Ich kann nicht aufstehen, um zu sehen, was draußen passiert. Ich bin mir sicher, Ruby ist tot. Niedergestreckt von ihrer eigenen Fähigkeit.

Sie hat alles gegeben und Mutter Natur den Rücken zugekehrt, wie ich es tun soll. *Weine nicht, solange du die Regeln nicht kennst.* Eine Schneeflocke segelt zu mir, legt sich auf mein

Knie. *Weine nicht, ohne deinen eigenen Schnee,* erinnere ich mich plötzlich an traurige Worte. Es müssen die letzten Worte gewesen sein, die mir Nonna ins Ohr flüsterte, bevor ich fortgerissen wurde. Doch was sollen sie bedeuten? Ich raufe mir die Haare und beiße die Zähne so fest zusammen, dass es knirscht.

Ich höre Romeos Worte: *Ihr seid in Gefahr, die Schwestern wissen nicht, was sie tun. Sie nehmen es in Kauf, dass ihr zu Schaden kommt.* Ich komme auf die Beine, wirble herum und meine Hände trommeln an die Tür.

Nichts geschieht, niemand kommt, um mich zu befreien. Ich habe das Gefühl, meine Welt bröckelt und bekommt Risse, bereit wie ein Kartenhaus zusammenzustürzen.

Ich muss zu Holly, ich muss mit ihr fort von hier, bevor wir uns verlieren. Bevor der Teil von uns, den wir nicht kennen, uns alle umbringt.

9
Geheime Interessen

Ich weiß nicht, wie lange ich einfach dasitze und das offene Fenster anstarre. Es schneit immer noch und mir ist so kalt, dass sich meine Hände bläulich färben. Schnee reicht mir bis zu den Füßen und irgendwann stehe ich auf und knalle das Fenster zu. Es ist stockdunkel draußen. Der Hof liegt friedlich im Schein der Laternen, als wäre nichts geschehen. Trügerisch.

Als ich ein Geräusch vor der Tür höre, bin ich so leise wie eine Maus und lausche.

»Ember?«

Das ist Holly. Ich beeile mich, zu ihr zu kommen, meine Hand legt sich an die Klinke, die sich unter ihrem Griff bewegt, doch die Tür öffnet sich nicht.

»Bist du da?«, fragt sie.

»Ja.« Meine Stimme ist belegt.

»Mach mal auf«, fordert Holly und rüttelt fester an der Klinke. Sie hat geweint. Ich erkenne es sofort an dem Klang ihrer Worte.

»Ich kann nicht.«

»Bist du eingeschlossen?«

Ja, immer, will ich antworten.

»Wieso?« Die Frage, warum nur ich gerade hier festsitze, sickert wie Gift in meinen Kopf.

»Zu unserem Schutz, haben sie gesagt.«

»Was laberst du da? Die Türen werden nur nachts verriegelt.«

Meine nicht.

»Es ist etwas passiert«, sagt sie. Eine schreckliche Stille dehnt sich zwischen uns aus, als meine Vermutung grausige Gewissheit wird. »Ruby. Sie ist tot.« Das letzte Wort bricht weg, als sie es ausspricht. Ich lege meine Hand an die Tür, dort, wo ich meine Freundin vermute.

»Ich weiß.«

»Wir haben gesehen, wie sie versucht haben, sie wiederzubeleben, als sie ins Kloster getragen wurde«, erzählt Holly und schnieft. »Sie war verbrannt. Es hat … gerochen. Ich kann es nicht beschreiben.«

Ihre Faust donnert an die Tür.

»Holly, hör mir zu.« Ein aufgeregtes Beben erfasst mich. »Holly, wir können nicht hierbleiben. Du musst mich hier rausholen«, sage ich. Die schneidende Erkenntnis trifft mich, dass Romeo doch recht hatte. Hoffentlich war es nicht die einzige Chance, hier lebend rauszukommen …

»Wie soll ich das machen?«

»Lass dir was einfallen.«

»Und wo sollen wir hin?« Jetzt weint sie wieder. Ich kann es fühlen und es verursacht mir körperliche Schmerzen.

»Ich habe dir nie von Nonna erzählt, oder?«

»Nein, wer soll das sein?«

»Ich bin bei ihr aufgewachsen, bevor man mich hierhergebracht hat. Sie hat Antworten auf unsere Fragen.«

Ich höre Holly seufzen. »Und wo lebt die?«

Meine Stirn sackt an das Holz der Tür. »Keine Ahnung, aber Romeo weiß es«, presse ich hervor.

»Romeo? Der ist weg. Es heißt, er sei ein Attentäter. Hast du die letzten Tage gepennt, oder was?« Ich weiß, was man mir bei unserem Treffen im Aufenthaltsraum über ihn erzählt hat. Aber es scheint mir immer unwahrscheinlicher, dass diese Behauptungen stimmen. Sie verfällt in eine Schimpftirade und ich versuche, sie dazu zu kriegen, mir zuzuhören.

»Holly, Holly … Ich hab ein ganz dummes Gefühl.«

»Was du nicht sagst.«

»Hör doch, ich denke mittlerweile, nichts von dem, was man uns hier im Kloster erzählt, ist wahr.«

Holly verschluckt einen Fluch und wird leise.

»Wir sind auf uns alleine gestellt.«

»Aber vielleicht können wir mit Oberschwester Klara reden? Vielleicht kann sie uns helfen. Vielleicht ist es nur dieser unheimliche Alpha, der nichts Gutes im Schilde führt?«, überlegt Holly.

»Vielleicht wird alles vielleichter, Holly!« Mein Ton wird streng und ich denke an Oberschwester Klaras Blick, als ich meinen Test absolvieren musste. Sie hat keinerlei Macht mehr an diesem Ort. Sie ist nicht länger das Oberhaupt unseres sicheren Hafens.

»Scheiße«, knurrt Holly. Zuerst denke ich, es ist eine Reaktion auf das Gesagte, dann höre ich Schritte die Treppe hinaufeilen.

»Was machst du hier?« Lukas, der Soldat und Handlanger persönlich.

»Ich besuche meine Freundin und Sie? Und wo wir gerade beim Fragenbeantworten sind, warum ist diese Scheißtür zu?« Ich kenne Holly, wenn sie so ist. Sie wird alles sagen, was ihr durch den Kopf geht. Ich fahre mir unruhig durchs Gesicht. Was kann ich tun? Beten?

»Alle Winterkinder sollen sich in ihren Zimmern aufhalten«, antwortet Lukas knapp.

»Ich denke gar nicht daran«, faucht Holly und es scheppert, als ihr Körper gegen die Tür kracht. »Finger weg, Sie dürfen mich nicht anfassen!«, protestiert sie.

»Holly!« Ich beginne zu schwitzen.

»Lassen Sie mich zu meiner Freundin!«

Lukas ächzt. Vermutlich hat er einen Tritt kassiert, das kann Holly gut.

»Ember!«

»Du kommst jetzt sofort mit, du kleine Ratte!«, schreit er sie an.

»Das heißt nicht Ratte! Das heißt Nagetier mit Kanalisationshintergrund, Sie hohle Nuss!« Sie kreischt, dann höre ich ein Klatschen. Eine Ohrfeige? Nur für wen?

»Holly«, hauche ich erschrocken und hämmere weiter gegen die Tür. Ich rüttle wie bekloppt am Griff. »Ich will sofort hier raus!«

Hollys Schreie werden erstickt und ich bekomme Panik.

»Lassen Sie Holly in Ruhe! Ich will sofort mit Alpha sprechen!« Keine Reaktion. Als ich nichts mehr von Holly höre, spüre ich die Welt beben, weil mein Innerstes bricht.

Ich habe noch nie in meinem Leben einen Wutanfall bekommen. Doch jetzt explodiere ich. Ich durchquere das Zimmer. Meine Finger krallen sich in die roten Vorhänge und reißen sie aus der Verankerung. Der Stuhl, der mir am nächsten ist, fliegt in den Spiegel und die Scherben regnen auf den Boden. Die Kartons und die weißen Schleifen segeln durch den Raum. Ich laufe wieder zum Fenster, schaue hinab in die Tiefe, ich wünschte, ich könnte fliegen. Es muss doch irgendwie einen Weg hier raus geben! Ich denke an ein Sprichwort, das Nonna oft gebraucht hat: Wenn die Maus keinen Weg findet, tut es die Spinne. Meine nackten Füße rennen ins Badezimmer, als ich um die Ecke sause, rutsche ich aus und lande schmerzhaft auf der Hüfte. Ich beiße die Zähne zusammen, rapple mich wieder auf und durchsuche die Schränke. Alles, was nicht fest ist, landet auf dem Boden.

»Rarrr!« Nichts ist hier brauchbar. Vielleicht gibt es einen verborgenen Lüftungsschacht? Wie im Keller. Mein Blick hetzt durch den Raum, meine Hände fahren über die Marmorfliesen, klopfen sie sogar ab. Nichts.

Meine Finger bohren sich in meine Handflächen und ich schreie mir die Seele aus dem Leib vor lauter Frust und Verzweiflung. Wieder im Zimmer angekommen, stemme ich mich mit Wucht gegen das Himmelbett und verschiebe es, doch auch dort findet sich nirgends ein Ausweg.

Ich erreiche einen Punkt, an dem mein Hirn völlig verrücktspielt und ich lachen muss. Ich kichere, nur um nicht zu weinen. Nur um nicht an Romeo zu denken, der mich retten wollte, als er mir wie aus dem Nichts die Hand auf den Mund gelegt hat und ich es nicht erkannt habe.

Irgendwann nehme ich erneut Geräusche auf dem Flur wahr. Die Verriegelung der Tür surrt und öffnet sich. Alpha tritt ein, den Soldaten und eine Schwester mit einem Tablett in der Hand im Schlepptau. Seine Augen weiten sich, als er das Chaos sieht, das ich angerichtet habe.

»Wie ich sehe, haben wir ein Problem.«

Ich rapple mich auf, streiche gegen meine eigenen Gefühle mein Kleid und die Frisur, so gut es geht, glatt. Ein Impuls, gegen den ich kaum etwas ausrichten kann.

»Weißt du, Kind, Undank steht dir gar nicht«, sagt er trocken. Seine Haltung versprüht eine enorme Kraft, der ich mich nicht beugen will.

Ich verenge die Augen. »Ich bin nicht undankbar«, beginne ich und verstumme, als er ruckartig die Hand hebt.

»Nun, du wirst sicher schon mitbekommen haben, dass der Orden im Ausnahmezustand ist.« Er hebt eine Augenbraue und seine Lippen werden weiß, während er sie fest aufeinanderpresst. Ich spüre seine Anspannung, die unterschwellige Gereiztheit. Die Nonne in ihrer Kutte weicht meinem Hilfe suchenden Blick aus und stellt das Tablett mit etwas zu essen auf dem Schreibtisch ab. Gläser klirren leise gegeneinander, Wasser schwappt über Kanten und bildet einen kleinen Fluss auf dem Holz.

»Hast du mir etwas zu sagen, November? Noch ein paar Beschwerden über deine Sonderbehandlung als Erblühte vielleicht?« Alpha nimmt einen Splitter des zerbrochenen Spiegels auf und betrachtet sich dann. »Du verkennst deine Situation. Deine Pflicht den nachkommenden Generationen gegenüber. Den Kindern, die jetzt zum Leben erweckt werden und künftig den Schutz des Ordens brauchen.« Er spricht leise und scheucht die Nonne mit nur einer Handbewegung hinaus. Lukas, der Soldat, nimmt Aufstellung im Türrahmen, während ich nur darüber nachdenke, einfach an ihnen vorbeizujagen und zu türmen. Trotz des schlechten Gewissens, das beginnt, sich leise in mir auszubreiten.

»Ich will Oberschwester Klara sprechen«, fordere ich. Meine Hände ballen sich zu Fäusten an meiner Seite und ich kann nicht anders, ich denke an Kinder wie mich, die keine Zuflucht finden.

»Sie hält eine Totenwache, November.« Der Blick, mit dem er mich bedenkt, ist vorwurfsvoll. »Du weißt sicher, dass es einen tragischen Unfall gab.«

Ich nicke zögerlich. Natürlich weiß ich davon, ich hab es gesehen. Ich kneife mir in die Nasenwurzel, um den Anblick wieder loszuwerden.

»Dann wirst du sicher verstehen, dass deine eigenen Belange zurückstehen müssen«, fügt Alpha an. Ich schaue auf, sehe ihm fest ins Gesicht. Ich will begreifen, wer er ist. Was ihn bewegt, was ihn ausmacht. Spricht er die Wahrheit?

»Wie konnte das mit Ruby geschehen?« Beinahe rechne ich damit, dass er sich abwendet und einfach geht. Doch dann hebt er den Stuhl, der am Boden liegt, auf und setzt sich darauf. Seine Hände fädeln sich ineinander und für einen Moment schaut er an die Zimmerdecke, als hielte sie alle Antworten bereit.

»Nun, das ist nicht gerade einfach zu erklären …«, beginnt er monoton. Lukas steht wie ein Zinnsoldat einfach da, ein stiller Zeuge ohne eigenes Herz.

»Die Gabe des Schnees ist ein Mysterium. Unberechenbar und geheimnisvoll.« Alpha seufzt, echte Trauer huscht über seine Miene. Seine grauen Augen schließen sich für einen langen Atemzug. »Es tut mir unendlich leid, was geschehen ist. Glaub mir. Es war nicht vorherzusehen.«

Ich schlucke trocken.

»Und ich soll morgen weinen«, stelle ich fest. »Und Sie wissen auch über diese Gabe nicht genug.«

Beinahe will ich, dass er mir das Gegenteil sagt. Dass er mich beruhigt, mich überzeugt weiterzumachen. Nur damit meine Welt nicht auseinanderbricht. Nur damit ich nicht alles falsch gemacht habe.

»Du musst deine Pflicht erfüllen, November«, ist alles, was er antwortet.

»Und wenn nicht?« Die Provokation liegt schwer in der Luft. Alphas Mund öffnet sich, doch kein Laut kommt über seine Lippen. Dafür zeigt sich das, was er mir sagen will, ganz klar in seiner Haltung, als er sich langsam erhebt und mir den Rücken zudreht.

»Wir sehen uns morgen, November.«

Er duldet keine Widerrede. Meine Rebellion würde er zerschlagen, mit allem, was ihm zur Verfügung steht. Lukas verzieht keine Miene, als ich auf ihn zulaufe, um zu verhindern, dass er die Tür wieder schließt.

»Wartet!«, stoße ich aus. Mit einem Schlag, der mich quer durch den Raum fliegen lässt, habe ich nicht gerechnet. Ich schnappe noch nach Luft, als ich mich vor dem Bett auf dem Boden wiederfinde. Die Tür fliegt zu, das Schloss rastet mit dem altbekannten Schnurren ein.

Ich glotze eine Weile dumm vor mich hin. Meine Schulter, an der mich Lukas getroffen hat, schmerzt. Die Ausdruckslosigkeit in seinen Augen, als er ausholte, erschüttert mich. Irgendwann gehe ich ins Bad und spritze mir kaltes Wasser ins Gesicht, um mich aus diesem Schock zu holen. Ich richte meine Frisur, ziehe ein frisches Kleid an und beginne aufzuräumen. Eine der Scherben schneidet mir ins Fleisch meiner Finger, während ich sie einsammle und in den Mülleimer werfe. Das helle Rot sucht sich einen Weg über die Hand und färbt den seidigen Stoff des Ärmelsaums. Ich beachte es nicht weiter. Die alten Blessuren sind verheilt, von den wenigen glücklichen Tränen gelöscht. Meine Gedanken rasen. Nachdem ich etwas getrunken habe, stopfe ich meinen Mund mit Brot. Fast verschlucke ich mich, während ich den prunkvollen Kamin betrachte, in dem Holzscheite gestapelt nur darauf warten, angesteckt zu werden. Mir kommt der Gedanke, das Zimmer in Brand zu stecken. Gibt es Sicherheitsmaßnahmen, die die elektronischen Verriegelungen öffnen würden? Bilder von Rubys verbranntem Körper blitzen vor meinem inneren Auge auf und ich bekomme eine Gänsehaut. Ich wanke zum Kamin, suche in dem Weidenkorb daneben nach Zunder und Streichhölzern. Die kleinen Holzstäbchen wiegen schwer in meiner Hand, als ich sie aufflammen lasse.

»Willkommen in deinem Leben, Ember«, raune ich mir zu. »Wenn es so enden soll, dann wird es das.« Ich schaue in das kleine Licht und … puste es wieder aus, als mich ein ganz zarter Hauch kalter Luft aus dem Kamin in meinem heißen Gesicht trifft. Luft! Ich stecke meinen Kopf in den Schornstein. Wenn es Wunder gibt, dann glaube ich augenblicklich daran, als mir bewusst wird, dass er breit genug ist, um darin hinauf- oder hinunterzusteigen. Es befinden sich sogar Eisensprossen an der Seite, wohl für den Schornsteinfeger.

»Heiliger Geist«, stöhne ich und schiebe das geschichtete Holz etwas weiter zur Seite, um hineinzukriechen.

Ganz dicht an der Mauer verläuft ein Rohr, das den Abzug für Alphas Kamin direkt unter mir bildet. Ich lege meine Hand vorsichtig an das Metall. Es ist nicht heiß, nicht einmal warm. Also brennt weiter unten gerade kein Feuer. Ich halte den Atem an und schlängle mich hinein, meine Finger finden die erste Sprosse und ich beginne zu klettern. Es ist dunkel hier drinnen und kalt. Aber das kann sich schneller ändern, als mir lieb ist. Ich schaue hinauf in den runden Tunnel. Ganz weit oben kann ich Mondlicht erkennen, das an den Seiten einfällt. Über der Schornsteinöffnung gibt es ein Dach, das vor dem Wetter schützt. Ruß kratzt in meiner Lunge und ich unterdrücke ein Husten. Plötzlich löst sich eine Sprosse, als ich meinen Fuß daraufsetze, und ich verliere beinahe den Halt. Aus Reflex stoppe ich meinen drohenden Fall, indem ich meinen Rücken gegen das Rohr hinter mir presse. Mein Herzschlag beruhigt sich nur langsam und ich komme oben an. Der kleine Aufsatz lässt sich tatsächlich bewegen und ich blicke über die schneebedeckten Dächer der gesamten Anlage. Flocken wehen zu mir herein, leise und sacht. Ich blinzle und versuche mich zwischen den Streben hindurchzuschieben. Meine Finger prickeln vor Kälte, mein Atem sammelt sich in einer Wolke im silbrigen Schein des Mondes und taucht alles in einen Schleier. Wie soll ich von dem Dach herunterkommen? Es fällt rundherum steil ab, geht dann in das des Klosters über, das ebenfalls mit nassem Schnee bedeckt ist. Ich werde mir den Hals brechen, wenn ich auch nur einen Fuß daraufsetze.

»Super, da kannst du auch gleich aus deinem Fenster springen, du dummes Huhn«, fluche ich. Aber, wenn es trocken ist, dann könnte es gehen, tröste ich mich und beiße die Zähne zusammen. *Alles braucht seinen Zeitpunkt*, hat Nonna immer gesagt. Je mehr ich an sie denke, umso unmöglicher kommt mir die Möglichkeit vor, dass sie meiner Mutter geschadet hat.

Ich kehre um, steige hinab, Schritt um Schritt, so vorsichtig wie eine Spinne. Nachdem ich mein Zimmer passiere, steige ich weiter in die Schwärze unter mir. Das Atmen fällt mir schwer, weil Ruß und Dreck sich von den Mauern lösen. Ich habe das Gefühl, der Schacht wird schmaler und droht mich zu zerquetschen, wenn ich zu tief einatme.

Dann nehme ich Stimmen wahr. Ich prüfe vorsichtig die nächsten Sprossen und gelange auf die Höhe, in der das Rohr in Alphas Kamin übergehen muss. Ich lausche. Da sind Stimmen zu hören!

»Und wie soll es Ihrer Meinung nach weitergehen?«, höre ich Oberschwester Klara fragen. Sie klingt ärgerlich. Ihre Stimme hat diesen frostigen Unterton, den sie hat, bevor es Konsequenzen hagelt. Bevor das Stille Zimmer droht oder andere Bestrafungen. Ich mache keinen Mucks.

»Das hängt vor allem von dem Mädchen ab«, antwortet Frau Dr. Leander. Jegliche Freundlichkeit ist aus ihrer Stimme verschwunden, als sie fortfährt. »Sie *muss* kooperieren.«

»Das tut sie doch, aber nach dem Vorfall wird sie sich vielleicht fürchten«, vermutet die älteste Schwester.

»Notfalls lassen wir ihr die Erinnerung nehmen.« Das war Alpha. Wie meint er das?

»Matti ist noch nicht so weit, das haben Sie selbst gesagt«, gibt die Oberschwester zu bedenken. »Wenn Sie weiter zu viel Druck ausüben, werden Sie Ihre besten Soldaten verlieren, bevor sie zum Einsatz kommen.«

Soldaten? Ein Steinchen löst sich aus einem Mauervorsprung, an dem meine Fußspitze steht, und macht sich mit einem Geräusch auf den Weg in die Finsternis.

»Gut, dann müssen wir sie da packen, wo es ihr wehtut«, überlegt Dr. Leander und räuspert sich laut.

»November ist besonders. Ich denke nicht, dass wir sie brechen können. Wir müssen sie durch Loyalität binden«, wirft Alpha nachdenklich ein und mein Magen krampft.

»Sie hat Zweifel, ich sehe es in ihren Augen. Es herrscht noch zu viel aus ihrer Vergangenheit in ihr vor. Ich fürchte, man hat ihr nicht genug der Lebenserinnerungen nehmen können.«

Ich kann nicht fassen, was Oberschwester Klara da sagt! Meine Gedanken rasen, knallen von einer zur anderen Gehirnseite und verheddern sich. Hat sie mich schon immer belogen? War die Geschichte mit Nonna also auch erfunden, um mich noch mehr in dem Winterorden zu verwurzeln?

»Ich bin dafür, wir benutzen ihre kleine Freundin Holly. Sie ist Novembers Schwachpunkt.«

»Aber wenn sie zu Schaden kommt, verlieren wir die Gabe der Visionen«, mischt sich Alpha ein und wird von einem heftigen Husten geschüttelt.

»Die Macht in dieser Generation ist groß, mächtiger als die damaligen.« Frau Leander klingt euphorisiert. »Sie werden viel länger durchhalten und uns zu neuen Möglichkeiten führen.«

»Wie meinen Sie das? Was ist denn mit den anderen Ihnen Anvertrauten? Was ist mit Zora geschehen?«, fragt Oberschwester Klara. Mir kommt der Name bekannt vor, sie ist gegangen, als ich noch klein war. Wir waren der Meinung, sie sei eine Unerblühte und frei.

»Sie ist verrückt geworden. Sie hat unglaubliche Voraussagen getätigt, aber sie wurden immer vager und irgendwann war Zora nicht mehr brauchbar. Wie Janka zuvor.«

Brauchbar. Wie ein Ding. Wie ein Werkzeug.

»Immerhin hat Janka die Macht der Tränen aufgespürt«, meint Alpha, als er wieder sprechen kann. »Und das ist das Wichtigste.«

»Was ist mit dem kleinen Mädchen, dem stummen Kind?«, fragt Dr. Leander. »Sie steht November auch nah.«

Ich beginne innerlich zu zittern. Meine Finger krallen sich fest in die eisernen Sprossen.

»Mona … ich bin mir nicht sicher.« Oberschwester Klara verstummt.

Ich will sie anschreien. Ich will ihr sagen, dass sie das nicht tun kann. Dass sie doch kein Monster ist. Gerade gestern hat sie das kleine Mädchen noch liebkost, ihr etwas ins Ohr geflüstert, bevor sie es zu uns an den Tisch im Gesellschaftsraum geschickt hat. Traurigkeit erfasst mich so heftig, dass ich denke, ich verdorre wie eine Pflanze, der man jegliche Lebensgrundlage entzieht.

»Sie sollten einfach mit ihr sprechen, mit November«, versucht sie an die Vernunft von Alpha zu appellieren. »Meine Erfahrung hat gezeigt, dass dieses Mädchen auf Druck mit Gegendruck reagiert«, fügt sie hinzu.

Ich erinnere mich an die Tage im Stillen Zimmer. An die Bestrafung für zu viele Fragen, Eitelkeit und Aufmüpfigkeit. Die Drohungen, man würde einen neuen ewigen Winter heraufbeschwören, wenn man sich nicht fügt.

»Was glauben Sie, warum dieses Mädchen so lange ihre Tränen geheim halten konnte?«, fragt Oberschwester Klara schneidend. »Sie hat eine enorme Selbstbeherrschung.« Aus Oberschwester Klaras Stimme spricht echte Bewunderung und ein Teil von mir hätte einst so vieles für eine solche Regung gegeben. Jetzt schnürt mir die Bitterkeit der Enttäuschung den Hals zu.

»Nun gut. Ich werde noch einmal zu ihr gehen und mit ihr sprechen, wenn Sie meinen, es nutzt unserer Sache, Klara«, geht Alpha auf die Oberschwester zu. Ich höre, wie ein Stuhl sich über den Boden schiebt. Jemand steht auf. Dielen knarren.

Leben kommt in mich. Oh Gott! Bitte nicht. Lass ihn nicht umgehend zu mir kommen wollen. Ich klettere im Schacht hoch, vorsichtig und so leise, wie ich kann. Mein Atem rennt, ich muss husten. Während ich aus dem Kamin klettere, denke ich daran, was passiert, wenn sie erkennen, dass ich gelauscht habe. Werden sie die Masken fallen lassen und mich zwingen, alles zu tun, was sie wollen? Ohne weitere Verhandlungen oder Kompromisse?

Ich keuche, wanke durch mein Zimmer. Mit Entsetzen sehe ich, dass ich überall Ruß verteile. Meine Füße und mein Kleid sind voller Asche. Flink schiebe ich das Holz wieder zurecht und ziehe die Kleidung aus. Dann wische ich die Spuren, so gut es geht, fort und renne ins Bad. Wie eine Verrückte schrubbe ich mich in der Badewanne sauber und wasche mir die Haare. Ich muss unbedingt den Schein wahren, bis ich eine Lösung habe. Es liegt jetzt an mir, meine Freunde zu schützen. Die Seife brennt in meinen Augen und ich heule auf, während ich sie mit klarem Wasser ausspüle. Mit einer schnellen Bewegung öffne ich den Abfluss und beobachte das graue Wasser, wie es verschwindet. Nur ein vager Rand auf der Emaille bleibt als Zeuge zurück.

Als ich etwas vor der Tür höre, werfe ich mir gerade noch rechtzeitig den weichen Bademantel um den Körper. Auf Zehenspitzen tipple ich zum Schrank und reiße mir ein Kleid heraus. Ich rechne damit, dass jemand klopft oder einfach hereinkommt. Doch plötzlich ist alles wieder still, als hadere Alpha mit sich. Als wäge er ab, ob es sich lohnt, mit mir zu sprechen.

Ich schlüpfe in frische Sachen, nicht in die teuren Kleider, die mir Alpha schenkte, sondern in die robusten, die ich gewohnt bin und die ganz unten im Schrank ruhen. Meine Bewegungen sind so fahrig, dass ich mir eine Laufmasche in die Strümpfe reiße.

Ein Kratzen an der Tür lässt mich aufhorchen. Ich bemühe mich um einen neutralen Gesichtsausdruck und wickle meine weiße Mähne zu einem eiligen Dutt. Wieder hört es sich an, als würde Papier an Papier reiben.

Die Klinke bewegt sich. Ganz leise und langsam. Das Schloss surrt und öffnet sich. Ich wappne mich und … blicke in Hollys angespannte Miene, als sie vorsichtig ihren Kopf hereinsteckt.

10
Unerwartete Umstände

Ungläubig blicke ich sie an, als sie hereinschlüpft, gefolgt von der kleinen Mona und Ylvi. Holly legt ihren Finger mahnend an ihre Lippen, während sie sich prüfend umsieht und mich dann fest an sich drückt. Ich trete etwas zurück, um sie alle ins Zimmer zu lassen, und lehne die Tür dann nur an. Alle drei tragen warme Kleidung und ihre hellgrauen Wollmäntel, bereit um in die Kälte das Winters zu gehen. Wortlos reicht Holly mir festes Schuhwerk und sucht mein Zimmer nach etwas ab. Ihre Augen finden, was sie suchen, und sie deutet unter den Schreibtisch. Ich gehe in die Knie und erkenne ein verborgenes Mikrofon, mit dem ich die ganze Zeit abgehört wurde. Es überrascht mich nicht.

Mona wedelt mit ihren Händen, um zur Eile anzuhalten, während ich in die Schuhe schlüpfe, mir einen dicken Pullover über den Kopf ziehe und mir das Mondsteinamulett von Romeo vom Nachttisch schnappe. Als Mona meine Hand greift, entdecke ich den Universalschlüssel von Oberschwester Klara um ihren Hals. Ich frage mich, wie sie da herangekommen ist, und beinahe spreche ich die Frage aus. Gerade noch rechtzeitig erinnere ich mich an die Abhörtechnik. Ylvi schlüpft als Erste durch die Tür hinaus ins Halbdunkel des Flures. Wirkt er bei Tag herrschaftlich, so hat er jetzt etwas Gespenstisches. Holly hält mich an meinem Arm zurück, als ich Ylvi kopflos folgen will. In mir summen Bienen, ich will nur weg hier.

Alles ist still, ich höre nur unseren Atem, während wir auf ein Zeichen hoffen. Dann hebt das Mädchen mit der Lautlosigkeit von fallendem Schnee ihre Hand und winkt uns von einer Etage tiefer zu sich. Wir schleichen aus dem Zimmer, Mona zuerst, dann Holly und ich. Licht dringt vom stets besetzten Labor der ersten Etage tief in den Flur, sonst ist alles dunkel. Kurz blicke ich über das Geländer in den Abgrund, der wie ein schwarzes Loch unter uns liegt und einen ähnlichen Sog ausübt, wenn man ihn betrachtet. Ylvi ist fast unten, aber anstatt die Tür zum Herrenhaus zu öffnen, geht sie weiter hinab, in den Keller, durch den ich mit Romeo entkommen bin. Mona hält inne, schaut sich zu mir um, als wir in die Dunkelheit eintauchen. Worte sind nicht notwendig, wir wissen, dass wir dabei sind, eine Schwelle zu überschreiten. Wir kehren unserem Leben, das wir kennen, den Rücken zu.

Ylvi wählt den gleichen Raum wie Romeo und tritt lautlos hinein. Das dumpfe Surren der Heizungsanlage begrüßt uns. Endlich lässt Holly eine Taschenlampe aufflammen und ich kann mich umsehen.

»Wie seid ihr an den Schlüssel gekommen?«, will ich wissen und helfe Ylvi, den Lüftungsschacht freizulegen. Das Gitter fällt mir fast aus der Hand und verursacht ein viel zu lautes Scheppern, als es auf dem Boden aufkommt. Ylvi wirft mir einen warnenden Blick zu und schiebt mich unsanft aus dem Weg.

»Wie habt ihr das bloß geschafft? Die Oberschwester legt ihn doch nie ab«, spreche ich meine Gedanken aus. Ich rechne jede Minute damit, dass der Diebstahl bemerkt wird.

»Die Oberschwester hat ihn Mona selbst gegeben«, raunt mir Holly angespannt zu und hebt Mona hoch. Sie hilft dem stummen Mädchen in den Schacht, damit sie Ylvi, die schon verschwunden ist, ins Freie folgen kann.

»Das ist doch unmöglich.« Wieso sollte sie …?

»Mona kann sich nicht verplappern.« Sie nötigt mich als Nächstes in den Tunnel. Ich schaue hinein, eine Gänsehaut zieht sich über meinen Arm, obwohl ich so warm angezogen bin. Er ist so dunkel wie eine mondlose Nacht. Ich stemme mich hinauf, rutsche auf Knien hinter den anderen her, Holly dicht hinter mir. Es ist schwieriger voranzukommen, so dick bekleidet. Mehr als einmal habe ich das Gefühl, stecken zu bleiben. Ich schlucke meinen Ekel runter, als mir etwas Kleines über meine Hand kriecht.

Diese unangenehme Regung wird durch einen anderen Schrecken abgelöst, der sich von null auf hundert wie Feuer in meinem Körper ausbreitet. Ich stoppe.

»Was ist mit Matti?!« Oh Gott, er ist nicht bei uns. Wir können ihn nicht zurücklassen!

»Geh weiter«, presst Holly hervor.

»Wir können doch nicht …«

»Und ob wir können. Halt um Himmels willen den Mund. Du verrätst uns noch alle.« Ihre Stimme ist ein Zischen und ich beeile mich weiterzukommen.

Diesmal falle ich nicht so ungeschickt aus dem Schacht wie beim ersten Mal und lande auf meinen Füßen. Der Hof liegt schweigend da, leer und erleuchtet von den beiden einsamen Laternen auf weiter Flur.

Als ich mich umwende und nach Ylvi und Mona suche, die just um die Ecke zum Kloster verschwinden, entdecke ich eine Gestalt. Es ist Romeo, der sich wachsam umschaut. Er ist ganz in Schwarz gekleidet und sein Gesicht liegt im Halbschatten verborgen. Ich erwarte, dass er zu mir kommt und mich schüttelt für das, was ich getan habe. Stattdessen nickt er mir nur knapp zu und winkt mich hinter sich her. Holly grunzt, als sie aus dem Schacht fällt und im Schnee landet. Ich helfe ihr auf und wir rennen den anderen nach.

»Warum habt ihr Matti nicht mitgenommen?«

»Es ging nicht, Ember«, zischt sie. In einer Nische zwischen Turm und Kloster warten wir, schweigend, ängstlich. Über uns erhellt sich plötzlich ein Fenster und mein atemloser Blick verbindet sich mit dem von Romeo. Meine Finger tasten mein Medaillon, diese Regung löst ein beinahe zärtliches Lächeln bei ihm aus. Es reicht aus, um mir mehr Mut zu verleihen.

»Was sollen wir jetzt tun?«, flüstert Holly ihm zu und zieht sich die Kapuze ihres Mantels tiefer ins Gesicht.

»Wir warten«, antwortet Romeo tonlos und haucht sich in die kalten Hände. Mona zittert vor Anspannung und ich nehme sie in meinen Arm, ducke mich mit ihr zusammen in die Schatten.

»Was ist mit den anderen? Wir können sie doch nicht ihrem Schicksal überlassen«, presse ich hervor und zupfe an Hollys Mantelsaum. Bittend schaue ich die beiden an und die flüchtige Zärtlichkeit von eben ist aus Romeos Blick verschwunden. »Doch, können wir«, ist seine knappe Antwort.

»Wie kannst du so etwas sagen? Kennst du kein Mitleid?« Mit nur einem Schritt ist er bei mir und kniet sich neben mich. »Hör mir jetzt gut zu, Ember«, raunt er gefährlich. »Dein Matti steht längst nicht mehr auf deiner Seite«, sagt er. »Um ihn geht es dir doch, oder?«

»Das ist nicht wahr«, protestiere ich und bemerke zu spät, dass ich zum einem zu laut und zum anderen nicht sicher bin.

»Ach wirklich.« Er flüstert nur, aber sein Ton ist schneidend wie Eis. »Es gibt kein Zurück, für keinen von uns. Und dieses eine Mal hörst du bitte auf mich.«

Als er sich wieder erheben will, greife ich nach seinem Arm und halte ihn zurück.

»Matti war dein Zimmernachbar, liegt dir gar nichts an ihm?« Ein Beben läuft durch Monas Körper, den ich fest umklammere, und steckt mich an.

»Er ist im Labor. Ich konnte nichts tun.« Unwirsch macht er sich von mir los. Seine Reaktion tut fast weh.

Die Sekunden ticken unendlich langsam in mir runter, wie ein Countdown, der nicht enden will. Dann endlich erlischt das Licht hinter uns wieder und der Wald vor uns wird schwarz. Romeo nickt Ylvi zu, der Startschuss. Er reißt mir Mona aus dem Arm. Im nächsten Moment sitzt sie auf seiner Hüfte und er rennt los. Es schneit immer noch dicke Flocken und die Spuren, die wir hinterlassen, verraten unsere Richtung. Ylvi stoppt ihren Lauf, lässt mich überholen und ich blicke über die Schulter zu ihr zurück. Wie ein Geist bewegt sie sich über den Boden, schwebt beinahe und lässt mit einer Handbewegung den Schnee verwehen. Mir war nicht klar, dass sie so was kann. Ich erinnere mich an Geschichten über die Lautlosen, wie sie genannt werden. Wundervolle Geschichten voller Zauber, aber auch solche, die einen in Albträumen heimsuchen.

Ich schließe zu den anderen auf und tauche in das Dickicht. Die Dunkelheit verlangsamt meine Schritte, bis ich mich vorantasten muss. Zweige halten mich auf und für einen Moment schleicht sich Furcht von hinten an. Gerade als mir kalter Schweiß ausbrechen will, weil ich niemanden von meinen Freunden mehr sehe oder höre, greift eine Hand die meine.

»Hier lang«, flüstert Romeo und fängt mich ein.

Kurz halte ich inne und sehe ihn an. »Es tut mir leid.« Die Entschuldigung ist die ernst gemeinteste in meinem ganzen Leben und für alles gedacht, was ich falsch gemacht habe.

»Ich weiß.« Er stützt mich, als wir über einen umgestürzten Baum steigen, und gibt mir Halt.

»Wie hätte ich wissen sollen, dass du die Wahrheit sagst?«

»Gar nicht. Und jetzt lauf«, herrscht er mich an und zieht mich mit sich.

Ich schaue zurück, denke an die Hoffnungen und Wünsche, die hinter mir liegen. An Freunde, die Familie wurden, die mit ihnen verkettet sind, wie Gefangene. Nur spärlich dringt Licht des Gebäudes durchs Geäst und verblasst mit jedem gehetzten Schritt zu einer Erinnerung.

Irgendwann brechen wir auf eine kleine Lichtung, in der Bäume dem letzten Sturm zum Opfer gefallen sind. Zielsicher geht Romeo auf einen dunklen Schatten zu und zerrt tote Äste und eine Plane von einem alten Bus. Schnee sprüht zu mir herüber. Holly ist nicht so verdammt passiv wie ich und hilft ihm, das Gefährt freizulegen. Ich rechne immer noch damit, dass sich Arme von hinten um mich schließen und mich gefangen nehmen. Alpha wird uns ganz sicher nicht einfach entkommen lassen.

Romeo öffnet zuerst die Schiebetür an der Seite, läuft dann um das Fahrzeug herum und springt auf den Fahrersitz. Mona und Holly steigen ein, Ylvi zögert und ich laufe in sie hinein. Eine Atemwolke bildet sich zwischen uns, als sie mich nachdenklich anschaut und den Einstieg verhindert.

»Was hast du?«, frage ich sie, als der Motor aufheult. Ihr Blick schweift in die Ferne.

»Ich weiß nicht, ich bin mir nicht sicher, ob unsere Wege sich hier trennen sollten«, sagt sie und wirkt so gehetzt dabei, wie ich mich selbst fühle.

»Nein, ganz sicher nicht.« Weitere Trennungen kommen nicht infrage.

»Ich vertraue ihm nicht.« Ylvi nickt zu Romeo auf dem Fahrersitz.

»Er hat uns befreit«, erinnere ich sie.

Ich höre nicht mehr, was sie danach sagt, schiebe sie vor mir in den hinteren Teil des Busses und schließe sie mit den anderen beiden ein. Dann reiße ich die Beifahrertür auf und setze mich nach vorne zu Romeo.

Der Bus fährt an, ohne Licht und so leise, wie eine Katze. Es holpert und er erreicht den schmalen Hauptweg, der vom Kloster fortführt. Ich schaue hinaus, denke über Scheidewege nach und erkenne nach einigen Minuten die Stelle, an der ich das letzte Mal fast von der Limousine überfahren wurde, als ich vor Romeo weglief. Der Geruch von Zitronen kitzelt in meiner Nase und mein Blick fällt auf einen Duftbaum, der mit einem Rosenkranz zusammen am Rückspiegel baumelt.

Ich betrachte Romeo, sein Kiefer zuckt, während er konzentriert die Kurve ansteuert. Ob er einen Plan hat, wohin wir fliehen können? Ich wage es nicht, ihn anzusprechen. Auch die Mädchen im hinteren Teil sind still, bis wir die Kreuzung erreichen und uns nach Norden richten.

»Was jetzt?« Meine Stimme ist so leise, fast denke ich, er hätte mich nicht gehört, weil er sich so viel Zeit lässt zu antworten.

»Zuerst suchen wir eine Kontaktperson in Ibis auf. Sie weiß, wo wir hinmüssen«, erklärt er angespannt und schaltet einen Gang höher. Das Getriebe ächzt, wie ein gequältes Tier.

»Wieso hat die Oberschwester Mona den Schlüssel gegeben?« Diese Frage beschäftigt mich die ganze Zeit. Romeo lässt die Scheinwerfer aufleuchten und der Lichtkegel frisst die Dunkelheit so weit, dass man die Straßenbefestigung erkennt.

»Ich hab die Oberschwester besucht und ihr den Vorschlag gemacht, Mona die Schlüssel freiwillig zu geben«, antwortet er und atmet tief ein. Seine Fingerknöchel treten weiß hervor, so fest umklammert er das Lenkrad.

»Als du sie angegriffen hast?«, fragt Holly.

»Was?!« Er lacht freudlos. »Für was haltet ihr mich? Ich greife doch keine alte Frau an!« Er sieht von der Straße zu mir, viel zu lange. Der Scheibenwischer stockt und macht quietschende Geräusche, weil er sich mit dem Schnee abkämpft, der seit Rubys Tod auf die Erde rieselt.

»Na ja, es wurde gesagt, du hättest sie überfallen und …«, sagt Holly. Ich zucke hilflos die Achseln.

»Natürlich, und du glaubst jedes Märchen, das man sich erzählt.« Er blickt in den Rückspiegel und stößt hart die Luft aus, der Bus gerät kurz ins Schlingern, als er eine kleine Brücke passiert, die über einen schmalen Fluss führt, der die Grenze zwischen dem Schwarzen und dem Silberwald markiert. »Ich hab eure ehrenwerte Oberschwester lediglich besucht und ich gebe zu, sie war zunächst nicht sonderlich begeistert.«

Ich stelle mir vor, wie Romeo sie in ihrem Zimmer überrascht, während sie heimlich Zuckerzeug in sich hineinstopft, das sie uns nicht gönnt. Oder sich gerade ein Bad mit Schaumkronen einlässt, einer Königin würdig. Alles, was sie uns beibrachte, jede Kritik und Aufforderung zu Demut, das alles wirkt nicht mehr glaubhaft.

»Ich habe ihr gesagt, dass Dinge, wie sie mit Ruby schließlich geschehen sind, die Regel sein werden. Und sie gefragt, ob sie wirklich bereit ist, ihre Winterkinder zur Schlachtbank zu führen. Und habe an sie appelliert, zur Abwechslung mal das Richtige zu tun und ein paar Kinder zu retten. Ich hab gesagt, sie soll Mona die Schlüssel geben und das Mädchen mit Ylvi losschicken, um dich rauszuschmuggeln«, berichtet Romeo jetzt ruhiger weiter. Für die anderen Anwesenden scheint das alles nichts Neues zu sein, denn sie rühren sich nicht. Nur Holly gesellt sich zu uns und legt mir ihre Hand tröstend auf die Schulter. Ich bin noch so fahrig, dass ich mich erschrecke.

»Meint ihr, es wird je wieder aufhören?«, fragt sie uns.

»Ich glaube nicht, der Schmerz wird bleiben«, antworte ich und denke an die Enttäuschung, die ich darüber empfinde, dass unser Wohl dem Orden so wenig wert ist.

Holly sieht mich komisch an und löst ihr Haargummi. Sie schüttelt ihr Haar auseinander und erklärt sanft: »Ich meine den Schnee, du Dussel. Ob Frau Holle irgendwann aufhören wird, ihre Kissen platzen zu lassen.«

Meine Gedanken an das Kloster verschmelzen mit den Flocken, die im Licht der Scheinwerfer auf uns zustreben, und ich sage nichts mehr.

»Bald ist es vorbei«, antwortet Romeo an meiner statt. »Rubys Energie wird verebben.«

»Woher weißt du das?«, will Holly wissen und lehnt sich etwas weiter über die Rückenlehne zu uns nach vorne. Sie wirkt so ruhig und abgeklärt. Ich wünschte, ich könnte mich auch so entspannen.

»Ich habe so etwas schon einmal erlebt«, brummt Romeo und ein Schatten huscht über seine schönen Züge. »Das passiert, wenn man die Regeln nicht kennt oder missachtet.«

»Und wie lauten die Regeln?«, frage ich.

Ein trauriges Lächeln zeigt sich in seinem Gesicht und er schüttelt, an was auch immer er denkt, ab. »Ihr kennt die Ursprungsgeschichte des Winteratems.« Es ist eine Feststellung, keine Frage, und er lauscht Hollys Ausführungen, bis sie anfängt, von Gott zu reden.

»Dein Ernst, Holly?« Romeo haut so unerwartet auf das Lenkrad, dass Holly die Lehne der Vorderbank sofort loslässt und durch die Beschleunigung des Busses fast hintenüberkippt.

»Na ja.« Sie schaut mich irritiert an und ich beginne zu sprechen. Die Worte reihen sich bis zu einem bestimmten Punkt einfach aneinander, wie ein altes Kinderlied.

»Gevatter Tod und Väterchen Frost hatten einen Streit darüber, wer mächtiger sei. Der Tod lag um Längen voraus, da gebar Väterchen Frost den Winteratem und besiegte ihn, indem er totgeborene Kinder zum Leben erweckte und ihnen zeitgleich unglaubliche lebendige Fähigkeiten schenkte«, sage ich und stocke, als ich nicht weiterweiß.

Romeo greift meine Einleitung auf und beginnt, die ganze Geschichte zu erzählen. Ich lausche seiner weichen Stimme, dem Zauber, den er in die uralte Sage legt, und bin so begierig darauf, endlich die Lücken zu schließen, dass ich unruhig auf dem Hintern hin und her rutsche.

»Der Tod gab sich nicht geschlagen, und er küsste jedes dieser Kinder, nachdem es durch den Winteratem den ersten Schrei in diese Welt geschickt hatte. Mit diesem Kuss belegte er sie mit einem Fluch. Die Schattenseite ihrer Macht, die sie selbst zugrunde richten sollte, wenn sie sie gebrauchen.«

Ich schlucke trocken, denke an meine Tränen, spüre sie beinahe, wie sie sich ausbreiten und sich gegen mich wenden, um mich zu töten.

»Und als Väterchen Frost dies sah, tobte er vor Wut und begrub die Welt Ewigkeiten unter Schnee und Eis. Eines Tages besann er sich und erschuf die Krönung seiner Schöpfung, die Verbindung, die alles zusammenhalten sollte. Die Kraft, die wie ein Katalysator der einzelnen Gaben wirkt. Den Schnee.«

»Wie Ruby?«, fragte Holly gespannt.

»Ich verstehe nicht ganz …« Wenn sie die krönende Gabe hatte, warum ist sie jetzt tot?

»Es ist so, jedes Winterkind braucht seinen eigenen Schnee und der Schnee sein ihm zugewandtes Winterkind. Es ist ein naturgegebenes Gleichgewicht. Die Gabe fragt, der Schnee antwortet. Diese beiden Paare zusammenzuführen, ist alleine schon eine Kunst. Dafür gibt es Menschen wie unseren Clan der Wölfe. Wir suchen und finden die Antwort auf die entsprechende Frage.«

»*Wenn du die Frage bist, bin ich die Antwort.* Wie die Inschrift in meinem Amulett!«, stelle ich fest und Romeos Blick wird sanft, beinahe liebevoll. »Ja, Nonna hat es für dich graviert. Sie hat gehofft, du würdest dich an ihre Worte erinnern.«

»Und: Bist du meine Antwort?« Die Tragweite meiner Frage sickert tief in mich ein. Ich bemerke nicht mal, dass ich viel zu lange seinen schön geschwungenen Mund betrachte, bis Holly sich räuspert.

Romeo antwortet nicht, Verlegenheit macht sich in mir breit.

»Ich fürchte, sie haben mir einen Teil meiner Vergangenheit genommen«, überlege ich. Was habe ich alles vergessen?

»Das haben wir befürchtet«, meint Romeo und lächelt bedauernd. »Der Winterorden missbraucht schon lange die Gaben und wendet sie gegen die Winterkinder, um sie leichter zu manipulieren.«

»Und ihr versucht, das zu verhindern?«

»Ja und nein.«

»Was soll das heißen?«

»Wir versuchen, die geborenen Winterkinder vor ihnen zu finden, aber wir kämpfen nicht. Wir sind keine Krieger«, erklärt er uns.

»Aber Alpha behauptet, es stünde ein Krieg kurz bevor.« Ich denke an das Gespräch, das ich belauscht hatte.

»Es geht einzig und allein um dich, Ember. Er wusste, wir würden alles tun, um dich vor ihm zu schützen.«

Seine Worte treffen mich mitten ins Herz.

»Und er ist abhängig von mir. Er denkt, nur ich kann ihn retten«, ergänze ich und sehne mich plötzlich nach Nonna. Auch wenn nur noch wenige Fragmente unserer gemeinsamen Zeit in mir übrig sind.

»Krasser Scheiß«, haucht Holly, die geradezu erschlagen von den ganzen Informationen wirkt. Sie pult nachdenklich an ihrem Fingernagel.

»Es gibt viele versprengte Clans wie unsere«, erzählt Romeo weiter. »Sie alle haben sich dem Schutz der Erblühenden verschrieben. Seit Jahrhunderten schon geben wir unser Wissen weiter und sorgen für diese Menschen und bewahren ihre Geheimnisse. Die meisten Leute auf dem Kontinent glauben, es sind nur alte Sagen und Märchen, die vom Winteratem erzählen. Sie glauben, Meteoriten oder Vulkanausbrüche haben die Eiszeit eingeleitet«, erzählt Romeo weiter und mir wird bewusst, dass ich nichts von der Welt außerhalb des Schwarzen Waldes weiß.

»Wie habt ihr mich gefunden, damals?« Ich schaffe es nicht zu sagen, dass die Oberschwester behauptet hat, Nonna hätte meine Mutter getötet.

»Nonna hat die Fähigkeit, sie zu erspüren. Sie führt die Gaben zusammen, die Frage und die Antwort. Nonna hat deinen ersten Schrei vernommen und der Clan brach sofort auf, um dich zu suchen. Doch es gab irgendwelche Probleme.«

»Alpha?« Die Frage flimmert in meinem Herzen, wie heiße Luft über Asphalt.

»Vermutlich waren es seine Leute, die dazwischenfunkten«, gibt Romeo zu und wägt seine Worte ab. »Der Clan kam jedenfalls zu spät für deine Mutter.«

Die Fotos, die Oberschwester Klara mir gezeigt hat, ergeben plötzlich ein völlig anderes Bild.

Ich grüble lange über meine Existenz nach. Frage mich, wer meine Eltern waren und ob sie sehr leiden mussten, wegen mir. Meine Brust zieht sich unter Schmerzen zusammen, als ich mich frage, ob es nicht besser für sie gewesen wäre, wenn ich einfach tot geblieben wäre. Wenn ich nicht vom Winteratem wiederbelebt worden wäre. Ich starre hinaus. Über uns flechten gespenstische dürre Bäume ihr Astwerk wie weiße Finger ineinander. Der Schneefall wird weniger und der Mond bricht weit entfernt durch dunkle Wolken, als wir so dahinrasen.

Holly schläft im Sitzen ein und hängt halb über der Lehne. Ich schnalle mich ab und klettere nach hinten, um sie auf die Schlafstelle im hinteren Teil zu bringen, auf der Ylvi und Mona schon unter Decken gekuschelt sitzen und vor sich hin dösen. Wie lange Romeo in diesem Wagen wohl schon lebt? Für einen Reisenden wie die Menschen des Clans der Wölfe sicher kein Problem. Er ist sicher nichts anderes gewohnt. Er muss sich im Haus des Winterordens regelrecht eingesperrt gefühlt haben.

Wir verlassen den Silberwald und kommen an Ruinen vorbei, die vermutlich erst seit einigen Jahrzehnten vom Eis freigegeben wurden. Von einigen stehen nur noch die Grundmauern und andere sehen mit ihren leeren Fenstern aus wie Totenschädel von überdimensionalen Tieren. Argwöhnisch beäuge ich meine neu gewonnene Freiheit und Romeo berührt mich tröstend ganz leicht an der Hand.

»Mach dir nicht zu viele Sorgen, das macht hässlich«, versucht er die Stimmung zu lockern und grinst mich frech an. Ich schüttle ihn ab. Ohne dass ich es eigentlich will.

»Also siehst du so gut aus, weil du ein Idiot bist?«, sage ich mit einer Mischung aus Versöhnlichkeit und Provokation. Seine Augenbrauen hüpfen überrascht in die Höhe.

»Du findest mich also gut aussehend?« Lässig lehnt er sich auf der Sitzbank des alten Busses zurück und schmunzelt. »Du hast einen guten Geschmack.«

Etwas flattert in meinem Magen. »Gibt es eine Gabe, die Selbstüberschätzung als Nebenwirkung hat?«, frage ich und muss auch grinsen. Ich versuche es zu verstecken, indem ich aus dem Seitenfenster blicke. Kahle Sträucher und Büsche fliegen an uns vorbei, geben dann und wann die Ahnung von Unendlichkeit preis.

»Ich habe keine«, höre ich Romeo antworten.

»Keine Gabe oder keine Selbstüberschätzung?«

Er streckt sich und legt seinen rechten Arm über die Lehne.

»Beides.« Er grinst breiter. »Und im Übrigen solltest du öfter lächeln. Das sieht schön aus, wenn du es tust.«

Seine Hand verweilt in der Luft, bereit sich um meinen Nacken zu legen. Er sieht mich an, als warte er auf ein Zeichen von mir, dass es in Ordnung ist.

»Weißt du, ich möchte, dass wir Freunde sind«, sagt er ernst. Sein Gesicht wirkt anders als sonst. Nicht so überlegen und cool. »Wir waren es früher, wir sollten es wieder sein.«

Ich blicke ihn an, die Zeit steht still.

Früher. Wer war ich, wer bin ich jetzt? Wer ist Romeo? Sind wir unsere Erinnerungen oder die Geschichten, die wir uns erzählen?

Es war einmal ein Junge, der war dazu bestimmt, ein Held zu sein … Wie eine Seifenblase platzt das Bild eines Jungen mit Sturmaugen wie Romeos, der vor mir auf einer Picknickdecke sitzt und mir aus einem Buch vorliest.

»Erzähl mir von früher«, bitte ich ihn und seine Finger berühren federleicht die empfindliche Haut in meinem Nacken.

»Ich musste ständig auf dich aufpassen«, beginnt er und seine Züge werden weich. »Du warst eine ziemliche Nervensäge.«

»Oh.«

»Ich hab dir mal die Haare im Schlaf abgeschnitten«, schwelgt er in einer für ihn komischen Erinnerung.

»Du bist also gemeingefährlich«, stelle ich fest und lasse zu, dass er meinen Haarknoten löst. Meine perlweißen Locken ergießen sich über meine Schultern und ich bin wie paralysiert, als er mir eine Strähne hinter mein Ohr streicht. Ich spüre, wie mir das Blut in den Kopf steigt. Mein Lächeln verrutscht, mein Blick heftet sich auf den Horizont oberhalb des mächtigen Hügels, auf den wir zufahren. Es sieht aus, als wäre die Welt dort oben zu Ende. Und dann entdecke ich Lichter, die wie Glühwürmchen aus dem Nichts auftauchen, und den Beginn einer großflächigen Stadt markieren. Ich halte die Luft an, als wir über die Kuppe des Berges hinwegfahren und das Meer an weit entfernten Beleuchtungen uns leitet. Es sieht wunderschön aus, so friedlich. Und als wir auf den größeren Straßen anderen Fahrzeugen begegnen, ist es, als tauchen wir aus einer dunklen Ära in eine neue ein. Eine lebendige und abenteuerliche, die Wunder bereithält.

11

Eine andere Welt, eine andere Gefahr

Als ich erwache, fährt Romeo gerade auf eine Tankstelle und parkt vor der Zapfsäule. Ich stöhne, als ein Schmerz durch meinen Rücken fährt. Eine Wolldecke rutscht von meiner Brust, die mir jemand umgelegt hat, und ich ziehe scharf die Luft ein, als ich die höchsten Gebäude erblicke, die ich je gesehen habe. Sie ragen weit in den blauen Himmel, berühren fast die kleinen Wolken, die wie Schäfchen dahinschweben. Es ist laut und lebhaft. Wir sind tatsächlich in einer Großstadt gelandet. Ruckartig richte ich mich auf und drehe mich nach einer Gruppe Menschen um, die auf dem Fußweg entlanglaufen. Sie tragen schrille Outfits, so bunt, wie ich es noch nie gesehen habe. Einige von ihnen verbergen die Gesichter hinter Masken, die Tieren nachempfunden sind.

»Was …?« Zu mehr bin ich noch nicht in der Lage. Romeo schnallt sich los und stellt den Motor ab. Er deutet hinaus.

»Es ist Harlekinzeit«, sagt er, als würde das alles erklären. »Das bedeutet, wir müssen vorsichtiger sein, als eh schon.«

Ich habe über diesen Ausnahmezustand gelesen, der eine ganze Woche anhält, in der die Gesetze gelockert werden und die Menschen sich derbe Späße miteinander leisten.

»Ich habe ganz vergessen, dass es bereits Dezember ist«, meint Holly von weiter hinten.

»Ich auch.«

Ich blinzle, starre Romeo nach, wie er wie selbstverständlich die Zapfsäule bedient und den Bus betankt. Er ist Teil dieser Welt, und ich bin ein Fremdkörper. Holly klettert über die Rückenlehne zu mir und lässt sich auf die Bank plumpsen. Ihre roten Haare stehen ihr unordentlich vom Kopf ab, es sieht wild und frei aus und ich lächle.

»Meinst du, wir können mitfeiern?«, fragt sie und drückt mir einen dicken Kuss auf die Wange. Ich habe den Eindruck, dass das alles hier nur ein großes Abenteuer für sie ist. Erkennt sie nicht die Gefahren?

Sie seufzt entzückt. »Ein herrlicher Morgen, oder?«

»Ich weiß nicht, ob das der richtige Begriff ist«, gestehe ich und beobachte zwei Frauen mit Schafsmasken, die sich auf einen jungen Mann stürzen und ihm mit einer Schere die Knöpfe von seiner Jacke schneiden. Er protestiert, wehrt sich zuerst und lässt es dann einfach geschehen, im Wissen, dass es keinen Schutz vor den Harlekinscherzen gibt. Ich grüble über den Ursprung dieses Festes. Man sagt, es gab einmal einen König Harlekin. Einen Dezembergeborenen, der seinen Geburtsmonat, der sanft auf die vergangenen zurückblickte und so voller Hoffnung ins nächste Jahr sah, wie nie ein König zuvor zelebrierte.

»Ist das nicht aufregend?« Hollys Augen glänzen, während sie staunend die Stadt beobachtet, wie sie pulsiert, wie sie atmet. Zwischen dem geschäftigen Treiben huschen immer wieder Gruppen in vornehmlich tierischen Verkleidungen umher, tanzen und singen Lieder. Böse Lieder, die von großen Schafen handeln, die Kinder fressen.

»Ich finde es falsch«, höre ich plötzlich Ylvi sagen. Ich drehe mich zu ihr um. Sie hat Mona auf dem Schoß, die mit offenem Mund das Treiben vor dem Fenster verfolgt.

»Was findest du falsch?«, will ich wissen.

»Das alles hier.« Ylvi deutet gleichermaßen auf uns wie nach draußen. »Wir gehören hier nicht her.«

»Jetzt schon«, sagt Holly ernst.

»Du bist dumm, wenn du das glaubst«, murrt Ylvi.

»Hey. Du bist selber dumm, wenn du immer noch die Märchen des Ordens glaubst«, entgegnet Holly ihr.

»Hört auf zu streiten. Wir sind doch alle total überreizt«, mische ich mich ein und drücke meine Freundin, die sich erhoben hat, zurück auf den Sitz.

»Ich verstehe dich, ich spüre es auch. Dass wir fremd sind. Wir sind schließlich nie vom Orden weggekommen.« Es ist, als hätten wir jahrelang in einer Seifenblase gelebt.

»Und das war auch gut so«, brummt Ylvi und macht sich von Mona, die ihre Arme um ihren schneeweißen Hals geschlungen hat, los.

»Wie kannst du so was denken?« Ich bin gerade so froh, dass ich entkommen bin. Was haben wir noch so viele Jahre lang verpasst?

»Hast du vergessen, was die Schwestern uns beigebracht haben? Das hier führt uns geradewegs in die Hölle.« Ylvi versucht wie manisch, ihre Haare streng in den Dutt zu bekommen, und ihre Augen glänzen vor unterdrückten Tränen. Jetzt bin ich es, die nach hinten klettert. Ich setze mich neben sie auf die Matratze und nehme ihre feuchte Hand in meine. »Du hast Angst«, stelle ich fest.

»Das ist es nicht«, erwidert sie und reckt ihr Kinn stolz vor. »Ich vertraue eurem Retter nicht.« Ihr Blick wandert zur Tankstelle, in der Romeo steht und gerade das Benzin bezahlt. Ich weiß nicht, was ich dazu sagen soll.

»Frag dich doch mal, warum sein Clan sein Wissen nicht mit den Schwestern geteilt hat? Es geht um Macht, Ember. Es geht immer um Macht. Und ob wir auf der einen oder anderen Seite stehen, stellt keinen Unterschied dar«, sagt Ylvi.

Ich schnappe nach Luft, da fällt mir Holly ins Wort.

»Es gibt da sehr wohl einen Unterschied«, sagt sie. Ihre Stimme ist kristallklar. So habe ich sie noch nie wahrgenommen. »Richtig und falsch«, unterstreicht sie.

»Und wo stehen wir? Jetzt in diesem Moment?« Ylvi spricht leise, aber nicht mit weniger Kraft als zuvor. »Es ist immer eine Sache der Perspektive.«

»Alpha will uns alle missbrauchen, Ylvi. Ich habe ihn gehört, wie er davon sprach, uns zu Soldaten zu machen. Und es ist ihnen egal, ob wir dabei draufgehen«, schildere ich das, was ich mit eigenen Ohren gehört habe.

»Man muss sich doch verteidigen können. Außerdem, bist du sicher, dass die Schwestern das auch so sehen? Dass sie uns nicht im Zweifelsfall helfen?«, fragt sie. »Vielleicht hast du das Gesagte auch falsch interpretiert.«

»Ja klar. Und den Tod von Ruby haben wir alle auch falsch interpretiert. Der hat nämlich keiner geholfen«, antwortet Holly an meiner Stelle, weil ich im Geiste versuche, alles noch einmal zusammenzusetzen. »Und die Oberschwester selbst wollte, dass wir entkommen, schon verdrängt?«

»Du willst das alles nur nicht wahrhaben«, sage ich und spüre, wie sich Traurigkeit nähert wie ein Gespenst.

Die Schiebetür des Busses öffnet sich mit einem Rasseln, als Romeo zurückkommt.

»So, Ladys, ich habe euch etwas zur Stärkung mitgebracht.« Mit einer schnellen Bewegung wirft er erst Holly und mir ein belegtes Brötchen zu. Als er auch Ylvi eines geben will, steht sie auf und lehnt es ab. Ihre Miene ist verschlossen, ihr Gesicht plötzlich bleich.

»Was hab ich verpasst?«, fragt Romeo mit einem argwöhnischen Blick in meine Richtung und kassiert einen rüden Stoß von dem Geistermädchen, das aussteigen will.

»Ylvi ist verrückt geworden«, verkündet Holly, schnauft ärgerlich und verdreht die Augen. Ylvi entgeht das nicht und sie wirbelt zu meiner besten Freundin herum.

Ihre Hand zuckt und für einen Moment denke ich, sie klatscht Holly eine. Die Luft zwischen uns allen prickelt, so aufgeladen ist sie. Mona bringt sich in Sicherheit, indem sie ganz weit auf der Matratze zurückrutscht.

»Ylvi, lass uns später in Ruhe reden, ja?«, versuche ich die Situation zu regulieren, doch Ylvi dreht sich zum Ausstieg.

»Was wird das, wenn es fertig ist?« Romeo versperrt ihr den Weg, will sie aufhalten. Sie schlägt seine Hand fort.

»Ich werde zurückgehen«, erklärt sie und greift sich ihren Mantel von der Matratze. Sie wirbelt ihn über ihre Schultern und Romeo weicht etwas zurück. »Wir gehören zum Orden. Ich kann die anderen nicht im Stich lassen.«

»Na, dann. Grüß schön«, sagt Romeo knapp und gibt die restlichen Brötchen an Mona, die verdächtig ihre Unterlippe vorschiebt.

In wenigen Herzschlägen bin ich bei Ylvi, halte sie am Arm zurück, während sie aus dem Bus steigt. Der Ruck, als sie ihren Arm wegzieht, lässt mich straucheln und ich falle mehr hinter ihr her, als dass ich gehe.

»Tu das nicht«, bitte ich sie. »Wir müssen zusammenhalten.«

Sie stößt ein verächtliches Lachen aus. »Erzähl mir nichts von Zusammenhalt, Ember. Du hast Matti genauso zurückgelassen wie ich.«

Ihre Worte treffen mich so hart mitten in der Brust, dass ich keine Luft mehr bekomme. Holly springt mir bei.

»Behalte dein Gift bei dir, Ylvi. Du weißt so gut wie ich, dass wir keine Wahl hatten.«

»Hatten wir nicht?«, bellt Ylvi und ich sehe, wie das Blut immer mehr aus ihrem Gesicht weicht. Ihre Miene bleibt reglos. »Ich wünsche euch viel Glück«, sagt sie und ich sehe, dass die Worte ehrlich gemeint sind. »Vielleicht sehen wir uns einmal wieder.«

»Nicht, wenn es sich vermeiden lässt«, mischt sich Romeo ein und packt mich am Arm. Mit einer fließenden Bewegung zieht er mich in den Bus. Für einen Moment habe ich keinerlei Bodenhaftung. Ich flehe Ylvi stumm an, bis Romeo unseren Blickkontakt unterbricht, indem er die Schiebetür zuknallt.

»Sag mal, spinnst du?«, fahre ich Romeo an und will die Tür wieder öffnen. Ein Handgemenge entbrennt und er verfrachtet mich neben Mona auf die Matratze.

»Lass mich sofort los!«, fauche ich und wehre mich.

»Sie hat ihre Wahl getroffen«, knurrt er mich an, während er über mir schwebt und mich warnend anblitzt.

»So einfach ist das nicht.« Ich versuche, ihn wegzudrücken, und er fängt meine Handgelenke ein.

»Und ob.« Seine Antwort lässt keinen Widerspruch zu. Mona hockt neben uns und tauscht überraschte Blicke mit Holly. Endlich lässt Romeo von mir ab und ich fahre auf.

»Sag doch was«, fordere ich sie auf.

Holly zuckt nur die Achseln. »Was soll ich denn sagen, Ember? Es ist okay. Sie kommt schon klar«, meint sie. »Es ist nicht das erste Mal, dass sie sich von uns lossagen will.«

»Ach nein?« Das kann ich mir nicht vorstellen.

»Bevor wir dich geholt haben, wollte sie es auch.«

Romeo sieht mich verbissen an und reibt sich die Stelle am Arm, wo ich ihn gekniffen habe. »Du solltest dringend lernen, auf mich zu hören«, brummt er und ein erneutes, aufgeregtes Summen vibriert in meiner Magengegend.

»Ich muss gar nichts.« Ich schlage Hollys Hand aus, als sie nach mir angelt, um mich zu beruhigen. Ich schaue aus den

Fenstern, hektisch suche ich da draußen nach Ylvi und lasse mich dann auf die Matratze zurückfallen. Schnell schiebe ich die kleine Gardine der Heckscheibe zurück. Ylvi ist verschwunden. Wie ein Geist, dem das Sonnenlicht den Garaus gemacht hat.

»Das werden wir noch bereuen«, befürchte ich.

Der Motor startet. Romeo fährt auf die Hauptstraße und tut so, als wäre ich nicht da, bis ich mich wieder beruhigt habe. Gedankenverloren betrachte ich die Gebäude dieser Stadt, aus deren Fenstern bunte Fahnen hängen und im Wind flattern. So trügerisch fröhlich, so wunderschön.

»Wo fahren wir jetzt hin?«, will ich nach einigen Minuten wissen.

»In die Ibis-Stadt.«

»Wow. In die Casino-Metropole?« Holly klatscht begeistert in die Hände und lässt Mona auf ihren Knien wippen. »Ich wollte sie schon immer mal sehen. Ich habe einen Bericht über die vielen Glücksspiele gelesen. Du kannst einen Topf voll Gold mit dem Ende des Regenbogens gewinnen.« Mona gibt einen glucksenden Laut von sich. Ein seltenes Geräusch, das sich fremd in meinen Ohren anhört.

»Wir treffen dort den Unterhändler. Er gehört dem Clan der Wölfe an und weiß immer, wo unsere Leute sich aufhalten. Dort erfahren wir, wo wir als Nächstes hinmüssen«, klärt Romeo mich auf. Sein Blick ist abschätzig.

»Aber vorher müssen wir noch etwas erledigen«, fügt er nachdenklich an.

Ich frage nicht weiter nach, beobachte ihn nur, wie er den Blinker setzt und auf die Schnellstraße biegt. Die Stadt wird immer dichter, die Häuser immer prunkvoller. Einige sehen aus wie Paläste aus Glas und laufen spitz in den Himmel. Einige erinnern mich an Buckelwale aus Beton, die parkende Fahrzeuge beherbergen.

Nach einigen Stunden halten wir auf einem Parkplatz vor einem riesigen Einkaufszentrum. Romeo flucht, als er merkt, dass Ylvi einen großen Teil seines Geldes gestohlen hat. Ich muss fast lachen, das sieht ihr ähnlich, sich ihren eigenen heimlichen Weg nach Hause zu planen. Mona verkriecht sich hinter Holly, als Romeo im Inneren des Busses tobt und seinem Frust freien Lauf lässt.

Ich kann es mir nicht verkneifen und streue Salz auf die Wunde. »Du solltest dringend an deiner Selbstbeherrschung arbeiten«, stecke ich ihm, als wir alle aussteigen und auf die elektronische Glastür des Ladens zuhalten.

Sein Mundwinkel kräuselt sich. Ich schaue ihn gespannt an. Ist das die Andeutung eines Lächelns oder ist er kurz davor, so richtig auszurasten? Er überholt mich, ich versuche mitzuhalten. »Ich meine ja nur. In der Ruhe liegt die Kraft und wenn du uns anführen willst, dann müssen wir dich respektieren können.«

Er schlägt seinen Kragen der schwarzen Jacke hoch und guckt nur kurz zu mir. »Ich will euch nicht anführen«, sagt er knapp.

»Nicht? Wirkte aber so. Immerhin bestimmst du über uns, kommandierst uns herum.«

»Ich will nur meinen Auftrag erledigen, nichts weiter.«

»Mehr sind wir nicht für dich? Nur ein Auftrag?«, stochere ich weiter. Sieht er mich wirklich nur als das an? Enttäuschung macht sich in mir breit.

Romeo bleibt so abrupt stehen, dass ich in ihn hineinlaufe. Er riecht gut. Nach Leder, seltenem Zimt und Winterwäldern.

»Du hast dich kaum verändert«, stellt er plötzlich belustigt fest. Seine Finger finden eine meiner Haarsträhnen und er dreht sie zu einer Locke. »Du warst schon immer anstrengend. Du hast mich damals herausgefordert und willst es immer noch tun, was?«, fragt er schnurrend. Ich erstarre, mein Herzschlag beschleunigt sich, als er sich etwas zu mir herunterbeugt und an mein Ohr flüstert. »Ich habe damals immer gewonnen, Ember.«

»Damals ist nicht heute«, hauche ich zurück und wende meine Aufmerksamkeit wieder Holly und Mona zu, während meine Wangen beginnen zu glühen.

Die Sonne im Rücken gehen wir voran, tauchen ins Ladeninnere. Romeo will, dass wir uns neue Kleidung kaufen, damit wir mit unseren, die unweigerlich an eine Sekte erinnern, wie er sagt, nicht so auffallen. Mona findet als Erstes eine Jeans und einen albernen Pullover mit einer Ballerina auf der Vorderseite. Holly und ich haben es da schon schwerer und halten uns lange in der Damenabteilung auf, bis wir uns Sachen mit zu den Kabinen nehmen. Es ist ungewohnt, in eine Hose zu schlüpfen, und ich tue mich schwer damit, meinen Hintern in den engen Stoff zu quetschen.

»Was für ein geiler Arsch«, gratuliert mir Holly, als ich mich vor ihr drehe, und ich schäme mich augenblicklich für ihr lockeres Mundwerk. Zumindest ein bisschen, weil ich sofort die Kritik der Schwestern in meinem Geiste höre. Holly hält mir auffordernd ein Top und Unterwäsche entgegen, die mich sprachlos machen, und interpretiert meinen Blick richtig. »Stell dich nicht so an. Das ist normal. Die Baumwollschlüpfer aus dem Orden sind der Frevel«, unterstreicht sie ihre Meinung. Sie sieht so zufrieden aus, dass es mich für einen Moment mutig macht. Es ist toll, wie sie aufblüht, sich entfaltet wie eine Blume, die sich endlich der Sonne entgegenstreckt.

Trotzdem bin ich aufgeregt, als ich mich entkleide und in diese feine Wäsche steige. Der Spiegel in der Kabine zeigt mir eine völlig neue Person. Ein Mädchen, dessen milchfarbene Haut mit der schwarzen Seide in Kontrast steht und Kurven zaubert, die zuvor nur zu erahnen waren. Ich kann gar nicht aufhören, mich zu betrachten, auch nicht, als mir ein Kleid auf einem Bügel durch den Vorhang der Kabine gereicht wird. Ich nehme es ohne aufzublicken an. »Ich bin nicht mehr ich selbst, und was soll ich sagen, Holly? Es gefällt mir«, hauche ich und verlagere mein Gewicht vom einen aufs andere Bein.

»Ich bin nicht Holly, aber es freut mich, dass es dir gefällt.« Erst jetzt ordne ich die Hand, die durch den Vorhang greift, Romeo zu. Mir fällt auf, wie feingliedrig seine Finger und wie schön die Nägel geformt sind.

»Ich denke, dieses Kleid ist das Richtige für dich«, erklärt er weiter, als ich immer noch nichts sage. Ich nehme es, mustere es besorgt. Enger dunkelgrauer Stoff trifft auf wenige Perlen, die am Dekolleté eingearbeitet sind. Viel zu fraulich und edel für mich. Mir fehlen die Worte.

»Zieh es einfach an, ich will sehen, ob es passt«, fordert er und entfernt sich etwas. Einige Minuten hadere ich mit mir und meiner »guten« Erziehung. Und als ich den Reißverschluss in meinem Rücken nicht zubekomme, will ich es schon wieder ausziehen, da taucht Romeo wieder hinter dem dunklen Vorhang auf.

»Und?«, fragt er ungeduldig.

»Es ist zu klein, glaube ich.« Ich tipple auf Zehenspitzen umher, weil der Reißverschluss sich keinen Millimeter mehr rührt, und verliere fast das Gleichgewicht, als dieser Schuft einfach zu mir in die Kabine kommt. Unsere Blicke treffen sich im Spiegel. Seine Augen weiten sich, während er mich betrachtet, und mir bleibt der Protest im Hals stecken.

»Ich bin wirklich gut«, lobt er sich selbstzufrieden. Seine Finger berühren meine, übernehmen den Reißverschluss in meinem Rücken und schließen ihn in meinem Nacken. Dann legen sich seine Hände auf meine Schultern und er flüstert mir ins Ohr: »Schau dich an, du bist wunderschön.«

Schmetterlinge jagen in meinem Magen hoch, bedrohen mich wie wilde Tiere und ich kann nicht anders, meine Augen schließen sich für Millisekunden, bevor ich die Kontrolle über mich wiedererlange. Romeos rechte Hand wandert hinab, federleicht berührt er meine Taille und dann meine Hüfte, um meine Haltung, die an einen Dorftrampel erinnert, zu regulieren.

»Wenn du die Hüfte ein wenig einknickst, siehst du aus wie eine Filmikone«, meint er. »Haltung ist alles.«

»Ist das so?«, frage ich tonlos und werde von dem Sog seiner Augen unerbittlich erfasst. Romeo greift in mein Haar, dreht es um seine Hand und hält es über meinen Kopf. Hitze steigt in mir auf, als ich seinen Körper so nah hinter mir spüre. Es ist berauschend und unerträglich.

»Siehst du?« Sein Atem streicht über meinen Nacken, sein Blick im Spiegel verändert sich, wird wild. Meine Lippen öffnen sich, ich werde weich innerlich.

»Ich sehe nichts«, versuche ich zu lügen. Seine Fingerkuppen streichen über meinen Oberarm und plötzlich lässt er von mir ab. Ich wanke leicht, fühle mich für einen Wimpernschlag verloren und schaue ihm nach, wie er hinter dem Vorhang wieder verschwindet.

»Das ist gekauft«, sagt er nur noch knapp. Meine Regung ist mir mit einem Mal so fürchterlich peinlich, dass ich feuerrot anlaufe. Was ist bloß los mit mir?

Fühle ich mich wirklich so sehr zu diesem unverschämten Typen hingezogen? Wie betäubt schäle ich mich aus dem Kleid und ziehe mir ein Top, die Jeans und einen schlichten Pullover an, die Romeo bereits an der Kasse hat einscannen lassen.

Holly ist total entzückt von den Errungenschaften, die sie sich ausgesucht hat, und verstaut mit Freuden unsere alten Kleider in einer Tüte. Mona grinst mich unter dem Rand eines pinken Hutes an und lässt ihn sich nur widerwillig wieder abnehmen.

Ich schlendere zu Romeo, lasse den anderen beiden noch Zeit, während sie die Kosmetikartikel mit bunten Farben für

Nägel und Lippen bestaunen, und lege die restlichen Dinge zum Bezahlen auf den Tresen.

Die Verkäuferin, eine rundliche Frau mit rosa Haaren, lächelt mich an. »Sie haben einen spendablen Freund«, sagt sie und stapelt die Kleidungstücke aufeinander.

»Oh …«, so ist das nicht, will ich widersprechen, da sagt Romeo: »Mein Mädchen bekommt alles, was sie will.«

Mein Mädchen. Die Worte hallen in mir nach und werden durch andere ersetzt. *Ich schenke dir alles, was du verdienst.*

»So einem Mann möchte ich auch mal begegnen.« Die Frau nimmt die Scheine entgegen und zwinkert mir zu. »Hat dein Kerl noch einen Bruder?«

»Tja, ähm«, stammle ich, weil mir klar wird, dass ich rein gar nichts von Romeo weiß. Ob er Familie hat, Geschwister, Cousinen oder Tanten. Wie zum Teufel Nonna überhaupt zu ihm steht.

Plötzlich ertönt ein schriller Schrei. Eiswasser schießt mir durch den Körper und ich kann mich einige Atemzüge lang nicht bewegen. Romeo rennt los, stößt beinahe einen Kleiderständer um. Endlich folge ich ihm und entdecke Holly, wie sie auf dem Boden liegt. Mona hockt neben ihr, streichelt ihre Wange, während sie langsam wieder zu sich kommt. Der Schrei kam von einer anderen Kundin, die geschockt mit einem Baby auf dem Arm neben den Stramplern und Kartons mit Windeln steht und anscheinend etwas Schreckliches gesehen hat.

»Was ist passiert?«, frage ich. Mona zittert, gestikuliert wild und bringt wie gewohnt keinen Ton heraus.

»Sie lag plötzlich einfach da«, sagt die Fremde. »Sie hat, ich weiß nicht, sie war …«, stammelt sie und legt ihr Baby in den Kinderwagen neben sich.

Holly rührt sich, sie sieht blass aus. Ich helfe ihr auf.

»Was war denn?«, fragt sie mich.

»Das würde ich gerne von dir wissen!«, antworte ich.

»Ich glaube, ich hab mich gestoßen, hier am Kopf. Das blöde Regal, ich hab es nicht gesehen, als ich etwas aufheben wollte, und bin durch den Schmerz kurz ohnmächtig geworden. Oder bin ich gestolpert?« Sie seufzt.

»Eben probierte ich noch den Lippenstift und dann fiel er und ich … wie ungeschickt!« Ich sehe auf ihre Hand, sie ist komplett rot, der Stift ist vollkommen zermalmt.

»Okay, der kommt dann wohl mit auf die Rechnung«, murrt Romeo und ich möchte ihm gerne vors Schienbein treten.

»Wir müssen los«, meint er trocken und zieht Holly auf die Beine. Mir wird mulmig, ich lächle der Frau gequält zum Abschied zu, während wir zur Kasse zurückgehen. Mona schnappt sich einen Block und Buntstifte und knallt sie mit Schwung auf den Tresen.

»Nein, das nicht. Es reicht für heute«, bestimmt Romeo ernst und studiert den Inhalt seiner Geldbörse. Mona nimmt die Sachen erneut in die Hand und lässt sie noch heftiger auf die Ablage knallen. Sie fixiert ihn, ihre Augen sprühen vor Wut, sogar ich bin plötzlich eingeschüchtert. Romeo gibt nach. Ich spüre Blicke in meinem Rücken, es wird über uns geredet, wir fallen auf und ich habe das Gefühl, unbedingt wegzumüssen.

Dann verlassen wir den Laden und fahren weiter. In Richtung Ibis-Stadt und einem Nachtleben der besonderen Art, wie Romeo warnt. Gerade jetzt zur Harlekinzeit und dem Lichterfest gibt es viele Tücken, die beachtet werden wollen.

Mona macht sich keine Sorgen, ebenso wenig wie Holly, die sich in den schillerndsten Farben erzählen lässt, wie wundervoll es aussieht, wenn um Mitternacht alle Bewohner ihre Wunschlichter in den Himmel steigen lassen.

12

Harlekins Lächeln

Ich drehe mich lächelnd zu Holly um, ohne mich von ihrem sorgenvollen Gesicht beeinflussen zu lassen.

»Wir werden, so schnell es geht, wieder bei euch sein«, beruhige ich sie und schlüpfe in die schwarzen Lackschuhe, die Romeo zu meinem Outfit gewählt hat. Holly ruckt etwas zu stark an meinen Haaren, die sie bürstet, und ich ziehe die Luft scharf ein.

»Ich bin dafür, wir gehen alle gemeinsam«, nörgelt sie und ich suche Romeos Blick. Er bindet sich gerade eine Fliege um und ich muss mich schon wundern, wie der Smoking sein Erscheinungsbild verändert. Er wirkt plötzlich so erwachsen und autoritär. Kleider machen also tatsächlich Leute.

»Wir können unmöglich ein Kind mit ins Casino nehmen. Das haben wir bereits besprochen«, antwortet er gelangweilt und ich reiße meinen Blick wieder von ihm los, bevor er merkt, dass ich ihn schon wieder betrachte, wie ein Gemälde, das ein verborgenes Geheimnis birgt. »Jemand muss schließlich auf Mona aufpassen.«

Als die Siebenjährige ihren Namen hört, schaut sie von ihrem Zeichenblock auf, den sie seit Stunden bearbeitet. Ich werfe einen flüchtigen Blick auf das Bild. Es zeigt die vollen Straßen der Stadt, die Lichter der Laternen und große Häuser. Mona scheint genauso fasziniert zu sein wie wir.

»Na gut. Ihr habt ja recht«, sagt Holly verständig und Mona schüttelt resigniert den Kopf und drückt fester mit dem Stift auf, bis ihr die Mine des blauen Stiftes abbricht.

Ich schaue auf die Uhr. Es ist bald halb elf durch, der Vollmond steht hoch am Himmel und die klirrend kalte Luft lässt die Scheiben des Busses gefrieren.

Es ist Zeit. Romeo hilft mir beim Aussteigen und hält mir ganz gentlemanlike seine Hand entgegen. Ich nehme sie, lasse mich führen. Die Kälte, die mir in den Mantel fährt, macht mir nichts aus, angesichts der zauberhaften Umgebung. Die Seitenstraße, in der wir parken, ist erhellt von Hunderten Lichterketten, die ihren weichen Schein zu uns schicken. Sie winden sich um Bäume, ranken an Brückengeländern und hängen an Regenrinnen. Eine Weile gehen wir stumm nebeneinanderher, auf eine der vielen Grachten zu, in der ein Boot schon auf uns wartet, um uns zum Eingang des großen Casinos Moonfall zu bringen. Ich habe mehr als einmal das Gefühl, Romeo wolle etwas sagen, so wie er Luft holt und dann innehält. Ich sehe ihn fragend an, während wir auf den Holzsteg laufen und auf das glitzernde Wasser zuhalten.

Er lächelt sanft. Sein Kopf ist schief gelegt und seine dunklen Locken fallen ihm tief in die Stirn. Ich widerstehe dem Drang, sie aus seinem Gesicht zu streichen. »Und? Wie gefällt dir die Freiheit?«, fragt er nach einer Weile. Ich lächle zurück, seine Schritte werden langsamer und ich bleibe schließlich stehen.

»Ich weiß nicht«, gebe ich zu. »Es ist anders, als ich erwartet hätte.« Andere Paare in nicht gerade winterlicher Garderobe überholen uns, kaufen Karten für das Boot, betreten es und suchen sich einen Platz. Die Damen tragen hochhackige Schuhe, die Männer glänzende Stiefel.

»Ach so«, brummt Romeo nachdenklich. Ich habe das Gefühl, dass es nicht die Antwort ist, die er hören wollte, und ich versuche mich zu erklären.

»Ich fürchte mich vor der Begegnung mit Nonna.« Mir wird bewusst, dass es wahr ist. Ich habe kaum noch Erinnerungen an diese Zeit beim Clan.

»Nonna ist deine Familie, Ember. Ich bin …«

Er verstummt, sein Lächeln verrutscht und er schaut zur Seite, weicht meinem Blick aus.

»Egal. Mach dir einfach keine Sorgen, du wirst mit offenen Armen empfangen werden.«

Ich bin mir nicht sicher, ob es sogar das ist, was mich ängstigt. Offene Arme, Menschen mit Erwartungen.

Wir erreichen den Bootsführer. Er trägt eine Krähenmaske und nimmt Münzen für die Überfahrt entgegen, die er in einen Beutel verschwinden lässt. Ein kurzes Nicken und wir gehen als Letzte an Bord.

Ganz hinten rutsche ich auf eine Bank, blicke über die Reling aufs Wasser und betrachte mein Spiegelbild neben den ganzen Reflexionen der Lichter. Es sieht aus, als würden Sterne mein Gesicht rahmen und als Haarschmuck dienen.

»Überlass mir das Sprechen, wenn wir beim Moonfall sind, okay?«, höre ich Romeo sagen, während er lässig seinen Arm um mich legt, wie es einige andere Pärchen hier tun.

Das Boot schippert los, Wasser plätschert gegen den Bug. In den Bäumen am Flussufer klingen Windspiele um die Wette und erfüllen die Luft mit ihren Liedern.

»Na gut. Wenn du weißt, was zu sagen ist«, stimme ich zu und grinse dümmlich. Romeos Nähe kratzt mich auf und ich kann ihm nicht in die Augen schauen.

»Ich weiß immer, was zu sagen ist«, verspricht er mir und öffnet ganz selbstverständlich mein Haar, das ich zu einem lockeren Knoten gesteckt hatte. »Du solltest es offen tragen«, meint er und sein Lächeln vertieft sich. Seine Finger tanzen auf meiner Schulter.

»Die Gonzales Brüder werden Augen machen, mit was für einer Frau ich bei ihnen aufkreuze.«

»Wer ist das?«, frage ich, nicht weil es mich interessiert, vielmehr damit ich meine Unruhe in den Griff bekomme.

»Die Leibwächter des Unterhändlers, unseres Kontaktes«, erklärt Romeo und ich bemerke, wie sein Blick an meinem Mund hängen bleibt.

»Mit was handelt er denn?«, flüstere ich.

»Mit Träumen.« Ich frage mich, ob ich vielleicht in Wirklichkeit träume.

Wir fahren auf eine Unterführung zu. Licht läuft wie Sternenregen von oberhalb dieser Brücke unter ihr hindurch und wir tauchen mit dem Licht zusammen hinein. Ein ehrfürchtiges Raunen geht durch die Menge der Fahrgäste. Die Sterne spiegeln sich in Romeos dunklen Augen und er beugt sich näher zu mir. Unwillkürlich befeuchte ich meine Lippen. Unser Atem sammelt sich wie eine Wolke vor unseren Gesichtern, der Druck um meine Schulter verstärkt sich. Ich blinzle und ich kann spüren, dass sich ein Band zwischen uns knüpft, für das ich keinen Namen habe.

»Es wird alles leichter werden«, raunt er mir zu. Seine Miene ist weich und ich habe das Gefühl, dass er nicht mich meint. Was sollte für *ihn* leichter werden?

Ein Schatten huscht über seine Miene und er lässt mich los. Er reibt seine Hände aneinander und pustet hinein, als wären sie kalt. Ich weiß, dass sie es nicht sind, ich habe die Hitze in meinem Nacken gespürt.

Das Boot erreicht sein Ziel und legt an. »Wir sind da«, haucht Romeo.

»Ja.« Mehr bringe ich nicht hervor. Als das Boot mit einem kratzenden Geräusch anlegt und wankt, reißt er seinen Blick von mir los und unterdrückt ein halb spöttisches, halb besorgtes Lachen. Eine Geste, die mich verunsichert. Er steht auf und geht voran. Diesmal ohne auf mich zu achten oder mich zu hofieren. Ich wanke und bin nicht sicher, ob es vom Wasser kommt, das das Boot schwanken lässt, oder ich es selbst bin, die auf unsicheren Beinen steht.

Wir treten auf einen purpurfarbenen Teppich, der uns direkt zu einem großen Rundbogen und in das Casino führt. Zwei Türsteher mustern mich argwöhnisch, der eine von ihnen öffnet mir die Glastür vor Romeo und ich gehe hinein. Warme Luft strömt mir entgegen und ich lasse den Mantel von meinen Schultern rutschen. Ich bleibe stehen, sehe mich staunend um. Die Kuppel über uns scheint aus Gold zu sein und wird von diffusem Licht erhellt. An den Wänden hängen unzählige Spiegel, die den Raum noch größer wirken lassen, als er eh schon ist, und für einen Moment verliere ich mich in den ganzen Spiegelungen der in Festkleidung gehüllten Leute. Romeos Hand in meinem Rücken schiebt mich vorwärts.

Ich gehe alleine voran, den Gang entlang, der Musik und dem Raunen von Gelächter und Unterhaltungen nach. Ich fühle mich plötzlich nackt in meinem Kleid und verschränke die Arme vor meinem Dekolleté.

»Du bleibst hier«, befiehlt Romeo, als wir eine Bar erreichen, an der bunte Drinks in Weingläsern serviert werden.

»Und wo willst du hin?«, frage ich erstaunt und lasse meinen Blick durch den Raum wandern, in dem sich ein Spieltisch an den anderen reiht.

»Ich suche die Gonzales Brüder. Die bringen uns zum Unterhändler«, raunt er mir zu, rückt mir einen Barhocker zurecht und dirigiert mich darauf. Meine Hand krallt sich in den samtigen Stoff des Bezuges und Unruhe macht sich in mir breit, bei dem Gedanken, dass ich hier alleine bleiben soll.

»Kann ich nicht mitkommen?«

Seine Finger legen sich unter mein Kinn, zwingen mich, ihm in die Augen zu schauen. »Du bleibst genau hier«, raunt er mir leise zu. Leichter Ärger liegt in seinem Blick und die Falte zwischen seinen Augen vertiefen sich. Ich mache mich von ihm los und er hebt warnend den Zeigefinger.

Er verschwindet in der Menschenmenge und ich wende mich der Bar zu. In gläsernen Regalen stehen unzählige Flaschen und Phiolen mit Flüssigkeiten. Jemand neben mir trinkt eine grüne Flüssigkeit, die dampft wie heißer Tee und nach Pfefferminze riecht.

»Hallo, die Lady. Was darf es sein?«, fragt mich eine Frau mit silberner Maske.

»Ich habe kein Geld«, erkläre ich und schaue wieder nach vorne, blende diesen seelenlosen Blick hinter der Maske aus.

»Das erste Getränk ist frei«, höre ich die Stimme freundlich antworten.

»Na, wenn das so ist, nehme ich einen Tee«, antworte ich genauso nett.

»Tee? Haben wir nicht«, erklärt die Frau erheitert. Ich deute auf die Person neben mir, mit dem dampfenden Pfefferminzgetränk.

»Das ist Morpheus' Bruder, das soll es sein?«, fragt sie lächelnd. Ich kann hinter der Maske nicht sehen, ob es ihre Augen erreicht, und schon dreht sie sich um und bereitet das Getränk zu.

Wenig später nippe ich an dem dampfenden Glas und wundere mich, dass es kalt ist. Es schmeckt süß und bitter zugleich und prickelt auf meiner Zunge. Es erinnert an den Holunderschnaps und ist dennoch anders. Ich drehe das Glas in meiner Hand, beobachte die Leute, die kommen und gehen, spielen, gewinnen und verlieren. Die rautenförmigen Chips, die die Barfrau mir zu dem Getränk geschenkt hat, liegen in meiner Hand und ich spüre den Kanten nach. Wärme breitet sich in meinem Körper aus und ich habe plötzlich das Gefühl, als würde man mich in weiche Wolken betten. Alles wird so leicht, sämtliche Anspannung fällt von mir ab. Ich schlage ein Bein über das andere, treffe in einem Spiegel an der Wand auf Augen, die mich fixieren. Augen hinter einer bunten Harlekinmaske, die ein breites Grinsen aus Gold trägt. Als ich mich umdrehe und den Mann suche, ist er weg. Verschwunden in dem Meer anderer Gäste.

Romeo taucht wieder aus der Masse auf und steuert auf mich zu. Seine Miene ist ernst, galant gibt er einer Dame den Vortritt an die Bar und lehnt sich dann rücklings neben mich an den Tresen.

»Etwas stimmt hier nicht«, erklärt er mir, ohne mich anzusehen. »Ich kann weder den einen noch den anderen der Brüder finden.«

Ich zucke die Achseln. Zu denen wollen wir doch auch nicht, also wen kümmert's? »Na und? Vielleicht haben sie woanders etwas zu erledigen? Oder sie haben frei?«, vermute ich und trinke den Rest von Morpheus' Bruder. Romeo sucht weiter die Umgebung ab, sein Kiefermuskel zuckt.

»Niemals sind beide weg. Das ist so gut wie unmöglich. Und man lässt mich nicht zum Unterhändler.« Er lacht bitter und wischt sich seine Locken aus dem Gesicht. Diese Geste hat etwas Elektrisierendes. »Er sei gerade beschäftigt, ich solle mich gedulden, hat der Typ gesagt. Man würde ihn über meinen Besuch informieren.« Das letzte Wort presst er verächtlich hervor, als wäre es eine Sünde, ihn, Romeo, warten zu lassen.

Ich lasse mich vom Hocker gleiten und zupfe mein enges Kleid zurecht. Die Welt hier drinnen ist leiser geworden, die Luft schwerer. Romeos Augen verengen sich, als ich das leere Glas auf den Tresen zurückstelle.

»November?«, fragt er angespannt. »Was hast du da getrunken?«

»Tee«, antworte ich selbstverständlich und lächle.

»Nach Earl Grey sieht mir das aber nicht aus«, stellt er fest und schnuppert an dem Glas.

»Nö, irgendwas mit Morpheus soundso«, überlege ich.

»Na super«, antwortet er sarkastisch und ehe er sich's versieht, habe ich meine Arme um seinen Nacken geschlungen. Ich blinzle zu ihm hoch, sein Mundwinkel zuckt nervös.

»Dich kann man aber auch nicht ein paar Sekunden alleine lassen«, brummt er und schaut auf mich hinab. Seine dunklen Wimpern werfen Schatten, mir war nicht klar, wie lang und schön sie sind.

»Wenn wir hier warten müssen, sollten wir etwas Spaß haben«, höre ich mich selbst sagen und nehme seine Hand. Ich spüre den rauen Stellen an seinen Fingerkuppen nach, ich frage mich, durch welche Art Arbeit sie verursacht wurden.

»Lass uns spielen«, schnurre ich und meine Stimme klingt fremd in meinen Ohren. Seine Augen weiten sich, als ich mich auf die Zehenspitzen stelle und ihm einen Kuss auf die Wange hauche. Nur kurz flackert die Frage am Rande meines Bewusstseins auf, seit wann ich so kokettieren kann.

»Du willst also spielen?«, fragt er mich, sein dunkler Blick gewinnt an Intensität und ein leicht spöttisches Lächeln löst das Prickeln in mir genauso schnell auf, wie es gekommen ist. Ich entwinde mich seinem Griff, lasse meine Arme sinken und weiche etwas zu hastig zurück.

»Ja, Roulette, um genau zu sein«, rufe ich ihm über die Schulter hinweg zu und er folgt mir widerwillig. Er bleibt etwas abseits und schaut mich unschlüssig an.

»Auf die Elf, bitte!«, rufe ich übermütig dem Groupier in schwarzem Anzug und Vogelmaske zu. Ich setze alles und warte gespannt darauf, dass die Kugel zu rollen beginnt.

Plötzlich schließen sich Arme um meine Mitte, ziehen mich vom Roulette-Tisch fort.

»Hey«, protestiere ich halbherzig. Die Lichter und Gestalten um mich herum verschwimmen für einen Herzschlag lang, werden undeutlich.

»Da bist du ja, mein Schatz«, sagt Romeo laut und lächelt die Frau neben mir entschuldigend an, die mich neugierig mustert.

Die Kugel im Roulette rollt weiter, ich höre sie hinter unserem Rücken, dieses unverkennbare Klickern und Klackern.

»Wir müssen jetzt gehen, entschuldigen Sie uns«, sagt Romeo zu der Neugierigen und will mich mit sich nehmen. Ich stemme mich gegen seinen Griff.

»Geht nicht, die Kugel …« Ich deute auf meinen Einsatz.

Romeo ist mit einem Schritt ganz nah, seine Hände legen sich an meine Wangen, umschließen mein Gesicht. Sein Griff ist so sanft, dass ich ihn kaum spüre. Ein heftiges, pochendes Verlangen erwacht in mir.

»Die Elf gewinnt«, höre ich wie aus weiter Ferne den Mann mit der Maske verkünden. Die Verlierer jammern, seufzen. Mir entrinnt ein ähnlicher Laut, als plötzlich Romeos Lippen auf meine treffen. Ich schließe die Augen, alles dreht sich, ein Prickeln tief in mir schießt durch meinen ganzen Körper. Meine Hände legen sich Halt suchend auf seine Schultern, fahren höher, vergraben sich in den Locken in seinem Nacken. Sein Mund bewegt sich fordernder auf meinem. Sein Atem wird zu meinem, er zwingt meine Lippen mit seiner Zungenspitze auseinander. Nach einem winzigen Moment des Widerstands lasse ich ihn ein. Sämtliche Gedanken, die im Hintergrund schreien und warnen, wie eine Sturmglocke, lösen sich auf. Seine Zunge berührt neckend die meine, ich stehe in Flammen und ehe ich mich völlig verliere, löst er sich von mir. Atemlos schaue ich zu ihm auf. Seine Finger spielen mit einer Strähne meines Silberhaars, lassen sie zwischen ihnen hindurchgleiten.

»Hab ich jetzt deine Aufmerksamkeit?«, flüstert er mir zu.

Und ob er die hat.

»Möglicherweise?«

Er lächelt zaghaft, führt mich fort von dem Tisch, an dem ich soeben gewonnen habe.

»Ich habe ein ganz komisches Gefühl«, erklärt er mir angespannt.

»Oh, ich auch.« Mir wird erst Sekunden später klar, dass wir nicht dasselbe meinen.

»Ich kenne noch einen anderen Weg zum Unterhändler.« Er führt mich neben sich durch den Raum, den Griff fest um meine Taille. Ich erhasche einen Blick in den Spiegeln auf uns, wie wir so eng nebeneinander durch die Menge huschen. Mir fällt auf, dass uns jemand folgt. Jemand mit einer Vogelmaske, ein Mitarbeiter des Casinos.

Mit viel zu viel Schwung biegt Romeo in einen Gang, wir schlüpfen durch eine Tür, auf der *Privat* steht, eilen an Getränkekisten vorbei und treten durch eine kleinere Tür in ein Treppenhaus.

»Bist du sicher, dass wir hier richtig sind?«, keuche ich, als er mich die Treppenstufen hinaufzerrt.

Romeo antwortet nicht, oben angekommen landen wir vor einer Eingangstür, die nur angelehnt ist. Mir ist schummrig, die Wände hier im Flur scheinen auf mich zuzuwandern und ich muss mich an Romeo anlehnen. Mit einem Knarren drückt Romeo die Tür auf und wir treten in eine Wohnung, die zum Casino gehört. Die Geräusche des fröhlichen Treibens dringen von unten herauf und ich bleibe vor einem Wandteppich stehen, der meine Aufmerksamkeit auf sich zieht. Auf ihm sind Menschen gewebt, die augenscheinlich den Schnee beherrschen. Ein Mann und eine Frau stehen sich gegenüber, Flocken treiben in Wirbeln umher.

Romeo zieht mich weiter. Wir kommen in ein Büro, jemand sitzt auf einem Chefsessel mit dem Rücken zu uns an einem Schreibtisch.

Romeo atmet auf.

»Meine Güte, Rolf«, sagt er erleichtert und lässt meine Hand los. »Du machst mir ja Spaß, uns so lange warten zu lassen. Ich hoffe, es waren besonders wichtige Geschäfte«, meint er freundschaftlich. Der Mann reagiert nicht.

»Rolf?«

Ich erkenne, dass auch dieser Unterhändler eine Maske trägt. Die Harlekin-Maske mit dem breiten Lächeln, die ich unten schon einmal gesehen habe. Die mich in den Spiegeln beobachtet hat. Aber wenn er mich schon unten entdeckt hat, warum ist er dann wieder in dieses Büro verschwunden, ohne uns zu begrüßen?

Romeo atmet zischend aus, unterdrückt einen Fluch, als er den Stuhl um neunzig Grad dreht. Vorsichtig hebt er die Maske an. Der Mann, den man Rolf nannte, schaut uns mit blicklosen Augen an, sein Mund ist halb geöffnet und erst jetzt erkenne ich den roten Kragen als das, was es ist. Eine Schnittwunde und Blut, das in den schlichten schwarzen Rollkragenpullover gelaufen ist. Ich bin wie erstarrt, spüre meine Beine nicht mehr. Romeo schüttelt mich, ich sehe seine Lippen, wie sie sich bewegen. Es dauert eine gefühlte Ewigkeit, bis ich verstehe, was er sagt: »Sie sind hier.«

13
Hollys Tod

Als wir zurück ins Treppenhaus stürmen, erkennen wir sofort, dass jemand von unten bereits auf dem Weg zu uns ist. Jemand, der nichts Gutes im Sinn hat. Romeos Blick fliegt nach oben, er packt meine Hand und wir rennen weiter hinauf. Die Geräusche von schweren Schuhen, die hinter uns die Stufen hochpoltern, versetzen mich in Panik.

»Stopp!«, brüllt jemand. »Oder wir schießen!«

Schießen? Nur langsam sickert die Bedeutung in meinen Geist.

»Wir müssen aufs Dach«, bellt Romeo und öffnet die schwere Stahltür mit dem aufgemalten Adlerkopf. Auffordernd zuckt er mit den Fingern, ich greife sie, betrete die graue Plattform, die sich über all die anderen Dächer der Stadt erhebt. Die Tür fliegt hinter uns zu, sperrt die Verfolger aus.

»Und was jetzt?« Meine Stimme gerät schrill. Ich kralle meine Finger in meine Oberarme, drehe mich nach einem Fluchtweg suchend im Kreis.

»Die Scheißtür hat kein Schloss, die Sicherheitskette wird nicht halten«, knurrt Romeo und rauft sich die Haare. Ich entdecke eine Eisenstange, die achtlos auf dem Asphalt liegt, hebe sie auf und verkante sie mit der Klinke.

»Das hält nicht lange«, meint Romeo.

Mein Blick fliegt über das flache Dach des Casinos. Es gibt keine Verbindung zu anderen Gebäuden, wir sitzen fest, wie auf einer Insel. Mein Sichtfeld kippt, ich taumle.

»Komm mit«, ruft Romeo mir zu und rennt voraus über die graue Plattform, die plötzlich keine Ränder mehr zu haben scheint. In unserem Rücken poltert es an der versperrten Tür, von unten dringt Musik und Gesang von den Feiernden des Harlekinfestes auf den schmalen Straßen zu uns. Als ich am Sims ankomme, starre ich auf unzählige Leute in bunten Kostümen mit schwenkenden Fahnen oder Feuerjongleuren, die Straße zur Gracht ist voll mit ihnen. Romeo schaut mich atemlos an. »Dort müssen wir hin. Dann können wir untertauchen und verschwinden.«

Ich nicke und bin für einen Augenblick wie paralysiert von Lichtern, die wie kleine weiße Laternen mit Ballons in die Luft geschickt werden. Sie brechen wie die Brandung des Meeres über den Rand des Daches und erheben sich über uns, fliegen geradewegs in den sternenklaren Himmel. Unterdessen ertönt eine Kirchenglocke und verkündet die Mitternacht. Zeit für die Wünsche. Wo ist die scheiß Fee, wenn man sie braucht?

Rechts von uns entdecken wir eine schmiedeeiserne Feuerleiter. Romeo schiebt mich bestimmt vor sich her, die vom Raureif überzogenen Stufen hinab. Ich wirble erschrocken herum, als ich das Krachen wahrnehme, das die Tür zum Dach sprengt.

»Oh Gott!«, zische ich und rutsche prompt beim nächsten Schritt aus. Ich fange gerade noch den Sturzflug gen Erde ab.

»Verdammt, Ember!«, schreit Romeo mich an, packt mich an der Hüfte und drängt sich an mir vorbei. Fiebrig sieht er mich an, hält mich am Handgelenk und rennt voran. Ich stütze mich auf ihn.

»Stehen bleiben!«, befiehlt jemand von oben. Ich starre stur nach unten, in die Seitengasse des Casinos unter uns, auf die

Mülltonnen und Lieferwagen, die dort stehen. Das Gelächter des Harlekinfestes wird zu uns getragen, vermischt sich mit dem Rauschen meines Blutes in meinen Ohren. Plötzlich zerreißt ein Schuss diese Geräusche. Ein Projektil trifft auf Metall, Funken sprühen. Ich wage es nicht, nach oben zu sehen. Romeo zieht fester an mir, meine Füße nehmen drei Stufen auf einmal. Alles steht still, als der nächste Schuss ertönt und wir gerade den Boden erreichen. Romeo packt mich. Seine Augen weiten sich, während er mich mit seinem Körper schützt und beim nächsten Herzschlag um die Hausecke schubst. Wie aus weiter Ferne höre ich den donnernden Befehl eines Mannes. »Das Mädchen brauchen wir lebend!«, schreit er und die Worte gehen in dem Hall schneller Schritte unter, die uns hinterherstürmen.

Mein Körper fühlt sich taub an, als Romeo und ich in die Menschenmenge eintauchen. Fratzen kommen auf mich zu, verschwimmen vor meinen Augen. Ich klammere mich an die rettende Hand von Romeo und bete, dass wir unentdeckt bleiben.

Ich stoße gegen Schultern, dränge mich durch die kleinsten Lücken. Plötzlich werden wir auseinandergerissen. Eine Katzenmaske schwebt auf mich zu und ich unterdrücke einen Schrei. Hände fassen mich an, Männer wollen mit mir tanzen und ich schlage nach ihnen. Und dann ist da eine Erinnerung, völlig aus dem Zusammenhang gerissen, flackert sie klar und deutlich auf: Romeo war höchstens neun Jahre alt, und ich vielleicht sechs. Wir saßen im Hochsommer in hohen Gräsern, die uns verbargen. Er nahm meine Hand, rollte sie zu einer Faust und drückte sie auf meine Brust. »Du spürst es hier«, sagte er eindringlich. »Deine Tränen haben ihren Beginn immer im Herzen. Du musst es schützen, solange du deine Antwort nicht hast.« Romeo brachte sein Gesicht ganz nah an meines und flüsterte. »Ich werde dich beschützen.«

Die Erinnerung verblasst. Ich wirble herum, suche verzweifelt nach Romeo. Frauen prosten mir mit goldenen Sektkelchen zu, die Musik erreicht einen Höhepunkt und die letzten Lichter werden gen Himmel geschickt. Ich weiche vor einem Feuerjongleur zurück, dessen Flammen zu mir herübersprühen, und werde mit der Menge fortgeschwemmt, in eine andere Gasse hinein. Plötzlich packt mich jemand am Arm, ich zucke zurück und atme erleichtert auf, als ich Romeos Stimme erkenne.

»Du bist schlimmer als ein Sack voll Flöhe, den man hüten muss«, knurrt er.

»Ich dachte schon, du lässt mich im Stich«, hauche ich, während Romeo uns den Weg freikämpft und ich dicht hinter ihm bleibe. Meine Finger haken sich in den Saum seiner Hose, so sehr fürchte ich, dass wir wieder getrennt werden.

»Lass das Denken sein«, presst er sarkastisch hervor, während er sich flüchtig zu mir umdreht und registriert, dass ich ihm unfreiwillig an die Wäsche gehe.

Endlich lichtet sich die Menge, wir kommen besser voran und erreichen die nächste Straße. Romeo angelt nach meinen Fingern, löst sie von seiner Hose und hält sie fest.

Wir müssten auf die andere Seite des Flusses, können aber unmöglich ein Grachtenfahrzeug benutzen und ich spüre Romeos wachsende Unruhe. Er wägt Optionen ab, während er sich umschaut. Ich verfluche das Getränk, das ich zu mir genommen habe.

Endlich sehen wir eine Brücke, sie ist viel zu menschenleer.

»Was ist, wenn sie uns dort sehen können? Wir führen sie dann direkt zu Holly und Mona«, sage ich ängstlich.

Romeo hält inne, stützt sich am Geländer ab. Er wirkt blass im Schein der einzelnen Laternen. »Wir haben keine Wahl«, sagt er gepresst und Schmerz spiegelt sich für einen Moment in seinen braunen Augen wieder. Dann zieht er mich auch schon weiter hinter sich her.

Als wir die kleine Seitenstraße endlich erreichen, ist es, als schäle sich unser Wagen nur Stück für Stück aus rauchigem Dunst. Die Lichterketten über uns, die Laternen, alles sieht schmutzig aus. Ich begreife erst spät, dass es gebrannt haben muss. Adrenalin wird durch meine Venen gepumpt, als ich Holly höre. Sie schreit, droht jemandem auf ihre unverkennbare Art.

»Bei euch Idioten hat die Evolution auch 'ne Pause eingelegt, was?«, keift sie. »Kommt nur her, ich verpass euch ein Andenken.« Dann höre ich ein Scheppern und hässliches Gelächter. Romeo ist schneller beim Bus als ich. Rauch steigt aus einer großen Mülltonne auf und einige Gestalten erheben sich aus ihm, wie Teufel aus der Hölle. Holly versucht sie mit einem alten Besen auf Abstand zu halten.

»Komm schon, kleine Hexe. Wir können doch Spaß miteinander haben. Du wirst es nicht bereuen«, verkündet jemand mit lüsternem Unterton. Meine Nackenhaare stellen sich auf.

»Das hat noch gefehlt«, knurrt Romeo neben mir und signalisiert mir, dass ich stehen bleiben soll. Ich gehorche.

»Nenn mich noch einmal ›Hexe‹ und du bekommst zu spüren, wozu so ein Besen alles gut sein kann. Ich steck ihn dir dahin, wo die Sonne nicht scheint!« Sie schlägt einem Mann die Maske vom Gesicht und der packt sie blitzschnell am Kragen und hebt sie an einem Armen hoch, als würde sie nichts wiegen. Sie strampelt wild.

»Hey, verzieht euch, aber schnell«, verlangt Romeo und baut sich vor der Gruppe auf. Ich zähle durch. Vier gegen einen.

»Sonst was?« Ein hagerer Mann zeigt sein wahres Gesicht, kühl, beinahe hübsch und sehr aggressiv. Seine Stiermaske, die er hochgeschoben hat, verdeckt eisblondes Haar.

»Sonst habt ihr ein sehr kurzes Leben.« In wenigen Sekunden ist Romeo bei Holly und befreit sie. Der Typ, der sie anging, bekommt einen heftigen Stoß vor die Brust und hebt beschwichtigend die Arme. Sein Grinsen ist fies.

»Bleib locker. Wir wollten nur ein bisschen Narretei.«

»Ihr wolltet nur ein bisschen Spaß? Die wollten den Bus anzünden, diese Feuerteufel. Mit uns drinnen«, berichtet Holly aufgelöst.

Mona guckt aus dem Fenster, ihre Wangen sind gerötet und Spuren ihrer Tränen sind deutlich zu erkennen. Wut überschwemmt mich wie eine kalte Welle und ich mahne mich zur Ruhe. Holly stürzt sich in meine Arme und verschluckt ein Schluchzen. Ich drücke sie fest an mich, lasse diese auf Krawall gebürstete Gruppe nicht aus den Augen.

»Hübsche Frauen hast du da übrigens, willst du nicht teilen?«, fragt jemand. Mir wird schlecht. Ich verfluche dieses körperbetonte Kleid. Mein Blick senkt sich, bleibt auf meinem blutigen Knien hängen.

»Rein in den Bus«, kommandiert Romeo, zwei der Männer wollen auf ihn los, doch mit einem Mal halten sie inne, verharren in ihren Bewegungen. Romeo wirkt wie ein Schneestier kurz vor dem Angriff, unbeugsam, tödlich. Wir klettern in den Bus, die Angreifer zögern und Romeo kommt zu uns und lässt den Motor aufjaulen. Er rast auf die Gruppe, die uns immer noch den Weg versperrt, zu und sie springen zur Seite. Wir durchbrechen die Rauchmauer, die von dem brennenden Müll ausgeht. Romeo schaltet hektisch hoch, der Bus gibt sein Bestes und wir biegen mit Karacho auf die nächstgrößere Straße. Ich wundere mich darüber, dass so viele andere in diesem Ausnahmezustand auch mit dem Auto unterwegs sind.

»Das war echt knapp«, haucht Holly, als sie sich an meiner Rückenlehne festklammert. Mir liegt auf der Zunge, wie knapp es wirklich war, doch ich zöge, ihr alles zu erzählen. Romeo ist blass, sein Kiefermuskel zuckt nervös und er bleibt auch stumm.

»Ihr seht irgendwie so aus, als wäre es nicht so gut gelaufen«, stellt Holly misstrauisch fest. Mona tippt mir von hinten auf die Schultern und ich beiße mir auf die Lippe.

»Hört mal, ihr solltet euch besser hinsetzen«, sage ich fahrig und beobachte besorgt den Verkehr vor uns. Romeo setzt den Blinker, überholt wie ein Irrer einen Kleintransporter. Ich halte mich am Türgriff fest.

Ich berichte in knappen Worten, was im Casino passiert ist, und das Bild der aufgeschnittenen Kehle fliegt durch meinen Kopf.

»Das darf doch nicht wahr sein! Woher wussten sie, dass wir hierherfahren würden?«

»Es ist ein offenes Geheimnis, dass hier ein Verbindungsknoten zwischen den Clans ist. Vielleicht hat einer von Alphas Leuten einen Spitzel«, vermutet Romeo. Feine Schweißperlen sammeln sich auf seiner Stirn.

»Jetzt nicht«, fauche ich, als Mona mir eines ihrer Blätter mit Zeichnungen geben will, und erschrecke, als Romeo plötzlich bremst. Rote Lichter überall und ich werde nach vorne geschleudert. Kurz vor der Stoßstange eines LKWs bleiben wir stehen. Monas Bilder segeln durch die Luft, schweben hinab und Holly rappelt sich wieder auf, weil sie zu Boden gegangen ist.

»Ein Stau? Echt jetzt?«, mault sie und wischt sich die wilden Haare aus der Stirn. Sie deutet an mir vorbei nach vorne. »Da, seht ihr? Ich glaube, da hat jemand eine Straßensperre errichtet.« Sie verengt die Augen und pfeift durch ihre Zahnlücke.

Romeo bleibt still. Der Verkehr setzt sich nur meterweise in Bewegung. Ich hebe Monas Bilder auf, eines liegt direkt auf meinem Schoß. Mein Herz setzt einen Schlag aus, nur um daraufhin doppelt so schnell zu schlagen. Mona hat die Straßensperre gemalt, auf ihren Bildern. Sie hat auch das Feuer und unsere Flucht gezeichnet und auf dem letzten Bild steht Holly vor unserem Bus. Ich erkenne sie an den roten Haaren. Ich selbst bin in einem Käfig gefangen, der auch ein Fahrzeug darstellen könnte. Meine beste Freundin hat einen roten Fleck direkt auf dem Herzen, der mich anschreit.

»Oh mein Gott! Du hattest eine Vision, Holly«, stelle ich fest und das Papier rutscht mir aus den Fingern. Ich hätte es wissen müssen, im Grunde habe ich es gewusst und bei der Hektik verdrängt. »Und Mona war dabei und hat gehört, was du gesagt hast.«

Holly lächelt unsicher. »Was?«

»Romeo, wir müssen hier weg!« Meine Stimme engleitet mir und Mona bestätigt meine Befürchtung mit ihren Blicken, die sie fiebrig auf mich richtet.

Romeo legt den Rückwärtsgang ein und stoppt, bevor er das Fahrzeug hinter uns touchiert. Wir sind eingekesselt.

Mona deutet nach vorne, ihre Augen glänzen von dem, was sie weiß, ihr Mund öffnet sich, doch nur ein Röcheln entweicht ihren Lippen.

»Was ist denn bloß los?«, fragt Holly und das Gleichgewicht zwischen Denken und Absicht zerfällt zu Staub. Leben kommt in mich, Romeos und mein Blick verhaken sich und er nickt stumm, als ich eine Entscheidung treffe.

»Was habt ihr vor?« Holly lässt mich nach hinten klettern.

»Du hast deinen Tod prophezeit«, stoße ich aus, schnappe mir einen Rucksack und stopfe ein paar Dinge hinein. Romeo lässt den Motor weiterlaufen und packt genauso hastig Dinge zusammen, darunter die Landkarte.

»Ich hab was?«, quietscht Holly und Mona bedenkt sie mit einer vielsagenden Grimasse. Sie hat es uns die ganze Zeit versucht zu sagen, ohne Erfolg.

»Unmöglich.« Ich werfe Holly ihre Jacke zu, schlüpfe in meinen alten Wollmantel und steige aus. Es ist vollkommen windstill, unnatürlich, als würden wir uns inmitten des Auges eines Sturms befinden.

Lichter blitzen von vorne auf. Männer mit Taschenlampen nähern sich und bellen Befehle. Funkgeräte schicken ihre Laute zu uns. Wir verschwinden zu Fuß durch die Autoreihen und tauchen in eine Unterführung ein, die unter der Straße entlanggeht.

»Und jetzt?«, will Holly wissen, die neben mir her trabt. Ihre Augen funkeln. Immer wieder blicke ich über die Schulter, in der Erwartung, die Männer zu entdecken, die uns verfolgen. Oder das Sprühen von Funken in der Nacht zu entdecken, das den Schuss einer Waffe begleitet. »Wie kommen wir denn nur aus der Stadt raus?«

Jemand kommt auf uns zu. Holly macht sich klein, kaum wahrnehmbar und linst durch den Vorhang ihrer Haare zu den Menschen hinüber.

»Ich weiß es nicht«, gebe ich zu, schaue stur geradeaus, als uns diese Passanten entgegenkommen und uns beäugen, wie Fremdkörper in einer heilen Welt. Fast sofort nachdem sie vorbei sind, beginnen wir zu rennen. Romeo taucht vor uns in die Dunkelheit einer Biegung, Mona an seiner Hand.

»Was soll ich mit meiner Gabe, wenn ich nicht mal mein eigenes Ableben erkenne?«, höre ich Holly atemlos sagen. Unsere Schuhe machen klatschende Geräusche hier unten und übertönen ihre Gedankengänge und ihr Gemurmel beinahe.

»Der Schnee! Du wirst sie sehen, wenn du deinen Schnee gefunden hast«, beruhige ich sie und fasse ihre Hand fester, als wir die Treppe hinaufrennen. Meine Beine fühlen sich wie Gummi an, so übermüdet sind sie, und das verletzte Knie beginnt zu schmerzen. Etwas weiter entfernt taucht eine Gruppe mit Masken auf, die fröhlich schwatzen, und ich wappne mich.

»Cool, und wo find ich den Schnee? Gibt's den irgendwo im Winterschlussverkauf?« Holly schnaubt und sieht die Gefahr erst jetzt. »Ich hätte nie gedacht, dass es so scheiße ist, erblüht zu sein.«

Romeo stoppt, späht um die nächste Ecke und winkt uns dann zu sich. Ich entdecke drei Fluchtwege und zwei potenzielle Waffen, die ich diesmal einsetzen würde, ohne es zu hinterfragen. Wenn all diese Feiernden so sind wie die letzten, dann sollen sie was erleben, notfalls einen weggeworfenen Regenschirm oder einen losen Backstein.

Geduckt läuft Romeo an parkenden Fahrzeugen entlang und prüft, ob sie verschlossen sind. Ein Pick-up lässt sich öffnen. Und die Gruppe sichtlich betrunkener Männer verschwindet in einem Hauseingang. Ich atme erleichtert auf.

»Wir kommen so was von in die Hölle, wenn sich jetzt auch noch Diebstahl auf die Liste der Sünden schleicht«, fürchtet Holly, als sie erkennt, was Romeo vorhat.

»Willst du lieber sterben?«, fragt der sichtlich verärgert über ihre Äußerung. Mona und Holly steigen hinten ein und ich wundere mich, dass Romeo immer noch in seiner Position an der Beifahrertür verharrt. Er lässt den Kopf hängen und atmet heftig.

»Was ist los?«, frage ich und hocke mich neben ihn. Meine Hand legt sich an seine eiskalte Wange.

»Nichts«, sagt er mit einer Mischung aus Schmerz und Sorge im Gesicht. Er will sich aufrichten und fällt plötzlich vornüber in meinen Arm.

Ich will ihn stützen, als er sich zusammenreißt und wiederaufrichtet, doch er stößt mich von sich. Als ich meine Hand zurückziehe, denke ich zuerst, es ist Blut von meinem Knie an meinen Fingern. Ich höre auf zu atmen, betrachte Romeos Jackett, schiebe es zur Seite und lege sein Hemd frei, dessen unterer Teil getränkt von Blut ist.

»Nein.« Das darf nicht sein, nicht er. Angst um ihn huscht wie eine Schlange durch meinen Körper, lässt mich von innen heraus beben.

»Was soll ich tun?«, frage ich heiser und halte ihn aufrecht. Er stöhnt und schließt für Sekunden die Augen. *Weine nicht, November.* Ich schluchze trocken, Romeos schöner Mund verzieht sich zu einem Strich und seine Augen beschwören mich, mich zu beherrschen.

»Holly!«, schreie ich ohne Rücksicht darauf, von den falschen Leuten gehört zu werden. Sie schaut aus dem Fenster. In dem Augenblick verliert Romeo das Gleichgewicht und sackt auf die Knie. Schnell ist Holly bei uns, hilft mir, ihn auf den Beifahrersitz zu bekommen. Mein Herz zieht sich so heftig zusammen bei seinem Anblick, dass ich aufstöhne. Ich weiß nicht, wie viel Zeit vergeht, bis ich plötzlich auf dem Fahrersitz bin und ein Lenkrad halte. Es können nur Sekunden sein, doch es kommt mir wie eine Ewigkeit vor. Romeo presst seine Hand auf die Wunde, Blut quillt durch seine Finger, während er mit der anderen Hand unter das Lenkrad greift, eine Plastikverkleidung aufbricht. Dann lehnt er sich kurz nach vorne, nimmt beide Hände zu Hilfe und bringt zwei Kabel aneinander. Der Motor springt an.

»Links die Kupplung ganz durchtreten«, befiehlt er und ich gehorche. »Den Gang einlegen und die Kupplung langsam kommen lassen«, fügt er an und das Auto macht einen heftigen Satz nach vorne. »Langsam, hab ich gesagt.« Er seufzt, leise, gequält. »Also, noch mal. Bereit?«

Ich kann nicht antworten, folge weiteren Anweisungen von ihm, die gepresst und viel zu leise über seine blassen Lippen kommen. Endlich fahren wir vorwärts. Ich drehe das Lenkrad, nach links, nach rechts, wieder zurück, bis ich ein Gefühl dafür entwickle. Ich probiere die Bremse, etwas zu fest. Dann schalte ich einen Gang höher und werde schneller. Parkende Autos, Laternen, Leute gleiten an uns vorbei. Wir entfernen uns von den Grachten und Casinos und dem Mittelpunkt des Harlekinspektakels von Ibis-Stadt.

»Die Karte«, bittet Romeo. Holly holt sie aus einem der Rucksäcke und faltet sie auseinander. Dort, wo Romeo sie berührt, färbt sie sich rot.

»Wir müssen hierhin«, sagt er und deutet auf einen Punkt oberhalb des Papiers, Richtung Osten.

»Nein, ich muss dich heilen«, platzt es aus mir heraus. Romeo deutet ein Kopfschütteln an. »Das lass ich nicht zu, du könntest dir selbst schaden«, sagt er schnell.

Holly mischt sich ein. »Aber wenn sie es versucht, vielleicht nur ein bisschen?« Sie bohrt ihren Blick in meinen, sie ist genauso hilflos wie ich.

»Es gibt nicht nur ein bisschen todbringende Tränen, wenn sie ihre Emotionen nicht auseinanderhält. Und ohne ihren Schnee tötet sie nicht nur uns«, bringt Romeo es auf den Punkt. Ich muss an den Vogel denken, wie ich ihn umbrachte, nachdem ich ihn zuvor geheilt hatte. Und daran, wie schlecht es mir selbst ging, nach nur einem winzigen Moment der negativen Gedanken.

»Mir geht es gut, wir müssen es nur bis zum Wanderzirkus schaffen«, gibt er atemlos hinterher.

»Und wenn es dir schlechter geht?«, frage ich. Ich klammere mich ans Lenkrad, versuche auf die Straße vor mir zu blicken.

»Wir schaffen das, wenn wir das Kabinett des Dr. Chicago finden. Sie werden uns helfen.« Romeos Haut sieht im Licht der Straßenbeleuchtung aschfahl aus und Angst um ihn schnürt mir erneut die Kehle zu. Als er es bemerkt, legt er seine Faust auf sein Herz und schaut mich aus dunklen Augen intensiv an. Ich weiß, was er mir damit sagen will.

Die Tränen haben hier ihren Ursprung, also schließe sie dort ein. Ich stelle mir vor, es gebe eine Tür in meiner Brust, wie schon so oft, und stoße sie zu. Sperre meine Gefühle ein und begrüße die Kälte, die in mir Einzug hält.

»Ihr nehmt die Straße 88 durch den Schreienden Canyon, dann über Land an den Salzseen vorbei. Dort werden wir sie finden. Hoffe ich«, sind seine letzten Worte, bevor ihm seine Augen zufallen und er bewusstlos wird.

14
Die Schreie der Zukunft

»Hatte er Schreienden Canyon gesagt?«, fragt Holly beunruhigt und sucht die Karte nach dem Ort ab. Ich bin froh, dass Romeo aus seiner Ohnmacht erwacht ist und nur noch neben mir auf dem Beifahrersitz schlummert. Wir konnten die Blutung vorerst stillen, doch die Kugel, die er sich gefangen hat, als er mich schützte, steckt noch in seinem Bauch.

»Ja, wir müssten gleich zur Ausfahrt kommen, die uns direkt draufzuführt«, überlege ich, ziehe an einem LKW vorbei und setze mich vor ihn. Etwas weiter hinter den Stadtmauern sehe ich einen Trupp Holzfäller, die sich aufmachen, um einen Teil des winterlichen Waldes vor den Toren von Ibis zu roden. Ich bekomme Mitleid mit den Bäumen, die im Schlaf ermordet werden, damit wir Menschen Rohstoffe haben, und beschleunige das Tempo.

Das Autofahren läuft mittlerweile beinahe von selbst, als hätte ich nie etwas anderes getan, doch meine Gedanken springen unruhig umher und geraten immer wieder ins Schleudern. Die Frage, ob ich Romeo helfen könnte oder ich ihn umbringen würde, löst sich mit Erinnerungen an Nonna ab.

Als wir von der Schnellstraße abfahren, kommen wir in eine ländliche Region. Die Häuser werden seltener, die Straße leerer.

»Kennst du die Geschichten um den Canyon?«, flüstert Holly mir zu, die sich von hinten zu mir lehnt.

»Nein, nicht wirklich.«

»Es heißt, es hallen deine eigenen Schreie dort wider. Die Schreie der Vergangenheit und der Zukunft.«

»Das würde erklären, warum niemand dort durchfahren möchte«, sage ich und schaue zu Romeo, der sich auf seinem Sitz rührt und vor sich hinmurmelt. Ich lege tröstend meine Hand auf sein Knie, seine Lider flattern und heben sich allmählich. Er versucht mir ein Lächeln zu schenken, während unsere Blicke sich einen innigen Moment treffen.

Als der Morgen graut und es Stück um Stück heller wird, sind wir schon inmitten der roten Felsen, die das Tor zum Canyon bilden. Kein Fahrzeug ist weit und breit mehr zu sehen und ich schaue Romeo Hilfe suchend an. »Bist du sicher, dass wir es wagen sollen?« Meine Arme werden steif, während ich das Lenkrad mit den Fingern umklammere. »So wie es aussieht, ist sonst keiner so dumm, hier durchzufahren.« Das muss gravierende Gründe haben.

»Es ist der kürzeste Weg«, brummt Romeo.

Es beginnt ganz ruhig, mit einem Raunen. Es ist der Wind, der sich in den Felspalten und Klüften bricht und zu uns hinabflüstert. Doch dann klingt das Klagen nach menschlichen Stimmen und löst eine heftige Unruhe in mir aus.

»Hört ihr das auch?«, fragt Holly nach einer Weile. Ihre Augen sind weit aufgerissen und begegnen meinen im Rückspiegel.

»Es ist nur der Wind«, sage ich und bemerke, wie Mona sich plötzlich kerzengerade hinsetzt und suchend aus dem Fenster guckt. Der Asphalt der scheinbar endlosen Straße flimmert, die schroffen Felsen mit ihren Eiskuppen erstrecken sich in einen wilden Himmel aus Blau und Grau.

Dann höre ich den Schrei. Ganz deutlich. Es ist mein eigener, als ich noch ein Kind war. »Nonna!« Ich versteife mich innerlich. »Nonna, lass mich nicht alleine!«, hallen die Worte von den Felswänden und stoßen die schrecklichsten Erinnerungen an.

Meine Augen brennen und ich drehe mich erschrocken um. Mona hält sich die Ohren zu.

»Hör nicht hin«, warne ich sie, obwohl ich weiß, dass es unmöglich ist. Als ich Romeo sehe, wird mir klar, dass wir nicht alle das Gleiche hören. Jeder nimmt andere Dinge wahr, einen anderen Schrecken, der sich in unseren Augen widerspiegelt.

»Romeo, nein!« Höre ich einen Schrei, der so voller brutaler Angst ist, dass sich eine Gänsehaut über meine Arme zieht. Habe ich ihn ausgestoßen? Als wir auf der Flucht waren vielleicht?

Romeo wischt sich den Schweiß von der Stirn, verbissen schaut er nach vorn. Ich stöhne und versuche weitere Schreie zu analysieren. Ein Schrei für Ruby, als sie vom Blitz getroffen wurde. Einer für Holly, als wir einem heimtückischen Angriff von Feuerameisen zum Opfer fielen und meine Freundin ohnmächtig wurde. Ein Schrei vor Wut, als ich insStille Zimmer gesperrt wurde. Und immer wieder der, der Romeo gilt.

Die Luft ist trocken im Auto und lässt mich husten.

Ich schaue in den Rückspiegel. Das Portal, durch das wir eben noch gefahren sind, ist wie vom Erdboden verschluckt. *Kein zurück*, schießt es mir durch den Kopf.

Mona beginnt still zu weinen, ihre Unterlippe bebt und die Tränen rinnen ihr über die Wangen. Holly nimmt sie in den Arm und ich fühle mich verloren. Was sie wohl hört? Gab es eine Zeit, in der sie ihre Stimme noch hatte? Erinnert sie sich daran? Hat sie nach ihren Eltern geschrien, als sie diese alleine ließen? Oder sind sie vielleicht sogar vor ihren Augen umgekommen? Eigentlich wissen wir nichts über Mona.

Meine Hände schwitzen.

Die Straße hat kein Ende. Die Berge beugen sich über uns, wollen uns mit Haut und Haaren verschlingen.

»Ich kehr um«, stoße ich aus. Mein Fuß tritt auf die Bremse und gelber Staub hüllt uns Sekunden ein.

»Fahr weiter«, befiehlt Romeo, seine Haut ist aschfahl. Er presst seine Hand auf mein Knie, damit ich wieder Gas gebe.

»Ich kann nicht«, schluchze ich trocken. Die Schreie kehren mein Innerstes schmerzlich nach außen und ich komme gegen das Gefühl der Tränen kaum an.

»Du kannst und du wirst.« Er lässt keinen weiteren Widerspruch zu und ich gehorche nach einem tiefen Atemzug. Die Minuten ticken unendlich langsam in mir runter.

Dann endlich erkenne ich hinter dem Flimmern der Sonne das Ende des Canyons. Ich brettere mit einer Mordsgeschwindigkeit hinaus auf eine neue Straße und fahre weiter ins Niemandsland.

Ich sage eine Weile nichts, ich bin nicht bereit für Worte. Noch immer hallen meine eigenen Schreie durch meinen Kopf, lassen ihn dröhnen. Den anderen geht es ähnlich, obwohl schon Stunden vergangen sind. Romeo versucht die Augen offen zu halten, seine Haut schimmert vom Schweißfilm, der sich bildet. Ich befürchte, er bekommt Fieber, und ich versuche nicht über die Konsequenz nachzudenken.

Dafür füllt mich eine Erinnerung aus alten Tagen und verknüpft sich mit anderen. Ich bin völlig in der Vergangenheit, als wäre es wenige Stunden her. *Ich bin wieder ein Kind und trage Nonnas altes Hochzeitskleid, das ich aus eben dem Koffer gefischt habe, den Romeo bei seiner Ankunft im Winterorden bei sich hatte. »Hast du deine Sprache verloren?«, fragte ich Romeo, wie er mich sonst fragte, wenn ich mit meinen Emotionen zu kämpfen hatte. Er machte einen Schritt auf mich zu. Der Wind zerrte plötzlich ärgerlicher an meinem Kleid und Romeos Finger flirteten mit dem Schleier, bevor er ihn zurückschlug.*

»Mach die Augen zu«, befahl er. Ich wünschte mir einen sanfteren Ton. Aber manchmal nimmt man das, was einem angeboten wird.

Er sah nervös aus, ich erkannte es an seiner Körperhaltung und ich gab nach. Ich schloss die Augen. Ein paar Sekunden lang. Irgendwann blinzelte ich, weil ich fürchtete, er habe mich einfach stehen lassen. Doch er stand immer noch vor mir, die Augen ebenfalls geschlossen, im Begriff, mir einen Kuss zu geben. Mein Herz schlug schneller und als unsere Lippen sich beinahe trafen, riss uns Nonnas ärgerliche Stimme auseinander.

»November!«, rief sie. »Was machst du mit meinem Kleid?«

Ich schalte eine Gang runter, biege auf eine größere Straße.

Die Sonne steht hoch am blauen Himmel und lässt das Eis auf Pfützen schmelzen. Wir erreichen keine Sekunde zu früh einen Ort namens Nebel und finden auf einer Anhöhe zwischen Pappeln und toten Gräsern eine Ansammlung von Wohnwagen, die ein großes Zelt säumen. In geschwungenen Lettern steht auf einem Schild und wehenden Fahnen *Das Kabinett des Dr. Chicago*.

15
Fieberträume

Zwölf Stunden ist es her, dass wir von den beiden Zirkusdirektoren Augusto und Dr. Chicago höchstpersönlich aufgenommen und auf Wohnmobile aufgeteilt wurden. Holly und Mona sind im Wagen der jungen Seiltänzerin Inola untergekommen und Romeo und ich in dem der Kartenleserin Igrid, einer abgeklärten Frau mit aufmerksamen Wesen. Sie wusste, was zu tun war, als Romeo immer wieder das Bewusstsein verlor. Ihre Selbstverständlichkeit, mit der sie und Dr. Chicago ihn verarzteten und mich mit in ihr Tun einbanden, war die Rettung vor meinen Tränen.

Der Himmel färbt sich gerade blau, die Dämmerung kündigt sich an und ich säubere erneut Romeos Wunde. Igrid steht hinter mir und bereitet eine Schwarzrunkensalbe zu, die sein Fieber senken soll. Ich blicke mich dankbar zu der großen Frau in wallenden Kleidern um und nehme die graue Paste in einer Tonschale entgegen. Ihr Lächeln ist ein heller Blitz auf ihrer dunklen Haut und so freundlich, dass ich mich entspanne, während ich die Wunde begutachte. Sie ist ein düsterer Punkt mit Wundrändern auf makelloser Haut. Ich bin froh, dass die Kugel leicht zu entfernen war und nichts Wichtiges verletzt wurde. Das nennt man wohl Glück im Unglück.

»Der wird schon wieder, Mädchen«, meint Igrid und legt ihre Hand auf meine Schulter, als ich zu sorgenvoll die Stirn runzle. »Unkraut vergeht nicht. Und dieser Bursche ist hartnäckig wie Efeu.«

»Ich kann dich hören«, knurrt Romeo und zuckt unter meiner Berührung, während ich den Wundrand mit einem feuchten Tuch abtupfe.

»Das wäre ja auch schade, wenn du nicht nur leichtsinnig, sondern auch noch taub sein würdest«, sagt Igrid und faltet frische Handtücher.

»Ich bin nicht leichtsinnig, nur nicht feige.«

»Junge, du weißt genau, dass Ibis nicht außerhalb der Wirkungskreise des Winterordens liegt«, erinnert sie ihn streng. Ich frage mich, wie lange sich die beiden schon kennen und in welchem Verhältnis Igrid zu Nonna steht. Vorsichtig verteile ich die graue Paste oberhalb von Romeos Leiste und schließe den Verband wieder.

»Autsch«, murrt er, als ich etwas zu fest den Klebestreifen auf die Haut drücke. Ich betrachte verstohlen seine sehnigen Arme, den straffen Bauch und die Muskeln, die sich unter den Atemzügen bewegen.

»Du könntest ein bisschen sanfter zu mir sein«, beschwert er sich bei mir. Ich reiße meinen Blick von seinem Körper los und schaue verlegen zur Seite.

»Tut mir leid.« Ich ziehe die mit Rosen bestickte Decke wieder höher, bis zu seiner Brust. Nicht mal eine Sekunde später schlägt er sie wieder zurück.

»Du willst mich also wirklich umbringen, oder?«, fragt er mich leise und ich blinzle verwirrt. »Mir ist so heiß, ich werde noch kollabieren, wenn du mich so einpackst«, schiebt er nach.

Ich lächle entschuldigend und reiche ihm ein Glas Wasser. Er richtet sich auf und stürzt es in einem Zug herunter.

»Es fühlt sich an, als hätten wir Hochsommer. Oder als ob dieser Wagen mitten in der Wüste stünde.«

»Ich schätze, dann würden keine Eisblumen an den Fenstern wachsen«, antworte ich und streiche mir scheu durch mein Gesicht, weil ich ständig denke, ich starre ihn an. Igrid verschwindet und einen Moment lang dehnt sich eine schwere Stille zwischen mir und dem Jungen aus, zu dem mir so viele Puzzleteile fehlen.

»Wie wird es denn jetzt weitergehen?«, frage ich irgendwann und denke an den Weg, den wir noch vor uns haben. Und daran, was mit den Zurückgebliebenen im Kloster geschehen soll.

»Morgen fahren wir weiter«, behauptet Romeo und sieht dabei aus, als würde er das ernst meinen.

»Das ist ein Scherz, oder?« Ich grinse dümmlich. Wir haben mittlerweile lediglich eine Vermutung, wo Nonna sich aufhält.

»Ich scherze nie bei so was.« Düster schaut er mich an und wischt sich eine vom Fieber feuchte Strähne aus der Stirn.

»Du kannst das Bett noch nicht verlassen. Nicht morgen und bestimmt nicht übermorgen«, protestiere ich und denke an die Angst, die ich hatte, als ich das Gefühl hatte, ich würde ihn verlieren. »Das Risiko ist zu hoch.«

»Du wirst sehen, die Mittel von Igrid bewirken Wunder.«

»Wunder gibt es nicht.« Ich habe das schneller ausgesprochen, als es mir klar wird. Er runzelt die Stirn.

»Wie kannst du so etwas sagen?« Er klingt fassungslos. »Du selbst bist ein Wunder. Oder was glaubst du, warum um dich herum so ein Chaos herrscht?«

»Das ist doch nicht meine Schuld«, sage ich und denke über Sühne nach, über Gebete auf Knien.

»Das hab ich auch nicht gesagt.« Romeo kneift sich in die Nasenwurzel, als würde ich ihm Kopfschmerzen bereiten.

Die Tür zum Wagen öffnet sich wieder und Igrid trägt einen Eimer mit kaltem Brunnenwasser herein. Etwas davon schwappt auf den Boden, als sie ihn abstellt, und ich beeile mich, es trocken zu wischen. So habe ich etwas zu tun, das mir hilft, nicht aus der Haut zu fahren.

»Chicago erwartet dich in seinem Wagen, sobald es dir besser geht«, verkündet sie. »Es gibt einiges zu besprechen.«

»Ach, Igrid. Nicht wirklich«, antwortet Romeo und versteift sich etwas. Er versucht sich nicht anmerken zu lassen, dass ihm etwas daran Sorgen bereitet, doch es fällt mir sofort auf.

»Jetzt hör auf zu jammern, Junge. Du weißt genau, dass es überfällig ist.«

»Zwischen sich beschweren und jammern liegen Welten, Igrid. Und nein, ich finde, es hat noch Zeit«, antwortet er und streckt sich übertrieben munter. Mir wird klar, dass es um etwas gehen muss, das eine Weile zurückliegt. Ein persönlicher Konflikt?

»Alles hat seine Zeit. Krieg hat seine Zeit und Frieden hat seine Zeit«, antwortet sie ruhig, als kenne sie sein Sträuben nur zu gut, und schaut ihn nach einigen Sekunden, in denen er still bleibt, prüfend an. »Romeo. Jeder von uns trifft Entscheidungen, die einen unweigerlich von der Vergangenheit in die Zukunft bringen. Und ein jeder von uns produziert seinen eigenen Schneeball, der zu einer Lawine werden und einen zermalmen kann. Da nützt kein Gezeter. Und was ausgesprochen werden muss, muss gesagt werden.« Sie spricht geduldig und sanft.

Fragend schaue ich Romeo an, doch er weicht meinem Blick aus. Ich setze mich wieder zu ihm, beuge mich vor und schüttle das Kissen in seinem Rücken auf, damit er es bequemer hat. Sein würziger Geruch schließt mich ein, vertraut und fremd zugleich.

Igrid wirft mir resigniert zwei der Handtücher zu. »Mach die nass und wickle sie um die Fußgelenke deines Helden«, bittet sie. »Das wird das Fieber in Schach halten, bis die Medikation wirkt.«

Ich nicke, tauche die Tücher in den Blecheimer und wringe sie gründlich aus.

»Die Show geht gleich los, kann ich euch alleine lassen?« Igrid wartet keine Antwort ab. Die Tür zum Wagen schließt sich mit einem leisen Klappen hinter ihr und Romeos Hitze strahlt auf einmal doppelt so stark zu mir ab. Ich lege seine Füße frei und schlinge die nassen Lappen um seine Fußgelenke. Er hat wirklich schöne Beine, wohlproportioniert, kräftig und gerade.

»Wenn du wüsstest, wie gut das tut«, begrüßt er die Kälte und schließt die Augen. Als ich mit einem weiteren Tuch seine Stirn abtupfe, auf der sich immer wieder kleine Schweißperlen bilden, öffnet er seine Lider wieder. Seine Augen wollen mir etwas mitteilen, ich verstehe nicht ganz.

»Leg dich zu mir«, fordert er mich schließlich auf und klopft auf die leere Seite neben sich. »Du musst auch sehr erschöpft sein.«

Ich zögere, Sehnsucht breitet sich in meinem Körper aus, süß und schwindelerregend. Sein Blick wandert über mich, als würde er versuchen, ein Rätsel zu lösen.

»Komm schon«, fordert er mich erneut auf und verkneift sich ein Grinsen. Ich frage mich, was in seinem Kopf vorgeht.

»So leicht bekommst du mich nicht in dein Bett«, stelle ich klar und ignoriere das Schwirren in meinem Bauch. Nachdenklich flirten seine Finger mit dem Saum meines dunkelblauen Kleides, das ich von Igrid bekommen habe. Seine Gesichtsfarbe wird wieder frischer.

»Das sexy Kleid im Casino hat mir übrigens besser gefallen«, bewertet er meine Kleiderwahl. Seine vollen Wimpern rahmen seine braunen Augen und lassen sie noch dunkler wirken.

»Mir nicht«, antworte ich viel zu schnell und es entspricht nur teilweise der Wahrheit. »In diesem hier fühle ich mich angezogen.«

Sein Mundwinkel zuckt.

»Prüde wie eh und je«, frotzelt er. »Aber was soll man schon erwarten, wenn jemand unter Nonnen in einem Kloster aufwächst?«, versucht er mich zu provozieren, was ihm gelingt. »Ich finde, du schuldest mir was, ich habe immerhin für dich eine Kugel gefangen.« Er klopft erneut neben sich und ich gebe nach. Ich bette meinen Kopf auf meinen Arm und lege mich auf die Seite. Einen Augenblick betrachten wir uns nur. Die Stille zwischen uns ist gewählt, sanft und intensiv zugleich.

Dann streckt er seine Hand nach mir aus und fährt mit den Fingern über meinen Arm. Bei seiner Berührung wird meine Haut lebendig. Mein Atem stockt, als er einmal mehr meinen locker geflochtenen Zopf öffnet. Meine Haare legen sich wie ein Silberschleier über meine Schulter und fallen mir auf der einen Seite ins Gesicht. Er schiebt sie mir behutsam zurück.

»Hast du vergessen, dass wir uns geküsst haben?«, fragt er mit Vorsicht in der Stimme.

»Nein.« Wie könnte ich? Dieser Moment schiebt sich immer wieder in meine Gedanken. Es ist bestimmt keine Stunde vergangen, in der ich nicht für mindestens den Bruchteil einer Sekunde seine Lippen auf meinen spürte. »Aber ich stand unter Drogen«, erinnere ich ihn an meine missliche Lage, die diesen Moment für mich allerdings nicht im Geringsten weniger groß gemacht hat. Ein Schatten huscht über seine Miene und ich bereue meine Worte.

»Das mit uns ist kompliziert, hab ich recht?« Eine steile Falte bildet sich zwischen seinen Brauen.

Das fragt er ausgerechnet mich? Ich nicke benommen.

Seine Finger fahren durch meine Strähnen und dann wickelt er sie mit einer Bewegung um sein Handgelenk, um mich gefangen zu nehmen. Er zieht mich zu sich heran, ich bin nicht in der Lage zu reagieren, vielleicht will ich auch nicht. Wir sind plötzlich nur noch Zentimeter voneinander entfernt und mein Puls beschleunigt sich.

»Du bist zu verlockend, Ember. Das ist nicht gut«, erklärt er mir, als wäre es ein wichtiges Grundwissen, das er mich lehrt.

»Du hast Fieber«, höre ich mich selbst sagen, die dämlichste Art, auf so etwas zu reagieren.

»Das kann man wohl sagen.« Seine Antwort ist nur ein Flüstern.

»Was hast du vor?«, frage ich. Eine Mischung aus Lust und Furcht läuft durch meinen Körper und lässt meinen Herzschlag aussetzen.

»Wenn ich das wüsste.« Sein Atem streicht über meinen halb geöffneten Mund, süß und würzig. Er zieht mich noch etwas näher zu sich heran. »Wenn du wüsstest, was ich alles mit dir anstellen möchte.« Ein Lächeln zuckt in seinem Mundwinkel und er hängt seinen eigenen Gedanken nach.

»Erzähl es mir«, bitte ich.

Die Andeutung des Lächelns verschwindet. »Was denkst du denn, was Männer mit schönen Frauen so tun?« Er zuckt kaum merklich die Achseln. »Hast du keine Fantasie?«

Und ob ich die habe. Unwillkürlich schließe ich die Augen und ein wohliger Schauer läuft durch mich hindurch, während ich mir vorstelle, wie er mich berührt, wie seine Lippen auf meine treffen und sie auseinanderzwingen. So wie im Casino.

»Doch«, antworte ich und mein Blick bleibt an seinem Mund hängen. Feinster Schweiß perlt über seiner Oberlippe und ich streiche ihn mit dem Daumen fort. Meine Hand legt sich an seine raue Wange und er hält sie fest.

»Aber ich werde nichts von dem tun.«

Zuerst denke ich, ich hätte mich verhört.

»Warum nicht?« Ich möchte mir für die Frage die Zunge abbeißen. Er weist mich zurück und ich will wissen, warum? Wie wäre es mit etwas mehr Stolz, Ember?

»Was wäre ich für ein Sucher, wenn ich meine Aufträge allesamt verführen würde, nicht wahr?« Das Fiebrige in seinem

Blick erlischt und er wird ernst. Ich fühle mich beinahe geohrfeigt und erhebe mich ungelenk von dem Bett.

»Was ist das für ein Spiel, das du spielst?«, frage ich mit unterdrückter Wut. Als ich aufstehen und flüchten will, packt er mein Handgelenk. Sein Griff ist fest und glühend heiß.

»Das ist es ja gerade, Ember. Das alles hier ist kein Spiel.«

»Ist es nicht? Es fühlt sich so an, als wäre es für dich sehr unterhaltsam.« Ich schaue weg, betrachte stattdessen die bunte Inneneinrichtung des Wagens. Die dreifarbigen Einbauschränke, die mit Ornamenten verzierten Kissen. Wie kann ein so fröhlicher Raum mich so bedrücken?

Unwirsch befreie ich mich aus Romeos Griff.

»Warte mal«, höre ich ihn bitten. »Nun sei doch nicht so.« Ich gehe, ohne mich umzusehen, und flüchte vor der Situation. Als die kalte Luft mich in Empfang nimmt, kühlt sie die Hitze in mir Atemzug um Atemzug ab. Ich laufe um den Wagen herum, lehne mich an die Rückseite und lasse meinen Kopf gegen die Wand schlagen. Inmitten dieser kleinen Stadt aus Zelten, Tierkäfigen und Wohnwagen fühle ich mich fremd und sehne mich das erste Mal zurück ins Kloster zu Oberschwester Klara. Ich schließe die Augen, Tränen brennen in ihnen und haben keine Daseinsberechtigung.

Vom großen Zelt her weht fröhliche Musik zu mir herüber und ich folge den Klängen wie in Trance. Rechts vom Eingang steht das kleine Kassenhaus, an dem verzierte Fähnchen im Wind wehen. Der Zirkus leuchtet in der einsetzenden Winterdämmerung. Bunte Lampions erhellen den Pfad zum Zelteingang und das Gold der Glühbirnen, die das mächtige Zirkuszelt säumen, versprüht einen eigenen Zauber.

Ich schlage die Arme um meinen Körper und unterdrücke ein Beben, während ich durch den dunkelroten Vorhang ins Innere des Zirkuszelts schlüpfe und die Reihen absuche. Erst als ich mich auf die hinterste Bank zwischen all die Gäste zu Holly und Mona setze, komme ich wieder so richtig zu mir.

Ich lasse meinen Blick in die Kuppel wandern, in der ein Stahlseil von einem Podest zum anderen gespannt ist. Das neunjährige Mädchen Inola dreht sich in diesem Moment um die eigene Achse, vollführt einen gefährlichen Sprung und landet wieder in der Mitte des Seiles. Sie scheint keine Angst vor der Tiefe zu kennen, und auch nicht vor dem Glasbecken unter ihr, das gefüllt ist mit gefräßigen Aalen, die darauf lauern, dass sie fällt. Ich beneide sie um ihren Mut. Ihr weißes Kostüm lässt sie aussehen wie ein Engel aus den alten Büchern, die ich bei Nonna bewundert habe. Ein Raunen geht durch die Menge, dann erfüllt das begeisterte Klatschen der Zuschauer die Luft und diese Euphorie schwappt über uns hinweg.

»Wir haben dich vermisst«, sagt Holly irgendwann zu mir und legt ihren Arm um mich. Es fühlt sich so tröstlich an, dass ich endlich wieder freier atmen kann.

»Wie geht es denn unserem Romeo?«, fragt sie und schaut gespannt weiter zu, wie Inola auf ihrem Seil tanzt und aberwitzige Akrobatik vollführt. Es wird dunkel, nur ein einzelner Spot erhellt das Mädchen und es sieht aus, als schwebe sie in der Finsternis. Dann änderte sich das Licht und Inola ist nur noch ein Schattenriss hoch an einem Himmel aus Sternen.

»Bestens«, antworte ich knapp und lenke mich mit der Schönheit der Vorführung ab.

»Hoppla«, bemerkt Holly meine Anspannung. »Was hat er dir getan?«

Jetzt habe ich ihre volle Aufmerksamkeit und ich erzähle es ihr in minimalistischer Ausführung.

»Igrid sagt, die wahre Liebe lässt sich nicht bannen und will immer ein freiwilliges Opfer«, zitiert sie die Wahrsagerin.

»Was soll das denn heißen?«, will ich von ihr wissen und ärgere mich über den kryptischen Quatsch.

»Keine Ahnung, aber sie hat von dir gesprochen, so viel weiß ich«, erklärt sie mir so beiläufig, als würde sie mich darauf hinweisen, dass ich ein Ei zu wenig in einen Kuchenteig getan habe.

Mona neben Holly, die sich bestimmt seit Tagen nicht mehr die Haare gekämmt hat und dieses offensichtlich genießt, steht von der Bank auf und drängt sich weiter durch die Reihen der staunenden Zuschauer noch vorne. Die Augen fasziniert auf das Zirkusmädchen Inola gerichtet, die sich gerade mit einem Seidenband gen Boden abseilt, sodass es zuerst wie ein Sturz aussieht. Die Manege zittert, die Menge johlt und die Lichter der Spots machen mich fast schwindelig, wie sie über den Sägemehlboden und wieder herauf an den roten Wänden kreisen.

»Mona ist total begeistert von den Zirkusmenschen«, berichtet Holly und ich beobachte einen Harlekin, der durch die Menge huscht und die Kinder erschreckt. »Sie schleicht schon den ganzen Tag um dieses Seiltänzermädchen herum, als wäre sie das siebte Weltwunder.« *Oder die Antwort auf jede Frage*, schießt es mir durch den Kopf und ich kneife mir in die Nasenwurzel.

»Augusto will, dass wir eine Weile bei ihnen bleiben«, sagt Holly und legt ihren Rotschopf auf meine Schulter. »Er war sehr interessiert an Mona«, erzählt sie weiter. Ich lasse den Artisten mit seinem Zwirbelbart und dem abgewetzten Anzug aus Samt vor meinem inneren Auge entstehen. Er hat ein nettes Lächeln, das Vertrauen erweckt, und ich fühlte mich augenblicklich wohl bei ihm.

»Er hat mich regelrecht nach ihr ausgefragt«, fügt Holly belustigt hinzu.

»Nach Mona? Wirklich?«

»Ja, er wollte wissen, wo sie geboren wurde, wie lange sie im Winterorden war und so weiter.« Inola, die zierliche Akrobatin, landet mit einem fulminanten Sprung auf dem Boden direkt vor dem Wasserbecken und verneigt sich. Ihre rabenschwarzen Haare wirbeln dabei um ihren Kopf und berühren fast ihre kleinen Füße, die in weißen Ballerinas stecken.

»Er vermutet, dass sie nicht spricht, weil ihre Gabe ihr quasi die Stimme stiehlt«, erzählt Holly weiter und ich denke darüber nach, wie lange Mona schon ihre Fähigkeiten gebraucht und einsetzt, um Kälte zu nehmen.

»Wie das?«, frage ich mich und sehe gerade noch, wie die Seiltänzerin aus der Manege trabt.

Mona folgt ihr, wie ein Hündchen durch den Seitenausgang, ohne sich auch nur nach uns umzuschauen, während der tosende Applaus aufbrandet. Alles wird schwarz, das Becken mit den Aalen verschwindet und die Manege wird frei gemacht für etwas anderes. Die Musik wechselt von geheimnisvoll zu fröhlich.

Holly zuckt die Achseln und ein großer Schimmel mit imposantem Federschmuck auf dem Kopf galoppiert herein. Ein sehr kleiner Mann im Clownskostüm steht auf seinem Rücken und erheitert die Kinder, die ganz weit vorne an der Bande sitzen dürfen.

»Und wusstest du, dass meine Visionen mir mein Hirn zermatschen können, wenn ich keinen für mich geeigneten Schnee habe?« Ihr Gesichtsausdruck liegt irgendwo zwischen beunruhigt und erheitert, während sie die Show weiterverfolgt.

Ich bekomme Bauchschmerzen bei dem Gedanken, dass Holly ernsthaften Schaden davontragen kann.

»Ich könnte in die Analen eingehen, als die jüngste Alzheimerpatientin der Welt.« Sie zieht eine Grimasse und applaudiert, als der Clown mit einem enormen Satz auf dem Pferdehintern landet.

»Du hast echt einen Vogel«, brumme ich mit bitterer Frustration in der Kehle.

»Ich weiß, mein Spatz«, antwortet meine beste Freundin, tätschelt mein Bein und ich versuche, hinter ihre Fassade zu blicken. Was geht wirklich in ihr vor? Sie kann doch unmöglich so angstfrei sein?

»Wir werden ihn finden«, verspreche ich ihr. »Deinen Schnee.«

»Na klar, das weiß ich doch.« Sie sieht mich fest an und legt ihren Arm um meine Taille. »Deine Nonna soll die Beste sein im Aufspüren von Schnee- und Winterkindern. Das sagt man hier zumindest. Sie ist anscheinend richtig berühmt.« Sie hält inne. »Aber irgendetwas muss einst vorgefallen sein. Ich kann es spüren.«

»Wie meinst du das?« Ich habe den leisen Konflikt auch wahrgenommen, der nicht greifbar in der Luft liegt und dieses Lager von denen der Wölfe trennt.

»Der Direktor, wenn er von Nonna spricht, hat er dieses Funkeln in den Augen. Alter Zorn.«

Die Vermutung ist beunruhigend.

Ich seufze. Hoffentlich wirkt sich das nicht unmittelbar auf uns aus.

»Also zurück zu dir und Romeo«, nimmt Holly das alte Thema wieder auf.

»Ich behandle seine Wunde, ich bringe ihm Wasser und kümmere mich um ihn«, höre ich mich sagen.

»Und? Seid ihr jetzt ein Paar?« Sie zwinkert, ich weiß nicht, ob mir nach Lachen zumute ist.

»So ein Unsinn«, antworte ich und winke ab, obwohl es womöglich genau das ist, was ich mir wünsche. Will ich Romeo so sehen, als meinen Freund? Holly nimmt meine Hand in ihre und entkrampft meine Finger.

»Benimmt er sich nicht anständig?«, vermutet sie und sieht mich mitfühlend an, während Lichtkegel über das Publikum rasen. Funken sprühen, drei Frauen in roten Gewändern lassen Gebilde aus Feuer entstehen.

»Das ist es nicht«, gebe ich zu und schaue zu lange zu Boden.

»Wenn er dir nicht zu Füßen liegt, dann stell ihm halt ein Bein«, schlägt Holly vor und grinst frech.

Ich muss wider meiner eigentlichen Gefühle lachen. »Ich wünschte, es wäre alles so einfach.«

»Romeo will weiter«, verrate ich sein Vorhaben tonlos, während ich den Tanz in den Flammen beobachte, der von schauriger Musik begleitet wird, als plötzlich ein Feueradler über die Köpfe der Zuschauer rast. Einige ducken sich erschrocken weg, ein Raunen fließt durch die Reihen und Funken regnen auf uns alle nieder.

»Das ist eine dumme Idee«, sagt Holly und steht auf. Sie applaudiert mit den Gästen aus dem nahen Ort Nebel, den man nur am Abend anhand der fernen Lichter der Häuser im Tal erkennt, um die Wette, während der Feuervogel mit rauschenden Schwingen sich als der Feuerschlucker Dr. Chicago höchstselbst entpuppt. Trompeten und Violinen spielen auf und eine meterhohe Flamme, die ihre Hitze bis zu uns wirft, erhellt die Manege.

Dr. Chicagos Flügel lösen sich gewissermaßen in Rauch auf und ich betrachte die sich schlängelnden Tätowierungen auf seinen muskulösen Armen. Sie scheinen zu leben und üben eine Faszination auf das Auge aus, der man sich nur schwer entziehen kann.

»Das ist so krass!«, jubelt Holly, als der Mann eine Fackel in seinen Rachen führt und von innen heraus glüht, wie ein Drache, der kurz davor ist, alles um sich herum mit Feuer zu bewerfen. *Ohs* und *Ahs* füllen die Luft.

Ich denke an Fieber. Daran, dass ich nach Romeo schauen sollte. Und an mein eigenes Feuer tief in mir selbst, das sich nach und nach meiner Kontrolle entzieht. Ich frage mich, wie viel zerstörerische Kraft diese Flammen wohl entfalten können. Und ob es außer Asche etwas von mir übrig lassen würde, sollte ich es beschwören.

16
Wilde Träume und andere Wahrheiten

Tatsächlich reisen wir nicht so schnell weiter, wie Romeo es gerne gehabt hätte. Es vergehen ganze zwei Tage, in denen wir uns wie zwei Magneten derselben Pole umeinander herumbewegen. Nie weit voneinander entfernt, doch nicht einen gewissen Abstand überwindend. Nachts, wenn wir gemeinsam in dem Wohnwagen, den Igrid uns überlässt, übernachten müssen, starre ich von meinem Lager auf der anderen Seite stundenlang zu ihm herüber. Betrachte sein schlafentspanntes Gesicht und frage mich, wer er eigentlich ist. Die Fetzen der Erinnerungen, die Art, wie er seine raue Schale immer mehr zur Schau stellt, und die ein oder andere Geschichte, die Igrid über ihn erzählt, reichen nicht aus, um ein echtes Bild entstehen zu lassen.

Ich will gerade zum mit Blumen bemalten Wagen von Inola gehen, um Mona zu suchen, da höre ich die wütende Stimme von Dr. Chicago und ich bleibe unwillkürlich stehen. Über mir schwanken die bunten Lampions im Wind und als ich einen berühre, während ich mich hinter der Zeltwand verbergen will, löst er sich aus der Halterung. Er landet auf gefrorenem Gras und ich hebe ihn ungelenk wieder auf.

»Glaubst du, deine Mutter hätte das gewollt?«, bellt der Feuerschlucker.

»Wage es nicht, über meine Mutter zu sprechen, als hätte sie dich gekümmert!« Ich erkenne Romeos Stimme sofort und starre die wie aus Flammen gestaltete Tür des Wohnwagens an, aus dem die Stimmen kommen. Es rumpelt, etwas geht zu Bruch und ich versteife mich. Ich will nicht lauschen, kann aber nicht anders.

»Onkel, lass es gut sein«, mischt sich die dünne Stimme eines Mädchens ein. Ich glaube, es ist Reni, eine hochschwangere brünette Schönheit, die zu den Athleten gehört und mich meidet, seitdem wir hier sind.

»Du hast ein Versprechen gegeben, Junge«, beginnt der Direktor gefährlich leise. Ich weiß mittlerweile, dass Augusto und Chicago Brüder sind und sich von jeher die Leitung des Zirkus teilen.

»Du bist eine Verpflichtung eingegangen. Und was tust du? Wirfst alles, was in dieser Welt zählt, über Bord, um dieser verblendeten Frau zu folgen!«

»Pass auf, was du sagst! Ich bin bei Nonna aufgewachsen, wie du sicher weißt, weil du Mutter vertrieben hast«, entgegnet Romeo und ich kann einen gewissen Schmerz in seiner Stimme erkennen.

»Du bist dumm, wenn du das denkst«, antwortet Dr. Chicago. Es wird einige Sekunden still, der Wind hier draußen nimmt zu und lässt die Laternen schwanken. »Ich habe dich nicht gezeugt, damit du ein Sucher wirst und den Kampf um die Gaben weiter anheizt. Das alles muss ein Ende haben.«

Was soll ein Ende haben? Gibt es vielleicht doch eine Art Krieg zwischen den Fronten? Ich muss an Ylvis Worte denken: *Warum teilen sie ihr Wissen nicht mit dem Winterorden? So könn-*

ten sie uns auch schützen, vor unseren eigenen Kräften. Es geht um Macht, es geht immer darum.

»Es liegt längst nicht alles in unserer Hand, Vater«, antwortet Romeo kühl.

Oh mein Gott!

»Es tut mir leid, Reni. Dass ich gegangen bin, hatte nichts mit dir zu tun. Das musst du mir glauben«, höre ich Romeo bedauernd sagen. Die Stimme tief und traurig.

»Es ist okay«, antwortet sie sanft. Ich trete etwas näher, ich sollte gehen, ich weiß. Weit entfernt, auf der Landstraße brummt ein Fahrzeug vorbei und für eine Millisekunde bin ich so weit, wende mich zum Gehen, doch dann reden sie weiter.

»Es ist okay?«, wiederholt Dr. Chicago fassungslos. Er ist so laut, dass ich selbst hier draußen zusammenfahre. »Sag ihm, was hier los war, Reni«, fordert er und mit einem Mal fliegt die Tür des Wohnwagens auf und das schwangere Mädchen will flüchten. Ich taumle ertappt zwei Schritte rückwärts. Ihr Blick trifft mich wie ein Blitzschlag.

»Wir sind hier noch lange nicht fertig«, protestiert Dr. Chicago. Ich erkenne, wie er nach dem Mädchen mit den dunklen Zöpfen angelt. Romeo geht dazwischen, hält ihn zurück.

»Lass es doch einfach mal gut sein. Sie kann jetzt wirklich keine Aufregung gebrauchen.«

»Was du nicht sagst, mein Sohn. Das hättest du dir früher überlegen sollen«, ist die donnernde Antwort. Unweit erheben sich Krähen aus einer Baumkrone und schreien dagegen an. Sie vereinen sich zu einem Schwarm, der aussieht wie ein einzelner schwarzer Vogel.

»Das ist doch Schnee von gestern, worum geht es dir wirklich? Nur darum, dass du keinen Nachfolger für den Zirkus hast?«, will Romeo wissen.

Reni ist blass, sie schlägt die Tür eilig hinter sich zu, während sie vorsichtig die zwei Stufen nimmt und sich dabei schützend den dicken Bauch hält. Im nächsten Moment verschwindet sie zwischen dem Zelt für die Pferde und Lamas und dem Wohnwagen von Igrid.

Mein Herz sackt mir in die Kniekehlen und der Himmel verdunkelt sich. Die Krähen drohen, rauschen dicht über das Zelt und ich eile ebenfalls davon. Ich fühle mich plötzlich gefangen in einer Schneekugel und kann den ganzen weiteren Tag an nichts anderes mehr denken als an ein ungeborenes Kind, das von seinem Vater verlassen wurde, um ein Sucher unter Nonnas Führung zu werden. Oder sollte ich mich täuschen?

Diese Nacht drehe ich mich auf die andere Seite und vermeide es, Romeo anzusehen. Unsere Gespräche wirken hölzern und unbeholfen und werden von einem Eissturm, der über das Lager hinwegfegt, gänzlich gestoppt, als eines der Fenster zu Bruch geht.

Am nächsten Morgen habe ich das Gefühl, er folgt mir überallhin. Heimlich und mir verstohlene Blicke zuwerfend, heftet er sich an meine Fersen, taucht überall dort auf, wo ich mich versuche, vor ihm zu verstecken. Mich vor der Anziehung, die er unvermindert auf mich auswirkt, zu schützen.

Die Lichter des Ortes Nebel entzünden sich am Nachmittag und erhellen das Tal hinter uns. Die Sonne ist schon beinahe untergegangen und die letzten Handgriffe für diesen Tag sind fast erledigt. Es gab heute zwei Vorstellungen, die allesamt volle Reihen hatten. Alberto sitzt noch im Kassenhäuschen mit den hübschen Wimpeln und Girlanden und zählt die Münzen, lässt sie freudig in den großen Händen klimpern. Er sieht zufrieden aus und zwinkert, als ich an ihm vorbeikomme, um ins Zelt zu gelangen, in dem wir heute alle zusammen den Abend verbringen wollen.

Ich umrunde zwei übende Jongleure, einer von ihnen wirft mir einen kleinen blauen Ball zu, den ich lachend wieder zurückwerfe. Er fängt ihn, ohne sich aus dem Takt bringen zu lassen. Danach geselle ich mich zu Igrid, die an einem großen Topf über dem offenen Feuer einen Eintopf für die ganze Truppe zubereitet. Sie trägt einen ledernen Hut, der ihre grauen Locken bändigt, und begrüßt mich mit einer freundlichen Geste, während sie gleichmäßig den Eintopf rührt, als wäre es ein Zaubertrank. Ich beobachte, wie die bunten Kegel und Bälle der beiden Jongleure immer höher durch die Luft fliegen, von einem zum anderen Mann, und zuverlässig gefangen werden. Es ist gemütlich hier in der Manege und das Feuer und ein warmes Gebläse vertreiben die Winterkälte von diesem fröhlichen Ort. Trotzdem lassen mich so manche Fragen frösteln, die ich nicht aus dem Kopf bekomme. Ich will von Igrid zu gerne wissen, ob Renis Kind von Romeo ist. Ob er vor der Verantwortung, Vater zu sein, geflohen ist oder vor den Wünschen seines eigenen. Und was ich dann von ihm halten soll? So viele Eventualitäten, so wenig Antworten.

Igrid hält in ihrer Bewegung inne, blickt mich an, als hätte ich die eben gedachten Worte laut ausgesprochen.

»Die Wahrheit findet man nicht, wenn man nur dort sucht, wo es einem leichtfällt«, erklärt sie freundlich.

»Du weißt, worüber ich mir Gedanken mache?«

»Das ist offensichtlich.«

Ich überlege kurz. »Du meinst, ich soll ihn selbst darauf ansprechen?« Ich kann nicht stillstehen, trete von einem aufs andere Bein.

»Es wäre ein Weg«, meint sie, kommt auf mich zu und legt mir eine bunte Stola aus Wolle um die Schultern. Dann nimmt sie meine Hand in ihre. Ihre Finger, schlank und knöchrig, fahren erst über meinen Handrücken und tasten dann die Linien im Inneren ab. Ich dachte stets, um aus ihnen zu lesen, müsse man sie ansehen, erforschen mit geübtem Blick. Igrid dagegen schließt ihre Augen und berührt sie nur. Hitze geht von ihrer Haut aus, lässt meine schwitzen.

»Was siehst du?«, will ich wissen. Die Falte zwischen ihren ergrauenden Brauen vertieft sich zusehends.

»So viele Möglichkeiten«, flüstert sie mir zu, den Blick nach innen gerichtet.

»Was soll das heißen?« Ich entziehe ihr meine Hand und Igrid erwidert verschmitzt: »Ich selbst bin *kein* Winterkind.«

»Also, ist das alles nur Show?«, frage ich und denke an die Menschen, die zu ihr kommen und Geld für ihre Visionen und das Kartenlegen zahlen. Die so viel Hoffnung in die Wahrsagerin legen und wissen wollen, welchen Pfad sie gehen müssen, um ins Glück zu gelangen.

»Das meiste«, gibt sie zu und zwinkert. Enttäuschung zeigt sich vermutlich auf meinem Gesicht. »Aber vieles auch nicht, Ember«, erklärt sie. »So manches Wissen kommt tatsächlich zu mir. Und manchmal können der gesunde Menschenverstand und Erfahrung mehr weiterhelfen als eine Vision der Wahrheit.«

Mona schleppt mit Inola Strohballen herbei und positioniert sie mit gesundem Abstand zum Feuer, um Sitzgelegenheiten für das kleine Fest zu schaffen, zu dem wir alle heute eingeladen sind. Ich schaue hinauf in die Kuppel des Zeltes, lasse mich auf die ausgebreiteten Felle nah bei Igrid fallen und seufze.

»Novemberkind«, gibt Igrid sanft über die Schulter hinterher. »Ich kann dir nur eines versprechen: Du und Romeo, eure Schicksale sind miteinander verwoben. Die Luft weiß es, die Zeit weiß es, der Winteratem weiß es.« Sie sieht vergnügt aus, während sie mir so etwas erzählt. Und mein Herz möchte auch gerne so sicher sein. Und möchte sich ebenso freuen.

Nach und nach gesellen sich mehr und mehr Zirkusleute zu uns. Ich liebe es, wie bunt sie sich kleiden, ein Kontrast zu dem, was wir aus dem Kloster kennen.

Igrid steckt mir eine Stoffblume ins Haar und flicht mir eine Strähne aus dem Gesicht. »Aber, was soll das bedeuten, Romeo und ich sind im Schicksal verbunden?«, frage ich nach einer

Weile, zwischen die Töne der Lauten und Fiedeln, die von den Musikern gestimmt werden.

»Du wirst es herausfinden.« Igrid lächelt warm und erinnert mich einen Wimpernschlag lang an Nonna, die immer sagte: *Das Begreifen hat seine Zeit, November.*

Ein Lied wird angestimmt. Inola, das Seiltänzermädchen, hüpft auf ein Tanzpodest in der Mitte der Manege und beginnt sich zu den Klängen der Musik zu drehen. Ihr Kleid schwingt um ihre Beine und plötzlich liegt eine neue Energie in der Luft. Mona, die in einem rosa Kleid mit kitschigem Häschen-Motiv am Rand steht und stumm zu ihr aufschaut, kaut auf ihrer Unterlippe. Ich sehe es ihr an, wie gerne sie mittanzen möchte und mit sich hadert.

Igrid deutet zu den beiden fast gleichaltrigen Mädchen und nimmt neben mir Platz. »Schau genau hin«, flüstert sie mir plötzlich verschwörerisch zu. »Mona findet in diesem Moment etwas für sich Elementares heraus, das sie seit geraumer Zeit spürt.« Ich runzle die Stirn und Igrid bedeutet mir mit einem Kopfnicken, die beiden weiter zu beobachten.

Mona zupft unsicher an ihren Zöpfen, die ihr wirr vom Kopf abstehen, und ich erkenne, dass sie Zirkusschminke ausprobiert und viel zu großzügig auf den Lidern verteilt hat. Ich lächle, als sie sich ein Herz fasst und die Stufe zum Podest hinaufgeht.

»Das ist die wahre Magie des Winteratems«, raunt Igrid. Mona streckt ihre Hand nach Inola aus, die mit einem Ruck stehen bleibt und ihren Blick auf den des Winterkindes heftet. Die Musiker hören auf zu spielen, Igrid hält den Atem an und Mona geht Schritt um Schritt auf das Zirkusmädchen zu.

»Sie ist eine von uns«, wird mir klar und Igrid legt die Finger an meine Lippen, damit ich leise bin. Inolas Hand verharrt in der Luft vor Monas. Und in dem Augenblick, als sich ihre Finger berühren, erhellt ein Funken den Raum zwischen ihnen. Pure Elektrizität. Ich schnelle von meinem Sitz hoch, gleichzeitig möchte ich lachen, doch einen Herzschlag lang habe ich Angst. Dann erkenne ich die Natürlichkeit in dem, was gerade geschieht. Leise Flocken entstehen über den Kindern und fallen lautlos zu Boden. Inola schließt die Augen, Mona kichert. Es ist ein lautes glockenklares Geräusch, das in meinem Innersten vibriert. Ich schlage mir die Hände vor den Mund, als würde ich überprüfen müssen, ob dieses Geräusch nicht doch mir entschlüpft war. Aber es ist ganz klar Monas Lachen. Laut und deutlich.

Inola hebt eine Hand und lässt sie aufschnappen. Die Flocken stoppen ihren Fall, verharren in der Luft vor uns, als hätte man die Zeit angehalten. Es ist wunderschön und beängstigend zugleich. Ich gehe näher heran, fische mir eine Flocke aus vielen heraus, die wie Sterne glitzern und funkeln, und beobachte, wie sie auf meiner Haut schmilzt. Mit nur einer Bewegung lässt Inola den Vorhang aus Schnee nach links und wieder nach rechts wandern, wie eine Matrix, die man verändert. Mona beginnt zu tanzen, streckt ihre Arme in die Luft. Sie gluckst und summt, ihre Stimme ausprobierend.

»Oh mein Gott«, hauche ich und bin so überwältigt, dass ich aufpassen muss, dass ich nicht in Tränen ausbreche.

»Gott ist nicht hier, November«, sagt Igrid zufrieden. »Gott hat die Menschen vor der Eiszeit aufgegeben und Gevatter Tod und Väterchen Frost die Herrschaft überlassen.«

Mona wirbelt zu mir herum, strahlt mich überglücklich an. »Schnee«, sagt sie und ich wundere mich über den Klang ihrer Stimme. Ich habe sie mir schon so oft ausgemalt und in meinen Gedanken gehört. Ich bin überrascht, dass sie viel tiefer klingt als erwartet. Rau und kraftvoller, als es zu ihrer zarten Statur passen will. Sie lacht und ich stimme mit ein. Sie hüpft auf mich zu, ich nehme sie in den Arm, wie Tausende Male zuvor, und küsse sie auf die Stirn.

»Geht es dir gut?« Diese Worte sind so überflüssig.

»Ja«, antwortet sie knapp und macht sich wieder von mir frei, um zu Inola zurückzutänzeln, die mit schief gelegtem Kopf auf sie wartet und sie prompt einfängt.

Am Rande bekomme ich mit, dass andere neugierig zu uns kommen, leise und staunend, bemüht nicht zu stören. Hände legen sich auf meine Schultern. Es ist Romeo, der genauso überrascht aussieht wie ich.

»Wer hätte gedacht, dass sie hier ihre Antwort findet?«, brummt er, zieht mich näher zu sich heran und legt die Arme um meinen Körper. Ich lehne mich an ihn, genieße die Nähe.

Inola schließt ihre Hand und die Schneeflocken fallen weiter zur Erde, werden weniger und verebben. Zurück bleiben nur wenige nasse Flecken auf dem Holzboden des Tanzpodests. Igrid beginnt zu applaudieren, die anderen Anwesenden stimmen mit ein. Ich kann die Anerkennung und die Ehrfurcht in ihren Gesichtern lesen.

»Spielt auf«, ruft Igrid und die Violine ertönt in fröhlichen Klängen. »Und verkündet, dass wir etwas zu feiern haben!«

Einige, die nur ihren Kopf ins Zelt gesteckt haben, laufen eilig davon, um die frohe Botschaft zu verbreiten. Mona und Inola halten sich an den Händen und sehen sich so vertraut an, als wären sie schon ewig zusammen. Ein leiser Stich des Verlustes trifft mein Herz, als mir klar wird, dass ich nie wieder die wichtigste Person für Mona sein werde.

Wenige Minuten später ist das Fest in vollem Gange. Das Feuer knistert, jeder isst und trinkt und lauscht den Ältesten, wie sie Geschichten vom Winteratem erzählen.

»Wusstet ihr, dass Inola ein Schnee ist?«, frage ich irgendwann Augusto, der neben mir auf einem Strohballen Platz genommen hatte. Er stopft Tabak in seine Pfeife und tauscht einen langen Blick mit Dr. Chicago, der etwas weiter entfernt sitzt, als müsse er sich erst vergewissern, ob es in Ordnung ist, mir zu antworten.

»Ja, natürlich«, brummt er. »Inola konnte den Schnee viel zu früh schmecken, wenn er in der Luft lag. Schon seitdem sie fünf Jahre alt war, hatten wir den Verdacht. Aber wir haben ihre Gabe unterdrückt«, erklärt er. »Das ist gesünder für Winterkinder.« Er zieht seinen Hut tiefer ins Gesicht und saugt an seiner Pfeife. Blauer Dunst steigt vor unseren Gesichtern auf, während er weiterredet. »Versteh mich nicht falsch, aber wir halten unsere Winterkinder geheim. Anders als deine Nonna.«

Ich spüre, wie Romeo, der auf der anderen Seite neben mir hockt und eine Decke mit mir teilt, sich versteift.

»Sie verstecken sich wie verschreckte Tiere, meinst du?« Romeos Stimme ist grob. Er lehnt sich etwas nach vorne, an mir vorbei, um seinem Onkel Augusto ins Gesicht sehen zu können.

»Schön, dass es dir wieder gut genug geht, dass du deine Haltung uns gegenüber bekräftigen kannst, Jungchen«, antwortet der und bläst den Rauch durch seine knollige Nase.

»Für meine Meinung bin ich nie zu schwach«, schießt Romeo zurück und in seinen Augen glimmt alter Zorn.

»Wie unterdrückt man die Gaben denn?« Das interessiert mich gerade brennender als die Frage, was Augusto und sein Bruder Chicago gegen Nonna haben.

»Das ist verschieden. Es gibt bestimmte Rezepturen, die man verwenden kann. Allesamt Kräuter und Pflanzen der Nebelmoore.«

»November, vergiss es einfach«, mischt Romeo sich ein und berührt mich mahnend am Arm.

»Moment mal, nein. Ganz sicher nicht«, lasse ich ihn wissen. Ich fixiere den älteren Herrn mit Hut und Rauschebart fragend.

»Es ist nicht immer ganz einfach …«, beginnt er und wirft Romeo ein bedauerndes Lächeln zu. Der stöhnt leise, als habe er Schmerzen, von denen keiner wissen soll.

»Es birgt Risiken, willst du wohl sagen«, wirft Romeo ein und die Decke rutscht von unseren Schultern.

»Die Gaben alleine bergen Risiken, wenn die Frage und die Antwort nicht zusammen sind«, faucht Augusto zurück.

Dr. Chicago beobachtet den Schlagabtausch interessiert und zupft sich an seinem gezwirbelten Bart.

»Romeo, lass ihn doch bitte erzählen«, sage ich ungeduldig und zerre die Decke in unserem Rücken wieder hoch.

»Ich will dich nur beschützen.« Er legt die Stirn in Falten, sein Blick hat etwas Hilfloses, das mich aufwühlt, und trotzdem lasse ich nicht zu, dass er entscheidet, was ich hören darf und was nicht.

»Was Romeo für bedenklich hält, ist die Tatsache, dass, wenn die Dosierung der Mittel nicht stimmt oder es zu lange verabreicht wird, die Gabe erlöschen kann.« Augusto zuckt gleichgültig die Schultern und bläst Kringel in die Luft zwischen uns. Ich unterdrücke ein Husten.

»Es ist ein Verbrechen am Winteratem«, entgegnet Romeo und steht auf. »Und das ist einer der Gründe, warum ich nicht hierbleiben konnte. Warum ich meinen Überzeugungen dienen wollte.«

»Romeo?« Ich greife nach ihm, will ihn zurückhalten, doch er geht, ohne mich anzusehen. Augusto hält mich zurück, als ich ihm hinterherlaufen will.

»Lass ihn, Mädchen. Er ist ein impulsiver Sturkopf«, brummt er und lacht heiser. Ich sehe Romeo nach, wie er sich entfernt, ohne sich umzusehen, und sich anderen Gruppen zuwendet.

Gelächter und fröhliches Geschwätz lässt nur langsam zu, dass sich die Tragweite des Gesagten in meinen Geist schleicht. Nonna hätte mich von meinen gefahrvollen Tränen befreien können? Sie und ihr Clan hätten mir mein Leben erleichtern und so viel Leid nehmen können. Mein Blick gleitet von einem zum anderen fröhlichen Gesicht hier in der Runde. Über Inola und meine kleine Mona, die sich unterhalten, mehr mit Händen und Füßen als mit frisch gewonnenen Worten, und zu den kleinwüchsigen Zwillingen in ihren bunten Kostümen, die mit Igrid herumalbern. Reni streichelt ihren riesigen Babybauch, ein junger Mann sitzt neben ihr und legt seinen Arm um sie. Die beiden sind voller Liebe füreinander. Augusto folgt meinem Blick.

»Reni und Olaf«, sagt er und deutet auf das Paar. »Sie bekommen ihr erstes Kind.«

»Es ist nicht Romeos?«, stelle ich die Frage, die mich so beschäftigt. Augustos Augenbrauen hüpfen in die Höhe.

»Aber nein. Romeo war zwar Reni versprochen, aber er hat sie nie angerührt. Er ist vor mehr als zwei Jahren einfach auf und davon und hat das Mädchen sitzen lassen.« Augusto lacht keckernd. »Ich weiß auch nicht, ob er noch leben würde, wenn er Schande über sie gebracht hätte. Sie hat zwei Brüder, musst du wissen.« Er nickt zum Messerwerfer Paule, der mit Holly flirtet, und dem Kraftmenschen Issa, der beinahe zwei Meter groß ist.

»Verstehe.« Ich schmunzle.

Augusto holt tief Luft, überlegt einen Moment. »Romeo ist bei Barb, seiner Mutter, und Nonna aufgewachsen. Barb ist ihre Nichte und hat sich schon lange für die *Unbeugsamen*, wie die bestehenden Clans sich nennen, entschieden. Romeo ist mit ihren Gedanken und Idealen aufgewachsen. Als er mit vierzehn Jahren, nach dem Tod von Barb und seiner Schwester, zu uns kam, war es von Anfang an nicht leicht mit ihm und seinem Vater Chicago.«

Ich muss daran denken, wie ich mich gefühlt habe, als ich im Winterorden ankam. Alles war so fremd und neu. Und der Verlust hat mich mit Trauer erfüllt.

»Er ist ein guter Junge, aber er lebt in einer anderen Welt als wir«, schließt Augusto das Thema.

»Und in welche Welt werde ich jetzt gebracht?«, frage ich mehr mich selbst. »Ist Nonna etwa so etwas wie eine Radikale?«

Das wäre das Schlimmste, das ich mir vorstellen kann.

Augusto schaut mich komisch an, sein Mundwinkel zuckt seltsam. Zu meiner Erleichterung wird ein schiefes Lächeln daraus.

»Nein, ganz sicher nicht. Sie und viele andere Clans, die sich dem Winteratem verschrieben haben, hüten deren Gaben und versuchen das volle Potenzial zu erschließen. Das ist nicht radikal, sondern Religion.«

Ich weiß nicht, warum mir als Erstes das Sprichwort vom Regen in die Traufe durch den Kopf geht.

»Und wir sind der Meinung, dass Religion Gift für eine Gesellschaft ist. Wir denken, dass wir die Fehler der alten Zeit, in der es immer wieder Religionskriege gab, nicht wiederholen sollten«, beginnt der alte Mann weiterzureden. »Und wenn Menschen sich töten, weil sie meinen, ihr Gott wäre der einzig wahre, kann nichts Gutes dabei herauskommen. Die Götter müssen ihre Kämpfe doch selbst führen, oder nicht?«

Ich nicke.

»Außerdem wollen wir den Kampf um die Gaben nicht mehr unterstützen. Es wird immer Menschen geben, die sie für sich nutzen wollen. Die Jagd auf Winterkinder machen werden. Du hast es doch selbst erlebt!« Eine kurze Stille entsteht und ich höre, wie ich tief einatme, als ich daran denke. »Also, was wäre so schlimm daran, wenn die Gaben erlöschen würden und das Interesse verebbt?«

»Ich könnte nicht lernen, wie man jemanden heilt«, sage ich tonlos. Ich würde ein Geschenk, das Leben rettet, nicht nutzen und mein Wohl über das von vielen anderen stellen. Aber wäre das wirklich falsch?

»Ich sehe, du bist ein kluges Mädchen. Du verstehst schon, November. Dein Weg wird Opfer kosten. Und jeder von uns muss das Recht haben, selbst zu entscheiden, ob er diese bringen will oder nicht.«

Dr. Chicago mir gegenüber hat zugehört, prostet mir zu und trinkt seinen Becher in einem Zug leer. Ich frage mich, ob ich eine Wahl habe. Würde Nonna mich selbst entscheiden lassen, was ich tue?

Ich hänge meinen Gedanken nach, während Igrid und der Kraftmensch die Tanzfläche betreten und nach einer kurzen Verbeugung das Tanzbein schwingen. Mir gefällt die Idee, dass ich kranken Kindern helfen könnte, ihr Leben weiterzuführen. Oder dafür sorgen kann, dass ein Baby seine Mutter nicht verliert. Luna, Romeos Schwester, und seine Mutter sind an einer Krankheit gestorben, das hat Igrid mir erzählt. Wenn es jemanden wie mich gegeben hätte, wären sie vielleicht noch da.

»Wusstest du, dass viele Dinge zusammenkommen müssen, um ein Tränenkind zu erschaffen?«, spricht mich Augusto wieder an und stupst mit seinem Knie an meines. Ich studiere sein Gesicht. Die runde Brille lässt seine Augen winzig erscheinen und ich frage mich, wie er es hinbekommt, ohne sie so gekonnt Messer zu werfen, wie ich es in der Show erlebt habe. Er steht Renis jüngerem Bruder in nichts nach.

»Nur an einem 11.11. genau 11 Minuten nach 11 müsst ihr auf die Welt kommen. Blau und atemlos. Die Zeit weiß es, ehe Väterchen Frost es weiß, und hält inne. Sie wartet, bis der Winteratem das neugeborene Menschlein küsst und die erste Träne geweint wird. Diese Träne birgt den Schmerz der Welt in sich und wird zu einer Perle aus Eis.«

Ich hänge an seinen Lippen und sauge die Geschichten in mich auf, wie ein trockener Schwamm das Wasser.

»Und wie könnte ich mich dann gegen das entscheiden, was ich bin?«, frage ich und er klopft sich mit seiner Faust auf die Brust.

»Hier liegt die Wahrheit, die erkannt werden will.«

»Bist du auch ein …?« Ich breche meine Frage ab, denn sein Blick verrät mir die Antwort, bevor er auch nur ein Wort sagt.

»Ja, ich bin ein Dezemberkind und habe meine Gabe gehen lassen«, antwortet er mit Stolz.

»Konntest du die Zukunft träumen?«, frage ich. Oder womöglich Gedanken lesen oder sogar stehlen?

»Ich war eine Elster. Und ohne den passenden Schnee wusste ich irgendwann nicht mehr, wie meine Mutter mit ihrem wahren Namen hieß«, gibt er zu und lächelt reumütig. »Ich habe zu meinen Gunsten Gedanken verschleiert, stehlen konnte ich sie nicht, wie andere meiner Art. Dafür war ich nicht mächtig genug.«

Ich frage mich, ob meine Erinnerungen auch nur verborgen sind, das würde erklären, warum das ein oder andere zurückkehrt. »Doch wenn man in den Köpfen anderer herumpfuscht, geht eigenes Wissen verloren. Das Vergessen ist wie ein Meer, das alle Inseln unserer Vergangenheit frisst. Zuerst vermischen sich Wünsche mit echten Geschehnissen und mit Träumen.«

Ich muss an Matti denken.

»Die Unvollständigkeit ohne den passenden Schnee, wird uns zum Verhängnis. Sieh dir nur Mona an! Die Kälte hat ihr wortwörtlich die Sprache verschlagen, da sie sie nur mit dem Schnee wieder abgeben kann. Und Inolas Schnee wäre nach und nach verschwunden, wärt ihr nicht aufgetaucht.« Leichter Unmut schwingt in seiner Stimme mit.

»Vielleicht ist es Schicksal«, sage ich und beobachte, wie innig die beiden Mädchen miteinander umgehen, obwohl sie sich erst so kurz kennen. Vielleicht muss es so sein, um eine bestimmte Zukunft zu erschaffen.

»Möglich«, brummt Augusto und bläst den Rauch wie ein qualmender Drache durch Mund und Nase. »Fakt ist, die beiden bekommen wir nie wieder getrennt.«

Die Tragweite seiner Worte wird mir bewusst. Inola müsste mit uns kommen, ihre Eltern verlassen und sich einer Gruppe anschließen, die nicht die gleiche Philosophie vertritt wie ihre Leute.

»Hat Nonna von Inola und Mona gewusst?«, will ich wissen.

»Sie wusste nur, dass unsere kleine Seiltänzerin ein Schnee ist. Aber auch die große Nonna kann ihre feinen Antennen nicht überall haben.«

Ich erinnere mich mit einem Mal daran, wie Nonna stundenlang vor ihrem schwarzen Spiegel im Wohnwagen sitzen konnte und ins Leere starrte. Den Blick tief ins Innere gerichtet, als wäre sie auf einer Reise.

»Gibt es andere wie Nonna?«

Augusto überlegt. »Nicht viele. Diese Fähigkeit springt von einem zum anderen. Sie ist wie etwas, das ein Behältnis füllt. Wenn eines stirbt, sucht sie sich ein neues.«

»Das ist ja total spooky«, mischt sich plötzlich Holly ein, die hinter uns auftaucht. Sie trägt ein buntes Kopftuch mit angenähten Münzen aus der alten Zeit, die das Licht des Feuerscheins reflektieren und auf ihrem Gesicht tanzen lassen.

»Redhead, da bist du ja wieder«, begrüßt Augusto sie großväterlich und rückt zur Seite, damit sie sich zwischen uns setzen kann. »Hast du schon vom Eintopf gekostet?«

Mir wird klar, dass die beiden schon sehr viel Zeit miteinander verbracht haben. Wie viel mögen sie schon geplaudert und Informationen ausgetauscht haben?

»Ich hab ganze zwei Schüsseln verdrückt«, verkündet Holly und tippt auf ihren kleinen Bauchansatz. »Und was soll ich sagen? Er ist hervorragend! Ganz wie du gesagt hast.«

Ich fröstle und lege mir eines der Kaninchenfelle auf den Schoß. Für einen Moment denke ich an den Angriff im Schwarzen Wald und verstehe, dass sie sich über die vielen Jahrhunderte verändert haben, sich wehren. Ich hätte auch keine Lust, das Fell über die Ohren gezogen zu bekommen.

»Und? Hast du dich schon entschieden?«, fragt Augusto sie dann und die Art, wie er sie dabei ansieht, missfällt mir. Diese Frage ist alles andere als belanglos.

»Ob ich bleibe?«

Unwillkürlich greife ich ihre Hand und fädle meine Finger in ihre. »Wir *müssen* weiter. Wie geplant übermorgen«, stelle ich für sie klar und atme erleichtert auf, als Holly mir zustimmt. Augusto hebt beschwichtigend die Hände.

»Ich werde euch nicht zu eurem Glück zwingen, Mädchen«, sagt er und lächelt ein Lächeln, das seine Augen nicht erreicht.

»Es ist wirklich toll hier«, meint Holly. »Aber leider sind wir schon vollkommen verplant.« Sie nimmt einen großen Schluck aus einem Tonbecher, den ich jetzt erst bemerke.

»Ihr sollt nur wissen, dass ihr jederzeit willkommen seid«, meint Augusto und sein Blick wandert wieder zu Chicago, der eine stumme Zwiesprache mit ihm führt.

»Aber tu mir einen Gefallen, Mädchen«, sagt er an Holly gewandt und ich nehme ihr das Getränk ab, um daran zu schnuppern. Ich habe plötzlich das Gefühl, ich müsse auf sie aufpassen. »Unterdrücke deine Gabe, solange du deine Antwort nicht kennst«, beschwört er uns beide. Sein Blick geht mir unter die Haut.

»Aber natürlich. Igrid hat es mir gezeigt und wird mich mit Nachtlilien und Eisenrau ausstatten. Und ich gelobe, es zu mir zu nehmen, bis wir fündig sind.« Holly hebt ihre Hand zu einem Kleinfingerschwur, den sonst nur wir vollziehen, und hakt bei Augusto ein. Ein Silberring an seiner Hand blitzt im Schein der Laternen, die hinter uns hängen und Licht spenden.

Nachdenklich drehe ich den Tonbecher in der Hand und rieche nur harmlosen Glühwein. Als ich daran nippe, fange ich einen intensiven Blick von Reni auf, die mich betrachtet wie ein seltenes Insekt. Ich nehme einen großen Schluck und entspanne mich etwas, als mein Magen warm wird.

Als ein Geigensolo beginnt, das so wunderschön ist, dass ich innerlich ganz weich werde, schaue ich zu den Musikern herüber. Es ist Romeo, der die Melodie anstimmt, die mein Herz zu kennen scheint. Die rauen Stellen an seinen Fingerkuppen kommen mir wieder in den Sinn und jetzt weiß ich auch, woher sie stammen. Vom regelmäßigen Spielen der Violine!

Seine dunklen Locken fallen ihm tief in die Stirn, während er die Violinsaiten klingen lässt, leise und tragend. Nur kurz treffen sich unsere Blicke, bevor er die Augen schließt und mehrere Saiten gleichzeitig anstimmt. Dr. Chicago erhebt sich, beginnt im Takt zu klatschen. Andere tun es ihm gleich. Zwei Mädchen beginnen zu tanzen und die Lauten stimmen in die immer lebendiger werdende Melodie mit ein. Die Stimmung steckt mich an, lässt mich erblühen wie Winterrosen unter spätem Schnee.

Einige Zeit später tanzen Holly und ich genauso frei und wild wie die anderen und drehen uns umeinander. Meine Füße berühren kaum noch den Boden, bis mich jemand mit seinen Armen auffängt.

»Darf ich?« Ich bin verwundert, wo Romeo so plötzlich hergekommen ist. Einige Wimpernschläge kann ich ihn nur stumm ansehen.

»Sag bloß, mit mir willst du nicht tanzen?« Er hebt eine Augenbraue und hält mir auffordernd seine Hand entgegen. »Ember, komm schon. Lass mich nicht so dumm aussehen«, brummt er, während er sich etwas zu mir herüberbeugt. Er wirkt beinahe nervös. Mir entgeht nicht, dass einige zu uns herüberschauen und tuscheln. Besonders die jüngeren Frauen, die zu Renis Hofstaat gehören. Romeos Finger zucken auffordernd.

»Steht dir aber«, antworte ich und entscheide mich, seine Hand zu nehmen. »Das Dummaussehen.« Andere Tanzende wirbeln um uns herum, schieben unsere Körper dichter zueinander und seine Wärme hüllt mich in eine Wolke.

»Du bist ganz schön frech«, stellt er fest. Seine Lippen verziehen sich zu einem Lächeln. Es ist schwer zu deuten, nicht frei von Spott.

Ich recke mein Kinn herausfordernd vor. »Wann wolltest du mir erzählen, dass es eine Wahl gibt?«, spiele ich auf mein neues Wissen an. Er beginnt mich zu führen, sanft, aber bestimmt.

»Diese Aufgabe wollte Nonna übernehmen.« Ich lasse mich von ihm drehen und wundere mich darüber, dass er so gut tanzt. Er bewegt sich geschmeidig und kraftvoll wie ein Schneeleopard.

»Du wirst sehen, sie wird dir nichts vorenthalten«, raunt er mir zu, als wir uns einen Moment ganz nahe kommen, und mir gelingt ein Nicken. »Du kannst mir bedingungslos vertrauen, Ember.« Sein warmer Atem streicht über meinen Hals und in seiner Stimme liegt so viel Aufrichtigkeit, dass mein Herz ihm zustimmt. »Ich würde alles für dich tun. Alles, damit es dir gut geht.«

Seine Hand liegt auf meinem Rücken, er hält mich fest, schaut mir, während die Welt um uns herum im Tanz verschwimmt, tief in die Augen. »Vertraust du mir?«

»Ja«, hauche ich und habe noch nie in meinem Leben etwas so ernst gemeint. Er lächelt, haucht mir einen Kuss auf die Stirn und tanzt noch wilder mit mir, als die Fiedler ein rasantes, schnelles Stück beginnen. Ein Kribbeln läuft durch meinen Körper, als er seine Hand auf meinen unteren Rücken legt und mich einige Schritte fest an sich presst.

»Weißt du noch früher? Als ich dir immer auf die Füße getreten bin?« Er verzieht seine Lippen bedauernd und ich kann mich nicht wirklich erinnern. Einen Moment bin ich traurig darüber, dass mir so viele Geschichten genommen worden sind. Geraubt von einer Elster in Alphas Dienst.

»Ich habe dazugelernt«, raunt Romeo in mein Ohr und ist sichtlich stolz darauf. »Allerdings bewegst du dich immer noch so steif wie damals.«

»Hey«, protestiere ich halbherzig. »Ich wette, ich lerne auch noch.«

Er führt mich im Kreis, bis er mich von sich stößt, nur um mich wieder einzufangen. Ich weiß nicht, wie lange wir tanzen. Wir bewegen uns eine Ewigkeit wie in einer Seifenblase, abgeschottet von all den anderen.

»Ist es nicht großartig, dass Mona spricht?«, frage ich ihn und er lässt mich eine Pirouette drehen.

»Ja, das finde ich auch«, antwortet er. »Sie hat mir vorhin so viel erzählt! Man spürt, wie viele Dinge sich bei ihr aufgestaut haben, die sie unbedingt aussprechen will«, berichtet er und wir tanzen einen Moment langsamer, als der Takt der Musik vorgibt. »Sie liebt dich und nennt dich ihre große Schwester.«

Ich denke an den Tag, als wir uns das erste Mal im Garten des Klosters trafen. Sie war gestürzt und hatte sich das Knie aufgeschlagen. Ich tröstete sie und sagte ihr, dass sie jetzt meine kleine Schwester sei und immer auf mich zählen könne.

»Komm mit mir«, schnurrt Romeo irgendwann und zieht mich von dem Tanzpodest, durch die feiernden Leute aus der Manege in den Artistenbereich, hinter die Kulissen. Kalte Luft lässt unseren schnellen Atem zu Nebel werden. Doch mir stockt der Atem, als er mich mit dem Rücken an einen Stützpfeiler drückt und meine Arme einfängt, um sie über meinem Kopf zusammenzuhalten.

»Sag mir, was du willst, Ember«, bittet er mich. Sein Blick glüht.

»Dich.« Es ist schneller raus, als ich es zurückhalten kann.

»Nicht so, wie du denkst«, schiebe ich hinterher, weil ich mich plötzlich fürchte. *Ich will, dass wir Freunde sind, Ember, wie früher.* Doch Romeos Lachen ist sanft und wild wie Novemberregen auf Raureif. Dann küsst er mich und nimmt mir meine Furcht. Zuerst zart, dann einnehmend und rau.

17
Die erste Träne

»Ich bin froh, dass du mich aus dem Winterorden geholt hast«, wird mir zwischen zwei Küssen klar, in denen ich mich so lebendig wie nie in meinem Leben fühle. Für einen Moment habe ich Angst, er könnte mich zurückweisen, mich nicht so wollen wie ich ihn.

»Ja? Bist du das?« Romeo schlingt seine Arme um mich und ich bette meinen Kopf an sein Schlüsselbein, während seine Hand federleicht über meinen Rücken streicht.

»Nie hätte ich geahnt, wie das Leben wirklich ist. Wie es sein kann.« Ich mache eine Pause, bis ich die eigentlichen Worte, die mit so viel Macht an die Oberfläche drängen, hinauslasse.

»Und dass ich mich in dich verlieben könnte.«

Er zieht sich etwas zurück, schaut mich unter seinen langen Wimpern atemlos an. Sein Körper ist plötzlich angespannt, wie ein Reh, das den Jäger wahrgenommen hat.

»Was hast du?«, frage ich besorgt und die Schmetterlinge in meinem Magen werden einen winzigen Moment zu stechenden Bienen.

»Ember.« Die Art, wie er meinen Namen ausspricht, ist süßer Schmerz.

»Ja?« Ich kann nicht atmen.

»Ich …« Er verstummt. »Ich will dich auch«, gibt er zu, doch etwas Unausgesprochenes verweilt in der Luft zwischen uns. Seine Hand legt sich an meine Wange und ich schmiege mich hinein.

»Aber wir sollten nichts überstürzen«, bremst er mich im nächsten Moment aus, als ich beginne, meine Hände unter seinen Pullover zu schieben. Die Winterluft bläht den Zeltvorhang und rüttelt an den Seilen, wie mein Verlangen an mir.

»Ist dir nicht klar, wie schnell sich die Welt dreht?«, frage ich. Ich will leben. Ich will fühlen, nicht warten. Viel zu lange habe ich mich selbst eingekerkert.

Sein Mundwinkel verzieht sich zu einem schiefen Lächeln, während er meine Fingerknöchel küsst.

»Sei nicht albern«, meint er frech.

»Ich dachte ja, du wärst ein Draufgänger. Jemand, der nicht lange fackelt, wenn sich ihm eine Chance bietet«, fordere ich ihn heraus. Er tut nachdenklich. Seine braunen Locken fallen ihm vor die Augen und ich streiche sie ihm wieder zurück, fahre mit meinen Fingern durch sein Haar.

»Du weißt gar nicht, wie gefährlich du lebst«, knurrt er leise und bedeckt meinen Hals mit kleinen Küssen. »Haben die Schwestern dir denn gar nichts über Tugendhaftigkeit beigebracht?« Seine Stimme ist Honig, der von einem Löffel tropft.

»Der Sünder kennt bessere Wege«, plappere ich und unterdrücke ein Seufzen, als Romeo eine empfindliche Stelle hinter meinem Ohr mit den Lippen berührt. Ich kann spüren, wie er seinen Mund in dieser Position zu einem Lächeln verzieht.

»Das hast du dir gerade ausgedacht«, stellt er fest.

»Möglicherweise«, antworte ich leise und ziehe ihn näher an mich heran, während ich beginne, in Flammen aufzugehen.

Gelächter dringt zu uns herüber, die Abtrennung zur Manege bläht sich, als zwei Leute davor herumalbern. Es sind Holly und Paule, Renis jüngerer Bruder.

»Hast du keine Angst, dass ich dich enttäusche, Ember?«, fragt Romeo so leise, dass ich seine Worte beinahe nicht verstehe. Sein Zeigefinger legt sich unter mein Kinn und hebt es an. »Ich meine …« In seinem Inneren tobt ein Sturm. »Vielleicht kann ich dir nicht alles geben, was du dir wünschst.«

Ich denke an Reni, dass er sie verlassen hat, und daran, dass er so gerne von seiner Freiheit als Sucher spricht.

»Ich will dich ja nicht sofort heiraten«, sage ich sanft. »Du musst dir keine Sorgen machen.« Für eine Millisekunde frage ich mich, ob ich das lieber an seiner statt tun sollte. Ich habe so viele Romane gelesen, in denen jemandem das Herz gebrochen wurde, was tragisch endete. Ich schlucke trocken, halte weiter seinem fragenden Blick stand.

Nach einem langen Schweigen schnappt er meine Hand.

»Komm mit«, raunt er mir zu und ich lasse mich von ihm aus dem Zelt führen. Die kalte Nachtluft macht mir nichts aus, obwohl ich keinen Mantel trage. Romeo zieht mich an sich heran und zeigt in den Himmel.

»Siehst du das Sternbild von Cassiopeia?«, fragt er mich leise und ich blicke hinauf ins Funkelmeer. »Es zeigt sich nur einmal im Jahr so schön wie heute.«

Ich schmiege mich an ihn, betrachte seine braunen Augen, in denen sich die Sterne spiegeln und die noch viel schöner sind als am Himmel. »Ja, wunderschön«, hauche ich und lächle. Er wird ernst, als er mich dabei erwischt, wie ich nur ihn ansehe und den Himmel ignoriere.

»Es ist kalt«, sagt er schließlich. »Lass uns in den Wagen gehen«, schlägt er vor und in seinem Blick liegt ein Versprechen.

Diesmal bin ich diejenige, die führt. Zielsicher laufe ich den Pfad zwischen den vereinsamten Wohnungen entlang an den Tierzelten vorbei, Romeo dicht hinter mir. Ich höre das zufriedene Schnauben von Pferden und das Maunzen einer Katze, das sich in die Musik und die ausgelassene Stimmung des Festes mischt, während ich die Stufe zu Igrids Wagen hinaufsteige. Das Mondlicht dringt durch die Vorhänge und erhellt das Innere des Wohnwagens mit Silberglanz. Romeos Augen glänzen, als ich beginne die Knöpfe meines Kleides zu öffnen. Meine Finger zittern leicht. Ich sage nichts, lausche nur auf meinen eigenen schnellen Herzschlag, der in meinen Ohren klingt, als ich aus den Ärmeln schlüpfe und der Stoff mir auf die Hüfte rutscht. Romeo lässt seinen Blick sanft und zugleich wild über meinen Körper wandern, bevor er näher kommt. Seine Finger berühren die Träger des BHs und streichen über die Haut meines Dekolletés.

»Bist du sicher?«, haucht er. Als Antwort beginne ich ihm den Pullover über seinen Kopf zu ziehen. Es ist so neu, Romeo heute zu berühren, seinen Körper zu erkunden. Die Erhebungen und Linien nachzufahren, die Muskeln und Sehnen formen. So aufregend, nicht zu vergleichen mit der Nähe, die wir hatten, als ich ihn verarztete. Er forscht in meinem Gesicht und ich halte inne, sehe zu ihm auf. Dann, als hätte er einen inneren Kampf ausgefochten und verloren, packt er mich. Ich keuche, als er mich so fest an sich presst und mich rücklings auf die Matratze drängt. Seine Lippen finden die meinen und wir sinken nieder. Kurz schnappt er nach Luft, als ich mit der Hand aus Versehen seine Wunde streife. Die Hitze seiner Hände prickelt auf meiner Haut, während er über meine Taille fährt und mir das Kleid abstreift.

Er schmeckt so gut. Himmel, wie ich diese Sünde liebe! Seine Zunge neckt mich und fordert mich heraus und als ich ganz nackt neben ihm unter der Decke liege, ist da dieser Moment. Romeo zögert, die Dunkelheit in seinem Blick saugt mich ein und meine eigene Lust verdreht mir den Kopf. Lässt mich meine Vergangenheit vergessen. Er wartet, als brauche er eine letzte Einwilligung von mir. Meine Hand liegt in seinem Nacken, als er sich über mich schiebt, und ich schaue ihm fest in die

Augen. Es ist, als wäre er meine Rettung auf hoher See. Der Grund, warum ich nicht ertrinke, und als ich ihn spüre, schlägt mein Herz seinen fiebrigen Rhythmus, den es nie wieder vergessen sollte.

Es schmerzt, süß und echt. Seltsame Wogen umspülen uns und tragen mich davon. Worte für diesen Moment gibt es nicht. Und während wir so dahingleiten, löst sich eine Träne aus meinem Wimperkranz, die ich erst wahrnehme, als Romeo und ich uns wieder voneinander lösen.

Ich spüre sie, wie sie heiß aus meinem Augenwinkel fließt, unendlich langsam und zögerlich. Schlagartig tauche ich aus dem eben noch so angenehmen Gefühlstaumel. Es ist, wie in eiskaltes Wasser zu tauchen, das einem die Lunge zusammenpresst.

»Oh Gott!«, stoße ich aus und will mich aus Romeos Umarmung befreien. Er lässt es nicht zu, fängt mich wieder ein.

»Ember, es ist alles gut«, sagt er leise und richtet sich auf, als ich ihm einen Stoß vor die Brust verpasse.

»Nein, ist es nicht.«

Verletztheit huscht über sein Gesicht, bevor er seine Miene wieder verschließt und seinem Spott Platz macht.

»Tu nicht so, als wenn ich dich gedrängt hätte. Du wolltest es genauso wie ich«, schützt er sich selbst. Ich wische mir hektisch die Träne ab und falle beinahe rücklings von der Matratze. Erst jetzt begreift er.

Atemlos sehe ich ihn an, als er mein Handgelenk greift und mich zur Ruhe zwingt. Seine braunen Augen werden weich, so viel Verständnis und Gefühl liegt in ihnen, und ich rechne die ganze Zeit damit, dass etwas Unheilvolles ihn zerfrisst. Sein Gesicht zerreißt, sein Herz tötet. Die schöne Haut, die ich eben noch geküsst und liebkost habe, sich von seinen Knochen schält, wie in meinen Albträumen. Oder dass seine Augen blicklos werden und an mir vorbeistarren.

Nichts von alledem geschieht und als Romeo mich sanft in seinen Arm zieht, hole ich zitternd Luft.

»I-ich habe geweint«, stammle ich und versuche noch zu begreifen.

»Es war nur eine Träne, Ember.« Bittend sieht er mich an, legt seine Hand auf meine Wange. »Beruhige dich.«

Meine Gedanken werden immer schneller. Was habe ich gefühlt, als sie entstand? Was gedacht?

»Ich wollte das nicht. Oh Gott, es tut mir leid.« So lange hatte ich mich stets im Griff. Und dann habe ich mein erstes Mal, einen wundervollen und einmaligen Moment, und heule?

»Hey.« Romeo zwingt mich, ihn anzusehen. »Es lag nichts Dunkles in ihr.« In seinem Blick liegt so viel Zuspruch und er streichelt meinen nackten Rücken so sanft, dass ich langsam wieder zu mir komme. »Uns geht es gut, spürst du das nicht?«

Ich bette meinen Kopf an sein Schlüsselbein, als er mich in seinen Arm zieht, und kämpfe meine Angst nieder. Vorsichtig mache ich einen Systemcheck bei mir selbst. Und tatsächlich, alles fühlt sich normal an. Sogar besser als normal. Romeo lächelt verschmitzt auf mich hinab, als ich zu ihm aufschaue.

»Die Frage, wie es für dich war, erübrigt sich dann wohl«, meint er und grinst breiter. Sein Lachen steckt an und löst den Rest der Anspannung in mir.

Ein Kribbeln läuft durch meinen Körper, als ich daran denke, was wir gerade getan haben.

»Du siehst süß aus, wenn du so erhitzt bist.« Romeos Stimme ist neckend und ich bekomme Lust, ihn wieder zu küssen.

»Du siehst auch süß aus, wenn ich so erhitzt bin«, frotzle ich und ziehe die Decke wieder höher über uns. Dabei findet mein Blick seine Wunde, die plötzlich fast verheilt aussieht. Das muss ich genauer untersuchen und schlage die Decke wieder zurück.

»Schau nur«, fordere ich und Romeo folgt meinem Blick. »Heftig«, raune ich und taste mit dem Finger darüber. Igrids Mittel hatten schon Wunder bewirkt. Aber jetzt ist nicht mal mehr Wundschorf zu sehen, nur eine rosa Narbe, die sich etwas vom Rest der hellen Haut abhebt.

Romeo untersucht sich selbst und ich sehe seine Begeisterung, die ihn packt. »Schau, zu was du fähig bist, Ember«, flüstert er und richtet sich auf. »Du hast den Heilungsprozess um einen Monat vorangetrieben. Mit nur einer glücklichen Träne, das ist Wahnsinn!«

Seine Euphorie steckt mich an und ich fühle, wie Mut und Tatendrang in mir erwachen.

»Erkennst du, was du alles tun könntest?« Er legt seine Hände um mein Gesicht und küsst mich. »Und ich kann dir dabei helfen.«

»Das wäre schön.« Ich stelle mir vor, wie er an meiner Seite ist, wenn ich meiner Aufgabe entgegentrete. Das fröhliche Funkeln in seinen Augen weicht für eine Millisekunde etwas anderem. Etwas Dunklem, das ich im nächsten Moment wieder vergesse, während Romeo die Decke neu über uns ordnet und wir uns eng zusammenkuscheln. Von draußen weht immer noch leise Musik zu uns und erinnert an die Feier. Ich betrachte das Fenster gegenüber und die Eisblumen, die an ihm gewachsen sind.

»Ich werde dich nur glücklich vögeln müssen, so einfach ist das«, witzelt Romeo und lässt seine Finger über meine Rippen wandern. Und wenige Momente später stehe ich wieder in Flammen, als er tiefer wandert, an verbotene Stellen.

»Wo nimmst du eigentlich immer dein enormes Selbstbewusstsein her?«, möchte ich wissen und kichere, während ich ihn auf Abstand halte. Romeos Lächeln verrutscht.

»Es ist bei Weitem nicht immer so groß, wie es aussieht«, gibt er zu und lässt alle Mauern fallen. »Bist du glücklich?«, flüstert er. Diese Frage hängt eine Weile wie flirrende Luft an heißen Sommertagen zwischen uns und ich lasse mir Zeit mit der Antwort.

»Ja, sehr«, gebe ich dann zu. Und es stimmt. Ich habe mich noch nie so leicht gefühlt wie jetzt gerade. Ich beuge mich herunter, küsse ihn sanft und genieße die Wärme seiner Umarmung, als er mich rittlings auf sich hinaufzieht.

Alles ist perfekt. Und ich male mir eine völlig neue Zukunft in den schönsten Farben aus.

18
Verflucht seist du

Als mich die hellen Strahlen der Vormittagssonne wecken, die durch die Gardinen dringen, fühle ich mich anders als sonst. Ich bin kein Mädchen mehr, etwas in mir hat sich durch die letzte Nacht verändert, unwiderruflich und echt.

Vorsichtig strecke ich mich und spüre der Verwandlung nach, die mir Rätsel aufgibt. Ich denke an Romeo, stelle mir vor, wie ich meine Finger in seinen dunklen Haaren vergrabe, und sehe seine glänzende Haut, während er mich fest an sich drückt. Auch die Tänze und sein schönes Lachen sind lebendig in mir. Wir haben in der Nacht noch lange über unsere Kindheit bei Nonna gesprochen und über den Winterorden. Je länger ich Romeo lauschte, umso mehr wuchs meine Faszination für ihn. Wie sicher er seine Überzeugungen vertritt und mutig schon so vielen Gefahren getrotzt hat, ist bewundernswert.

Ich blinzle, befreie mich aus der Schwerelosigkeit des Halbschlafes. Mein zufriedenes Lächeln erlischt, als ich feststelle, dass ich alleine bin. Ruckartig richte ich mich auf und bin mit einem Schlag hellwach.

Staub tanzt durch die Luft und ich gehe die Ereignisse der letzten Stunden, bevor ich in Romeos Arm eingeschlafen bin, noch einmal durch. Er war so zart zu mir, so aufmerksam und liebevoll.

Ich schiebe meine Beine aus dem Bett, auf dem Boden liegen Igrids Karten wild verteilt, als hätte sie jemand achtlos fallen lassen. Der Knochenmann und die Sanduhr auf ihnen heben sich deutlich von den anderen ab. Eine von Igrids Weisheiten kommt mir in den Sinn. *Jede Zeit birgt ein Rätsel, das nicht sie selber, sondern erst die Zukunft löst.*

Es ist kalt, im Ofen glühen nur noch ein paar Kohlen und ich beeile mich, meine Kleidung zusammenzuraffen, um mich anzuziehen. Von draußen wehen die Geräusche von geschäftigem Treiben zu mir herüber. Jemand führt die meckernden Ziegen am Wagen vorbei und ich höre das Stimmengewirr von vielen Gästen, die am Kassenhaus anstehen, um sich Einlass zu erkaufen. Ich schiebe die Gardine zur Seite und schaue hinaus. Schritt um Schritt gehen die Gäste hinein. Paule verkauft die Karten, seine Haare sind mit Creme gebändigt und er vollführt Kunststücke mit den Münzen, die man ihm reicht. Ich kann sehen, wie er errötet, wenn man ihm bewundernde Blicke schenkt.

Jeder geht bereits seinen Aufgaben nach und ich setze mich einen Augenblick vor Igrids Spiegel und versuche zu erforschen, wer ich eigentlich bin. Meine dunkelblauen Augen schauen zurück, tief und unergründlich. Ich reiße mich von dem Anblick los, schlüpfe in das nachtblaue Kleid von gestern und werfe mir einen schreiend roten Wollmantel über. Dann hebe ich Igrids Karten auf und lege sie auf den Schrank neben die Glaskugel, in der sie die Zukunft für glaubenswillige Menschen sucht.

Mein Herz wird schneller, als ich hinaustrete, um Romeo zu suchen. Es ist, als ziehe mich eine unsichtbare Schnur der

Sehnsucht zu ihm, die so stark gespannt ist, dass es nicht warten kann.

Igrid grüßt von Weitem, während sie mit ausgebesserten Kostümen auf dem Arm zu den Athleten eilt. Ich tauche ins kleine Zelt der Tiere ein und werde von einem Wiehern begrüßt.

»Da ist Dornröschen also auch erwacht?«, zwitschert Holly vergnügt, als sie über den weißen Pferderücken linst. Sie hilft Hanky, dem hübschen Stallburschen, die vier Schimmel für die nächste Nummer vorzubereiten und bürstet mit Hingabe den Staub aus dem Fell.

»Manchmal braucht man seinen Schönheitsschlaf«, antworte ich unsicher und betrachte die roten Federn, die mit dem Zaumzeug auf dem Pferdekopf befestigt sind.

»Du willst mir also erzählen, dein langer Schlaf hat keine anderen Gründe?« Sie grinst, als Hanky eine obszöne Geste macht, und verpasst ihm einen Stoß. Ich kämpfe einen Anflug von Scham nieder und bin froh, als er verschwindet, um das Sattelzeug zu holen.

»Ich will Details hören!«, fordert Holly ungerührt und zwängt sich zwischen den Pferdekörpern zu mir durch. Ihre Augen blitzen vor Neugier.

»Was willst du wissen?« Meine Finger nesteln am Leder des Halfters und das Pferd hebt den Kopf und bläst mir seinen warmen Atem entgegen.

»Alles«, antwortet Holly und ich lächle versonnen. »Spuck es aus. Habt ihr es getan?« Sonnenstrahlen verfangen sich in ihren roten Haaren, als jemand den Vorhang lüftet und das Zelt betritt. Ich beuge mich zu ihr herüber.

»Ja und es war unbeschreiblich«, gebe ich zu und werde von ihr plötzlich eingehend gemustert.

»Ich wusste, dass ihr füreinander bestimmt seid«, sagt sie und verstummt, als mich plötzlich jemand am Ärmel zupft. Es ist Mona, die uns gefunden hat.

»Hoppla, die kleine Kröte gibt sich die Ehre«, frotzelt Holly und Mona verzieht ihr rundes Gesicht.

»Inola ist jetzt in der Manege«, antwortet Mona leichthin und erklärt damit ihren Besuch bei uns.

»Dachte ich mir.« Holly streckt ihr die Zunge raus und Mona macht es ihr nach, bevor sie glockenklar lacht.

Es ist ein so fröhliches Geräusch, dass ich mit einstimme und Mona an mich drücke. »Ember?« Sie macht sich aus meiner Umarmung los und legt ihre Finger an meine Wangen, damit ich mich ganz auf sie konzentriere. Ihre Worte formt sie langsam und mit Bedacht. Ihre Augen sprechen wie sonst auch die intensivere Sprache. »Wenn wir gehen, kann Inola mit uns kommen?«, fragt sie mich.

»Ich weiß nicht.« Ich kann mir nicht vorstellen, dass es für ihre Eltern infrage kommt, ihre einzige Tochter ziehen zu lassen.

»Inola und ich müssen zusammenbleiben.« In ihrer kindlichen Art unterstreicht Mona die Wichtigkeit mit dem Aufstampfen eines Fußes. Der Schimmel neben uns wird dadurch nervös und tänzelt zur Seite. Oder er reagiert auf die Kälte, die Mona plötzlich aus jeder ihrer Poren verströmt. Ich lege beruhigend meine Hand auf ihre Schulter, nehme sie aber schnell wieder weg. »Wir werden sehen, was möglich ist. Mach dir keine Sorgen.«

Holly tauscht einen skeptischen Blick mit mir und geht hinüber zu Hanky, der die Pferde bis ans provisorische Tor führt, das den Weg zum Hauptzelt blockiert. Von dort aus werden sie durch einen Gang laufen, in den Artistenbereich und durch die gestreiften Vorhänge in die Manege. Plötzlich entdecke ich Romeo, der die Lichtmaschine steuert und den Vorhang für die Artisten bedient, und mein Herz macht einen Satz.

»Ich komme gleich wieder«, erkläre ich Mona, die immer noch besorgt aussieht und mit einem Fingerschnippen feinste Eisfunken sprühen lässt.

»Okay, das ist neu, oder?«, fragt Holly sie. »Was kannst du noch?« Sie zuckt die Achseln und haucht auf Hollys Hand, auf der sich Raureif bildet. »Geiler Scheiß«, freut sich Holly und Mona kichert. Beschwingt laufe ich voran, behalte mein Ziel im Blick. Romeo schleppt gerade bunt bemalte Podeste der Ziegennummer von der einen zur anderen Seite und ist ganz alleine hier.

»Brauchst du Hilfe?«, biete ich an und rechne damit, dass er sich freut, mich zu sehen. Dass er auf mich zustürmt und mich küsst, mich begrüßt, wie die Wüste den Regen. Doch er schaut nur kurz zu mir herüber und winkt ab. Mit einem Mal bin ich irritiert über seine Distanz und lehne mich unsicher an einen der Stützpfeiler.

»Du hast mich ja gar nicht geweckt.« Meine Stimme ist dünn und mein Lächeln gerät schief. Romeo hält inne in seinem Tun, verschränkt die Arme vor der Brust und betrachtet mich ernst. »Ich dachte, es ist besser, wenn du dich ausruhst«, antwortet er steif. Die erste Glocke hier hinten ertönt und kündigt das baldige Ende der Seiltänzernummer an. Mein Mund ist plötzlich ganz trocken und ich schweige zu lange.

»Ist es nicht ein bisschen seltsam, sich so heimlich aus dem Bett der Liebsten zu stehlen?« Ich weiß nicht, wieso ich diese Worte wähle. Wahrscheinlich, weil es das ist, was ich mir wünsche, seine Liebste zu sein. Sein Mundwinkel zuckt und er hebt ironisch seine schönen Brauen. Alles, was ich an seiner Lässigkeit so faszinierend finde, fühlt sich mit einem Mal so falsch an.

»Du bist süß, Ember.« Ein bedauerndes Lächeln schleicht sich auf sein Gesicht. »Weißt du noch, dass ich dich gewarnt habe?«, fragt er und ich versuche zu verstehen. »Ich hab dir gesagt, ich werde dich enttäuschen.«

Mein Magen zieht sich zusammen, beinahe ist es, als hätte ich eine Faust zu spüren bekommen. Ich straffe meinen Körper, hebe mein Kinn, bewahre Haltung. »Du hast recht«, gebe ich zu. »Ich hätte nur nicht gedacht, dass es so schnell geht.« Die

Musik im Inneren des Zirkuszeltes erreicht einen Höhepunkt, die Leute klatschen Beifall, der zu uns herüberbrandet.

Romeo weicht meinem Blick aus, eine Dunkelheit huscht über seine Miene. »Na, dann hast du ja wieder was gelernt.« Der Pfeiler in meinem Rücken hält mich aufrecht, meine Beine zucken unruhig, bereit zu fliehen. Das ungeduldige Schnauben der Pferde unweit von uns klingt laut in meinen Ohren, während Romeo einfach seiner Arbeit weiter nachgeht, als wäre nichts geschehen. Als würde er mir nicht gerade Säure unter die Haut spritzen.

»Schön, dass ich einen so begabten Lehrmeister habe«, sage ich und Wut steigt wie eine Giftwolke in mir auf. »Und toll, dass du mir das Gefühl gibst, eine billige Dirne zu sein. Wirklich großartig«, zische ich und drehe mich um. Beinahe falle ich über einen im Weg liegenden Kasten mit Clownsutensilien, Tröten und bunte Bälle rollen heraus. Ehe ich den Ausgang des Artistenbereiches erreiche, ist Romeo bei mir und versperrt mir den Weg.

»Es tut mir leid«, sagt er gepresst. Ich kann ihn nicht ansehen, mache einen Schritt zur Seite, um an ihm vorbeizukommen. Meine Hand zuckt, als er nach ihr angelt.

»Was tut dir leid? Dass du mit mir geschlafen hast?«, bringe ich hervor und möchte gerne im Erdboden versinken, als ich die schwangere Reni entdecke, die plötzlich um die Ecke kommt. Sie ist totenbleich und ihre rosa Lippen bewegen sich, wie zu einem stummen Gebet.

»Na toll«, knurre ich und merke, wie der Zorn meiner Kontrolle entgleitet. Romeo packt mich am Oberarm und zieht mich ruckartig zu sich heran. Ich wehre mich energisch gegen seinen Griff.

»Ember.« Romeo schaut mich seltsam an und ich unterdrücke den Impuls, ihm eine zu klatschen, als seine Hand sich fester um meinen Ellenbogen schließt, schmerzlich fest.

»Lass mich sofort los, sonst …«, knurre ich und verstumme.

»Ember«, wiederholt er nur meinen Namen und ich folge seinem Blick, der fest auf Renis Babybauch geheftet ist. Direkt über der Wölbung unterhalb des Rippenbogens blitzt ein Messer auf und die Mündung einer Pistole ruht auf ihrer schmalen Schulter und zeigt auf uns. Unwillkürlich weiche ich einen Schritt zurück, in Romeos Arm.

Erst jetzt erkenne ich die Gestalt, die das schwangere Mädchen von hinten umfängt wie ein Liebhaber. Lukas, Alphas Lieblingssoldat. Er ist wie immer ganz in Schwarz gekleidet und seine Miene ist verschlossen und kühl, seine schräg stehenden Augen ausdruckslos.

»Schön, dass wir uns endlich wiedersehen«, sagt er leise. »Es hat eine Weile gedauert, bis wir euch nachreisen konnten.« Er macht eine bedauernde Geste und kommt weiter mit Reni auf uns zu, deren Köper beginnt zu zittern. Die zweite Glocke ertönt hinter der Kulisse und kündigt eine neue Nummer im Zelt an, der Countdown, bis der Vorhang sich heben sollte, tickt laut in mir runter.

»Die Freude ist nicht unsererseits«, antwortet Romeo gefasst und schiebt mich hinter sich. Ich weiß nicht, was ich tun soll. Ich will, dass Lukas diese scheußliche Waffe von Renis Babybauch nimmt. Wie kann er ein Ungeborenes und seine Mutter auf diese Weise bedrohen? Wie kann er so herzlos sein? Ich erinnere mich an die wenigen Gespräche, die wir führten.

»Lass Reni gehen«, fordere ich und trete neben Romeo, der mich energisch wieder hinter sich positioniert.

Lukas lächelt entschuldigend. »November, wir wissen beide, dass das nicht möglich ist. Du bist der Sturm, der unter Kontrolle gehalten werden muss, notfalls auch mit Opfern. Wenn du dich fügst, wird niemandem etwas geschehen«, klärt er mich auf.

»Das ist doch Bullshit«, stößt Romeo verächtlich aus und ich ahne, dass er recht hat. Selbst wenn ich mich auf der Stelle bereit erkläre, mich zu ergeben, heißt das gar nichts. Nebel kriecht unter dem Vorhang zur Manege hindurch und verschluckt unsere Füße. Lukas legt seinen Kopf schief, feinster Schweiß perlt an seinen Schläfen, er steht unter einer enormen Anspannung. »Du hast recht, Romeo«, spuckt er ihm entgegen. »Was dich angeht, ist Alpha sich noch nicht sicher, was er mit dir vorhat. Du hast dich bei uns eingeschlichen, unsere Gastfreundschaft ausgenutzt. Wir sollten ein Exempel statuieren«, schlägt er vor.

»Ich werde tun, was du verlangst«, verspreche ich und nehme Abstand von Romeo, der ein leises Knurren aussendet. »Aber lass Reni gehen, du bist doch kein Monster«, versuche ich an seine Menschlichkeit zu appellieren. Sein Blick, der wachsam zwischen mir und Romeo wechselt, flackert und verrät, dass meine Worte ihn nicht unberührt lassen.

»Was weißt du schon von mir, kleines Mädchen?« Sein Griff um Reni verstärkt sich, die Spitze des Messers sticht durch Stoff und sie wimmert. Ganz leise nur, wie der Winterwind, wenn er um die Zelte flüstert.

Die nächste Glocke der Manege schrillt und plötzlich geht alles ganz schnell. Hufgetrappel kommt näher, die Schimmel streben zu ihrem Auftritt und traben auf uns zu. Lukas stößt einen Fluch aus und lässt das Messer sinken, Reni schreit. Der erste Schimmel scheut, weil der Vorhang nicht geöffnet ist, und macht einen gewaltigen Satz zur Seite. Der massige Körper des zweiten prallt in die Flanke des ersten und eines der Tiere keilt aus. Ein Durcheinander entsteht, bis eines der Pferde mutig durch den geschlossenen Vorhang in die Manege bricht. Diesen kleinen Moment der Verwirrung nutzt Romeo und schnappt mich am linken Bein und der Hüfte. Mit einem kräftigen Schwung wirft er mich auf den Rücken eines Pferdes und ich habe alle Mühe, nicht wieder auf der anderen Seite runterzufallen. Der schwere Vorhang erfasst mich, als der Wallach dem ersten Pferd folgt. Ich kralle mich Halt suchend in der

Mähne fest und tauche in die Welt der Manege ein. Über mir schwebt Inola in funkelnden Lichtern, sichtlich erstaunt über meinen Auftritt. Die vielen Gesichter der Kinder, Mütter und Väter fliegen an mir vorbei, verschwimmen zu Farben und Formen, während ich auf dem Rücken des großen Tieres im Kreis reite. Die Musik spielt auf, die rote Feder auf dem Kopf meines Reittiers weht im Wind. Wo ist Romeo? Hektisch schaue ich mich um, flehend suche ich nach Hilfe. Dr. Chicago reagiert als Erster, springt in die Arena und hält die vier Schimmel an, die irritiert durcheinanderstreben, auf der Suche nach altbewehrter Struktur. Die Musik verstummt mit einem kläglichen Laut, die Spots stoppen ihren Kurs. Zeitgleich geschehen drei andere Dinge auf einmal. Der Vorhang öffnet sich, der Soldat Lukas gefolgt von weiteren betritt die Manege. Die Mündung einer Waffe liegt an Romeos Stirn und ein erstickter Schrei löst sich aus meiner Kehle. Jemand schießt in die Luft, fast denke ich, Inola wird getroffen, doch sie bleibt unentdeckt. Dieser Knall zerreißt die neugeborene Stille, in der jemand verkündet, die Show sei vorbei. Menschen kreischen, Kinder weinen. Mein Pferd stellt sich auf die Hinterbeine und ich verliere den Halt. Mit einem dumpfen Knall komme ich auf dem Boden auf und rolle mich gerade noch zur Seite, bevor Hufe mich zermalmen können. Der Mantel versperrt mir die Sicht und ich wische den Stoff zur Seite. Eines der Tiere springt panisch über die blaue Bande, zertrampelt Bänke und flieht mit schrillem Gewieher neben den Gästen durch den Haupteingang. Dabei walzt es einen Mann nieder, der verletzt liegen bleibt. Dr. Chicago ist in wenigen Schritten bei mir und reißt mich auf die Beine. Die restlichen Pferde galoppieren an den Eindringlingen vorbei in die Freiheit. Eines jedoch legt die Ohren an und nimmt den fremden Mann in Uniform, der ihm am nächsten steht, ins Visier. Es bleckt die Zähne, schlägt mit den Vorderbeinen aus. Der Soldat hebt die Waffe, zielt und trifft. Rot färbt die weiße

Stirn des Schimmels, das gleiche Rot wie das seiner Feder und er sackt ohne ein nennenswertes Geräusch vornüber in sich zusammen. Ich bekomme keine Luft, mein Herz jagt. Was habe ich bloß getan? Ich habe die Teufel direkt in diese Welt geführt. Sie sind nur wegen mir hier.

»Aufhören!«, brüllt Chicago. Die Zirkusmänner kommen herbei, stellen sich hinter ihm auf, wie eine Wand aus Muskeln.

Ich kann nicht sprechen, mich nicht rühren, alles fühlt sich taub an, als Alpha jetzt wie ein grauer Gott das Zelt betritt.

»Guten Tag, meine Damen und Herren«, erhebt er die Stimme und tippt sich zu einem Gruß an seinen Hut, den er tief ins Gesicht gezogen hat. »Ich bedaure es zutiefst, dass sich dieses Zusammentreffen nicht anders gestalten ließ«, beginnt er und Dr. Chicago spuckt verachtend aus.

»Sie …«, er macht eine Pause, sucht nach Worten. »Ich habe viel von Ihnen gehört und bin mir sicher, Sie bedauern gar nichts.«

Alphas Blick wandert über die Gesichter der Anwesenden, ruhig, überlegen. »Wenn das so ist, lassen wir die Höflichkeiten einfach«, schlägt er dann vor und lächelt leise.

»Das wäre uns recht.« Augusto steht mit einer Axt in der Hand an der Bande, Igrid neben ihm, den Schrecken in den trüben Augen, den ich empfinde.

»Ihr habt etwas, das mir gehört«, erklärt Alpha und fixiert mich mit seinem Blick, den ich noch nie so kalt erlebt habe. All die Schmeicheleien, die er mir zuteilwerden ließ, verblassen. All die guten Wünsche, all die netten Gesten.

»November gehört niemandem«, erklärt Romeo und bekommt zur Antwort einen Hieb mit der Pistole an die Schläfe. Er wankt.

»Bitte nicht!«, flehe ich, weil ich seinen Schmerz nicht ertrage.

»November, sei vernünftig«, richtet Alpha das Wort nun an mich und ein Anflug seiner freundlichen Maske von einst huscht über seine Züge. »Ich will dir deine Aufsässigkeit verzeihen.« Er reicht mir seine behandschuhte Hand und ich starre sie an, wie hypnotisiert.

»Oberschwester Klara wartet zu Hause auf dich, du hast ihr das Herz gebrochen«, fügt Alpha an, mit einem scharfen Lächeln im Gesicht. Meines bricht, als jetzt zwei Leute Holly und Mona zu uns bringen. Holly wehrt sich wie verrückt und brüllt, als ihr der Arm auf dem Rücken verdreht wird. Ihre roten Haare wirken wie ein Feuerball, als sie ihren Kopf hin und her wirft.

»Mann, ihr verkackten Geisteskrüppel«, schimpft sie mutig und ich beneide sie für ihre ungebrochene Kraft. »Ihr glaubt doch nicht wirklich, dass auch nur einer von uns mit euch zurückkommt, oder?«, kreischt sie weiter und tritt nach dem Mann, der sie hält. »Das, was euch an Grips fehlt, gleicht ihr an Blödheit wieder aus. Und habt ihr eigentlich mal nachgezählt, wie viele Leute auf euch sieben Wichte kommen?«, speit Holly dem Mann entgegen, der ihr im nächsten Moment auf Alphas Anweisung die Hand auf ihren Mund presst. Ihre Proteste werden erstickt, ihre Augen weiten sich nun doch und sprechen von Furcht.

Die Zirkusleute tauschen Blicke, Unsicherheit ist deutlich und ich suche nach einem Ausweg aus der Situation. Doch es gibt keinen.

»Ihr habt mich belogen«, sage ich zu Alpha und räuspere mich, um meiner Stimme mehr Kraft zu verleihen. »Ihr habt Ruby auf dem Gewissen und es ist euch egal, ob wir alle sterben. Hauptsache, wir sind euch zu Diensten. Es wird nicht gut für uns ausgehen, wenn wir mitkommen.« Ich straffe meinen Körper, versuche fest zu stehen, meine Fingernägel bohren sich in meine Handflächen.

Sein Zorn rast wie eine Welle auf mich zu, während er einen Schritt auf mich zutut, die Hand immer noch nach mir ausgestreckt. »Du wirst mir gehorchen, sonst schwöre ich dir, dass ich alle töte, die dir etwas bedeuten«, verspricht er mir. Seine Miene ist ungerührt, als er mit einem Wink die kleine Mona zu sich bringen lässt. Ihr Atem beschleunigt sich, als ihr Kopf hefig nach hinten gezerrt wird, während ein zweiter Mann mit zupackt. Ihr Blick heftet sich auf mein Gesicht und ich halte ihm nicht stand.

»Stopp. Lasst das Mädchen in Ruhe«, bellt Dr. Chicago. »Meine Männer haben das Zelt umstellt. Wir sollten verhandeln, sonst wird es ein Blutbad auf beiden Seiten geben.«

Ich bin mir nicht sicher, ob er blufft. Seine Männer sind stark, aber keine Kämpfer. Und die meisten der Leute sind Frauen, Kinder und Zwerge mit Harlekin-Kostümen.

»Sie lassen zuerst meinen Sohn gehen«, fordert der Direktor mit eiserner Miene, »dann bekommen Sie das Tränenmädchen.«

Romeo schnappt überrascht nach Luft. »Vater!«

»Das fällt mir nicht ganz leicht«, gibt Alpha zu und seufzt theatralisch. »Sie haben ja keine Ahnung, wie viele Scherereien Ihr Junge uns gemacht hat.«

Romeo rührt sich, der Abzug der Waffe spannt sich und ich spüre den Knoten in meiner Brust, der jederzeit die Dämme brechen lassen könnte.

»Sie wollen die Winterkinder, nicht ihn!« Angst eines Vaters um seinen Sohn schwängert die Umgebung.

»Tu es nicht.« Romeos Stimme bricht, als der Deal besiegelt wird. Dr. Chicagos Augen suchen voller Verzweiflung im Zelthimmel nach Vergebung.

»Wenn Sie mir sicheres Geleit versprechen, ehrenwerter Dr. Chicago, kann ich von einer Bestrafung Ihres Sohnes absehen«, verkündet Alpha großmütig und winkt seine Ärztin Dr. Leander zu sich. Sie hält eine Spritze in ihrer Hand und klopft die letzten Luftbläschen aus der Kanüle. Ich keuche auf, als Romeos Vater mich in ihre Richtung schubst. Gleichzeitig wird Romeo nach vorne gestoßen, unsere Blicke verhaken sich miteinander, wie sie es schon oft taten. Sein Flüstern erreicht mich. *Weine, kleine November.*

Alpha legt seine Hand auf meinen Kopf, schaut mich intensiv an. »Willkommen zu Hause und diesmal gibt es kein Zurück mehr«, droht er. »Du zeigst dich jetzt besser von deiner guten Seite.«

Gut und böse, schwarz und weiß, alles hat seine Betrachtungsweise. Ohne Licht kein Schatten.

»Ich werde Sie nicht heilen«, antworte ich leise, aber bestimmt und sein Kiefermuskel zuckt. Ich erkenne, dass es ihm nicht gut geht. Seine Haut ist aschfahl und seine Augen liegen tiefer in den Höhlen als das letzte Mal, als ich ihn sah.

»Du hast keine Ahnung, wie traurig ich dich machen kann«, antwortet er mir. Sein Lächeln ist halb bedauernd, halb belustigt. Lukas, der Reni immer noch in seiner Gewalt hat, lässt sie jetzt endlich los. Sie rennt zu ihrem Mann und wirft sich weinend in seinen Arm. Lukas ist in schnellen Schritten bei mir, ein kleiner Impuls, mich gegen ihn zu wehren, stirbt bei der ersten Berührung. Grob reißt er mich an sich, schlingt seinen Arm von hinten um meinen Hals und zwingt mich stillzuhalten, während Dr. Leander mir den Ärmel meines Kleides hochschiebt. Sie ist so geschäftig dabei, so routiniert, dass ich mich frage, wie vielen Menschen sie schon gegen ihren Willen Nadeln in die Haut gejagt hat. Ich schluchze, Angst wallt in mir auf und ich nehme Mona wahr, wie ihr Zittern in den Griffen der beiden Soldaten heftiger wird. Sie scheint zu vibrieren, ihre Gestalt zuckt so schnell, dass es für das Auge aussieht, als überlagere sie eine zweite Gestalt. Die Zeit verwischt. Sekunden vergehen.

»Ember, lass es nicht zu!«, ruft Holly und wird mit einem Schlag in ihr hübsches Gesicht zum Schweigen gebracht. Ihr

Kopf fliegt zur Seite, ihre Haare wirbeln rot und etwas wird in mir losgetreten. Ich hole tief Luft und wehre mich gegen die Umklammerung. Schmerz jagt durch meinen Rücken und Lukas' Nähe ist unerträglich. »Gib auf«, zischt er mir zu. Ich hole tief Luft, stemme mich erneut gegen seinen Griff und versuche mich aus ihm zu befreien. Dann bekomme ich einen Tritt in die Kniekehlen. Ein Ruck geht durch mich hindurch und ich lande auf den Knien. Eine Nadel berührt meine Haut und ich schreie auf, zerre meinen Arm weg. Für einen Wimpernschlag sehe ich in den Zelthimmel, in dem Inola wie in einem Kleid aus Schneeflocken beginnt zu tanzen. Plötzlich geschieht etwas. Noch bevor die Flocken auf uns niederrieseln, weichen einige Soldaten erschrocken zurück und ich erkenne den Grund dafür. Mona schleudert mit Frost und Eis um sich. Ihre Iris wechselt von eisblau zu schwarz. Die Kälte, die sie stets anderen nahm, rast aus ihrem schmalen Körper heraus, fließt wie flüssiger Strom in die beiden Männer, die sie festhalten. Es bleibt ihnen keine Zeit, das Kind loszulassen, sie werden schockgefroren und erstarren zu leblosen Statuen.

Alpha kläfft Befehle, damit hat er nicht gerechnet. Holly, die den Moment der Überraschung nutzen will, wird zu Boden geworfen, ein Fuß stellt sich in ihren Rücken und Waffen werden abgefeuert. Die Nadel durchstößt meine Haut, findet meine Vene. Wut und Traurigkeit von so vielen Jahren drängt aus meiner Brust empor und ich halte sie nicht auf. Nicht mehr. Die erste Träne brennt in meinen Augen. Sie ist schwarz wie Teer. Bösartig wie Schlangengift. Mein Herz zieht sich rhythmisch zusammen, ich denke an meine Mutter, an Verrat und Tod. Ein erstickter Laut entrinnt meiner Kehle und Tränen treten über die Ufer. Ich kann sie spüren, wie sie sich heiß sammeln, über Haut kriechen und ihre Macht wie dunkle, pechschwarze Tentakel in die Luft aussenden. Die Nadel in meinem Arm bricht ab, während Dr. Leander das Gleichgewicht verliert und stolpert. Ich komme frei, falle rücklings und krieche von der blonden Ärztin, deren blaue Augen sich panisch weiten, fort. Lukas taumelt davon, hält sich die Hände vors Gesicht und gibt einen Schmerzenslaut von sich, wie ein verwundetes Tier. Blut fließt durch seine Finger, Fetzen von Haut lösen sich von der Wange. Mein Magen rebelliert.

»Nein«, brüllt Alpha. »Ihr müsst sie außer Gefecht setzen! Sofort!«

Frau Leander wird von einem Soldaten aufgefangen, als sie droht zusammenzubrechen. Alpha denkt nicht daran, ihr zu Hilfe zu kommen, obwohl sie ihm die Hand entgegenstreckt. Ihre Nase blutet. Ich drehe mich, komme auf alle viere. Ich bin blind vor Tränen, alles wirkt verschwommen. Menschen sterben. Ich kann nichts mehr dagegen tun. Als mir bewusst wird, dass es auch Holly und Mona oder Romeo treffen könnte, weine ich noch mehr.

Nur am Rande sehe ich Dr. Chicago und das Feuer, das Mona aus den vereisten Klammergriffen der erstarrten Soldaten befreit. Eine Axt saust durch die Luft, trifft mit einem schmatzenden Geräusch einen Mann, der sich auf mich stürzen wollte. Er geht neben mir zu Boden, sein Blut spritzt auf mein Gesicht.

Ich höre Alphas donnernde Stimme. »Verflucht seist du!«, schreit er mir entgegen und hebt drohend seinen Zeigefinger, während sein Blick lodert. »Egal, wohin du gehst, ich werde dich immer finden«, verspricht er mir, während er sich widerwillig zurückzieht und durch den Vorhang taucht. »Es gibt keinen Ort, an dem du dich verstecken kannst, ich bin immer dicht hinter dir. Ich werde deine Welt einstürzen lassen und dich mit Trauer füllen. Haltet euch ruhig an den Händen, wenn eure Welt einstürzt«, sind die letzten Worte, die ich wahrnehme, bevor Schmerz in meinem Kopf explodiert und alles um mich herum in Schwärze versinkt.

19
Abschiede

Der Schmerz ist ein Ungeheuer, das mich besiegen will. Alles fühlt sich wund an, meine Haut, meine Knochen, mein Fleisch, während jemand mich auf seine Arme lädt und davonträgt. Ich versuche die Augen zu öffnen. Es dauert ewig, bis meine Lider mir gehorchen und sich flatternd heben, und ich erkenne, wie viele ich getötet habe. Einer der Harlekins liegt mit dem Gesicht nach unten im Sägemehl, schrecklich verdreht und ganz still, zu still. Jemand weint bitterlich darüber und eilt zu ihm, fällt vor ihm auf die Knie. Ein Mädchen mit langem blonden Haar, eine Artistin und Freundin von Reni. Ich kenne sie nicht persönlich, sie tanzte mit Romeo, bevor ich es tat. Ich sehe Silhouetten, die andere tragen oder stützen. Sie verschwimmen immer wieder zu schemenhaften Scherenschnitten.

Der Messerwerfer und sein Bruder schleppen einen von Alphas Männern aus dem Zelt. Sein Gesicht fehlt, es ist von den Knochen gefressen. Ich schaue hinauf in den Zelthimmel und frage mich, wo die Sterne sind. Wo ist der Engel, der durch die Luft schwebt? Inola? Ich möchte sie rufen, nur ein Stöhnen verlässt meine Lippen.

Die vielen Stimmen, die durcheinanderreden, verzerren sich. Mein Blick sucht nach Holly, nach Mona, doch ich kann niemanden finden. Jemand hievt mich höher auf seine Arme, starke Arme. Ich drehe den Kopf.

»Bleib bei mir«, raunt Romeo mir zu. Blut klebt an seiner Wange, ich will es fortwischen, es darf da nicht sein. Meine Finger zucken, zu mehr bin ich nicht imstande. Ich starre auf Romeos Mund, der sich unaufhörlich bewegt, er plappert ohne Sinn und Verstand, und ich versuche zu lächeln. Ich weiß nicht, ob es mir gelingt.

Dann spüre ich, wie ich innerlich abgleite. Ich bin zu müde, um zu kämpfen. Ich sollte einfach vergehen, wie Raureif in der Sonne. Wie Schnee im Frühling.

Ich höre Rufe, Anweisungen, die gegeben werden, während eisiger Wind mich trifft und das Brennen in mir lindert.

Erinnerungen kehren zurück, ich bin auf dem Zirkusplatz, der Wagen, in den ich gebracht werde, ist Igrids. Die Frau, die Romeo versorgt hat. Die freundliche Seele, die so viel weiß und von Schicksal spricht. Die Frau, die das Unglück nicht hat kommen sehen, weil sie kein Winterkind ist. Und Holly? Meine liebste Holly hat es auch nicht gesehen, weil sie ihre Gabe unterdrückt. Weil sie keinen Schnee hat. Schnee, er sollte mich zudecken und in den Schlaf wiegen.

Es riecht sauber, nicht mehr nach Blut wie im Zelt. Kühle Hände tasten meinen Körper ab, als ich auf das Bett gelegt werde. Das Bett, in dem ich die letzte Nacht mit meinem Liebsten verbracht habe.

Jemand schiebt seinen Arm in meinen Nacken, ein bitterer Trank wird mir eingeflößt. Ich huste. Er lindert die Pein in mir, doch ich warte nur darauf, dass sie zurückeilt wie ein zu stark gespanntes Seil, das reißt.

Jemand spricht Beschwörungen, ein Wort, das sich immer und immer wieder wiederholt. Ich versuche mich darauf zu konzentrieren. Es ist ein Rettungsanker, und erst Minuten später erkenne ich, wer sie spricht.

»Ember, Ember.« Es ist Romeo, der mich festhält und meinen Namen sagt, als wäre es das einzige Wort, das existiert.

»Bleib bei mir.«

Weine, kleine November. War es richtig gewesen, es zu tun?

Ich bin so erleichtert, dass es ihm gut geht. Als ich für einen Moment den Blick scharf stellen kann, sehe ich in seinem Gesicht so viele Schatten liegen, dass ich denke, ich werde sterben. Das wird es sein, was ihn so betrübt. Das Ende der Reise.

Ein plötzlicher Frostschauer kriecht durch mich hindurch und ich nehme wahr, dass andere zu uns in den Wagen kommen. Die Tür knallt viel zu laut ins Schloss. Igrid beschwert sich, mit einem Zischen, das sich durch mein Gehör schlängelt. Sie will die ungebetenen Gäste loswerden, doch sie hören nicht auf ihre Bitte und bleiben.

»Wie viele Opfer gibt es?«, fragt jemand gepresst.

»Vier Verletzte und wenige Tote, Gustav, der Kleinwüchsige, ist dabei«, antwortet jemand anderes. Ich seufze. »Wir wussten, was geschehen würde«, redet die Männerstimme weiter. »Wir alle hielten genügend Abstand zu dem Novemberkind. Allerdings hatten die Männer von Alpha nicht so viel Verstand.« Eine Schublade wird aufgerissen, ein Stuhl schabt über den Boden.

»Wird sie überleben?«, erkenne ich Hollys belegte Stimme.

»Bestimmt«, antwortet Igrid und das weitere Gemurmel verstehe ich nicht, versinke in Bildern der Vergangenheit.

Da ist der schwarze Wasserfall von Dornenland, unter dem ich durchtauchte und in eine Höhle mit leuchtenden Käfern kam, die wie Diamanten leuchteten. Gerade als ich einen von ihnen berühren wollte, zog mich jemand zurück, weil sie giftig waren wie zwanzig Hornissen. Es war Romeo gewesen, ich erinnere mich. Endlich erinnere ich mich weiter an ihn.

Mein Schmerz ebbt ab, während sich eine schwere, warme Müdigkeit auf mich herabsenkt. Ich begrüße sie und wünsche sie mir so sehr, dass sie mich einfach mit sich reißt und unter sich begräbt. *Begräbnisse.* Meine Gedanken wandern zu Friedhöfen, errechnen, wie viele Gräber für meine Opfer ausgehoben werden müssten. Zwei für Monas Angreifer, eins für den armen Harlekin. Für wen noch?

Jemand geht, verabschiedet sich und eine große Gestalt kommt hinzu. Ich blinzle.

»Ich muss sie untersuchen.« Ich erkenne Dr. Chicago, Romeos Vater. Er hat Verbrennungen über seinem Auge, die Haut pellt sich und gibt rosiges Fleisch frei. Eine Entschuldigung liegt schwer auf meiner Zunge, kommt mir nicht über meine Lippen.

»Wonach?«, will Holly wissen. Beunruhigung liegt in ihrer Stimme, während der große Mann sich über mich beugt und seine Hand zunächst über meine Arme, dann in den Nacken wandern lässt. Seine Berührungen sind warm und vorsichtig.

»Was denkst du, wie sie euch finden konnten?«, stellt er die Frage, die ich mir selbst so oft gestellt habe, an Romeo.

»Es muss eine undichte Stelle geben«, vermutet er und ich seufze, als Chicago mich mit viel zu viel Schwung aufrichtet.

»Ich wusste es«, brummt er und findet, wonach er sucht. Eine kleine Wunde unter dem Ansatz meiner Haare.

»Igrid, mach die Klinge heiß«, fordert er von der Kartenlegerin und an Holly gerichtet: »Das sollte unter uns bleiben. Wenn die anderen erfahren, dass Gustav gestorben ist, weil ihr nicht bemerkt habt, dass eurer Tränenkind einen Peilsender trägt, könnte das ungemütlich werden.« Sein Rat sickert in mein Hirn. Gott, wir haben das Verderben eingeladen, nur weil niemand auf die Idee gekommen ist, dass ich verwanzt bin? Die Flucht beim Casino, die kurze Zeitspanne, in der Alphas Leute dort auftauchten. Wir hätten das hinterfragen müssen.

»Verstehe«, antwortet Holly betroffen. Hitze sengt meine Haut, Blut fließt mir in den Nacken und ich sehe, wie Chicago ein winziges, reiskorngroßes Metallstück in seinen Fingern hin und her dreht. Ich rühre mich, Romeo hält mein Haar zur Seite, während Igrid meine Wunde versorgt und einen Verband anlegt. Wann war das passiert? Wann hatte man mir den eingesetzt? Nur kurz denke ich an den ersten Tag der Untersuchungen bei Frau Dr. Leander, als ich nach einer Spritze in Ohnmacht fiel. Hatte man es mir währenddessen eingepflanzt?

»Ihr müsst, so schnell es geht, aufbrechen, mein Junge«, sagt Chicago zu Romeo und ich stelle meinen Blick scharf. Sein Gesicht ist ohne jeden Ausdruck, als er den Sender zwischen seiner Messerklinge und dem Holz eines Schränkchens zerquetscht.

»Wie soll das gehen?«, fragt Romeo gepresst, er schlingt seine Arme fester um mich.

»Dein Wagen ist startbereit. Du hast Vorräte, Wasser und Benzin für drei Personen, um durch die Salzsteppe zur Grenze zu kommen, um auf Nonnas Leute zu treffen. Ich habe die Information erhalten, dass sie sich am Rande der Jungen Wälder aufhalten«, erklärt Chicago ruhig und eindringlich. Er duldet keinen Widerspruch.

»Hat das denn wirklich nicht noch ein bisschen …« Igrid verstummt.

Meine Stirn sackt an Romeos Schlüsselbein, mir ist schwindelig, der kleine Raum kippt und seine Farben stürzen auf mich ein. Hat er drei Personen gesagt?

»Ember ist schwach«, versucht die gute Igrid es erneut und legt dabei mehr Energie in ihre Stimme.

»Sie ist verloren, wenn sie bleibt«, schneidet ihr der Direktor das Wort ab. »Die Leute, die heute hier waren …«

Er macht eine Pause. »Diese Menschen sind anders als wir. Und die haben einen Kampf verloren, das lodert jetzt in ihnen wie ein Feuer, und sie werden zurückkommen«, prophezeit er, ohne dass er ein Seher ist. »Und dann wird es noch mehr Opfer geben. Die Toten, die wir heute beerdigen müssen, reichen.«

Wer ist alles gestorben? Ich kämpfe mich an die Oberfläche.

»Was …«

»Schhhh«, versucht Romeo mich zu beruhigen und streicht mir tröstlich über die Wange.

»Was hab ich getan?«

»Gekämpft«, ist seine Antwort und ich schaffe es, ihm in die braunen Augen zu schauen. Ihn zu fixieren, wenigstens einen Moment.

»Wer ist gestorben?«, muss ich wissen. Mein Mund ist so trocken. Dr. Chicago hat doch eben noch gemeint, nur drei von uns würden fahren. Nur drei, die weiterreisen, obwohl wir zu viert hier ankamen. Ein furchtbarer Gedanken kommt mir.

»Wo ist Mona?« Meine Stimme bebt. Sie war gefangen zwischen den gefrorenen Fäusten dieser Männer. Sie hat nicht vor meinen Tränen flüchten können.

»Nicht sprechen«, sagt Igrid, die eine Flüssigkeit in eine kleine Phiole füllt und sie an Romeo übergibt.

»Danke, das werde ich dir nie vergessen, was du alles für uns getan hast, Igrid«, sagt er, während seine Finger sich an meine Lippen legen, um mich zum Schweigen zu bringen.

»Mona ist bei Inola«, erklärt mir Holly, die in mein Sichtfeld taucht, und ich atme auf. Gott sei Dank, sie lebt! Ich habe ihr nicht geschadet. Holly hat eine fiese Schramme an ihrem Schwanenhals und einen Bluterguss unter dem rechten Auge. Sie muss sich ganz gut geschlagen haben, meine Holly.

»Du bist es«, hauche ich, lächle müde und der Raum dreht sich erneut. Meine Freundin drückt meine Finger. »Ja, ich bin es. Du brauchst dir keine Sorgen machen.«

Romeo macht Platz, bettet meinen Kopf zurück auf die Kissen und haucht mir einen Kuss auf die heiße Stirn.

»Ich bereite alles vor«, sagt er an Holly gewandt, die sich neben mich legt und sich in meinen Arm dreht. Wie sie es schon Hunderte Male getan hat, bevor die Welt aus den Fugen geriet. Ihre Nähe tut gut.

»Mona?« Die Frage pocht mit meinem Schmerz um die Wette, denn ich will, dass sie mit uns kommt. Wir dürfen nicht getrennt werden. Wir dürfen nicht noch jemanden zurücklassen, wie Ylvi, wie Matti.

»Es tut mir leid, Ember. Sie muss hierbleiben«, antwortet Holly tonlos. »Sie kann Inola nicht verlassen, sie gehört zu ihr wie ihr eigener Schatten.«

Ich schlucke schwer.

Wir würden uns Lebewohl sagen müssen und das zutiefst traurige Geräusch, das mir über die Lippen kommt, versetzt Holly in Alarmbereitschaft.

»Es ist nicht für immer, November«, beeilt sie sich. »Du weißt, wir werden sie wiedersehen.«

Weiß ich das? Kann ich mir da sicher sein? Mein Blick wandert durch den kleinen Innenraum des Wagens, bleibt an den Eisblumen des Fensters hängen, hinter dem Augusto und Chicago draußen auf dem Platz hitzig diskutieren. Die Zelte werden abgebaut, die Beleuchtungen in Kartons verstaut und Kisten geschleppt. Der Zirkus bricht auf.

»Wir werden ebenfalls weiterziehen, Kleines«, sagt Igrid mir, bevor ich fragen kann, und setzt sich zu uns auf den Rand des Bettes. »Es wird Zeit.«

»Ich habe alles versaut«, flüstere ich.

»Nicht doch.« Igrid tupft mir Schweißperlen von der Stirn.

»Nichts von dem, was geschehen ist, ist deine Schuld. Auch wenn die betrüblichen Ereignisse zu dir gehören und geschehen mussten, damit du wirst, wer du später bist.« Einmal mehr verstehe ich ihre Worte nicht. Holly geht es genauso, ich erkenne es an ihrem Gesichtsausdruck, an der in Falten gelegten Stirn und der leicht vorgeschobenen Unterlippe.

Meine Augen fallen zu, ich drifte davon und sehe das Gesicht meiner Mutter vor mir, dann Nonnas und Romeos. Sterbe ich jetzt? Ich folge Fußspuren im Sand, lausche auf das Lachen von Romeo und mir, als wir Kinder waren. Es ist Sommer und warm, der Frost ist gegangen und hat dem Regime der Sonne Platz gemacht. Blumen blühen, schicken ihren Duft zu mir herüber und dann schlafe ich ein.

Ich erwache erst im Auto, als wir schon kilometerweit gefahren sind. Mein Atem, der stoßweise geht, ist neben dem Schnurren des Motors das einzige Geräusch im Inneren des Wagens. Es ist Nacht und der Mond erhellt eine einsame Straße, die direkt ins Nirgendwo führt. Mit Schrecken wird mir klar, dass ich mich von niemandem verabschiedet habe. Und ich weiß nicht, welcher Schmerz mir mehr Leid verursacht. Der meines Körpers oder der meiner Seele.

Ich blinzle, lasse meine Stirn an das Glas des Fensters sinken und schaue hinaus. Wundervolle grüne Fuchslichter erhellen den Himmel und tanzen zwischen den Sternen. Wie oft habe ich von diesen atmosphärischen Störungen gelesen, mir Bilder angeschaut und mir gewünscht, sie mit eigenen Augen zu sehen.

Die Landschaft wird immer karger, Staub wird vom Wind in die Luft gehoben und verwirbelt. Weit entfernt erhebt sich ein unheimlicher Schatten, der aussieht wie ein Skelett. Es ist eine uralte Brücke, die von der weißen Steppe verschluckt wird. Ein Bauwerk aus Tagen, an denen hier noch wunderbare Städte thronten. Jetzt zeugen nur noch Grundmauern davon, die sich aneinanderreihen wie Dominosteine, bereit zum Fallen.

»Soll ich dich mal ablösen und fahren?«, fragt Holly Romeo. Er lächelt sie an, ich sehe es an seinen Augen, die ich im Rückspiegel erkenne, doch es hat nichts Fröhliches.

»Du weißt nicht viel über die Salzsteppe«, vermutet er goldrichtig. Ich selbst habe noch nie von ihr gehört.

»Nein, wieso?«, sagt Holly wenig interessiert.

»Nur so. Vielleicht, weil sie so gefährlich wie die Seufzersee ist. Sie wird auch Steppe der Trübseligen genannt.«

»Du machst Witze«, höre ich Holly sagen. Sie klingt beinahe belustigt, aber ich kann spüren, wie sich ihre Haltung verändert, als ihr klar wird, dass es Romeo todernst meint.

»Warum schicken uns deine Leute dann durch sie hindurch?«, fragt sie aufbrausend. »Sind die doch sauer auf uns?«

»Nein. Weil dies der einzige Weg ist, den unsere Verfolger nicht wählen würden. Die einzige Zone, die uns schnell genug zu Nonna bringt, um November zu retten«, ist seine schlichte Antwort. Dann treffen sich unsere Augen im Rückspiegel.

»Sie ist wach«, stellt er fest, setzt den Blinker, fährt auf den Seitenstreifen und stoppt.

»Ember!«, stößt Holly erleichtert aus. »Endlich bist du wieder da.«

»Yeah«, sage ich schwach und richte mich auf. Eine Decke, die mich bis zur Brust einbettete, rutscht etwas tiefer und meine tauben Finger erwischen sie an einem Zipfel.

»Ein Glück«, meint Romeo und greift zwischen den Sitzen nach hinten. Er nimmt meine Hand, sein Daumen streicht über meine Finger. »Holly, die Tropfen«, kommandiert er.

»Bist du sicher?« Sie sieht irritiert aus, zwirbelt eine Sekunde ihr Haar.

»Ja, bin ich.« Er lächelt aufmunternd.

»Aber Ember ist doch gerade erst …«

»Verdammt, würdest du einfach machen, was ich dir sage?«, knurrt er in ihre Richtung und sie gehorcht.

Wortlos übergibt sie ihm die kleine Phiole mit Korken, er löst sich von mir und öffnet die Fahrertür. In wenigen Herzschlägen ist er bei mir hinten auf dem Rücksitz. Kalte Luft und Staub wehen mit ihm zu mir und wecken mich immer mehr aus meinem Dämmerzustand.

»Romeo«, flüstere ich mit belegter Stimme. Sein Lächeln ist wie Zucker an einem bitteren Tag.

»Hey, meine Schöne«, sagt er und haucht mir einen Kuss auf den Haaransatz. »Du musst deine Medizin nehmen.«

»Mir geht es gut«, antworte ich und bekomme meine Glieder etwas mehr in den Griff.

»Nicht gut genug.« Nur mühsam verschleiert er seine Sorge, die seine Miene trägt.

»Sie ist doch gerade erst aufgewacht, Romeo«, murrt Holly ein weiteres Mal und ich kann ihr nicht folgen. Romeo umfasst mein Kinn und hebt die kleine Pipette.

»Mund auf«, fordert er mit Nachdruck und ich öffne ihn. Die Flüssigkeit trifft auf meine Zunge, fühlt sich warm an und rinnt mir die Kehle hinunter.

»Schlaf weiter«, flüstert er mir dann leise zu und ich lasse meinen Kopf wieder zurück an die Rückenlehne sinken.

»Ich habe so viele Fragen«, sage ich, während seine Augen ernst auf meinen ruhen.

»Nicht jetzt. Du musst schlafen«, raunt Romeo und für einen Moment habe ich das Gefühl, sein dunkler Blick allein bringt mir die Schwere.

Meine Augen fallen zu und ich spüre den Verlust, als Romeo mich loslässt und sich wieder ans Steuer des Wagens setzt.

Ich bewege mich lange in einem verwaschenen Traum, hin- und hergerissen zwischen wachen und schlafen. Die Steppe der Trübseeligen flüstert mir ihre Geschichten zu und ich denke an eine Zeit, in der Menschen fliegen konnten und sogar die Sterne besuchten. Eine fast vergessene Zeit voller Wunder.

»Die Sonne wird bald aufgehen«, höre ich Holly irgendwann sagen und sinke etwas tiefer in den warmen Dämmerzustand.

»Ich hoffe es, ich habe genug von diesen verdammten Schatten, die uns folgen«, sagt Romeo angespannt und fährt in eine Kurve.

»Es sind keine Schatten, es sind Vögel«, berichtigt Holly ihn.

»Ja, schwarze Kreaturen, die nachts fliegen, Redhead. Das sind keine normalen Krähen.« Er macht eine Pause, ich öffne die Augen, der Himmel beginnt sich lila zu färben und erhellt die unendliche Weite dieser unwirklichen Landschaft.

20
Heimkommen

Es vergehen 18 Stunden, bis ich mich endlich etwas besser fühle und meinen Verstand sortiert bekomme. Wir haben die Salzsteppe hinter uns gelassen und Romeo und Holly streiten sich seit geraumer Zeit darüber, wo Norden ist, weil der Kompass verrücktspielt.

»Klar kannst du nach rechts abbiegen, aber dann ist es halt falsch und wir kommen nie an«, sagt Holly und erntet von Romeo ein unwilliges Schnaufen.

»Auf deine Verantwortung, dann geht's jetzt geradeaus«, antwortet er, während ich erneut darüber nachdenke, was wir gerade hinter uns gelassen haben. Es hatte eine Weile gedauert, bis mir klar wurde, dass ich nicht geträumt habe.

Es beginnt zu schneien, Bäume säumen die gut befahrene Straße und immer häufiger kommen wir an kleinen Höfen vorbei. Pferde und riesige Rinder laufen auf den weißen Wiesen hinter hohen Zäunen und tollen im Pulverschnee, lassen den Schrecken, der hinter uns liegt, verblassen. Und dann ist es so weit, wir passieren eine Kreuzung, die mitten auf einem Hügel liegt, und ich erkenne sofort die Kolonne von Fahrzeugen, die am Rande eines Waldes unter einigen Eichen parkt.

»Bingo, Holly. Du hattest recht, wir haben sie gefunden«, jubelt Romeo und trommelt fröhlich auf dem Lenkrad.

»Ach echt?«, fragt Holly beinahe überrascht und ich beuge mich nach vorne, zwischen die Vordersitze, um besser sehen zu können. Mein Puls beginnt zu rasen, als ich die ersten Wohnmobile der Fahrenden erkenne. Den alten vergilbten mit Tausenden Aufklebern und den bunten von Nonna. Ich halte die Luft an. Langsam rollen wir auf sie zu.

»Bleibt hier«, befiehlt Romeo, während er am Ende der Reihe parkt und den Motor abstellt. Ein riesiger Hund an einer Kette bellt und fletscht drohend die Zähne. Er sieht aus wie ein Wolf, den man aus den Wäldern gestohlen hat.

Romeo steigt aus. Ich kann nicht anders und öffne ebenfalls die Tür, er bemerkt es nicht, als er eilig auf den ersten Wagen zugeht. Es beginnt wieder zu schneien, winzige Flocken fallen vom Himmel und die Autos, die auf der Straße vorbeikommen, drosseln ihr Tempo.

»Er hat gesagt, wir sollen hier warten«, zischt mir Holly zu und will mich zurückhalten, doch ich bin zu aufgeregt.

»Ember, du kannst doch nicht einfach …« Sie flucht und steigt auch aus, als ich nicht auf sie höre und die Tür hinter mir ins Schloss fallen lasse.

»Natürlich hörst du mal wieder nicht«, motzt meine Freundin und ich sehe, wie Romeo an einen der Wagen klopft. Dieses graue Wohnmobil mit den schwarzen Sternen kenne ich nicht. Es ist neu, hat keine Spuren von langen Fahrten und unwegsamem Gelände, wie die meisten anderen. Es wird geöffnet und Romeo verschwindet, ohne dass ich sehen konnte, wer ihn da empfängt. Schnee knirscht unter meinen Schuhen und ich spüre die Schwäche, die mir immer noch in den Knochen steckt. Für einen Moment tanzen Blitze vor meinen Augen und ich wanke. Holly stützt mich gerade noch rechtzeitig und wirft mir einen säuerlichen Blick zu.

»Sorry, aber ich kann nicht einfach warten«, entschuldige ich mich. Der Hund an der Leine stellt sein Bellen ein, er wedelt zögerlich mit dem Schwanz und winselt, als überlege er, ob ich ein fast vergessener Freund bin, den es gilt, willkommen zu heißen. Ich schreite weiter, langsam und mit festem Blick auf den einen Wohnwagen zu. Auf den bunten mit den roten Vorhängen, die aufgezogen sind und Licht aus dem Inneren herauslassen. Als sich die Tür von Nonnas Wagen öffnet, ist es, als bliebe die Welt stehen. Als setze die Gravitation aus und als würde nichts mehr eine Rolle spielen, nur dieser Augenblick. Ich erkenne sie sofort, meine Nonna, ihr rundes Gesicht, die sanften braunen Augen. Sie breitet die Arme aus, sie ist alt geworden, ihre Haare sind schlohweiß und bilden einen starken Kontrast zu ihrer dunklen Haut, doch ihre Körperhaltung ist dieselbe. Den Rücken gerade, die Bewegungen federnd, als wäre alles im Leben leicht und beschwingt. Ich erkenne ihr purpurfarbenes Kleid mit den aufgenähten Flocken, bei denen ich mit meinen Kinderhänden geholfen hatte. Ich faltete sie und hielt sie so lange, bis Nonna sie fixiert hatte. Sie war so stolz auf mich, dass ich so viel Geduld aufbrachte.

Ich kann nicht anders. Meine Bewegungen frieren einfach ein, während Nonna auf mich zuhält und ihre Arme um mich schließt, fest und zärtlich zugleich. Sie ist klein, viel kleiner, als ich sie in Erinnerung hatte. Und viel zarter von der Statur. Meine Nonna reicht mir nur bis zur Nasenspitze und ich lege meine Stirn auf ihre Schulter. *Weine nicht, November.*

»Endlich bist du zu Hause, mein liebes, liebes Kind«, flüstert sie mit rauer Stimme und gräbt ihre Finger in meine Oberarme. Dann rückt sie etwas von mir ab, um mich zu betrachten. Ihre Augen sind trübe geworden, ich frage mich, ob sie noch gut sehen.

»Du siehst blass aus, es geht dir nicht gut«, stellt sie fest und liebkost meine Wange. »Aber ich helfe dir, es wird alles wieder gut.« Ihre Falten vertiefen sich, ein warmes Lächeln breitet sich über ihr Gesicht aus.

»Nonna«, flüstere ich, als probiere ich diesen Namen das erste Mal. Die Schwäche lässt für einen Moment meine Knie weich werden.

»Es war ein langer Weg, mein Kind«, sagt sie, küsst zwei ihrer Fingerspitzen und drückt sie anschließend an meine Schläfe. Wie sie es früher Tausende Male getan hatte.

»Und ob«, antwortet Holly an meiner Stelle und grinst verlegen. Ich quetsche immer noch die Hand meiner Freundin, ich kann sie nicht loslassen.

Nonnas Blick gibt mich nicht frei, eine Ewigkeit nicht und es liegt so viel Gefühl in ihm.

»Mein liebes Herz, ich habe dir einiges zu sagen«, meint sie und trennt Holly und meine Hand. Sie führt uns lächelnd durch den knöcheltiefen Schnee zu ihrem Wagen. Ich schaue sie an, während wir nebeneinander hergehen, und forsche in ihrem Gesicht. So vieles schreit in mir auf. Wieso hast du mich nicht eher geholt? Hast du meine Mutter getötet?

Sie drückt meine Finger, wie sie es früher tat. Ich kann nichts sagen, ich bin viel zu überwältigt. Kein Wort wäre genug für diesen Moment, keine Beschreibung angemessen.

»Du musst Holly sein«, begrüßt Nonna jetzt meine Freundin, während sie uns mit einladender Geste in den Wagen bittet. »Wir haben die letzten Jahre immer mal wieder eine Nachricht über Umwege erhalten und du kamst oft darin vor.«

Ich gehe voran, meine Finger gleiten über den verzierten Rand der Tür, den ich als Kind so mochte.

»Zu ihren Diensten, Frau …« Holly wirkt unsicher und ich werfe ihr einen beruhigenden Blick zu.

»Nonna, nenn mich einfach Nonna.« Die alte Dame legt ihre Hand auf ihren Rücken und schiebt sie hinter mir hinein, die zwei Stufen hinauf. Ich tauche durch einen Vorhang aus Perlen, mit denen meine Katze gerne gespielt hat. Bevor sie starb. Ich blicke mich um, mein Herz schlägt hart. Es ist alles wie damals, als wäre ich niemals fortgewesen, und ich kämpfe mit meinen Emotionen.

Dann entdecke ich ihn. Einen jungen Mann, der auf der alten Bank mit den bestickten Kissen sitzt. Er hat dunkelbraune Haare und warme Augen, die er aufmerksam auf mich richtet. Er ist schlank und um einiges älter als ich, vielleicht Mitte zwanzig. Und eine tiefe Narbe verläuft über seine rechte Gesichtshälfte.

»Hallo«, sage ich zögerlich und er erhebt sich, ohne den Blick von mir abzuwenden. Er ist größer als Romeo und seine Präsenz eine ganz andere.

»Freut mich sehr, dich endlich kennenzulernen«, sagt er so sanft, dass es etwas mit mir anstellt, das ich nicht beschreiben kann. Es fühlt sich an, als tauche ich in warmes Wasser, das mich umfängt und beschützen will, umso näher ich diesem Menschen komme. Surreal.

»Ja, ganz meinerseits«, bringe ich hervor, streiche mir unwillkürlich meine Haare zurück und sehe etwas zu lang auf seine schlanke Hand, die sich auf den Weg zu mir macht und etwa zwanzig Zentimeter vor mir innehält.

Holly zwitschert irgendetwas in meinem Rücken, ich denke, sie redet mit dem Unbekannten, zu dem mich alles hinzieht. Ihre Worte erreichen mich nicht.

Nonna erwidert etwas auf Hollys Frage. Wie lautete sie noch mal? Die Frage? Und was ist die Antwort?

Wie durch Watte dringt ein Name zu mir durch: *Darin.* Meine Finger schweben vor seinen und als er, der ganz in Schwarz gekleidete Mann mit dem freundlichen Blick, die letzten Zentimeter überwindet und meine Hand in seine nimmt, geschieht es: Ich stehe augenblicklich unter Strom. Der Funke ist spürbar, ich kann ihn sogar sehen, wie er für einen Wimpernschlag den

Raum erhellt. Holly zieht scharf die Luft ein und Darins Pupillen weiten sich, wie meine es sicherlich tun.

»Darf ich vorstellen, dein Schnee, November«, höre ich Nonna wie aus weiter Distanz sagen und ich lasse mich von Darin in seine rettenden Arme ziehen. Es geschieht alles wie von selbst, wie vorherbestimmt und vollkommen normal.

»Ich hätte nie gedacht, dass es so ist. Dass es sich so anfühlt«, raunt er ebenso beeindruckt, wie ich es bin. Es ist wie heimkommen, all die Schwäche und der Schmerz, die Krankheit wird aus meinen Knochen gezogen und erst jetzt bemerke ich, dass es schneit. Hier um uns herum, im Inneren des Wagens mit seinen Lichterketten und Glasspielen, tanzen kleine Flocken, während ich in den Armen eines Fremden liege, als hätte er nie etwas anderes getan, als mich zu halten. Ich bette meine Wange an seine Brust, atme seinen Duft nach Winterwäldern ein und mein Blick gleitet an den Flocken vorbei durch das Fenster. Romeo steht davor und starrt uns an. Seine Miene ist unbeweglich und als er sich abwendet, schlucke ich gegen bittere Tränen an.

Irgendwann löse ich mich aus dieser seltsamen Situation und nehme Abstand zu Darin. Er lässt mich gewähren, bietet mir seinen Platz an und ich setze mich wortlos.

»Ich weiß nicht, was ich sagen soll«, gebe ich zu, noch vollkommen durcheinander. Er lächelt und vergräbt seine Hände in den Hosentaschen.

»Ich auch nicht so ganz«, er unterbricht sich und lächelt zaghaft. »Nur, dass ich sehr lange auf dich gewartet habe«, lässt er mich wissen. Ich rutsche auf der Bank ganz ans Ende und Holly nimmt neben mir Platz. Darin setzt sich uns gegenüber, sein Blick saugt sich an mir fest und mir wird warm.

»Wie lange bist du schon beim Clan?«, frage ich, weil mein Kopf vollkommen leer ist und mir keine wichtige Sache einfällt, die es zu besprechen gibt. Dabei gibt es Hunderte. Ich bin mir ganz sicher.

An seinem Mundwinkel zuckt ein Lächeln, als würde er mich durchschauen. Vielleicht geht es ihm genauso.

»Eine Weile. Er hat mich quasi aus einer Gefangenschaft befreit.« Ich betrachte ihn, sein ordentlich rasiertes Gesicht, die sauber geschnittenen Fingernägel, die akkurat sitzende Kleidung, die nicht ganz dem Stil der Fahrenden entspricht. Er sieht beinahe perfekt aus, bis auf die Verletzung, die mich an einen sauberen Schnitt erinnert.

»Endlich ist dieser bittere Abschnitt deines Lebens vorbei, kleine November«, sagt Nonna, während sie dampfende Tassen mit Tee zu uns bringt. »Jetzt kannst du dich auf neue Zeiten freuen.«

»Du warst beim Winterorden, habe ich gehört«, sagt Darin mit Mitleid in der Stimme.

»Ja, aber es war okay.« Uns ging es gut dort, wir hatten uns. Holly lächelt mir zu.

»Ganz ehrlich, Leute, dort war es nicht ganz so turbulent wie außerhalb des Schwarzen Waldes. Sogar fast langweilig ungefährlich«, mischt sie sich ein und nimmt ihre Tasse.

Sie ist zu gierig, verbrennt sich die Zunge und flucht.

»Ich habe anderes gehört.« Fragend sieht Darin Nonna an und sie schnalzt mit der Zunge.

»Das war einmal. Wir wissen, was dort vor sich geht. Und sei gewiss, November, wir hatten immer alles im Blick. Wäre Alpha früher zum Orden gestoßen, wäre auch jemand früher gekommen, um dich zu holen«, schwört sie mir und ich bin mir nicht sicher. Ich versuche immer noch Darins Erscheinungsbild mit dem Clan zu vereinen und meine vorwurfsvollen Fragen an Nonna nicht herauszulassen.

»Darin ist das Kind einer sehr wohlhabenden Familie aus dem Osten von Merika«, erklärt mir Nonna nun und greift über den Tisch hinweg meine Hand. »Ich habe zu lange gebraucht, um ihn zu finden, es tut mir leid.« Sorgenfalten vertiefen sich.

»Das ist doch nicht deine Schuld«, hauche ich und streiche mir eine Silberlocke hinter mein Ohr. Die Art, wie Nonna schaut, macht mich stutzig.

»Doch, ein wenig.« Sie macht eine lange Pause, das tat sie damals, bevor sie mir etwas Wichtiges mitteilte. Ihr Blick gleitet über ihre Schulter, hin zu der Kommode und ihrem schwarzen Spiegel. Vor ihm steht ein Foto. Es zeigt mich und Romeo.

»Warum?«, will Holly ganz ungeniert wissen.

»Ich war der Meinung, es gebe für dich schon den passenden Schnee, November«, sagt sie zu mir. »Doch er ist nicht erwacht.« Für einen Moment zeigt sich Traurigkeit auf ihrem Gesicht, bevor sie sich wieder fängt. Ich kann nicht anders, als an Romeo zu denken, und ich formuliere die Frage, ohne zu wissen, ob ich die Antwort hören will.

»Wer war es?« Sie liegt schwer in dem Raum zwischen uns, senkt sich wie Nebel und drückt mich nieder.

»Romeo, der Sucher, der dich geholt hat«, spricht Nonna es aus. Holly atmet hörbar ein.

»Doch jemand hat diese Fügung vereitelt«, setzt sie zu einer Erklärung an und hängt einer bitteren Vergangenheit nach, die ihre Augen glitzern lässt.

»Was ist denn geschehen?«, frage ich.

»Sein Vater ist geschehen.« Nonna wischt sich fahrig übers Gesicht und löst das bunte Tuch um ihren Hals, als bekäme sie plötzlich zu wenig Luft. »Er hat dem Jungen bei seinen Besuchen hier etwas eingeflößt, das seine Gabe unterdrückte …«

Holly und ich tauschen einen schnellen Blick. Ich weiß, was sie in ihrem Mantel versteckt hält. Ich kenne die Zusammensetzung der Tropfen in dem kleinen Fläschchen, die man ihr empfohlen hat zu nehmen.

»Ich habe jeden Tag darauf gewartet, dass er bereit ist, und nichts geschah.« Nonna runzelt die Stirn, Holly versteift sich neben mir und ich kenne die Worte, die Nonna nicht ausspricht. Romeo hätte meine Antwort sein sollen, meine Verbindung zu mir selbst, mein sicherer Hafen.

Meine Gedanken drehen sich. Und mein Herz zieht sich schmerzlich zusammen, als mir klar wird, wie sehr wir füreinander bestimmt waren. Ich wage es nicht, Darin anzusehen.

»Viel zu spät habe ich begriffen, was geschehen war. Und viel zu spät habe ich meinen Geist ausgeschickt, um eine passende Antwort für dich zu finden.«

Ich blicke auf, Nonna lächelt Darin an. »Und diese hier befand sich eine Weile auf den Inseln von Asir und war von uns durch ein weites Meer getrennt.«

Mir ist egal, wie weit er fort war. Ich sehe das Gesicht von Dr. Chicago vor mir, der meinte, das Richtige zu tun. Der seinen Sohn schützen wollte und damit etwas zerstörte, das sich so richtig angefühlt hätte.

»Ich hatte ja keine Ahnung, dass es noch andere bewohnte Kontinente gibt«, versucht Holly das Thema zu wechseln und pustet viel zu stark in ihre Tasse mit Tee.

»Doch, doch. Die Lebensbedingungen sind schwieriger als in Merika. Aber es gibt andere Völkergruppen, die es auch geschafft haben, das ewige Eis zu überleben«, verrät Darin und lehnt sich etwas zurück. Sein forschender Blick lässt immer noch nicht von mir ab und das nimmt mir meine Worte.

»Wie kamst du dorthin?«, fragt Holly.

»Mit dem Schiff.« Darin schmunzelt und erntet ein Schnaufen von meiner Freundin.

»Das ist mir schon klar, dass du nicht geflogen bist.« Sie lächelt mich aufmunternd an, ahnt sie doch, was in mir vorgeht.

»Wieso nicht? Meine Familie ist dabei, das Problem der Eiswinde in den Höhen zu lösen. Bald wird es wieder Maschinen geben, die uns fliegen können.« Darin spricht ohne Stolz auf diese Leistung.

»Deine Eltern müssen sehr klug sein«, schmeichelt Holly und ich kann nur an Romeo denken. Wo ist er jetzt gerade? Weiß er es? Und ist er deshalb so zornig auf seinen Vater? Weil er durch sein Eingreifen eine geschenkte Gabe auslöschte?

»Sie sind die Art Mensch, die die Fehler der Vergangenheit gerne wiederholen möchten, das ist nicht besonders schlau, wenn du mich fragst«, antwortet Darin und sein Blick verrät, dass er merkt, dass ich nicht bei der Sache bin. Ich räuspere mich verlegen und zupfe an meinen Haaren, löse imaginäre Knoten in ihnen.

»Wie meinst du das?«, will Holly von meinem Schnee wissen und er antwortet geduldig und viel ehrlicher, als ich es mich getraut hätte.

»Sie leben für den Profit. Nichts anderes zählt, außer der äußere Schein.« Hollys Blick senkt sich auf ihre Tasse.

»Waren deine Eltern einverstanden, dass du sie verlässt?«, muss ich wissen. Ich möchte kein Leid verursachen. Auch nicht bei Menschen, die das nächste Unheil der Welt heraufbeschwören.

»Sie sind erleichtert.« Sein Lächeln erreicht seine Augen nicht und bevor ich weiter nachhaken kann, erklärt er: »Sie fürchten sich vor mir. Vor meiner Besonderheit.«

Er zieht die Schultern hoch, es ist eine verlegene Geste und ich verspüre den Impuls, ihn trösten zu wollen.

»Sie verschließen sich vor den magischen Aspekten unserer Zeit. Und was ist es sonst, wenn nicht Magie, wenn man eine Gabe hat?«, überlegt er.

»Und von den Toten auferstanden ist«, ergänzt Holly und knetet ihre Finger. »Das sind wir ja nun mal alle. Als Babys gestorben, um neu erweckt zu werden.«

»Richtig. Und deshalb müsst ihr stolz auf euch sein und erkennen, wie wertvoll ihr seid«, mischt sich Nonna ein und schenkt mir einen liebevollen Blick.

»Nonna, ich muss dich etwas fragen.« Mein Körper fühlt sich besser an als vor Stunden noch, doch mein Herz lodert noch immer. »Was ist mit meiner Mutter geschehen?«

Die Stille dehnt sich aus und ich wünsche mir für einen Moment, die Frage zurückzuholen. Sie an einem anderen Tag zu stellen. Doch es ist zu spät.

»Kindchen, das ist nicht leicht zu erzählen«, beginnt sie und ich schlucke schwer. Holly verschüttet Tee und wischt ihn mit ihrem Ärmel heimlich weg.

»Bitte tu es«, sage ich leise.

Sie nickt, starrt eine Weile auf ihre Hände mit den eintätowierten Zeichen für den Winter und den Schnee. Dann schaut sie mich ernst an. »Wir hatten Amber Morison, deine Mutter, schnell gefunden. Deine Gabe, mein Herz, ist eine der kostbarsten, aber auch eine der gefährlichsten. Sie kam ungewöhnlich früh bei dir zutage, was ein Problem darstellte«, spricht sie weiter und ich erkenne, dass Darin die Geschichte bereits gehört hat. Er hofft, dass ich sie gut aufnehme, ich sehe es in seiner Miene.

»Wir klärten sie auf, über dich, über die Winterkinder und baten sie, sich uns anzuschließen, aber sie wollte nicht.« Nonna zuckt die Achseln, ihr Blick ist nach innen gerichtet, als erlebe sie die Begegnung neu.

»Sie kannte euch ja nicht«, habe ich Verständnis für die Frau, die ich nie kennenlernen durfte. »Wie hätte sie sofort Vertrauen fassen können?«

»Natürlich, wir waren sehr behutsam«, beruhigt sie mich. »Leider wurde sie krank.« Nonna verstummt und ich begreife, was ich getan hatte. Ich habe ihr geschadet, die Tränen eines Säuglings, der aus Not, Hunger, Unwohlsein oder Frustration weint, haben sie krank gemacht. Ich vergiftete meine eigene Mutter. Nonna greift meine Hand und ich zucke zurück. Ich kann das jetzt nicht, ich muss ruhig bleiben.

»November, wir haben sie nie aus den Augen gelassen, und irgendwann hatte sie begriffen, dass du anders bist. Dass wir recht hatten und die Legenden, die man sich nur hinter verschlossenen Türen erzählt, wahr sind.«

Ich starre auf meine Teetasse, am Henkel verläuft ein Riss zum Boden und ich spüre meinem eigenen nach. Ich frage mich, was geschieht, wenn er zerspringt. Wenn ich zersplittere wie Glas und in Scherben zerfalle.

»Und dann wollte meine Mutter mit mir zu euch kommen?«, vermute ich und streiche über den Sprung im Porzellan.

»Ja, wir sollten sie abholen, doch es war bereits zu spät. Der Winterorden hatte deine Spur wiedergefunden und es gab einen bedauerlichen Zusammenstoß.«

Nonnas Augen glänzen und sie schließt sie einen Moment, bevor sie weiterspricht. »Sie kam ums Leben und wir nahmen dich mit uns.«

Die Bilder, die Oberschwester Klara mir zeigte, huschen durch meinen Kopf. Die Aufnahme, bei der ich auf Nonnas Arm war, und der Schrecken in ihren Augen, als sie mit mir davonhetzte.

»Wie?«

»Durch die Soldaten des Winterordens«, antwortet Nonna und ich nicke. »Es tut mir sehr leid, Kind.«

»Manche Dinge geschehen und lassen sich nicht ändern«, höre ich mich mit einer Floskel antworten. Ich atme tief durch. Was hatte ich erwartet? Dass ich mich besser fühle, wenn ich Nonnas Geschichte kenne? Ein dummer Gedanke.

Dann klopft es an der Tür zum Wohnwagen und erlöst mich aus der Situation. Nonna erhebt sich und ein Mann in Jeans und kariertem Hemd tritt ein. Er nimmt seinen Hut vom Kopf, als er mich sieht, und verteilt Schnee dabei auf dem Boden. Er ist um die vierzig, sein dunkles Haar wird an den Seiten dünn und sein Bart ergraut. Ich kenne ihn nicht, habe ihn noch nie gesehen, aber er ist eindeutig ein Clanmitglied von Geburt aus.

»Sie warten alle«, sagt er an Nonna gerichtet und ich erkenne, dass Leute draußen im Schnee vor dem Wohnmobil stehen. Die Wölfe sind zusammengekommen.

»November, es ist so weit«, meint Nonna und winkt uns hinter sich her. Der Mann eilt wieder hinaus und ich folge unwillig.

»Was geht denn jetzt ab?«, flüstert Holly mir zu und bleibt zurück, als Nonna mich und Darin vorandirigiert. Ich blicke fragend zu ihm auf, er lächelt beruhigend.

Ich gehe hinaus, die vielen Augenpaare, die auf mich gerichtet sind, machen mich nervös. Ich entdecke Kinder auf den Armen ihrer Mütter, Halbwüchsige, die ehrfürchtig zu uns heraufschauen, und Männer, die sich vor mir verneigen. Jeder von ihnen hält eine weiße Winterrose in den Händen. Schnee treibt in Wirbeln umher und Wind zerrt an der Kleidung. Ich knete meine Finger, kneife mich, damit ich nicht aus der Haut fahre. Ich bin zu Hause.

»Liebe Wölfe«, beginnt Nonna. »November, unser Tränenkind, ist zurück und hat sich mit ihrem Schnee verbunden«, verkündet sie mit fester Stimme und ich halte mich unwillkürlich an Darins Arm fest. »Sie ist jetzt bereit und wir werden sie hüten und wachsen lassen. Es lebe der Winteratem!«

»Es lebe der Winteratem!«, antworten die Menschen im Chor und werfen einen Blick in den Himmel, bevor sie mich und Darin wieder ansehen. Viele lächeln, andere beben vor Aufregung. Ich frage mich, ob sie sich fürchten.

Das erste Kind, ein Junge in einem blauen Schneeanzug, kommt auf mich zugelaufen und übergibt mir seine Blume. Ich gehe in die Knie, nehme sie vorsichtig entgegen.

Dann kommt ein Mädchen und noch eines. Die Kinder lachen fröhlich und ich erhebe mich wieder, als Nonna mich mit einer Geste dazu auffordert. Die Frauen in ihren bunten Kleidern und den Kopftüchern küssen ihre Finger und berühren mich mit ihnen auf meinen Schultern und wiederholen diesen Akt der Liebe bei Darin. Die Männer gehen in die Knie und nehmen meine Hand und führen sie an ihre Stirn. Ich bin zu durcheinander, diese Ehrerbietung habe ich nicht verdient.

»Wir für dich«, sagen sie mir. Und ich bete, dass ich ihren Erwartungen gerecht werde. Welche auch immer es sein mögen.

Als der Letzte im Clan mich auf diese Weise begrüßt hat, kann ich die vielen Rosen kaum tragen und übergebe sie an Holly. Ich frage mich, wie viele von ihnen selbst als Winterkinder auf diese Welt kamen. Und welche Gaben vertreten sind. Ich brenne darauf, es zu erfahren. Doch zunächst müssen wir weiterziehen. Nonna hat die vorgesehene Route geändert und wir werden bis zu einer stillgelegten Fabrik vor den Stadttoren von Avas Wood fahren. Dort sind wir sicher, sagt sie und ich bin so froh, als Romeo sich wieder zu uns gesellt. Denn wenn es um Sicherheit geht, ist er es, der sie mir nach wie vor gibt. Auch wenn er mich vielleicht nicht so braucht wie ich ihn …

21
Brechende Herzen

Es dauert nicht sehr lange, etwas über zwei Stunden, und wir erreichen ein altes Fabrikgelände vor den Toren von Avas Wood. Der Wohnwagen von Nonna fährt voraus, Romeo, am Steuer des Autos, folgt ihm und parkt am Rande eines Gemäuers aus Backsteinen. Der Himmel reißt auf und Sonnenstrahlen lassen die gefrorenen Pfützen auf dem weitläufigen Platz glitzern. Etwas weiter entfernt fließt ein Fluss träge vor sich hin und eine Scheune bietet Unterschlupf. Der Konvoi löst sich auf, die Fahrzeuge werden arrangiert, einige fahren in den Schutz der Scheune. Romeo zieht die Handbremse an und legt seine Hand auf mein Knie. Ich halte inne.

»Was auch immer uns erwartet, Ember, ich bin immer für dich da«, verspricht er mir und beugt sich zu mir herüber. Sein Blick gleitet über meinen halbgeöffneten Mund, saugt sich daran fest. Doch als ich ihn küssen will, entzieht er sich mir plötzlich und steigt aus.

Der Anführer des Clans, der Mann mit dem Hut, heißt Justus und kümmert sich um Nonna. Er fährt ihren Wagen, da sie es nicht mehr schafft, und unterstützt sie auch sonst so zuverlässig wie ein liebender Sohn. Er lässt uns wissen, dass Romeo seinen alten Kleinbus übernehmen kann und Holly und ich mit in den größten Wagen, einen alten Fernverkehrsbus, einziehen sollen, den sie gerade frisch umgebaut haben. Zwei andere Frauen teilen sich den unteren Bereich bereits und Holly und ich sollen es uns oben bequem machen.

»Super, das hört sich gut an«, meint Holly, die es nicht erwarten kann, sich endlich einmal zurückzuziehen. Ich lächle, als sie mich mit sich fortzieht, Justus hinterher, der uns alles zeigen will.

Beinahe sieht es hier auf dem Gelände aus wie in einer kleinen Stadt. Es werden herrliche Vorzelte mit Beleuchtung gespannt, Feuer geschürt und sogar Strom gezapft. Möglicherweise illegal, aber das ist nicht meine Sorge.

»Wenn du etwas brauchst, scheue dich nicht, uns anzusprechen«, meint Justus und schaut sich zu mir um. »Jeder wird dir nach Kräften weiterhelfen.«

Jemand winkt uns aus der Tür eines Wohnwagens mit Sternen zu, der dem großen grauen Bus am nächsten steht, und ich hebe ebenfalls meine Hand.

»Das ist meine Frau«, erklärt Justus. »Sie möchte, dass ihr zum Abendessen zu uns kommt.«

»Ja, gerne«, antworte ich.

»Können wir denn bei den Vorbereitungen helfen?«, fragt Holly wohlerzogen. Justus klopft dreimal an die Tür des riesigen Busses und nimmt seinen braunen Hut ab, als ein Mädchen mit abrasiertem Haar erscheint, ans Armaturenbrett geht und den Öffner für die Klapptür betätigt.

»Nein, nicht nötig. Moira wird alles erledigen. Die Kinder helfen ihr.«

»Du hast Kinder?« Winterkinder?

»Zwei Mädchen, Zwillinge«, antwortet er und in seinen Augen liegt dieser ganz bestimmte Funke, den man oft sieht, wenn

Eltern über ihre Kinder reden. »Zwei Wirbelwinde, ihr beiden werdet schon sehen, wenn ihr da seid.«

Mit einem Zischen schwingt die Glastür des Busses zur Seite und warme Luft strömt uns entgegen. Die junge Frau mit katzenhaften Augen, geht rückwärts, um Platz zu machen, und wirkt unruhig. Ich kann mich erinnern, dass sie mir eine Rose gab. Sie fiel ihr vorher aus der Hand und sie hob sie schnell wieder auf, um sie dann einfach in meinen Arm zu legen und sich eilig abzuwenden.

»Ich bin Larissa«, sagt sie schüchtern und reicht mir die Hand. Ich nehme sie, halte sie länger fest als nötig.

»Ich freue mich sehr, dich kennenzulernen, und danke dir, dass wir bei dir wohnen dürfen.« Ich möchte, dass sie sich mit dieser Entscheidung wohlfühlt.

Holly schaut sich schon staunend um und Larissa fährt sich lächelnd über ihren kurz geschorenen Kopf. »Gerne, wir haben uns darauf vorbereitet«, erklärt sie mir und wird von Justus dazu angehalten, uns über eine schmale Treppe nach oben zu führen.

»Hier habt ihr euer Reich, ich hoffe, die Sachen passen euch, wir kannten eure Größen ja nicht.« Larissa deutet auf einen Kleiderständer und ein Regal, auf dem ein paar Pullover, Kleider für verschiedene Jahreszeiten und zwei Hosen liegen.

»Oh, das ist so toll«, freut sich Holly und nimmt den ersten Pullover in die Hand. Mein Blick gleitet weiter durch den wohnlichen Raum mit seinen mit Schnitzereien verzierten Regalen und Kommoden. Es gibt hier alles, was das Herz begehrt. Gemütliche Sitzgelegenheiten und sogar eine kleine funktionale Küche. Jeder von uns hat eine eigene Seite mit einer Koje, die durch einen Vorhang aus blauem Satin getrennt ist.

»Das ist wunderschön«, hauche ich und gehe bis ans Ende des Raumes. Larissa freut sich und reibt sich die Hände. Ihre Ringe und Armbänder machen dabei laute Geräusche und fangen für einen Moment meine Aufmerksamkeit.

»Wir werden bestimmt sehr gut miteinander auskommen«, meint Larissa jetzt mutiger und ich überwinde den Abstand zu ihr, um sie zu umarmen. Zuerst erstarrt sie unter meiner Berührung, dann wird sie ganz weich und das Eis zwischen uns bricht.

»Na, wunderbar«, sagt Justus, der sich sichtlich fehl am Platz fühlt. »Ich sehe euch beide dann gegen sieben Uhr zum Essen.«

Doch vorerst genießen Holly und ich es, dass wir uns waschen und umziehen können. Und eine Dusche ist mir so unendlich willkommen, dass es mir sogar egal ist, dass sie sich in einer alten Fabrikhalle für Konserven befindet. Die zwei Brauseköpfe sind mehr als provisorisch in einem kleinen gekachelten Raum angebracht. Das Licht der Neonröhren flackert unstet, als ich das Wasser voll aufdrehe. Ich genieße die Ruhe und auch das Alleinsein. Vorsichtig lege ich die neuen Kleider und ein Handtuch auf die Holzbank am Rande des Raums. Jemand muss hier alles gerade erst gereinigt haben, ich frage mich, ob es automatisiert geschah oder extra für mich. Alle hier sind so bemüht, es mir recht zu machen, dass es beinahe anstrengend ist.

Wasserdampf steigt auf, verschluckt alles um sich herum und ich prüfe mit den Fingern die Temperatur des Strahls. Vorsichtig tauche ich hinein und spüle den Dreck der letzten Tage fort. Blutreste machen sich auf den Weg über die weißen Fliesen und verschwinden im Abfluss und für einen Moment hänge ich trüben Gedanken nach. Den schrecklichen Ereignissen der letzten Zeit. Rubys Anblick blitzt auf, gefolgt von dem Angriff im Zirkus. Ich greife nach der Seife, die Larissa mir gegeben hat, und atme ihren Duft nach Sommerblumen und Honig ein. Ich schäume mich ein, schrubbe meine Haut, bis sie wund wird, und lasse meine schlechten Erinnerungen gehen. Dies wird ein Neuanfang. Es wird besser werden, ich werde besser werden. Das nehme ich mir vor. Ich schließe die Augen, lasse das Wasser über mein Gesicht laufen und genieße die Wärme.

Dieser Moment dürfte bleiben, ich möchte mich immer so rein fühlen.

Dann nehme ich ein Geräusch wahr und erschrecke mich beinahe zu Tode. Die Seife rutscht mir aus der Hand und Romeo hebt sie grinsend auf.

»Was zur Hölle«, stoße ich aus, weiß gar nicht so schnell, wohin mit mir, und weiche zurück. »Du bist wirklich der unverschämteste Kerl, den ich kenne«, stelle ich halb erfreut, halb wütend fest und versuche meine Blöße zu verstecken. Er hebt eine Braue und kommt näher. Seine Augen sind dunkel, sein nackter Körper verschwindet im Wasserdampf und ich beginne zu zittern, obwohl mir warm ist.

»Das hier sind Gemeinschaftsduschen«, erklärt er leichthin und versucht sein Grinsen zu verbergen, indem er zur Seite blickt. »Jeder hätte dich hier stören können.«

Er kommt näher, sein Blick wandert ungeniert an mir herunter und wieder herauf.

»Ich schätze, nicht jeder hätte das gewagt«, antworte ich.

Meine nassen Haare verbergen meine Brüste, ich drücke mich etwas mehr an die Kacheln der kalten Wand in meinem Rücken, die im Kontrast zur Hitze des Wassers steht.

»Wenn du möchtest, dann geh ich wieder«, sagt er und verharrt in seiner Bewegung, wartet meine Reaktion ab. Ich sollte ihn fortschicken, nachdem er mich nach unserer gemeinsamen Nacht derart abgewiesen hat. Aber unsere Chemie, sie lockt und lodert. Und ich spiele mit dem Feuer. Bienen summen in meinem Magen und ich denke darüber nach, dass sie heilig sind. Dass sie Leben bedeuten, obwohl sie stechen.

»Also?«, hakt er nach und ich reiche ihm meine Hand. Mein Atem gerät ins Stocken, als er durch den Schleier aus Nass taucht und mich einfängt. Seine Haut ist heiß, seine Hände rau.

»Ich bin froh, dass du hier bist. Ich habe gedacht, du willst mich nicht mehr«, flüstere ich und schaue in seine schönen

Augen. Die Abweisung nach unsere Nacht flackert in mir auf, tut weh.

Er blickt mich ernst an. »Ember, ich will dich mehr als alles andere, aber …«

»… aber es ist kompliziert?«

»Sieht so aus.« Schwer und traurig klingen seine Worte. »Ich bin glücklich, dass es dir wieder gut geht«, fügt er hinzu und ich bemerke das leichte Flattern in seiner Stimme.

»Darin, es war der Schnee«, gebe ich zu und suche immer noch nach der passenden Beschreibung für das, was zwischen uns geschehen war. »Er hat mich wieder vollkommen gesund gemacht.« Romeo senkt den Blick, sein Mund verzieht sich zu einem Strich, seine Arme schließen sich fest um mich und sein Körper ist atemberaubend anschmiegsam.

»Ich weiß«, haucht er und küsst mich. Ich schmelze dahin, während seine Lippen sich auf meinen bewegen. Mir war nicht bewusst, wie sehr ich mich nach seinen Küssen verzehre. Meine Finger vergraben sich in den weichen Locken in seinem Nacken und als sich unsere Münder voneinander lösen, lodert etwas zwischen uns auf, das nicht nur auf Anziehung basiert. Es ist mehr. Es ist lebensnotwendig. Romeo hält mich fest, er bettet sein Kinn auf meinem Kopf und so stehen wir da. Inmitten von Wasser und Dampf. Inmitten eines Sturms unserer Herzen.

Nur ungern gebe ich ihn wieder frei, aber ich nehme wahr, dass andere zu den Duschen kommen. Also erlischt der Zauber zwangsläufig und wir beeilen uns, trocken zu werden und uns anzukleiden. Romeo ist viel schneller fertig und verabschiedet sich mit einem flüchtigen Kuss auf meine Wange, eine Geste so unschuldig, wie damals, als wir noch Kinder waren.

»Kommst du heute Abend mit mir und Holly zu Justus?«, rufe ich ihm noch nach, während er um die Ecke in die große leere Halle mit den verrosteten Gerätschaften und Kesseln verschwinden will.

»Na gut, ich hol dich pünktlich ab«, verspricht er mir und ich freue mich so sehr auf ihn. Und ich möchte ihn so vieles ganz in Ruhe fragen.

Ich schlüpfe in ein Wollkleid aus gedeckten Farben und schließe den Spitzenkragen in meinem Nacken. Zwei Kinder kommen herein, das eine ist höchstens zwei Jahre alt und hat feuerrotes Haar, wie Holly. Ich lächle. »Hey, ihr beiden«, begrüße ich sie und ziehe meine Strümpfe über die Knie.

»Hallo«, sagt das ältere Mädchen und bohrt verlegen mit der Spitze ihrer Stiefel auf dem Boden. »Ich bin Jupiter und das ist Nira.«

Die beiden hinterlassen dunkle Abdrücke auf den nassen Fliesen und ich erinnere mich an einen Tag, an dem Holly in das Stille Zimmer gesperrt wurde, weil sie den Feudel nach dem Wischen nicht ausgewaschen hatte.

»Ich bin Ember«, stelle ich mich vor und werfe mir ein Handtuch um die nassen Haare.

»Das wissen wir«, antworten die Kinder wie aus einem Mund. Das ältere Mädchen legt Handtücher auf die Bank neben mir und schält sich aus einem zu engen Anorak.

»Wollt ihr euch waschen gehen?«, frage ich weiter und die Jüngere kommt auf mich zu. Sie legt mir ohne zögern die Hand an meine Wange und ich ziehe scharf die Luft ein. Sie zeigt mir Bilder. Wunderschöne Dinge, die ich gar nicht so schnell begreife. Sie zeichnet mit Schnee und lässt ihn lebendig werden. Ich erkenne Romeo, der auf mich zuläuft. Dann bin ich es, die er auffängt und im Schneetreiben herumwirbelt.

Wow.

»Nira kann jedem zeigen, was er sich wünscht«, erklärt Jupiter mir und legt den Kopf dabei schief. »Bei mir ist es meistens Kuchen. Ich liebe Kuchen«, fügt sie mit Glanz in den Augen an.

Dann winkt sie das kleine Mädchen zu sich und hilft ihr beim Auskleiden. Die blauen Augen funkeln fröhlich, dem

Mädchen mit den roten Locken und dem Windelhintern gefällt, was sie mir gezeigt hat.

»Was hast du denn gesehen?«, will Jupiter von mir wissen und zieht Nira den Rollkragenpulli über den Kopf, was sie protestieren lässt.

»Keinen Kuchen«, antworte ich geheimnisvoll und stehe auf.

»Verrate es mir doch«, bittet das Mädchen und die Kleine läuft halb bekleidet zu den Duschen und stellt sie an. Sie juchzt.

»Nira, warum machst du immer so einen Quatsch!« Jupiter eilt ihr nach, damit die restliche Kleidung nicht ganz nass wird.

Nira hebt bedauernd die Arme und antwortet mit heller Stimme: »Weil ich das kann.«

»Aber das ist scheiße, Nira.« Jupiter sieht etwas säuerlich aus und befreit sie von Socken und Unterwäsche.

»Nira macht immer Scheiße«, plappert die Kleine, kichert und schlüpft aus der Windel. Sie hat schneeweiße Haut, wenige Sommersprossen auf den Wangen und eine seltsame spinnennetzartige Narbe oberhalb ihrer Stirn.

»Kommt ihr klar?«, vergewissere ich mich und Jupiter nickt eifrig. »Wir machen das immer alleine, nicht wahr, Nira?«

Nira stimmt zu.

»Das ist doch gut, oder?«, frage ich eher mich selbst. Etwas hängt gerade ungesagt zwischen uns und ich hadere mit mir, die Kinder alleine zu lassen.

»Mama ist gestorben, als Nira geboren werden sollte«, sagt Jupiter plötzlich so beiläufig, dass ich nicht weiß, wie ich darauf reagieren soll.

»Ja, Nira war das«, mischt die Kleine sich bedauernd ein und mein Magen zieht sich zusammen. »Nira macht immer Scheiße«, wiederholt sie den Satz von eben und nickt bekräftigend.

»Das ist nicht deine Schuld«, versucht Jupiter die Situation zu entschärfen, doch Nira reagiert nicht mehr darauf und springt unter das Wasser. Ich stehe unbeweglich da und mir wird klar, was dieses Wissen mit dem kleinen rothaarigen Mädchen namens Nira machen könnte.

»Ich helfe euch«, beschließe ich und nehme meine neue Seife. Jupiter sieht mich an, Worte sind nicht nötig, und ich beginne die beiden einzuseifen und wasche ihnen die Haare, so wie Holly und ich uns immer gegenseitig halfen, als wir jünger waren.

»Und in welchem Wagen wohnt ihr beiden denn?«, will ich wissen.

»In dem gelben, mit Opa zusammen.« Jetzt ist mir klar, warum sie alleine hier in den Duschen sind. Ich habe den Wagen wahrgenommen, den ein sehr alter Mann mit Schnauzbart fährt.

Nach einer Weile der Stille schaut Jupiter mich an und sagt: »Ich hab dich angelogen.«

Ich bin irritiert. »Hast du das?«

»Nira zeigt mir nicht immer Kuchen, sie zeigt mir Mama.«

Ich spüre den Riss tief in ihrer Brust, die Wunde, die pocht und nur schwer heilt. Das Resultat eines gebrochenen Herzens.

Meine Kehle zieht sich zu und ich kann den Kloß in ihr nicht fortschlucken. Meine Finger fahren sanft durch eingeschäumte Strähnen der Mädchen, entwirren sie und legen sie sanft auseinander, bevor ich den Schaum auswasche.

Dann bleiben wir alle still, bis beide Mädchen sauber und frisch angezogen neben mir die Duschen verlassen. Nira hält meine Hand und ein Sturm in meinem Inneren zieht auf. Ich muss lernen, meine Gabe zu steuern. Ich muss lernen, Leben zu retten.

Als ich die beiden neuen Freundinnen verabschiedet habe, will ich gerade zum Bus eilen, weil ich schon fürchte, bald Eiszapfen auf dem Kopf zu haben, da sehe ich Nonna und Romeo vor ihrem Wagen reden. Nonna gestikuliert wild, ich schlage mir die Hand erschrocken vor den Mund, als ich denke, sie würde ihn gleich ohrfeigen. Ich beschleunige meine Schritte, verfalle in einen schnellen Trab, vorbei an dem Vorzelt von Justus, vorbei an dem schwarzen Hund an der Kette, der nur müde mit dem Schwanz wedelt.

»Was soll ich denn tun, Nonna?«, höre ich Romeo mit voller Verzweiflung sagen und beobachte, wie er hilflos seine Hände im Nacken verkrallt.

»Das Richtige!«, zischt ihm Nonna zu und hebt erneut die Hand zu einem Schlag, den sie nicht ausführt. Ich habe sie selten so aufgebracht erlebt. Als Romeo mich entdeckt, verschließt sich seine Miene.

»November, Kind«, haucht Nonna ertappt, als sie seinem Blick folgt. Kälte schneidet mir wie eine Sense in die Kleidung und ich bekomme Gänsehaut.

»Was ist hier los?«, frage ich und meine Augen huschen von einem zum anderen.

»Das geht dich nichts an, Ember«, knurrt Romeo mich an und macht dem Hund Konkurrenz, der prompt mit einstimmt.

»Du musst nicht gleich so unfreundlich sein«, gebe ich zurück und reibe mit den Händen über meine Arme, um die Kälte zu vertreiben.

»Komm mit rein«, bittet Nonna mich und winkt mich hinter sich her. »Du wirst noch krank.«

Romeos Kiefer zuckt, sein Blick liegt düster auf Nonna, die ihre Tür entriegelt und öffnet, ohne ihn noch weiter zu beachten. Ich zögere, stehe unsicher zwischen den Fronten.

»Tu, was sie sagt.« Romeo nickt in ihre Richtung. »Wir sehen uns später.« Dann dreht er sich um, steckt seine Hände tief in die Hosentaschen und geht mit gesenktem Kopf davon. Eilig und mit Zorn im Gepäck.

»Was ist denn nur los?«, will ich von Nonna wissen, als ich die Tür hinter mir schließe und den Frost aussperre.

»Das ist eine Sache zwischen dem Jungen und mir, Kind. Lass es gut sein.«

Fast sofort lässt sie ihre Hand auffahren, bevor ich weiter nachbohren kann, eine Geste, an die ich mich sehr wohl erinnere.

»Setz dich«, fordert sie immer noch unwirsch. Ihr rundes Gesicht ist blass und ich mache mir Sorgen um sie, als ihre Finger sich auf ihr Herz legen und sie schwer atmet.

»Nonna, kann ich etwas für dich tun?«, frage ich.

»Mir geht es gut«, winkt sie ab und setzt sich zu mir an den kleinen Tisch, an dem wir zuletzt bei unserem Wiedersehen saßen. »Wir müssen uns dringend unterhalten, Kind.«

»Natürlich, gerne.« Ich fädle meine Finger ineinander und warte. Meine Augen tasten die Umgebung ab, gleiten immer mal wieder zum Fenster, suchen die Stelle, an der Romeo eben noch mit Nonna gestritten hat.

»Ihr wart beim Kabinett des Dr. Chicago«, leitet Nonna das Gespräch ein und ich höre aufmerksam zu. »Ihr kennt die Möglichkeit, eure Gaben zu töten.«

Die Art, wie sie die Worte betont, macht mich nervös.

»Moment, nein. Es geht nur darum, sie zu unterdrücken. Keiner will …«

Nonna fährt mir über den Mund und lässt mich nicht sagen, dass ich niemals meine Gabe einfach abgeben würde. Nicht nachdem ich begriffen habe, wie viel ich damit erreichen kann.

»Du hast keine Ahnung, November«, schimpft sie und meine Worte bleiben mir im Hals stecken.

»Diese Gifte sind dafür da, die Gaben zu vernichten. Und du lässt zu, dass deine Freundin sie einnimmt.«

»Nonna, Holly ist in Gefahr, solange sie ihren Schnee nicht hat. Sie kann ihre Gabe nicht kontrollieren«, protestiere ich und fühle mich plötzlich in die Ecke gedrängt.

»Es gibt immer Möglichkeiten, den Gaben ihren Raum zu geben, ohne dass sie zur Gefahr werden«, behauptet sie und eine Mischung aus Wut und Hilflosigkeit beginnt in mir hochzusteigen.

»Wir waren in Gefahr, Nonna«, sage ich. Und sie war schließlich nicht da. »Im Winterorden hätte man uns jederzeit geopfert für unsere Gaben. Ich habe gesehen, was passiert, wenn man sie ruft ohne seinen Schnee. Meine Freundin ist vor meinen Augen vom Blitz erschlagen worden«, erinnere ich mich und verscheuche die grellen und schneidenden Bilder aus meinem Kopf.

»Das weiß ich doch, ich würde euch nie einem Leid aussetzen«, sagt sie ernst und ihre Augen verdunkeln sich. Meine Finger fahren die löchrige Tischdecke ab, bohren sich in die Vertiefungen und Muster.

»Und genau darum geht es, wenn ihr sie mit aller Gewalt ruft, ist das ein Unterschied«, versucht Nonna zu erklären und ich will aufstehen, mich der Situation entziehen, weil sie mich ängstigt.

»Bleib«, bittet Nonna und ich lasse mich zurück auf den Sitz sinken. »Du musst mir glauben, euch geschieht nichts, wenn ihr euch an einfache Regeln haltet und euch selbst diszipliniert«, versucht sie es erneut.

»Nonna, Hollys Visionen überrollen sie, wie eine Lawine. Wie soll sie das aufhalten? Ich werde ihr nicht raten, die Medizin abzusetzen.« Ich erhebe mich, Nonna greift nach meiner Hand und hält mich zurück. Mein Blick heftet sich auf die Tür.

»Die Gabe deiner Freundin könnte uns einmal das Leben retten«, sagt sie eindringlich.

»Könnte sie, aber sie könnte Holly auch umbringen, oder viel schlimmer, sie vergessen lassen, wer sie ist.«

Oder wer ich bin.

»November. Jeder von euch trägt die Bürde, ihr dürft sie nicht einfach abstreifen wie eine zu enge Haut.«

Normalerweise füge ich mich den Erwartungen anderer. Ich habe es gelernt, mich zurückzustellen. Doch jetzt brandet in mir der Widerstand auf. »Holly wird für sich selbst entscheiden, Nonna.« Ich halte ihrem Blick stand und sie lässt mich gehen.

Ich bin so angespannt, als ich den Hof überquere, dass ich auf einer Eisfläche ausrutsche und stürze. Doch es tut nicht weh. Alles in mir ist betäubt, als ich meine Gefühle einmal mehr vergrabe.

Es wird Abend, die Sonne geht unter und ich kann die ersten Sterne am Himmel sehen. Larissa hat mir die Haare zu einem kunstvollen Dutt aus geflochtenen Zöpfen frisiert und mir in ein zauberhaftes Kleid aus Spitze und Schafswolle geholfen. Holly ist die meiste Zeit unterwegs, sie ist so herrlich kontaktfreudig und brennt darauf, alle Menschen hier kennenzulernen.

Ich schaue auf die Uhr, es wird bald 19 Uhr sein und ich blicke wieder aus dem Fenster. Romeo ist immer noch nicht da und das Warten auf ihn beginnt mich zu höhlen wie stetige Tropfen einen Stein. In seinem kleinen Bus am Ende des Fuhrparks brennt noch Licht und ich frage mich, warum er so lange braucht. Schon längst wollte er bei mir sein und Sehnsucht macht sich in mir breit. Gerade jetzt, wo ich mich unwohl fühle wegen dem, was Nonna gesagt hat, lässt er mich hier schmoren.

Irgendwann gehe ich hinaus, wandere hinüber zu Romeos Kleinbus. Eine kalte Brise fährt in den dünnen Stoff meines weiten Rockes und bläht ihn auf. Ich schließe meine Arme um meine Mitte. Nur am Rande bekomme ich mit, wie Kinder an Fenstern kleben und zu mir herüberschauen, als wäre ich ein wundersames Wesen.

Ich klopfe an die Schiebetür des Busses. Einmal, zweimal, dreimal. Es dauert viel zu lange, bis Romeo öffnet.

»Was ist los?«, fragt er mich unfreundlich und steckt seinen Kopf zu mir heraus. Seine Haare stehen zu allen Richtungen ab und er hat einen Kissenabdruck im Gesicht. Ich will zu ihm einsteigen, doch er versperrt mir den Weg. Mein Lächeln verrutscht.

»Wir waren verabredet«, erinnere ich ihn.

»Ach ja, du musst alleine gehen«, antwortet er und ich forsche in seinen geröteten Augen. Seine Pupillen sind geweitet und die Lider leicht geschwollen.

»Sag mal, hast du was genommen?« Ich versuche an ihm vorbeizuschauen, die Laken seines Bettes sind zerwühlt und ich rieche Gräser und Schlafblumen.

»Geht dich das was an?«, stellt er die Gegenfrage. Seine Stimme ist aalglatt.

»Ich denke schon.« Ich mache Anstalten, ohne eine Einladung einzusteigen, doch er verpasst mir einen sanften Stoß.

»Ich denke nicht, Ember. Ich habe eine Privatsphäre.«

»Geht es dir gut?«, frage ich besorgt und verenge die Augen.

»Wieso sollte es mir nicht gut gehen?« Spott macht sich auf seinem schönen Gesicht breit und er schmerzt. »Und es wird mir noch besser gehen, wenn ich meine Ruhe genießen darf.«

Mit etwas zu viel Schwung schließt er die Schiebetür vor meiner Nase und das Krachen, als sie einrastet, lässt mich rückwärtstaumeln. Ich fühle mich, als erleide ich ein Schleudertrauma. Erst küsst er mich, dann stößt er mich vor den Kopf?

Ich weiß nicht, wie lange ich im kühlen Licht des Mondes vor seinem Bus wie angewurzelt stehen bleibe. Irgendwann bemerke ich, dass mich viele Leute aus den Fenstern ihrer Wohnungen beobachten, und ich entschließe mich, zu meiner Einladung bei Justus zu erscheinen, auch wenn sich Zorn über Romeos Grobheit in meine Eingeweide bohrt und meine Laune in den Keller drückt.

Holly ist bereits da und spielt mit seinen Kindern Karten an einem schmalen Tisch aus Nadelholz. Ich stehe etwas unsicher im Raum, der würzige Geruch von Eintopf steigt mir in die Nase und obwohl ich den halben Tag nichts gegessen habe, verspüre ich keinen Hunger.

»Das knallt dem Frosch die Locken weg!«, stößt Holly aus und lacht. »Ihr seid Schummler, ihr beide.« Die Zwillinge, zwei Mädchen mit glatten braunen Haaren, kichern sich verschwörerisch an und recken ihrem Papa, der es sie wohl lehrte, den Daumen entgegen.

Justus bietet mir einen Platz an und ich entspanne mich etwas, als die Mädchen mich gewinnend anlächeln.

Nachdem wir fertig sind mit dem Essen, Moira schöne Anekdoten aus den letzten Jahren erzählt hat und mein Becher Apfelwein leer ist, geht es mir wieder besser. Ich muss geduldiger sein. Romeo hatte auch eine schwere Zeit. Er braucht einfach ein wenig Raum für sich, das ist normal, denke ich mir.

»Und es ist immer so, dass die Frage und die Antwort ganz alleine in die Welt ziehen?«, hake ich nach. Ich hatte mich schon gewundert, dass hier nicht Hunderte Winterkinder aufeinanderstoßen, da Nonna so viele aufspürte und mit einem Schnee zusammenbrachte. Sie schickt sie also in die Freiheit, ganz im Gegensatz zu Alpha, der, wie ich mittlerweile weiß, die Winterkinder fand, indem er Tipps von Krankenhäusern bekam, wenn ein Kind zunächst leblos auf die Welt kam.

»Das ist immer unterschiedlich«, meint Moira und ahnt mein Unbehagen bei dem Gedanken. Ich würde niemals ohne Romeo und Holly irgendwo sein wollen. »Einige bleiben auch beim Clan, so wie Tuana und Larissa zum Beispiel.«

Ich denke an unsere zweite Mitbewohnerin neben Larissa, die sich die untere Etage unseres großen Busses mit ihr teilt. Zusammen bilden sie die Frage und die Antwort. Tuana, ein Mädchen mit kaffeebrauner Haut und Pfefferkuchenaugen, kann Angst suggerieren und hält sie selbst nur mit Larissa an ihrer Seite aus. Nonna hatte sie in einer Heilanstalt für geistig verwirrte Mädchen gefunden und von Romeo befreien lassen. Für einen aberwitzigen Moment versetzt mir die Tatsache, dass ich nicht die Einzige bin, die er rettete, einen empfindlichen Stich.

»Wir freuen uns natürlich immer über Familienmitglieder, die unsere Gemeinschaft erblühen lassen.« Moira blinzelt angestrengt, während ich nur langsam aus meinen Gedanken auftauche.

»Dein Fall ist allerdings ein spezialgelagerter Sonderfall«, brummt Justus nachdenklich und schenkt uns allen nach. »Ich glaube, dass du unbedingt Schutz brauchst. Mehr als andere.«

»Hier hätte sie doch kampfbereite Leute um sich«, erinnert Moira ihren Mann, der nachdenklich sein Weinglas in den Händen dreht. Mir fallen die Narben auf seinen Händen auf, Schnitte wie von Messern.

»Ja, aber inkognito zu reisen, wäre sicher auch wichtig«, überlegt Justus.

»Ein Leben auf der Flucht?«, spricht Holly die Befürchtung aus und unsere Blicke verbinden sich, während sie neu die Karten an sich und die Mädchen verteilt. Worte liegen in ihren Augen, die sagen: *Wir zusammen gegen den Rest der Welt.*

»Solange der Winterorden existiert, vielleicht«, brummt Justus und fährt sich durch sein schütteres Haar. »Du musst auf jeden Fall, so schnell es geht, lernen dich zu verteidigen, November«, mahnt er mich und ich blicke durch die Gardine auf den sanft beleuchteten Platz. Ein kleiner Junge steht draußen und spielt mit Eis, das er verformt und zu Gebilden werden lässt.

»Darin wartet nur darauf, dass er dir helfen kann«, erinnert Justus mich an meinen Schnee, den ich die letzten Stunden gemieden habe.

»Ach ja«, erwacht Holly zum Leben. »Darin, der heiße Kerl von nebenan.« Sie beugt sich etwas zu mir herüber. »Was ich schon die ganze Zeit fragen wollte: Schämst du dich eigentlich nicht im Geringsten, gleich mit zwei so hübschen Kerlen zu tun zu haben?«

Moira grinst, ich möchte Holly gerne den Apfelwein wegnehmen, der nicht nur beginnt ihre Zunge schwer werden zu lassen.

»Wie dem auch sei, du kannst bei deiner Nonna mal ein gutes Wort für mich einlegen. Ich hätte gerne einen männlichen Schnee, mit blauen Augen und blonden Haaren. Gut gebaut, aber nicht zu dünn und mit einer guten Portion Humor«, plappert sie weiter und dreht an einer ihrer roten Locken.

»So einfach ist das leider nicht«, meint Moira und lacht herzlich. Die Zwillinge stimmen einfach mal mit ein. »Für Nira sucht Nonna seit ihrer Geburt.«

Ich denke an Igrid und ihre Karten. An ihre Rätsel bezüglich der Zeit. *Ein Jegliches hat seine Zeit und jedes Vorhaben seine eigene Stunde.*

22
Die Frage und die Antwort

Ich kann die ganze Nacht nicht schlafen und denke über Bestimmungen und ihre Bürden nach. Vom anderen Ende des Raumes dringt Hollys leises Schnarchen zu mir herüber und ich wälze mich unruhig auf der Matratze umher. Als ich einmal dahindämmerte, dachte ich für einen Moment wir wären in unserem alten Zimmer im Herrenhaus des Winterordens, bevor unsere Welt sich veränderte und zu einer glitschigen Eisbahn mutiert ist.

Irgendwann schleiche ich mich hinaus. Der Tag erwacht und die ersten Sonnenstrahlen verfangen sich in den schneebedeckten Wipfeln der Bäume und werfen Schatten auf den Vorplatz. Romeos Wagen ist verwaist und ich wandere eine Weile ziellos umher. Ich folge dem Gurgeln des kleinen Flusses und finde ihn an einem Steg sitzend. Die Beine über dem Wasser baumelnd, das winzige Eisschollen mit sich führt. Ich ziehe meinen Mantel fester um meinen Körper und laufe zu ihm hinüber.

»Hey, du hier?«, sage ich sanft, bereit ihm alles, was er gestern gesagt und getan hat, zu vergeben.

Ich bekomme nur ein unwilliges Schnaufen als Begrüßung.

»Was ist los mit dir?« Ich setze mich neben ihn, er beugt sich zu mir und küsst mich hart auf den Mund. Viel zu grob. Ich stoße ihn von mir. »Spinnst du?«

»Was denn? Bist du nicht deshalb hier?«, fragt er und eine innere Zerrissenheit in ihm flackert über sein Gesicht.

»Um von dir grob behandelt zu werden? Sicher nicht.« Ich betrachte seine Jacke, sie hat Brandlöcher und die obersten Knöpfe fehlen. Doch Romeo scheint nicht zu frieren.

Er sagt nichts weiter, schaut wieder stur aufs Wasser und ich beschließe, es ihm gleichzutun. Minuten vergehen, in denen ich Eiszapfen an einem Holzsteg zähle.

»Ich werde bald wieder auf Suche gehen«, sagt Romeo schließlich und ich erstarre innerlich.

»Wann?«

»Weiß ich nicht genau.« Er zuckt gleichgültig mit den Schultern und diese Geste macht mich beinahe sprachlos.

»Und was wird dann aus uns?« Wie kann es ihm egal sein, dass er fortgeht? Oder erwartet er, dass ich mit ihm komme, ich bin doch gerade erst hier angekommen …

Er hebt den Blick, ein belustigter Ausdruck zeigt sich auf seiner Miene, der mich an den Tag erinnert, bevor Alphas Leute beim Zirkus auftauchten. An den Moment, nach unserer gemeinsamen Nacht, in dem er mir genauso distanziert begegnet ist. »Ah, ich verstehe«, sage ich tonlos. Wie konnte ich glauben, dass er es ernst mit mir meint? Bin ich denn wirklich so bescheuert?

Er lacht freudlos und fährt sich unruhig über den Dreitagebart. »Das beruhigt mich jetzt aber.«

»Du willst gar nicht, dass ich bei dir bin«, vermute ich.

Er legt den Kopf schief, sein Lächeln bleibt gleich.

»Ember, Süße, du bist mir wichtig, das weißt du doch …«

Ich unterbreche ihn. »Aber nicht wichtig genug.« Die Bedeutung dieser Worte sickert bitter in mich ein.

»Wir haben Aufgaben, du solltest deiner Nonna besser zuhören«, rät er mir lehrerhaft und ich stehe auf. Mir kommt ein fürchterlicher Gedanke.

»Hast du nur deshalb mit mir geschlafen?«, frage ich und schmecke die Bitterkeit nun auf meiner Zunge. »Damit du mich hierherbringen kannst und ich nicht bei deinem Vater bleibe? Und damit ich meine Gabe nicht unterdrücke und meinen Verpflichtungen nachkomme?« Eisnadeln wandern durch meinen Körper und ich schlucke schwer.

»Ember.« Sein Lächeln wird entschuldigend und er springt auf. Ich bin schon dabei zu gehen und schlage nach ihm, als er mir zu nahe kommt.

»Das wäre nicht nötig gewesen«, schleudere ich ihm entgegen. »Du hättest mein Herz nicht brechen müssen, damit ich tue, was ihr wollt.«

Ich wirble herum, die Erkenntnis, dass er nur mit mir gespielt hat, schnürt mir die Luft ab.

»Ember, benimm dich nicht wie ein Mädchen, dem man den Lolli weggenommen hat«, ruft er mir nach. Ich bleibe stehen. »Du bist süß, wenn du dich aufregst. Aber du musst einen kühlen Kopf bewahren«, höre ich ihn sagen und ich explodiere.

»Am besten, du kühlst dich erst mal ab, damit du das nächste Mal überlegst, bevor du einem Mädchen die Sterne versprichst.« Ich hole aus, verpasse ihm einen so harten Stoß, dass er den Halt verliert. Er rudert mit den Armen und klatscht rücklings ins eiskalte Wasser. Es ist nicht sonderlich tief und als er prustend wieder auftaucht, laufe ich weg.

Als ich um die Ecke des ersten Wagens biege, pralle ich mit Darin zusammen. So oft war mein Schmerz von außen unsichtbar, egal, wie sehr er an mir zerrte und mich formte. Doch heute zeigt er sich ganz offen. Darin tut nichts, außer da zu sein. Wortlos. Er schaut vorsichtig auf mich hinab, den Mantel bis zur Nase zugeschnürt, und hebt eine Hand ganz sanft nach oben. Schnee fällt. Und ich falle. Innerlich. Tränen steigen in meine Augen und Darins warmer Blick sagt mir, dass es okay ist. Er ist bei mir, hinter der sonst verschlossenen Tür in meiner Brust, und versteht.

Noch nie in meinem Leben habe ich Trauer zugelassen. Noch nie bittere Tränen der Wut, der Enttäuschung und Angst geweint. Meine Sicht verschwimmt, während Darin sacht seinen Arm um mich legt und mich davonführt. Er stellt keine Fragen, bringt uns an einen ruhigen Platz abseits des Clans, zu einer wilden Wiese, die unter einer dichten weißen Decke ruht. Ich schluchze, bebe und wische mir Tränen zornig fort, als ich mit zittrigen Knien stehen bleibe. Der dunkle, dreckige Hauch, der aus meinen Tränen tritt, verbindet sich mit den weißen Flocken, die uns begleiten. Ich atme scharf ein, weil es so schön aussieht.

Es vergehen Minuten, in denen ich einfach alles aus mir herauslasse, meinen Zorn, die Zerrissenheit, und Darin gibt mir den Raum, den ich brauche. Er ist einfach da und irgendwann beginne ich, zwischen Schluchzern zu erzählen, was mir für quälende Gedanken durch den Kopf rennen.

»Ich weiß nicht, was richtig und was falsch ist«, beginne ich.

»Das geht uns doch allen manchmal so«, antwortet er und lächelt zu mir herunter, während wir nebeneinander auf dieser Wiese stehen. Ich begegne seinem Blick, einen innigen langen Moment, und strebe ihm zögerlich entgegen.

»Nonna will, dass ich Holly beeinflusse. Sie will, dass sie ihre hellseherische Gabe nicht länger unterdrückt.«

Erst gestern sah ich sie, wie sie die Tinktur auf ihre Zunge träufelte, Tropfen für Tropfen.

»Das musst du nicht tun«, antwortet Darin. »Wenn du es nicht willst. Aber bist du dir sicher, dass es das Beste für Holly ist, ihre Kraft zu unterdrücken?«, fragt er und lässt seine Arme, die er leicht angewinkelt mit den Handflächen nach oben hält, etwas sinken. Der Schnee verdichtet sich und mir fällt keine Antwort ein. Ich weiß es einfach nicht und es kommen neue Tränen, die in mir brennen. Darin reicht mir mit einer Hand ein Taschentuch und lächelt sanft.

»Und dann sind da noch meine Freunde, ich habe so viele zurückgelassen«, ergänze ich meinen Kummer. »Ich weiß nicht, was aus ihnen geworden ist, wie es ihnen geht.«

Ich blicke hinüber zu einer einsamen Esche und erinnere mich an fröhliche Stunden im schwarzen Winterwald. Ich sehe Matti vor mir, sein schelmisches Lächeln und das Glitzern in seinen Augen, wenn er mich ansah. »Es bringt mich um, diese Schuld.« Ich schlinge meine Arme um mich, versuche zu verhindern, dass ich auseinanderfalle. Darin berührt mich in meinem Rücken, federleicht.

Romeo erwähne ich nicht, den Schmerz, den er verursacht.

»Und Mona, sie ist erst sieben. Jetzt ist sie beim Zirkus, ohne mich.«

Über uns kreist ein Schneehabicht und sendet seinen Schrei aus. Ich blinzle, schaue zu ihm hinauf und verfolge seine Flugbahnen, die er lautlos am Himmel zieht.

»Es wird eine Zeit kommen, in der du ihnen helfen kannst«, verspricht Darin mir und ich schließe zitternd für einige Atemzüge die Augen.

»Was, wenn es dann zu spät ist? Was ist, wenn sie vorher sterben? Ich habe gesehen, wie Ruby an ihrem eigenen Schnee gestorben ist.«

Unwillkürlich zuckt seine Hand zu der Narbe auf seinem Gesicht und ich verstehe. Auch er hat gelitten, ohne seine Frage zu kennen. Meine Unterlippe bebt verdächtig und ich fürchte, ich würde niemals wieder aufhören zu weinen. Ich spüre den Tränen nach, ihrer Kraft, ihrem Zorn, der Trauer und Verderbtheit. Und als Darin seinen Arm tröstend um mich legt, beobachte ich erneut, wie die dunkle Macht von den weißen Flocken aufgenommen und komprimiert wird. Wie sich verzauberte Formen bilden, die Geschichten erzählen. Die Verzweiflung bildet tintenschwarze Fratzen, die Wut verleiht ihnen Reißzähne. Traurigkeit lässt welkende Blumenmuster entstehen. Und das alles in winzigen Bildern innerhalb kleiner Kristalle.

»Es wird nicht zu spät sein«, spricht Darin mir Mut zu und ich mustere seine Gesichtszüge, die Fältchen um seine Augen, die leicht mandelförmig zueinanderstehen und einen goldenen Schimmer beherbergen … und bemerke, dass ich ihn anstarre. Mein Atem gerät ins Stocken, mein Körper zieht mich vorwärts. Es ist wie ein magisches Band, das uns aneinanderknüpft. Nur eine Handbreit sind wir voneinander getrennt und unsere Finger fädeln sich im nächsten Moment ineinander.

»Wir zusammen können Unglaubliches bewirken. Du wirst sehen«, flüstert Darin zu mir hinab. *Die Frage und die Antwort, so elementar.*

»Justus hat davon gesprochen, dass ich lernen muss zu kämpfen«, erinnere ich mich und grüble, was genau er damit gemeint haben könnte. Darin nickt bedacht, löst seine Hand von meiner und stoppt mit einer knappen Bewegung den Fall der Flocken. Ich trete zurück, hebe den Kopf, während er seinen Schnee jetzt hinauf in den Himmel streben lässt. Wolken bilden sich über uns, werden grau, bedrohlich. Darin atmet laut aus, seine Hand schnappt auf, die Finger drehen sich und Wirbel entstehen, Wind frischt auf, zerrt an meinen Haaren und ich bekomme eine Ahnung von dem, was er andeutet. Gift lebt in dem Schneetreiben über uns, mein Gift, und wartet nur darauf, gelenkt zu werden. Darin beginnt sich zu bewegen, katzenhaft, wie im Tanz und die Flocken verdichten sich zu festen Hagelkörnern.

Ich sage nichts, spreche nicht aus, wie tödlich wir sein könnten, und Darin tut es auch nicht. Und als erneut ein Funke entsteht, während wir uns berühren, begreife ich, was es bedeutet, die Frage und die Antwort zu bilden. Was es heißt, dass wir außerdem Mann und Frau sind, die diese Besonderheit verbindet. Die Natur der Dinge setzt sich wie Puzzleteile Stück für Stück in meinem Kopf zusammen. Romeos Zerrissenheit mir gegenüber. Nonnas Streit mit ihm. Alle wussten es, nur ich nicht. Darin und ich werden ab jetzt zusammenwachsen und nichts wird irgendwann dazwischen passen.

Ein paar Tage vergehen, in denen ich erste Heilversuche gemeinsam mit Darin unternehme. Wir haben Karls Rückenschmerzen gelindert und einem Igel, den man versehentlich aus dem Winterschlaf geweckt hatte, neue Lebenskraft gegeben. Es ist uns jedes Mal gelungen, aber wird es auch bei etwas Größerem funktionieren? Wenn wir zum Beispiel ein Leben retten wollen? Romeo ist verschwunden und hat sich nicht einmal bei mir verabschiedet. Ich bin mir nicht sicher, was überwiegt, Unverständnis oder Enttäuschung. Immer wieder geistern seine Worte durch meinen Kopf: *Ich bin immer für dich da, Ember. Du bist mir wichtig.* Sie kommen mir wie Hohn vor.

Nonna hatte mir gestanden, dass sie wütend auf Romeo war, weil er mir zu nahegekommen ist. Dass er die Dinge gefährlich verkomplizieren würde, und ich war wütend auf sie, weil sie sich eingemischt hatte. Vielleicht wäre er dann nicht so kalt zu mir gewesen und ich hätte ihn nicht in dem letzten Moment, in dem wir uns gesehen haben, in den Fluss geschubst. Vielleicht hätte er nicht beschlossen, mich aufzugeben. Doch wäre es denkbar, zusammen zu sein, wenn es Darin gibt? Darin mit den sanften Augen, die mich immer mehr in den Bann ziehen? Romeo scheint das nicht für möglich zu halten … Warum ist alles in meinem Leben so verdammt kompliziert?

Als ich mit Holly und Justus zusammen auf einen nahen Markt nach Avas Wood fahre, um Lebensmittel einzukaufen, denke ich die ganze Zeit über alte Romane nach, in denen es eine Dreiecksbeziehung gab. Und mir fällt auf, dass viele davon tödlich endeten.

»Alles klar bei dir?«, will Holly wissen und Justus fährt so scharf in die Kurve, dass die Kisten mit Heilkräutern drohen uns zu erschlagen.

»Mir geht es gut«, lüge ich und schnalle mich los, bevor der Wagen steht. Hinter uns türmen sich die Stadtmauern von Avas Wood glatt und grau, und schneiden uns von der Freiheit ab, die ich lieb gewonnen habe.

»Auf einer Skala von eins bis zehn, wie gut du lügen kannst, wobei eins das Schlechteste ist, bist du 'ne zwei Minus, Ember«, sagt Holly und hebt ihre Augenbrauen.

»Okay, du hast recht. Mir geht da so einiges im Kopf herum«, gebe ich zu und steige aus. Justus ist schon am Kofferraum und lädt die ersten Kisten aus. Zwei andere Fahrzeuge des Clans kommen gerade an und parken etwas abseits. Ich erkenne Darin am Steuer des einen Wagens und ich werde kribbelig, also beginne ich Justus zu helfen.

»Mädchen, ihr besorgt bitte die Dinge, die auf dieser Liste stehen«, bittet er mich, drückt mir ein Stück Papier in die Hand und ich überfliege die Lebensmittel, die uns zurzeit fehlen. »Die meisten Dinge findet ihr auf dem Marktplatz, dort drüben.« Er deutet nach Süden, ich kann die Gasse erkennen, an deren Ende bunte Buden stehen, in denen Verkäufer ihre Waren anbieten.

Justus hält Holly, die damit beschäftigt ist, ihre Haare unter die Wollmütze zu bekommen, seine Hand entgegen. »Hier, für euch. Kauft euch etwas Schönes«, sagt er mit einem Augenzwinkern. »Ich weiß doch, wie wichtig das für euch Mädchen ist.«

»Wie nett von dir«, freut sie sich, lässt die Mütze Mütze sein und nimmt die zwei Münzen entgegen. Dann kracht die Heckklappe ins Schloss und meine zwei neuen Schützlinge traben zu uns herüber. Die kleine Nira breitet ihre Arme aus und ich nehme sie hoch. Mittlerweile bin ich geübt im Babysitten und genieße die Nähe zu den beiden Kindern, die gerne ihrem Großvater entwischen.

»Hey, deine Zöpfe sind ja immer noch da«, sage ich und sie lacht. »Ja, ich hab aufgepasst, dass sie nicht sofort wieder alles kaputt macht«, berichtet ihre ältere Schwester Jupiter, die mein Flechtwerk auch in ihren Haaren trägt. Es war nicht einfach, die Locken der Siebenjährigen zu bändigen. Besonders da Nira immer dazwischenfunkte und schließlich auch Zöpfe bekam. Karl hatte das alles mit einem Brummen quittiert und sich dann wieder darangemacht, die Wäsche der Mädchen zu bügeln. Ich wollte ihm die Arbeit abnehmen, aber er wurde richtig säuerlich. Manchmal habe ich den Eindruck, er lebt nur noch für diese beiden Mädchen.

»Ember?«, fragt mich Jupiter. »Dürfen wir heute bei dir schlafen?« Ich hebe meine Brauen, Holly gibt mir heimliche Zeichen, sie will das möglichst verhindern.

»Was sagt denn der Opa dazu, wenn ihr ihn ganz alleine lasst?«, frage ich und kassiere einen kleinen Hieb von Holly.

Jupiter verstummt und macht einen Schmollmund.

»Der ist bestimmt ganz einsam dann«, versucht Holly es mit einer gewissen Verzweiflung. »Stimmt doch, Ember, oder?«

Ich lächle. Ihr sind meine beiden neuen Schatten etwas zu viel des Guten. Besonders, seitdem Nira ihr einen Wunsch gezeigt hat, den sie mir nicht verraten will. Er muss sie tief verstört haben, denn sonst erzählt sie mir alles, und nach dem dritten Mal nachbohren und einer schnippischen Antwort habe ich es aufgegeben.

Die beiden Kinder laufen voraus auf die Menge zu. Holly klimpert unentwegt mit dem Geld in der Hand und ich schließe fröstelnd den Mantel höher. Leise Klänge einer Violine schallen durch die Gasse aus Granit und brechen sich an den hohen Häuserwänden, die steil zu jeder Seite aufragen und in Fachwerkgebälk über uns enden, und ich denke einmal mehr an Romeo.

»Also, raus mit der Sprache. Was macht dir gerade Kopfzerbrechen?«, kommt Holly zurück zum Thema.

»Nimmst du die Medizin von Igrid eigentlich noch?«, wähle ich eine Sache, wie aus einem riesigen Haufen aus bunten Möglichkeiten.

Ein Schatten huscht über Hollys Gesicht. »Ja, tue ich«, antwortet sie und zieht eine Grimasse. »Ich weiß, dass Nonna es nicht gerne sieht. Ich weiß, dass sie es für falsch hält.«

»Das spielt keine Rolle, Holly«, beeile ich mich, meine Meinung zu dem Thema klarzustellen. »Es zählt einzig und alleine, was du möchtest und wie du dich fühlst.«

Über uns öffnet sich ein Fenster und jemand schüttelt Betten aus, wie Frau Holle ihre Kissen. Ich muss lächeln, weil ich dieses uralte Märchen gerade erst Nira und Jupiter vorgelesen habe.

»Ich fühle, dass dieses Thema nicht das Einzige ist, was dich beschäftigt«, lenkt Holly von sich ab. Wir biegen um die Häuserecke und erreichen den Platz, in dessen Mitte ein Brunnen steht, vor dem sich ein Pferd aus Eisen aufbäumt. Nira versucht, auf den glatten Rücken zu klettern, und Jupiter hilft ihr. Über dem Platz ist ein mächtiges Dach aus Glas gespannt, als Schutz gegen Hagelstürme und Angriffe von Flugtieren.

Meine Finger sind kalt, sie fahren die Ecken des Blatt Papiers ab und ich lese noch einmal, was benötigt wird: *Zucker, Salz, roter Bindfaden.*

»Ich vermisse Romeo«, verrate ich das offene Geheimnis und weiche Hollys Blick aus.

»Das ist doch ganz logisch. Immerhin war er dein erster Mann«, überlegt sie altklug. »Also, so was verbindet auf eine ganz besondere Weise …« Ich werfe ihr einen komischen Blick zu.

»Hab ich mal gelesen, also nicht, dass ich es so genau wüsste. Aber ich kann mir das vorstellen.« Sie lächelt verlegen. »Ich weiß nicht, wie ich dich trösten soll, Ember«, verrät sie und stopft abwesend eine rote Locke unter ihre Mütze. »Ich schätze, es nützt dir nichts, wenn ich dir sage, dass Darin auch auf dich steht.«

Ich will ihr sagen, dass das nicht stimmt. Dass uns etwas anderes verbindet. Etwas, das nicht so leicht begreifbar ist, wie Verliebtheit. Doch ist Liebe greifbar?

»Ah, ich sehe schon. Der Kapiervorgang wurde abgebrochen«, lacht Holly, als sie meinen Blick auffängt.

Als uns eine Gruppe Nonnen entgegenkommt, vergesse ich, was Holly gesagt hat, und bleibe am Stand eines Gewürzhändlers mit Holzkrügen stehen, der mit einer Stimme wie nahendes Gewittergrollen seine Ware anpreist. Ich starre die acht Frauen an. Sie tragen ähnliche Kutten wie die des Winterordens. Trist und grau, doch es sind nicht die gleichen. Und die Kreuze, die sie tragen, sind nicht von Dornen umschlossen. Eine der Frauen hebt den Blick, schaut mir streng ins Gesicht und ich weiche unwillkürlich zurück. Mein Herz klopft in meinem Hals.

»Sie gehören zur Kirche der Hinterbliebenen«, höre ich plötzlich jemanden hinter mir sagen und ich wirble erschreckt herum. Darin fängt mich auf, als ich beinahe ins Vorzelt des Verkäufers stolpere.

»Nicht so stürmisch«, flüstert er und gibt mich wieder frei. »Nicht, dass ich mich beschweren würde, wenn du in meinen Armen endest.« Es dauert einige Herzschläge, bis ich mich an die plötzliche Nähe zu ihm gewöhnt habe. Es ist jedes Mal erneut, als würde sich die Atmosphäre verändern, wenn wir uns nahekommen. Jupiter winkt uns vom Pferderücken zu. Sie hockt hinter Nira, die sich wie verrückt freut.

»Hey, Darin«, begrüßt Holly ihn. Sie mustert sein Outfit.

»So farbenfroh heute? Ganze drei verschiedene Schwarztöne«, frotzelt sie und widmet sich dann den Waren des Verkäufers.

Ich schaue zu Jupiter und Nira, die wieder zurück zu uns kommen. Nira will wieder auf meinen Arm und ich zögere nicht lange.

»Du magst Kinder sehr, oder?«, fragt mich Darin und ein Flackern erhellt seine Augen. Ich mag die scharfe Intelligenz in ihnen.

»Ja, diese besonders gerne«, gebe ich zu und drücke Nira einen Kuss auf die Wange, den sie glucksend wieder fortwischt.

»Willst du einmal eigene?« Seine Stimme ist tief und warm.

Nie zuvor habe ich mir diese Frage gestellt und schaue meinem Schnee eher hilflos ins Gesicht.

»Entschuldige, ich sollte nicht so neugierig sein.« Er lächelt und unterbricht den Blickkontakt.

»Ist schon gut.«

Wir werden von den Marktbesuchern weitergeschoben, Nira kuschelt sich an mich an und murmelt vor sich hin.

»Ich habe etwas für dich, Ember«, sagt Darin nach einer Weile und zaubert einen silbernen Anhänger aus einer Hosentasche. Er funkelt im Licht der Wintersonne und ich hieve Nira höher auf meine Hüfte, die umgehend danach angelt.

»Oh, das ist doch nicht …« Ich verstumme, als ich merke, dass sein Geschenk ihm unangenehm wird.

»Darf ich es dir umlegen?« Seine Augen verengen sich leicht, etwas Flehendes liegt in dem Blick. Und als ich zustimme, nehme ich wahr, dass seine Finger leicht zittern, während er die filigran gearbeitete Schneeflocke an meiner Mondsteinkette anbringt. Der Mondstein mit der Aufschrift: *Wenn du die Frage bist, bin ich die Antwort.* Die Kette, die Romeo mir von Nonna gegeben hatte, als wir noch beim Winterorden waren.

»Sie ist wunderschön«, hauche ich.

»Ich habe sie extra für dich angefertigt.« Die Luft zwischen uns flirrt vor Energie.

»Ich wusste nicht, dass du so etwas kannst.« Ich lächle und seine Hand legt sich an meine Wange. Ganz kurz nur, bevor er verlegen wird und zu Boden sieht.

»Ich liebe es, wenn du lächelst«, rutscht es ihm raus und ich spüre, wie sich die unsichtbaren Bänder, die mich einerseits mit Romeo und andererseits mit Darin verbinden, verheddern.

Nira nimmt den Anhänger in ihre Hand und bestaunt ihn.

Zögerlich lässt sie ihn los und beugt sich auf meinem Arm so plötzlich zu Darin, dass ich denke, ich lasse sie fallen.

»Verdammt«, stoße ich aus und packe sie fester.

Ihre Hand findet Darins Wange, seine Augen weiten sich, während sie ihn fröhlich anstrahlt. Und dann weicht er beschämt vor der Zweijährigen und ihrer Gabe zurück.

»Ähm.« Er wirkt nervös und Röte steigt in sein Gesicht. »Wo ist eigentlich Holly?« Ich schaue mich nach meiner Freundin um und entdecke sie an einem Stand. Sie plaudert mit einer Verkäuferin und ich bemerke, dass die Gruppe der Nonnen wieder zurückkommt.

Die Frauen schlagen einen parallelen Weg zu uns ein, und während Darin uns zurück zu Holly führen will, erkenne ich ein Augenpaar, das mich einfrieren lässt.

Ich entziehe mich Darin, der versucht hat, meine Hand zu nehmen. »Was ist los?«, fragt er vorsichtig und ich deute in die Menge der Marktbesucher.

»Ich habe jemanden gesehen«, sage ich und drücke ihm Nira auf den Arm. Ich bin mir beinahe sicher und setze mich in Bewegung, dränge mich durch die vielen Körper der Marktbesucher vorwärts. Immer auf der Hut und bemüht, mich hinter anderen zu verbergen.

»Warte, was hast du vor?«, ruft er mir nach und Nira beginnt zu quengeln. Darins Stimme erreicht mich nicht. Ebensowenig wie sein alarmierter Ruf nach Holly. Ich quetsche mich durch eine Gruppe Frauen, die tratschen, und umrunde einen Mann im Rollstuhl, der mich interessiert ansieht. »Du hast wundervolle Haare«, kräht er mir entgegen. Ich werde schneller, den Blick fest auf die Nonnen gerichtet, die immer noch die Hände vor der Brust gefaltet voranschreiten. Die Letzte von ihnen, die kenne ich.

»November«, zischt Darin, als er mich einholt und hält mich sanft, aber bestimmt, zurück. »Du kannst nicht einfach abhauen. Das ist gefährlich.«

»Es war Runa, ich bin mir ganz sicher«, presse ich hervor und deute in die Richtung. Holly erreicht uns atemlos, zwei Säcke Salz balancierend und Jupiter und Nira im Schlepptau.

»Seid ihr verrückt? Ihr könnt mich doch nicht einfach so stehen lassen«, beschwert sie sich. »Und dann noch mit den beiden Nervensägen.« Sie wirft Jupiter einen schnellen Blick zu. »Nichts für ungut.«

Jupiter streckt ihr die Zunge raus.

»Wer ist denn Runa?«, will Darin wissen und ich bemerke, wie er ein Messer an seiner Seite aufspringen lässt und seine Augen den Markt nach Gefahren absuchen.

»Eine Schwester aus dem Winterorden«, antwortet Holly und wird blass. »Das ist unmöglich.«

»Die Sichtweite geschlossener Augen ist grenzenlos«, zitiere ich Igrid. »Du solltest mittlerweile gelernt haben, dass nichts unmöglich ist, solange es unser Leben betrifft.«

»Bist du dir sicher?« Darins Haltung spannt sich an. Ich sehe, wie die Schwestern um eine Hausecke biegen, und renne los. Darin stößt einen Fluch aus und verliert mich im Gedränge. Ich biege in den nächsten Gang, sehe mich gehetzt um. Wo sind sie hin? Was will Runa hier? Wer ist noch an diesem Ort?

Es ist eine Falle, schreit mein entsetztes Ich, als ich trotzdem weitergehe und den Markt verlasse. Ich sollte mich verstecken und für einen Moment wallt Angst in mir auf, dass Alphas Soldaten mich jederzeit packen könnten. Doch die brennende Frage, was aus meinen Freunden geworden ist, und mein schlechtes Gewissen, dass ich sie zurückließ, lässt mich voranstreben. Ich renne eine Treppe mit schmalen vereisten Stufen hinauf, die sich zwischen kleineren Häusern schlängelt und in Richtung eines Friedhofs führt, als Darin mich einholt. Er sieht mehr als verärgert aus und ich frage mich selbst, was in mich gefahren ist.

»Tu so etwas niemals wieder«, knurrt er und versperrt mir den Weg. Seine sonst so sanften Augen sind hart, der goldene Kern in ihnen gleicht gefrorenem Eis.

»Ich will doch nur …«

Er schneidet mir das Wort ab. »Du bist nicht alleine auf der Welt, Ember«, zischt er und bevor seine Hand sich um meinen Arm besitzergreifend schließen will, besinnt er sich. Er hat ja so recht.

»Lass uns die anderen informieren«, bittet er mich.

Jetzt erkenne ich die Gruppe Nonnen, die durch ein eisernes Tor mit Ornamenten verschwindet, um zu einer kleinen Kirche aus Stahl zu gelangen.

»Wir könnten ihnen jetzt folgen und sie befragen«, bricht es aus mir heraus. »Wenn ich mich getäuscht habe, ist doch alles gut. Wenn nicht, muss ich mit Schwester Runa sprechen. Sie hat Antworten, vielleicht ist sie hier, um uns zu helfen«, überlege ich und Holly tippt sich an die Stirn, als sie das hört. »Hat Runa jemals etwas getan, das man als Hilfe bezeichnen könnte? Ich schätze zu lernen, wie man auf Knien ausharrt, ohne blaue Flecken zu bekommen, gehört nicht dazu.« Holly balanciert die Säcke Salz und übergibt einen an die kleine Jupiter, die unter dem Gewicht ächzt.

»Dieser Blick, Runas Blick, der war nicht feindselig. Ich glaube, sie wäre zu mir gekommen, aber dann hat sie etwas verscheucht«, bin ich mir sicher und lasse diesen Moment noch einmal Revue passieren. War sie es wirklich gewesen? Oder war es nur eine Frau, die ihr zum Verwechseln ähnlich sah? Aber warum sollte eine Fremde mich derart mit Blicken beschwören?

Darin sieht sich beunruhigt um. »Kommt, wir gehen«, bestimmt er und Holly stimmt zu.

»Holly, nur weil wir es geschafft haben zu entkommen, gehen uns die anderen doch etwas an«, sage ich. »Ihr geht mit den Kindern vor und ich komme nach.«

Darins Mund verzieht sich zu einem Strich und ich spüre das erste Mal, dass sich die Energie zwischen uns unangenehm aufstaut.

»Andere sind bereits an dem Thema dran, ihr kommt jetzt alle mit mir. Du bildest da keine Ausnahme«, bestimmt er und ein drohender Unterton schleicht sich in seine Stimme.

»Hoppla, da weiß jemand mehr, als er sagt«, stellt Holly im selben Moment fest. Er wischt sich durchs Gesicht, schaut sich prüfend um. Es wird kalt am Rande des Marktes, Wolken schieben sich vor die Sonne und verdunkeln die Gassen und Treppen.

»Jemand vom Winterorden hat versucht, über andere Clans Kontakt zu uns aufzunehmen«, gibt er endlich zu.

»Tja, die Wahrheit ist zu schlau, um gefangen genommen zu werden«, zitiert Holly jetzt Igrids Weisheit und grinst diabolisch.

Ich schäume beinahe über. »Wieso weiß ich nichts davon?«

Darin schnappt nach Luft, während ich ihn böse anfunkle.

»Nonna meinte …«

»Ist Romeo deshalb weg?«

»Ja, aber …«

»Wenn mir noch einmal jemand so etwas verheimlicht, dann passiert was«, fauche ich und nehme Jupiter an die Hand. Ich weiß zwar nicht, was dann passiert, aber irgendwas Bedauerliches wird es schon sein. Ich mache auf dem Absatz kehrt und stampfe zurück zum Marktplatz. Als Nira anfängt zu weinen, nehme ich sie wieder auf den Arm und drücke sie fest an mich.

»Also ich an deiner Stelle, würde nicht wissen wollen, was dann passiert«, empfiehlt Holly an Darin gerichtet und malt Anführungszeichen in die Luft. Ich versuche Nira zu beruhigen, streichle sie sacht, was gar nicht so leicht ist, wenn man selbst heulen möchte. Ich will sofort zurück zum Fuhrpark und mit Nonna reden. Sie sollte sich warm anziehen, die alte Frau. Es wird Zeit, dass wir einige Dinge klarstellen.

23
Der Puppenwald

Die ganze Fahrt über schweige ich und auch Holly sagt Justus nichts von meiner Vermutung, Schwester Runa gesehen zu haben. Als wir beim Clan ankommen, steige ich aus, kümmere mich nicht weiter darum, dass die Waren ausgeladen werden müssen, und gehe in schnellen Schritten auf Nonnas Wagen zu. Ich klopfe nicht an, reiße einfach die Tür auf und schaue in das verdutzte Gesicht von meiner Nonna und Romeo.

»Na, das passt ja«, knurre ich und will gerade die Tür wieder schließen, da quetschen sich Jupiter und Nira hinter mir hinein. Ich beiße mir auf die Lippe, weil ich sie jetzt wirklich nicht hier haben will. Als Zeugen einer Explosion.

»November, du bist sehr unhöflich«, begrüßt mich Nonna und ich spüre den Zorn in mir branden wie bösartige Wellen.

»Und wie nennt ihr das, was ihr tut?« Ich mache einen wütenden Schritt auf die beiden zu, die gemütlich am Tisch sitzen und ihr Schwätzchen halten. Mit Tee und Kuchen, den ich am liebsten durch das nächste Fenster werfen möchte. »Ich fasse es nicht, dass ihr mich so belügt!«

Ich hebe den Finger drohend, eine alberne Geste, die Oberschwester Klara gerne gebrauchte. Jupiter schließt die Wohnwagentür und sperrt die Kälte aus, die mir gefolgt ist.

Nonna tut unschuldig, an Romeos Miene erkenne ich, dass er genau weiß, um was es geht.

»November, ich wünsche, dass du dich beruhigst. Möchtest du einen Tee?« Nonna erhebt sich sehr geschmeidig für eine Frau ihres Alters.

Ich schnappe nach Luft.

»Es reicht mit den Spielchen, Nonna«, sage ich klar und deutlich.

»Ich hab dir gesagt, sie wird sauer, wenn sie es herausfindet, Nonna«, meint Romeo und verbirgt ein Grinsen, indem er an seiner Tasse nippt. Nonna stößt hart die Luft aus und schüttelt den Kopf. Ihr Schmuck, der ihre weißen Locken ziert, klimpert dabei leise.

»Ich bin keine Blüte in deinem Schatten, Nonna«, stelle ich klar. »Ich war viel zu lange auf mich alleine gestellt, als dass ich nicht für mich selbst bestimmen kann. Niemand wird das mehr für mich übernehmen.« Meine Worte sind schneidendes Eis und nur schwer zügle ich eine Wut, die ihren Ursprung in den vielen Jahren unter dem Regime der Schwestern hat. Auch wenn sie meine Familie waren und wir unter ihnen sicher lebten, gaben sie uns auch viel Schmerz und Untergrabung der eigenen Gedanken und Bedürfnisse.

»Aber, November, das will ich doch gar nicht. Wir wollen dich nur schützen.« Unsicherheit huscht über Nonnas sonst so gut kontrollierte Züge und als sie Romeo grinsen sieht, haut sie ihm mit der flachen Hand auf den Hinterkopf.

»Nonna, tu nicht so, als hätte ich dich nicht gewarnt«, beschwert er sich und duckt sich unter der nächsten Attacke. »Sie hat mich kürzlich erst ersäufen wollen, wie eine Ratte.«

Dann gibt Nonna auf, setzt sich wieder und macht eine hilflose Geste. »Es tut mir leid, Kind«, haucht sie.

Die kleine Nira hüpft auf Romeo zu und klettert völlig unbeeindruckt von den Spannungen neben ihn auf die Bank.

»Und du«, zische ich jetzt in seine Richtung. »Zu dir komme ich auch noch.«

Er hebt seine Augenbrauen belustigt. »Ember, erst der Stoß in den Fluss, jetzt eine erneute Drohung? Womit habe ich das verdient?«, sagt er und lächelt süffisant. »Das gefällt mir.«

Nira hüpft auf seinen Schoß und will ihm die Hände auf die Wangen legen. Romeo fängt ihre Handgelenke ein. »Das will ich jetzt nicht sehen, mein Schatz«, erklärt er nebensächlich und sie kichert, als er sie neben sich absetzt. Dann zieht sie geräuschvoll die Nase hoch und beginnt zu popeln.

»Du bist der größte Mistkerl unter der Sonne und unter dem Mond«, motze ich in Romeos Richtung. »Und ich schwöre euch, wenn ihr mir nicht sofort erzählt, was vor sich geht, packe ich meine Sachen und bin weg.«

»Das ist doch Unsinn«, sagt ausgerechnet Romeo und Nira attackiert ihn erneut, um ihm seine Wünsche zu zeigen.

»Leg es lieber nicht drauf an. Es sei denn, du *willst* mich nie wiedersehen.« Unsere Blicke duellieren sich und er steht ruckartig auf. Nira rutscht dabei fast von der Bank und Romeo fängt ihren Sturz gerade noch rechtzeitig auf.

»Komm schon«, raunt er und stellt das Kind ab. »Beruhig dich, bitte.« Er steht vor mir. Die Hände in den Hosentaschen vergraben, die dunklen Augen auf mich gerichtet.

»Also, ich höre.« Meine Stimme verliert an Härte, während er mir so nahe ist. Doch ich bin wild entschlossen, mich nicht mehr bevormunden zu lassen.

»Oberschwester Klara hat jemanden mit einer Nachricht geschickt«, rückt Nonna endlich mit der Sprache heraus. Sie sieht nicht glücklich aus und tauscht einen kurzen Blick mit Romeo.

»Ja, und?«, will ich wissen. »Das ist ja wohl nicht alles.«

»Setz dich erst mal«, meint Romeo und schiebt mich an der Hüfte zur Sitzbank. »Du machst mich nervös, wenn du wie eine Gewitterhexe hier vor uns stehst.«

Jupiter kichert bei dem Gesagten und Romeo zwinkert ihr belustigt zu. Es ist immer wieder erstaunlich, wie er mich aus dem Konzept bringen kann.

»Ich habe einen Brief erhalten«, sagt Nonna und schiebt mir einen Umschlag zu. Mit fahrigen Fingern öffne ich ihn und lese die Nachricht.

An Nonna di Lorenzi,

niemals hätte ich es für möglich gehalten, dass ich mich einmal an Sie wenden würde. Unsere Einstellungen zum Leben und zu den Winterkindern sind so konträr, dass es nie eine Freundschaft zulassen könnte. Und doch sitze ich hier und wende diese Worte der Verzweiflung an Sie.

Unser Oberhaupt ist krank. Er leidet und verliert den Verstand. Sie müssen wissen, er ist kein schlechter Mensch, dennoch drängt immer mehr Übel an die Oberfläche und er driftet stetig weiter auf die dunkle Seite ab. Seit November fort ist, musste ich weitere meiner Kinder begraben. Unser Garten wird zu einem Friedhof, wenn sie uns nicht helfen, einen Kontakt zu November herzustellen.

Nur dieses Kind kann das Übel abwenden.

Ich schlucke trocken.

»Du sollst ihn heilen«, ergreift Nonna erneut das Wort. »Oberschwester Klara erwartet, wenn du ihn gesunden lässt, dass er von seinem dunklen Treiben ablässt«, sagt sie und die Verachtung spricht aus ihr.

»Wäre das nicht möglich?«

»Man kann keinem Menschen die Schlechtigkeit aus dem Leib schneiden wie ein Geschwür, November.«

Ich mag es nicht, wenn Nonna mit mir spricht, als wäre ich ein dummes Kind, und ich knirsche mit den Zähnen.

»Es gibt morgen Nachmittag ein Treffen mit Runa in Avas Wood«, verrät Romeo mir und Nonna schlägt die Hände über dem Kopf zusammen.

»Guter Geist, ist hier noch wer bei klarem Verstand?«, murrt sie in seine Richtung, doch er wagt es, Nonna keine Beachtung zu schenken. Stattdessen schaut er mir tief in die Augen.

»Ich nehme dich mit, wenn du versprichst, brav zu sein und meinen Anweisungen Folge zu leisten.«

Plötzlich kracht es hinter uns. Jupiter steht inmitten von schwarzen Scherben und schreit wie am Spieß. Ich bin wie erstarrt, als ihre Haut plötzlich ganz weiß wird. Kleinste Eissplitter wachsen aus ihren Poren, kriechen über ihre Haut und entfalten sich zu Eisblumen.

»Was geschieht hier?«, kreische ich ebenso panisch wie das Kind. Jupiter schüttelt sich, versucht den Frost loszuwerden.

»Das ist ein Omen!«, ruft Nonna und beeilt sich zu dem aufgeschreckten Kind zu kommen. Ich bin schneller bei ihr und hebe sie aus den Splittern, sehe entsetzt dabei zu, wie die Eisblumen erblühen, das Kind einfrieren und ihm die Luft zum Atmen nehmen. Oh mein Gott! Bitte nicht!

»Tu doch jemand was!« Ich wische über ihren Mund, versuche die glitzernde Pracht fernzuhalten, doch es will mir nicht gelingen. Jupiter reißt den Mund auf, vielleicht zu einem Schrei, doch ich höre nichts.

»Jupiter«, brülle ich und sie heftet ihren Blick Hilfe suchend auf meinen. Die Eisblumen rasen über ihren Körper, tauchen unter die Kleidung und schmelzen dann rasant.

»Es ist wunderschön«, haucht Nonna, die völlig unbeteiligt dasteht, inmitten ihres zerbrochenen Spiegels. Ich möchte sie schütteln. Jupiter ringt um Luft, dann, mit einem Zischen, verblüht das Eis auf ihrer zarten Haut und nur ein feuchter Film bleibt auf ihrem vor Schreck verzerrten Kindergesicht zurück.

»Ich wollte nur mal anfassen«, schluchzt sie, als sie wieder Worte zustande bringt. Ich schließe sie in meinen Arm und Nonna sammelt die Scherben ihres Seherspiegels auf. »Er war so schön und dann ist er einfach runtergefallen«, weint Jupiter und krallt sich an mir fest, atmet hektisch. Nira hockt hilflos auf der Bank und schaut zu ihrer Schwester, von deren Finger rotes Blut vermengt mit Tau tropft. Romeo ist schnell zur Stelle und bindet sein Taschentuch um den tiefen Schnitt.

»Das wird wieder, kleine Motte«, sagt er zu ihr und ich atme auf, als ihre Hautfarbe sich langsam normalisiert.

»Es tut mir ganz doll leid, Nonna.« Jupiter schaut zu Nonna, aber die alte Frau reagiert nicht, sondern starrt nur auf die Scherben in ihrer Hand.

»Bin ich jetzt schuld, wenn du nie wieder Schnee finden kannst?« Neue Angst keimt in dem Mädchen auf und ich streichle über ihre Locken.

»So ein Unsinn«, antworte ich, weil Nonna nichts sagt. Und es dauert eine gefühlte Ewigkeit, bis sie endlich aus ihrer unheimlichen Stille erwacht und die Scherben in einen Mülleimer wirft. »Nein, das wird nicht geschehen«, erlöst sie uns. »Ich kann auch ohne schwarze Spiegel die Winterkinder sehen«, erklärt sie mit einer Mischung aus Freundlichkeit und Unmut.

»G-gut«, stammelt Jupiter und schluchzt so tief, dass es mich fast ansteckt. Nonna kommt zu uns, nimmt das verweinte Gesicht des Kindes in ihre runzligen Hände und küsst ihre Stirn. Dann wendet sie sich ab, geht in Richtung ihrer Bettstelle und setzt sich.

»Ich möchte, dass ihr mich alleine lasst«, sagt sie hauptsächlich zu mir und ich fürchte, sie ist enttäuscht von mir. Traurig darüber, dass ich ihre Autorität nicht so akzeptiere, wie sie es sich wünscht. Und vielleicht sogar darüber, dass sie mich so lange alleine gelassen hat.

Romeo nimmt Nira auf den Arm und ich Jupiter an die Hand. Und im nächsten Moment stehen wir draußen vor dem Wohnwagen in einem neuen Schneetreiben mit dem Schock eines ungewöhnlichen Ereignisses, von dem keiner weiß, was es zu bedeuten hat.

»Was war das eben?«, frage ich leise.

Romeo zuckt die Achseln. »Man sagt, die schwarzen Spiegel seien aus Eis gefertigt. Vielleicht ist es beim Zerbrechen freigekommen?«

»Aha.« Ich trete unsicher von einem aufs andere Bein, mustere Romeo, dessen Haltung distanziert ist.

»Na gut«, meint er irgendwann, als wir weiter so ungeschickt voreinander stehen. »Dann sehen wir uns spätestens morgen Nachmittag wieder.«

»Ja, super. Dann viel Spaß«, murre ich immer noch aufgebracht und lasse Jupiter los, die zum Wagen ihres Opas läuft.

Romeo runzelt die Stirn. »Wobei?«

»Na, bei den ganzen vielen wichtigen Dingen, die du so bis dahin vorhast.«

»Die da wären?« Er hebt eine Augenbraue und hält den Atem an.

»Na, offensichtlich bist du ja sehr eingespannt, sonst würdest du doch sicher mal gerne mit mir reden wollen. Alleine. Ein paar wertvolle Minuten Zeit für mich opfern, weil ich dir doch so wichtig bin.« Oder mich küssen, so wie ich dich küssen möchte. Jupiter verschwindet im Bus.

»Ich bin heute Abend allein«, stellt er klar und schürzt die Lippen. Seine Hand macht sich auf den Weg zu meiner Wange, seine Finger streicheln sie sanft. »Komm zu mir, wenn du mit mir reden willst.«

Er ist doch wirklich nicht zu fassen! Gut, dass ich schon was vorhabe, so wie ich mich kenne, könnte ich für nichts garantieren.

»Ich kann nicht. Ich habe eine Mission. Meine erste.« Ich werde das erste Mal jemanden heilen. Meine Tränen sollen mit Darins Schnee zusammen etwas wirklich Gutes bewirken.

»Ja, natürlich«, antwortet er. »Mit Darin.« Sein Blick verfinstert sich. »Na dann, viel Spaß!«, sagt er, dreht sich um und geht.

Mein Magen flirrt und ich weiß nicht, wo mir der Kopf steht. Ich gehe zum Bus und öffne die Tür mit meinem Schlüssel. Die schwarzhaarige Tuana, die um die Ecke späht, sieht mich argwöhnisch an und ich renne ohne große Worte die Treppe hinauf. Holly tröpfelt gerade ihre Medizin in ein Glas mit Wasser und hockt im Schneidersitz auf ihrer Matratze.

»Ich hab dir schon hundert Mal gesagt, du sollst nicht im Bett essen …«

Sie verzieht ihr rundes Gesicht und stößt die Luft zischend durch ihre Zahnlücke. »Was?«

»Oder trinken«, schimpfe ich und mache eine wegwerfende Handbewegung, während ich mich aus dem Mantel befreie und auf einem Stuhl fallen lasse.

»Ich freu mich auch, dich zu sehen«, meint sie trocken und trinkt das Glas in einem Zug aus. »Wie ist es gelaufen?«

»Super. Es war ganz sicher Runa und es gibt einen Brief von der Oberschwester, von dem ich natürlich nichts wissen sollte.«

»Natürlich«, wiederholt Holly und runzelt die Stirn. Ich kläre sie auf, erzähle ihr alle Einzelheiten des Gesprächs zwischen Nonna und Romeo und mir. Und von dem Spiegelunglück.

»Also, wenn du zu dem Treffen fährst, dann fahre ich auch mit. Das ist doch wohl klar, oder?«, meint Holly dann.

Ich bekomme Zweifel. »Ich weiß nicht. Die beiden haben ja irgendwie recht. Es kann sehr gefährlich werden«, gebe ich zu und möchte Holly dieser Situation nicht aussetzen. Sie lacht hart auf.

»Das ist ja drollig, jetzt machst du genau dasselbe wie deine Nonna. Merkst du selbst, ne?« Sie rauft sich das Feuerhaar.

Dann reckt sie den Hals und schiebt die Gardine zur Seite.

»Und dein Romeo ist, glaube ich, auf dem Weg zu dir. Tut ihm wohl doch was leid«, meint sie und mein Herz schlägt mit einem Mal schneller in meiner Brust.

»Wirklich?« Ich springe auf, knie mich auf Hollys Matratze und spioniere nach draußen. Er hält zielsicher auf unseren Bus zu. Dann bleibt er abrupt stehen, weicht dann zurück und läuft davon. Es sieht wirklich seltsam aus, als wäre er plötzlich auf der Flucht.

»Was war das jetzt, bitte?«, fragt sich Holly und ich spüre, wie die Euphorie in mir verpufft und dem Gefühl einer klaffenden Wunde in mir erneut Platz macht.

»Keine Ahnung«, antworte ich tonlos und gehe hinüber zu meinem Bett. Ich rolle mich wie eine Katze zusammen und zwinge meinen Atem zur Ruhe.

Es wird Abend und ich mache mich fertig für die große Stunde des Heilens. Ich bin wahnsinnig nervös und bitte Holly, an meiner statt alles für Jupiter und Nira vorzubereiten, die unsere Übernachtungsgäste sein werden. Und sich um die Mädchen zu kümmern, bis ich zurück bin. Die Freude darüber springt mir förmlich ins Gesicht und ich beeile mich, dass ich wegkomme, damit Hollys plötzliche schlechte Laune mich nicht noch mehr aus dem Konzept bringt.

Die Fahrt an den Rand von Avas Wood dauert zwanzig Minuten. Ich bin froh, dass wir nur Musik hören und nicht reden. Und als wir halten, versteht Darin mich auch ohne Worte.

Er geleitet mich von einem einsamen Parkplatz hinauf auf eine steinerne Plattform, von der aus gläserne Gondeln über den Wald hinweg einen Berg hinauffahren. Mir ist ein wenig schwindlig, als das Gefährt sich in Bewegung setzt und über die weißen Wipfel der Bäume schwebt. Die Stahlseile knirschen, Dunst hüllt uns dann und wann ein und ich versuche zu vermeiden, durch den Glasboden nach unten zu schauen.

»Ist es nicht wunderschön hier?«, fragt mich Darin, der diese Fahrt sichtlich genießt. »Es ist, als gleite man direkt in den Himmel«, meint er versonnen lächelnd und deutet hinauf zu den schroffen Felsen, an denen kein Mensch jemals emporklettern könnte. Weit in den Wolken thront ein riesiges Haus aus weißem Stein. Alle Fenster sind dreieckig und zeigen mit der Spitze nach oben.

»Du wirst sehen, für ein Hospiz hat dieses Haus eine angenehme Aura«, meint Darin und berührt mich aufmunternd am Arm.

Ich zerspringe beinahe innerlich, als ich an meine Aufgabe erinnert werde, und klammere mich an den Sitz, der mir viel zu schmal vorkommt. Die Gondel hält an, als unten jemand zusteigt. Ihr Schaukeln lässt mich schwitzen und Darin nimmt meine Hand, sein Daumen streicht beruhigend über meinen Handrücken und ich atme tief ein. Ich mag seine Hände, sie sind groß und schlank wie die eines Pianisten.

»Wie ist es in einem Sterbehaus?«, frage ich und denke an all die Übungen, die wir bisher gemacht haben. Doch jemanden zu heilen, der im Sterben liegt, ist etwas ganz anderes. Es verlangt absolute Konzentration.

»Es ist leise und dann wieder ganz laut«, antwortet Darin auf meine Frage und ich verstehe, was er meint. Ich kaue auf meiner Unterlippe, betrachte den noch jungen Wald zu meinen Füßen, der aussieht, als hätte man ihn mit Zuckerguss übergossen.

»Was ist, wenn es nicht funktioniert?«, überlege ich. Säen wir Hoffnung, nur um sie zu erschlagen?

»Es wird funktionieren.« Darin strahlt so viel Zuversicht aus, dabei ist es doch genauso neu für ihn wie für mich.

»Woher willst du das wissen?«

»Ember«, sagt er sanft. »Was soll denn geschehen? Ich bin doch bei dir.«

»Hm.«

»Hab Vertrauen in uns.« Er drückt meine Finger und die Gondel setzt sich wieder in Bewegung. Immer näher kommen wir dem Ziel und als wir scheinbar durch eine Wolke schweben, sammle ich mich und entscheide, dass alles gut werden wird.

»Die Besuchszeiten sind beinahe um«, raunt Darin mir zu, als wir zusammen durch den Haupteingang gehen. Ich staune über die herrlichen Wandmalereien und die heimelige Einrichtung. Fast sieht es aus wie in einem Zuhause.

»Wir suchen uns einen Patienten, der alleine ist und bei dem die Ärzte-Visite schon war. Denk daran«, erinnert er mich und ich schlage intuitiv den Weg zur Kinderstation ein. Eine Frau mit einem Pony kommt mir entgegen. Es hat braunes Fell mit weißen Flecken und bunte Bänder sind mit der Mähne verflochten. Ich staune nicht schlecht über das winzige Therapiepferd in Schuhen und mit Pferdeäpfelauffangbeutel unter seinem Schweif, damit es nichts Unerfreuliches in dem sauberen Haus hinterlässt.

»Wie du siehst, wird hier viel dafür getan, um die letzten Tage der Kinder schön zu gestalten«, meint Darin und die Frau schenkt uns ebenfalls ein herzliches Lächeln. Wir gehen weiter, fahren mit dem Fahrstuhl zwei Stationen hinauf. Ich frage mich, ob die Luft hier auf dem Berg klarer ist als sonst wo, und weiche einem Arzt in weißem Kittel aus, der es eilig hat. Dann erregt etwas meine Aufmerksamkeit und ich werde langsamer. Am Ende eines weiteren Ganges kommen eine Frau mit kurzen Haaren und ein schlanker Mann mit Vollbart aus einem der Zimmer. Für einen Moment denke ich, die Frau würde stürzen. Aber es ist der Schmerz in ihrer Brust, das Weinen, das sie in die Knie zwingt, kein physisches Hindernis.

Darin nimmt die beiden Eltern zuerst gar nicht wahr. Er öffnet heimlich die ein oder andere Tür, um zu schauen, ob eines der Kinder alleine und bereit für einen Besuch von uns ist.

Eine Schwester kommt mit einem Wagen voller Getränke aus einem Fahrstuhl und ich laufe ihr vor das Gefährt. Darin entschuldigt sich für mich.

Die weinende Frau, die aus dem Zimmer am Ende des Flurs kam, faucht jetzt eine junge Krankenschwester an, die gerade Medikamente zusammenstellt.

»Ich will jetzt sofort wissen, wer meiner Tochter diesen Floh ins Ohr gesetzt hat«, zischt sie.

Ich gehe langsam näher, lausche und versuche zu verstehen, worum es genau geht. Von was für einem Floh redet sie und welches so winzige Tier hat eine so große Macht, dass eine erwachsene Frau so außer sich gerät?

»Das muss ein Missverständnis sein«, antwortet die zierliche brünette Schwester und sieht sich Hilfe suchend zu der Stationsärztin um, die gerade aus dem Schwesternzimmer kommt.

»Jemand muss ihr aber gesagt haben, dass sie wieder nach Hause darf. Das ist grausam!« Die Stimme der jungen Mutter bricht.

»Ist etwas geschehen?«, greift die Ärztin ein, eine ältere Dame mit Stethoskop um den Hals.

»Jemand macht Scherze auf unsere Kosten«, meint der Ehemann.

So fühlt sich der nahende Verlust an. Er nimmt einem den Atem.

»Beruhigen Sie sich erst einmal. Am besten, Sie kommen mit in mein Büro und wir klären das in Ruhe«, bittet die Ärztin und bietet ihren Arm als zusätzlichen Halt für die junge Mutter eines sterbenden Kindes an. »Ja, aber Hanna …«, beginnt sie, schaut zurück zur Tür mit der Nummer 14 und wischt sich fahrig Tränen aus dem Augenwinkel. »Ich ertrage das einfach nicht.«

Sie lässt sich davongeleiten. Ich beschleunige meine Schritte und schlüpfe, ohne lange darüber nachzudenken, in das Zimmer von dem Mädchen namens Hanna.

Darin ist dicht hinter mir, schließt die Tür ganz leise. Niemand hat uns bemerkt und ich gehe langsam auf das Bett zu, das direkt an einem der dreieckigen Fenster steht. Die Sonne geht unter, Purpur färbt die Wolken und das Weiß der Landschaft unterhalb des Hangs. Und weiches Licht zeichnet Schatten an die Wände, die mit Landschaften und Fabeltieren bemalt sind.

Ein Gerät sendet gleichmäßig piepsende Geräusche aus und ich betrachte das kleine, aschfahle Gesicht eines zierlichen Mädchens, das höchstens fünf Jahre alt ist.

Darin nimmt einen Stuhl, stellt ihn so unter die Türklinke, dass uns niemand stören kann.

Ein Stich fährt in mein Herz, während ich dieses todkranke Kind anschaue. Neben ihrem Bett steht ein kleiner Koffer mit gelben Punkten, der nur darauf wartet, genommen zu werden. Sogar ihre Schuhe stehen vor dem piependen Apparat, der die Herztöne verzeichnet, bereit. Als würde sie nur einen kleinen Urlaub an diesem Ort machen, der bald sein Ende findet.

Regelmäßige Zickzack-Linien zeichnen den Rhythmus auf einem Monitor und ich bleibe vor der Bettkante stehen. Unschlüssig und etwas hilflos. Wie soll ich beginnen?

»Ich spüre nur Traurigkeit«, flüstere ich benommen, als ich so vor dem Kind stehe, dessen Lippen bläulich verfärbt sind. Darin greift sich die Krankenakte und blättert in den Seiten.

»Es ist ihr Herz«, flüstert er zurück und ich habe das Gefühl, einen schrecklichen Fehler zu begehen, indem ich ungebeten hier in diesen ganz eigenen Frieden eindringe.

»Ich kann das nicht.« Mein Blick flieht zu Darin und ich weiche unwillkürlich von dem sterbenden Mädchen zurück. Meine Kehle wird eng. Ich denke an Mona, an Jupiter und Nira. Sie alle sind noch so jung, sollten noch alles vor sich haben. Wie muss es der armen Mutter dieses Kindes gehen?

Darin legt seine Hände auf meine Schultern, sie lassen mich nicht weglaufen. Und dann schlägt das Mädchen namens Hanna ihre Augen auf und schaut mir direkt in mein Herz.

»Hallo«, sagt sie leise und lächelt. »Bist du ein Engel?«

Die Frage bringt mich vollkommen aus dem Konzept. Darin kommt näher und stellt sich direkt hinter mich, bietet mir Halt.

»Hallo, Hanna, wir wollten dich mal besuchen«, antwortet er für mich und sie lächelt noch eine Spur lieblicher. Ihr Gesicht rahmen blonde Locken und das Wasserblau ihrer Augen ähnelt meinen eigenen.

»Ich weiß, wer ihr seid«, überlegt sie und versucht sich aufzurichten. Der Sauerstoffschlauch an ihrer Nase verrutscht dabei und ich bin schnell bei ihr. Beuge mich zu ihr und drücke sie behutsam zurück in die Kissen.

»Du musst liegen bleiben«, sage ich sanft und lege meine Hand beruhigend auf ihren Arm. Sie atmet schnell, die Ausschläge auf dem Gerät verändern sich. Unheilvoll.

»Ist es jetzt so weit?«, will sie wissen und in ihrer kindlichen Wahrnehmung begreift sie den Tod als eine Art Abenteuer, was mir die Tränen in die Augen treibt. Ich schließe meine Faust und führe sie an meine Brust. *Weine nicht, kleine November.*

Hanna deutet auf ihren Koffer und mir wird klar, was Hanna ihrer Mutter gesagt haben muss. Dass sie nach Hause gehen würde. Doch nicht in das Heim ihrer Eltern, sondern in den Himmel zu den Engeln und dem lieben Gott, an den die Kinder gerne glauben. Sie spürt Gevatter Tod, sie weiß um das Ende, das kommt, leise und kühl wie ein Abendhauch.

Ich setze mich auf die Bettkante und streichle Hannas Wange, wie ich es bei Nira gerne tue.

»Du bist wirklich wunderschön«, haucht Hanna und ihre Augen glänzen. »Ich bin froh, dass du mich abholst. Dann müssen Mama und Papa nicht mehr so viel traurig sein«, sagt sie angestrengt.

»Hanna, ich werde dich nicht mitnehmen«, erkläre ich leise und sie angelt nach meiner Hand, die leicht zittert, während ihre Finger sich fest um sie schließen.

Sie ist so kalt, denke ich.

»Warum nicht?« Ihre Augen weiten sich vor Schreck. »Ist es, weil ich Mama beschwindelt habe? Ich weiß, das tut man nicht, aber sie darf nicht wissen, dass es wehtut.«

Sie forscht in meinem Gesicht und ich spüre, wie mir die Farbe aus meinen Wangen weicht.

Darin und ich wechseln einen intensiven Blick. Er mahnt mich, dass es Zeit wird. Zeit zu beginnen, bevor wir hier erwischt werden und in Erklärungsnot kommen.

»Hanna, tust du mir einen Gefallen?«, frage ich das winzige Mädchen und sie nickt eifrig. Danach muss sie husten und das Piepsen des Gerätes wird unruhig. »Du schließt jetzt die Augen und denkst an etwas Schönes.«

»An was denn genau?« Sie überlegt angestrengt.

»Was tust du denn am liebsten?« Ich warte und denke an all die Sachen, die ich gerne mache. Im Winterwald laufen, wenn die Bäume schlummern, mit Holly singen und …

»Ich liebe mein Pony Nepomuk, aber ich hab es ganz lange nicht mehr gesehen.«

Ich bin froh, dass Pferde neben Hunden und Katzen so friedliche Tiere sind. Ich lächle und stupse sie auf die Nasenspitze. »Dann denkst du jetzt ganz doll an ihn, ja?«

Sie nickt, es liegt ihr irgendetwas auf der Zunge, vielleicht eine Frage, aber sie spricht es nicht aus.

»Na gut, aber nur wenn du bei mir bleibst«, bittet mich das Mädchen mit den blauen Augen und den blassen Lippen, dessen Herz so rein wie auch zerbrechlich ist.

Ich spüre, wie müde sie ist, und ich muss mich selbst bezwingen. Die Schwere, die mich niederdrückt bei diesem Anblick, bei dieser Ungerechtigkeit der Natur. Ich kann Gevatter Tod spüren, wie er seine Finger nach dem Kind ausstreckt. Und ich sehe Väterchen Frost vor meinem inneren Auge, wie er mir einen Stoß gibt. Eine Aufforderung, meiner Gabe nachzugeben.

Darin beugt sich zu mir herunter. »Denk an etwas Glückliches, Hanna«, flüstert er dem Kind zu und meint eigentlich mich. Ich lehne mich an ihn. Mit der einen Hand greife ich Hannas und mit der anderen suche ich Halt bei meinem Schnee.

Dann beginne ich in Erinnerungen zu versinken.

Ich bin wieder zwölf Jahre alt und renne mit Holly über den Spielplatz im Schutze der Kleinstadt. Sie hält Zuckerwatte in der Hand und lässt mich zuerst davon kosten. Beinahe spüre ich die Sommersonne auf meiner Haut, während wir nebeneinander auf den Schaukeln sitzen und kichern. Dann erinnere ich mich an das Gefühl heimzukommen. Als mich Nonna nach so langer Zeit in die Arme schloss. Pures Glück schwappt durch mich hindurch und ich denke an all die Momente, die mir die Kindheit versüßten. An Nonnas Späße, die lieben Worte, Romeos Streiche und dann … an den Augenblick, in dem wir uns im Winterorden wiedersahen. Diese unsichtbare Verbindung, die gegen das Vergessen ankämpfte. Und an das Glück, als Romeo von Igrid gerettet wurde. Und dann geschieht es. Ich schnappe nach Luft, als die Tränen über die Ufer treten und wie ein Sturzbach ihren Weg finden. Es geht ungeheuer schnell. Sie sind warm und weich, sie sind Liebe und Glück und unendliche Dankbarkeit. Ich unterdrücke ein Schluchzen, ich will Hanna nicht beunruhigen, doch es fällt mir schwer, diese Gewalt zu bändigen. Kalter Schnee trifft auf meine Haut.

Vorsichtig blinzle ich. Weiße Flocken, leuchtend hell und samtig fallen zu Boden. Sie treffen auf Bettwäsche, auf Linoleumboden und Teddybären, die auf dem Tischchen sitzen. Hanna ruht still vor mir. Ihre Brust hebt und senkt sich ganz leicht. Ihre Lippen sind halb geöffnet und ich bin mir nicht sicher, ob sie jetzt tief schläft oder nur meiner Bitte folgt.

Tränen laufen über meine Haut und benetzen meinen Mund. Ich schmecke Salz und denke an eine Nacht, in der ich nur Romeo gehörte. An eine Nähe, die ich nie zuvor gespürt habe und die eine Tür in meinem Inneren geöffnet hat. Und an den Verlust, den ich spüre, je höher er die Mauer zwischen uns zieht. Erschrocken schaue ich zu Darin, als die nächste Träne Dunkelheit ankündigt. Er lässt seine Finger aufschnappen, der Schnee fällt schneller, so wie mein Puls sich beschleunigt. Für einen Moment gerate ich in Panik, doch Darins Schnee wirbelt umher, fängt die schwarze Macht und bindet sie schneller ein, als ich meine Träne fallen sehe.

Ich atme zitternd ein. Das Gerät schlägt heftig aus, Hannas Herz stolpert, verliert den Takt. Der kleine Vogel kommt mir in den Sinn. Dieses zerbrechliche Wesen in seinem Käfig, das ich tötete durch Alphas Bitte zu weinen. Nein! Gedanken und Bilder wirbeln wie Federn.

Darins Druck auf meine Hand holt mich zurück und ich atme langsam ein und wieder aus. »Mach weiter«, fordert er mich auf und ich grabe in mir, suche nach tieferem Glück. Ich erinnere mich an Romeo, wie er mich nach Alphas Überfall auf seinen Arm lädt. Ich sehe es ganz deutlich vor mir, die Liebe in seinem Blick. Ein Brennen hinter meinen Augen lässt eine neue Flut an Tränen entstehen und ich spüre den süßen Schmerz tiefer wahrhaftiger Gefühle. Ich vergesse Alpha und den Vogel.

Hanna rührt sich leicht, dann schlägt sie schlagartig die Augen auf. Zischend saugt sie die Luft in ihre Lunge. Das Piepsen der Überwachungstechnik gerät viel zu schnell und das Mädchen schießt hoch. Es ist, als würde sie sich aufbäumen und unsichtbare Fesseln abstreifen.

Mit einer seltsamen Überraschung schaut sie mich an und zieht den dünnen Schlauch von der Nase. Ihre kleine Hand wandert an ihre Brust und ich kann beinahe dabei zusehen, wie die kranke Blässe aus ihrem Gesicht weicht. Dann entsteht Tumult vor der Tür und ich fahre erschrocken zusammen.

»Hanna?«, ruft jemand alarmiert. »Mach die Tür auf, Liebes!«

»Du hast es geschafft«, flüstert Darin zeitgleich in mein Haar und lässt seine Hände über meine Schultern meine Arme hinabstreichen. Ein erleichtertes Lächeln zuckt um meinen Mund. Ich beuge mich zu dem kleinen Mädchen, dessen Herz viel kräftiger in der Brust schlägt als je zuvor.

»Es schneit ja!«, stellt Hanna vergnügt fest und fängt die weißen Flocken mit den Händen. »Das ist so schön, jetzt weiß ich, ihr seid Zauberer.« Sie lacht glockenklar, schlägt die Bettdecke zurück und stellt sich auf die Matratze. »Ich fand das kleine Pony schon toll, aber euch finde ich viel besser!« Einen winzigen Moment habe ich Angst, sie könnte runterfallen. Doch dann wird mir bewusst, wie randvoll sie mit Lebensenergie ist.

Jemand rüttelt heftig an der Tür. Der Griff wird auf- und niedergedrückt, der Stuhl davor ächzt.

»Hilfe! Ich brauche Hilfe, jemand ist bei meinem Kind!« Ich erkenne die Stimme der Mutter. Darin spannt sich an, sein Blick ist gehetzt, als er zur Tür eilt und den Stuhl wegzieht. Die Eltern fallen ins Zimmer hinein und stürzen zu ihrer Tochter, die begeistert auf der Matratze hüpft und den letzten Flocken dabei zuschaut, wie sie schmelzen.

»Oh Gott«, stößt ihre Mutter aus, ihr Blick verbindet sich für einen atemlosen Moment mit meinem und Darin schiebt mich an den Menschen vorbei zur Tür.

»Mama, ein Engel und ein Zauberer haben es schneien lassen«, zwitschert das Kind und wird von ihrem angsterfüllten Vater eingefangen. Er hält sie wie eine Puppe aus Glas, die jederzeit zerbrechen kann.

Es dauert eine Weile, bis die beiden begreifen, dass es dem Mädchen gut geht, dass sie mit jedem kräftigen Schlag ihres Herzens an Leben gewinnt. Die Mutter angelt nach einem roten Knopf, löst den Alarm aus und wir beeilen uns, dass wir fortkommen.

Ein aufgeregtes Lachen löst sich aus meinem Inneren, ich bin voller Adrenalin, während wir zu den Feuertreppen rennen. Darin zieht mich um die Ecke, öffnet die Tür und schickt mich voraus. Ich nehme mehrere Stufen auf einmal, fast habe ich das Gefühl zu fliegen.

»Wir haben es getan!«, keuche ich, als wir unten ankommen, und falle Darin um den Hals. Er drückt mich, meine Füße verlieren die Bodenhaftung.

»Du hast es geschafft«, erwidert er und seine Wärme hüllt mich ein wie eine Wolke, während wir uns drücken. Sein Lächeln wird milder, sein Blick ernst, als ich mich auf die Zehenspitzen stelle. Seine Hände liegen locker auf meiner Hüfte, seine Haare fallen ihm ins Gesicht und ich streiche sie zurück.

»Dort, das sind sie. Diese Leute sind unbefugt in das Zimmer meiner Tochter eingedrungen.«

Mein Blick schnellt hinauf, der Vater von Hanna, der völlig neben sich steht, zeigt auf uns und ich fluche innerlich. Ich kann es nicht fassen, dass er denkt, wir wollten ihr etwas Schlechtes. »Wir müssen unbedingt an unserer Vorgehensweise arbeiten«, murre ich.

»Hier entlang«, zischt Darin, er wirkt ruhig und nimmt mich mit sich durch den Hinterausgang. Mein Puls rennt, ich werde mich nie daran gewöhnen, vor etwas zu fliehen.

Wir überqueren eine schmale asphaltierte Zufahrt. Krankenwagen parken nebeneinander und verraten, dass es eine Straße geben muss, die hier auf den Berg führt. Ich dachte, die Gondeln wären der einzige Zugang zu diesem Ort.

Darin lächelt auf mich herab, als wir Hand in Hand einen Weg in den Wald einschlagen, der fort vom Steilhang führt, von dem wir kamen.

»Ich will dir etwas zeigen«, flüstert Darin und taucht in den Schatten der Bäume.

Plötzlich blendet mich ein Licht. Darin hat eine Taschenlampe dabei und leuchtet an mir vorbei. Mir entfährt ein spitzer Schrei, als ich in eine tote Fratze gucke, die aus dem Dickicht zu springen scheint. Ich weiche zurück, flüchte in Darins Arme und wundere mich über seine Gelassenheit, in Anbetracht der Tatsache, dass wir bereits umzingelt sind.

»Scheiße, verdammte!«, stoße ich aus.

»Nein, Puppen«, berichtigt Darin mich und lässt den Lichtkegel wandern. Meine Fingerspitzen prickeln vom Adrenalin und ich erfasse Hunderte von ihnen. Sie hängen in den Ästen, neben Teddybären und anderen Stofftieren. Viele sind verwittert und angelaufen. Einigen fehlen ihre Augen, anderen ganze Arme oder Beine. Frost zeichnet eigenwillige Muster auf ihren Körpern oder der Kleidung, die einst farbenprächtig war und nunmehr grau und schlammig wirken.

»Was ist das für ein Ort?«, will ich wissen und kämpfe das Unbehagen nieder.

»Hierher bringen die Eltern, die ihre Kinder gehen lassen mussten, die Lieblingsspielzeuge. Einer alten Sage nach wurde der Wald auf einem Übergang zur Zwischenwelt gepflanzt und die Kinder kommen noch ein letztes Mal zurück, um sich zu verabschieden.«

»Ich habe nie von so einem Ort gehört«, gebe ich zu und denke an die, die ich verloren habe. Meine Mutter und Ruby.

»Ihre Eltern und Freunde geben den Puppen ihre letzten Worte mit, die ihre Kinder sicher in ein anderes Leben geleiten sollen«, erzählt Darin weiter.

»Glaubst du daran?«, frage ich und strecke meine Hand nach einer Puppe aus, deren Lächeln zu einer hässlichen Grimasse geworden ist.

»Dass es die Möglichkeit gibt, dass Seelen ein letztes Mal zurückkehren?«, hakt er nach und schaut mich nachdenklich an. Darin blendet mich mit dem Licht und sein Gesicht verschwindet in der Dunkelheit. »Wer kann schon wissen, was es alles zwischen dem Hier und Dort gibt?«, antwortet er nach einem Moment der Stille und kommt einen Schritt auf mich zu.

»Ich glaube, wenn es einen Grund gibt, an dieser Seite festzuhalten, dann ist es denkbar.« Er neigt den Kopf, der Lichtkegel rollt zur Seite, als er seine Hand an meine Wange legt. »Wenn wir keinen Grund hatten zu leben, kommen wir auch nicht an solch einen Ort zurück, um uns zu verabschieden.«

»Das klingt logisch«, antworte ich tonlos und betrachte sein im Halbschatten liegendes Gesicht. Darin sieht in diesem Moment so geheimnisvoll aus, dass es wehtut. Ich möchte ihn ergründen, hinter seine beinahe schwarzen Augen blicken und verstehen, wer er ist.

»Du bist *mein* Grund, Ember«, haucht er und ich spüre erneut, wie ich unter seinen Berührungen lebendig werde. Als träfe Sonne auf meine Haut und Regen auf Wüstensand.

»Und weißt du was?«, fragt er sanft und beugt sich weiter zu mir herunter. Seine Hand wandert in meinen Rücken, hält mich fest.

»Was?« Meine Lippen öffnen sich, ohne mein Zutun.

»Wir können dafür sorgen, dass hier weit weniger Puppen und Teddybären aufgehängt werden.«

Nicht nur diese Worte wühlen mich auf, füllen mich bis zum Platzen mit Energie. Unsere Verbindung ist wie ein Rausch, unser Erfolg lässt mich in einen Gefühlsstrudel fallen, den ich nie für möglich gehalten hätte. »Das werden wir«, verspreche ich und ein Beben tief in mir nimmt mich gefangen. Mein Denken setzt aus, seine Lippen schweben nur Millimeter vor meinen. Er zögert.

»Ich werde dir alles geben, was du dafür brauchst, Ember«, flüstert er in die Stille dieses Puppenwaldes und seine Lippen treffen unendlich zart auf meine. Nur vage höre ich mein inneres Ich protestieren, dass ich doch zu Romeo gehöre. Zu dem Mann, der mich so in Rage versetzt und mich von sich stößt. Und dies wahrscheinlich deshalb tut, weil er weiß, dass ich für Darin bestimmt bin. Dass unsere Verbindung zu elementar ist, um etwas anderes zuzulassen. Ich schließe die Augen, lasse den letzten Widerstand gehen und lege meine Hände in seinen Nacken. Kleine Funken sprühen um uns herum, verursacht durch unsere Berührungen, und ich ertrinke in meinen Gefühlen.

24
Die weiße Schleife

In der Nacht kann ich nicht schlafen und lausche auf den Wind, der nach einem heftigen Eisregen um den Bus pfeift und seine Melodie in die Nacht schickt. Meine Gedanken sind wild und ich versuche sie zu sortieren, weil Nira mir keinen klaren Wunsch mehr zeigen konnte. Sie war selbst so erstaunt darüber, dass sie es zu meinem Leidwesen immer wieder versuchte. Bis sie müde wurde und ich sie schlafen legen wollte und sie so richtig zu quengeln begann, weil sie ihr Schnuffeltuch nicht finden konnte. Nie hätte ich gedacht, dass eine Zweijährige so wütend werden könnte, wenn sie ihren Willen nicht bekommt. Jupiter kannte das Dilemma bereits und stopfte sich, nachdem sie das rosafarbene Stofftuch vergeblich auch bei sich zu Hause gesucht hatte, einfach Watte in die Ohren, um zu schlafen. Ich hielt Nira im Arm und streichelte ihr über die Wangen, bis sie endlich müde wurde und der Schwere des Schlafes nachgab.

Lange betrachte ich ihr kleines Gesichtchen und denke über Wünsche nach. Beginne ich mich zu verlieren? Weiß ich nicht mehr, was ich will? Ich schließe die Augen fester, Jupiter neben mir schiebt mir ihre Füße entgegen und Nira klaut mir die weiche Steppdecke, als sie sich aus meinem Arm dreht.

Irgendwann stehe ich auf und ziehe mir einen Mantel über mein Nachthemd. Auf leisen Sohlen gehe ich die schmale Treppe des Reisebusses hinab und schlüpfe in die Stiefel aus Wildleder, die auf der letzten Stufe bereitstehen. Die Tür öffnet sich mit ihrem unverkennbaren Zischen und für einen Moment fühle ich mich beobachtet. Ich halte den Atem an, lausche und spähe in die Dunkelheit von Jasmins und Tuanas Reich. Doch es hat den Anschein, als schliefen beide friedlich in den Betten und träumten süße Träume.

Einen Moment stehe ich unschlüssig im Zentrum des Fuhrparks unter dem Sternenzelt und schaue hinauf zum sichelförmigen Mond, der heute in eine rote Farbe getaucht ist. Der Hund, der den Namen »Donner« trägt, trottet zu mir herüber und stupst mich mit seiner Nase an. Es ist das erste Mal, dass ich ihn berühre, und er schaut treu zu mir auf.

»Sag mir, wer ich bin und zu wem ich gehöre«, flüstere ich und er winselt ganz leise. Ich tätschle den großen schwarzen Kopf, hoffe auf seine Antwort und bekomme nur noch mehr Fragen, die er mir stellt.

»Du hast recht«, sage ich zu ihm. »Ich muss es selbst herausfinden.«

Mein Atem sammelt sich in weißem Dunst vor meinem Gesicht und ich horche in mich hinein. Mein Blick wandert über die Wohnwagen, bleibt an Darins einen langen Moment hängen und stoppt schließlich bei Romeos, aus dem schwaches Licht dringt. Ich laufe los, der Hund geht zurück an seinen Platz und rollt sich wieder zusammen. Ich friere, als ich vor dem kleinen blauen Bus stehen bleibe, der seinem alten, mit dem meine Reise begann, so ähnlich ist.

Durch eines der Fenster kann ich erkennen, dass Romeo auf seinem Bett sitzt und etwas in ein Heft schreibt. Seine Hand fliegt nur so über die Seiten und er sieht konzentriert aus, völlig bei sich, sodass ich ihn nur ungerne stören möchte.

Doch wann werden wir wieder eine Gelegenheit haben, alleine miteinander reden zu können? Kerzenlicht flackert im Inneren, zeichnet unruhige Schatten, die über sein Gesicht zucken. Seine Miene verdüstert sich und der Stift hält inne, verharrt einen Moment auf der oberen Seite des zerschlissenen Heftes mit Ledereinband.

Er ist so schön, mein Romeo. Auch wenn er traurig ist, und dass er es ist, sehe ich deutlich. Ein unbestimmtes Leid zeigt sich in seinen dunklen Augen und der Art, wie er den Kopf neigt. Ich möchte ihn in den Arm nehmen, ihm die dunklen Locken zerzausen und trösten. Einfach für ihn da sein, also was hält mich ab? Warum schaffe ich es nicht, an das Glas des Fensters zu klopfen, durch das ich ihn hier draußen heimlich beobachte?

Mein Herz schlägt schnell und ich schwitze. Beklommenheit macht sich in mir breit und meine Nackenhaare stellen sich auf, als lauere irgendwo in den Schatten der Nacht eine Gefahr. Oder was noch viel erschreckender ist, als ginge sie von Romeo aus. *Er wird mich hassen*, schießt es mir durch den Kopf. Wenn er erfährt, was zwischen mir und Darin war, wird er mich niemals wieder so ansehen, wie er es einst tat. Ich schlucke, weiche zurück. Mein Puls beschleunigt sich, klopft in meinem Hals, füllt mein Hirn.

Ich stelle mir vor, wie er mir mit Abscheu begegnet, wie er mich von sich stößt.

Eine schreckliche Angst wird übermächtig, schießt mir eiskalt durch den Körper und sorgt dafür, dass ich kopflos flüchte. Meine Beine tragen mich vorbei an Nonnas Wagen. Dann drehe ich ab, rutsche beinahe auf gefrorenem Boden aus und fange den Sturz gerade noch so ab.

Augen sind überall, beschatten mich, lauern. Ich unterdrücke einen Aufschrei, den der Hund übernimmt. Er schickt an meiner statt sein Kläffen in die Welt. Ich schaue über die Schulter, nehme wahr, dass Romeo mich bemerkt hat und seine Gardine zur Seite schiebt. Ich renne auf unseren Bus zu, als wäre der Teufel hinter mir her.

Doch da ist niemand. Oder doch?

Die Tür wird geöffnet, Tuana ist wach und lässt mich wortlos ein. Sie sieht müde aus, doch ihre Augen sind wach, ein Glitzern liegt in dem Dunkelgrau ihrer Iris. Ich will etwas sagen, kann aber nicht und unsere Mitbewohnerin lässt mich allein. Plötzlich ist die Angst fort, ich blinzle verwirrt und setze mich auf die Stufen, die in mein und Hollys Reich führen. Ich habe keine Ahnung, wie lange ich dort hocke, bevor ich wieder in mein Bett zu Nira und Jupiter krieche.

Am nächsten Morgen fühle ich mich wie gerädert und habe Kopfschmerzen wie Hölle. Nach einem ausgiebigen Frühstück sitze ich auf dem knarrenden Stuhl vor meiner Kommode und lasse mir von Jupiter die Haare kämmen. Sie ist vollkommen versunken in ihre Aufgabe und ich arrangiere währenddessen Haarbänder und Broschen, die Tuana mir heute Morgen geschenkt hatte. Wie lieb sie doch ist.

Nira stützt sich mit den Händen auf meine Knie und turnt an mir herum. »Nicht, dass du hinfällst«, mahne ich den kleinen Rotschopf und sie lässt mich los, um sich auf meine Füße zu setzen. Sie legt den Kopf in den Nacken und schaut zu mir hoch. Kichert fröhlich.

»Nira fällt nicht«, meint sie und Jupiter reagiert darauf mit einem freudlosen Lachen.

»Das stimmt nicht. Und sie heult jedes Mal so laut, dass man denkt, der Himmel fällt uns allen auf den Kopf«, erzählt sie ungerührt und Nira gefällt das Gesagte gar nicht. Sie schmollt, steht auf und angelt sich eine der schönen Broschen aus gegossenem Silber vom Tisch.

Dann klettert sie wieder auf meinen Schoß und küsst mich federleicht auf meine Wange.

»Nira, du machst Falten in das Kleid«, schimpft Jupiter, die ihr Werk mit Haarnadeln fixiert, und ich schließe meine Arme um das kleine Mädchen, das mir zuflüstert, dass sie mich liebt.

Am späten Nachmittag bereite ich mich auf den Ausflug nach Avas Wood vor, bei dem wir Schwester Runa treffen sollen. Romeo schickt düstere Blicke in die Welt, weil Nonna festgelegt hat, dass Darin uns begleiten wird. Ich ziehe mir eine schwarze Jeans und einen Sweater an, den ich von Holly geliehen habe, weil ich nicht in einem Kleid gehen möchte. Ich will, dass nichts an den Orden erinnert. Sogar mein Haar trage ich in wilden Locken und trotze der Strenge des Klosters. Runa soll keinen falschen Eindruck von mir haben und denken, dass ich mich dem Orden gegenüber in irgendeiner Weise verpflichtet fühle. Mein einziges Interesse gilt meinen Freunden, den zurückgebliebenen Winterkindern.

Als ich fertig bin und mit Holly zu dem Ford Mustang von Justus gehe, den wir nutzen dürfen, weil er am schnellsten ist, warten Darin und Romeo schon auf uns. Sie stehen jeweils mit dem Rücken zueinander an den Wagen gelehnt. Romeo mit verschränkten Armen und Zigarette rauchend.

Er stößt einen anerkennenden Pfiff aus, als er mich entdeckt, und mustert mich auf seine unverkennbar provokante Art.

»Sexy, sexy, Ember«, sagt er anzüglich und ich versuche mir nicht anmerken zu lassen, dass mir gefällt, dass ich ihm gefalle. Darin rollt mit den Augen, schließt den Reißverschluss seiner schwarzen Cordjacke, die nicht so edel aussieht wie seine Kleidung sonst, und öffnet mir und Holly ganz gentlemanlike die Autotür. Wir nehmen auf dem Rücksitz Platz und einen kurzen Moment gibt es Unstimmigkeiten, wer von den Jungs fahren darf. Wir verstehen zwar die Worte nicht, die sie sprechen, aber sie streiten sich ganz offensichtlich darüber. Darin gewinnt.

»Ich bin echt aufgeregt«, gibt Holly zu und schnallt sich an. »Was Runa wohl zu erzählen hat? Und ob ihr leidtut, was sie und ihr Verein uns angetan haben?« Sie ringt die Hände, das alles wühlt sie mehr auf, als sie zugeben möchte.

»Runa und Reue?«, frage ich und sehe zu, wie Romeo endlich auf den Beifahrersitz springt und ungeduldig auf dem Armaturenbrett herumtrommelt. »Eher nicht.«

Der Duft von Zitronen aus einem Erfrischungsbaum schwängert die Luft und ich unterdrücke ein Niesen. Draußen sammeln sich einige Clanleute und heben ihre Hände zum Abschied. Alle wissen, dass dieses Treffen riskant ist, auch wenn ich es immer noch nicht wahrhaben will. Nonna steht in der Tür ihres bunten Wohnwagens, die Perlen ihres Vorhangs fallen ihr über die Schultern und Nira und Jupiter linsen hinter ihr hervor und winken. Nur mit Mühe konnte ich den beiden anhänglichen Kindern schmackhaft machen, dass sie bei Nonna bleiben und mit ihr Rosinenbrot backen. Ich hebe die Hand, lege sie an die Scheibe, als der Motor startet und Darin den Wagen vom Platz in Richtung Straße steuert. Nira sieht mir ernst nach, zu ernst für eine Zweijährige und für eine Sekunde bekomme ich Zweifel, ob es richtig ist, selbst mit zu dem Treffen zu fahren. Was wenn mir etwas zustößt? Dann würden die beiden wieder jemanden verlieren, den sie mögen.

Es dauert lange, bis wir endlich die Stadtgrenze zu Avas Wood erreichen, und die Stille, die zwischen uns allen herrscht, ist mehr als unangenehm.

»Und wie lautet eigentlich der Plan?«, durchbricht Holly sie endlich, als wir in stockenden Verkehr geraten, und beugt sich weiter nach vorne. Das Fahrzeug vor uns biegt ab und Darin schließt auf.

»Wir haben eine Adresse. Schwester Runa hat ein Zimmer in einer Pension neben dem Friedhof am Marktplatz«, sagt Romeo und sieht sich zu uns um. Er sieht unangemessen vergnügt aus und ich wundere mich darüber. »Wir werden einfach hineinspazieren und uns alles erzählen lassen.« Er zwinkert mir zu und Holly zieht eine Grimasse.

»*Wir* werden gehen«, mischt sich Darin ein. »Ihr Mädchen wartet erst einmal im Wagen.«

»Die Mädchen alleine lassen, das ist deine Idee zu dem Ganzen?«, spottet Romeo und pustet sich lässig eine Locke aus dem Gesicht. »Du hast mehr Humor, als ich dachte.«

Der Verkehr fließt wieder und Darin schaltet ruppig einen Gang höher.

»Dann teilen wir uns halt auf«, schlägt er dann vor und biegt in eine kleinere Straße, die direkt auf die Stadtmauern zuläuft. Nicht mehr lang und wir würden das Tor durchqueren und zum Stadtkern kommen.

»Das hättest du wohl gerne«, antwortet Romeo scharf und ordnet die Messer an seinem Gürtel neu. Es macht mich nervös, wie er die Klingen mit seinem Daumen prüft. »Ich darf dich daran erinnern, dass ich der Einzige bin, der eine Kampfausbildung hat. Also bleiben wir zusammen, damit ich auf euch aufpassen kann.«

Darins Knöchel treten weiß hervor, als er das Lenkrad krampfhaft umschließt. »Unnötig«, antwortet er kontrolliert und sieht dabei so stolz aus wie ein Löwenkönig.

Romeo schaut stur geradeaus, beachtet ihn kaum und ich sehe, wie sich Darins Augen im Rückspiegel des Wagens zusammenziehen.

»Ich kann genauso auf Ember achtgeben, während du die Lage sondierst«, erklärt er dann und tritt etwas zu fest auf die Bremse, als wir das Tor erreichen und die Fahrzeuge unmittelbar vor uns an Fahrt verlieren.

Romeos Kiefer zuckt. »Hör zu, ich weiß, dass du mich nicht gerne in ihrer Nähe siehst, aber das spielt heute keine Rolle.«

Darins Blick huscht für den Bruchteil einer Sekunde im Spiegel zu mir und er wehrt sich halbherzig gegen das Gesagte.

»Das ist doch Unsinn.«

Romeo rückt etwas von ihm ab und Holly stupst mich an, hebt fragend die Hände.

»Hör schon auf, ich weiß, dass du Tuana auf deiner Seite hast. Sie sorgt gerne dafür, dass Ember und ich uns nicht zu nahe kommen.«

»Was?« Darins Lachen klingt künstlich und ich muss an gestern Nacht denken. An diese plötzliche Angst, die ich verspürt habe, als ich zu Romeo gehen wollte. Diese diffuse Beklommenheit, die keinen ersichtlichen Grund zu haben schien und ins Unermessliche wuchs. Und an den Tag zuvor, an dem Romeo so abrupt kehrtmachte, bevor er unseren Bus erreicht hatte. Tuana war beide Male zu Hause gewesen, sie hätte die Gelegenheit gehabt, diese Gefühle zu projizieren und einen Fluchtreflex auszulösen. Meine Finger krallen sich in den Sitz und ich kann es einfach nicht fassen, was hier im Raum steht.

»Aber weißt du was? Wir waren uns schon näher, als du dir denken kannst«, redet sich Romeo in Rage und ich will nicht, dass die Situation jetzt eskaliert. Auch wenn ich selbst gerade echt sauer werde. Wenn das stimmt, wirft das ein ganz anderes Licht auf Darin. Ich schlucke, versuche die Enttäuschung zu bannen.

»Romeo!«, warne ich. Hollys Mund klappt auf, sie ist genauso fassungslos wie ich und ich bremse sie mit einem Blick aus.

»Das interessiert mich nicht«, antwortet Darin kühl und passiert das Stadttor. Für einen Bruchteil von Sekunden wird es dunkel im Wagen. Darin folgt einem Kleintransporter in Richtung Marktplatz, der so leer gefegt aussieht, dass es etwas Unheimliches hat. Vor wenigen Stunden pulsierte hier das Leben, jetzt sehe ich einen einzigen einsamen Menschen in weitgreifenden Schritten die Mitte durchqueren.

»Ach, wirklich? Ich denke, bei den großen Plänen, die du mit November hast, sollte es das aber«, sagt Romeo. Seine Stimme ist wie eine Klinge an Darins Hals.

»Was denn für Pläne?«, fragt Holly und reißt die blauen Augen auf.

»Er plant schon seine Hochzeitsnacht mit deiner Freundin, ist das nicht toll?«, antwortet Romeo ungerührt und ich sehe, wie Darin zusammenfährt. »Hab ich recht, Alter?« Als Romeo ihm freundschaftlich auf die Schulter klopft, wird die Luft hier unerträglich dick.

»Ich glaub, mir wird gleich schlecht«, sagt Holly, der die Situation für uns alle doppelt so peinlich ist, und ich spüre, wie mir das Blut in den Ohren rauscht.

»Hör auf, Romeo. Was ist denn nur in dich gefahren?«, frage ich hilflos und begreife nur zu gut, was er fühlt. Die gleiche innere Zerrissenheit, die ich spüre, wenn es um ihn geht.

»Die Frage ist doch, was ist in dich gefahren?«, stellt er mir mehr als süffisant die Gegenfrage. Zunächst begreife ich die Anspielung auf Romeos und meine Nacht nicht, weil sie so geschmacklos ist. Darin ist da viel schneller als ich und mir schießt das Blut ins Gesicht.

»Was wird das?«, zischt Holly säuerlich. »So was wie Reviergepisse?«

Die Jungs lassen sich gar nicht stören und setzen ihr Gespräch fort. »Du hattest nie die Erlaubnis, dich Ember zu nähern«, erinnert Darin Romeo und wenn Blicke töten könnten, hätte er nur noch welche für Romeo übrig.

»Schluss damit!«, platzt es aus mir heraus, bevor ich explodiere und zu einer Supernova werde. »Ich kann nicht fassen, wie peinlich ihr euch aufführt!«

Romeo dreht sich feixend zu mir um und ich sehe es in seinen Augen, dass ihm weniger als halb so sehr zum Lachen ist.

»Wusstest du, dass er gestern Nonna um ihren Segen gebeten hat, dich zu ehelichen, Ember?« Er grinst blöd. »Du bist so gut wie verkauft.«

»Wenn ich anhalte, dann bring ich dich um«, knurrt Darin und seine sonst so ruhige Aura wird schmutzig.

»Nur zu. Dann möchte ich sehen, wie du angesichts der Gefahr ohne mich auskommst. Es hat Gründe, warum ich diese Mission leite«, sagt Romeo und er vergräbt seinen Zorn in tiefer Erde und stellt einen Grabstein darauf.

Jemand hupt, ein Fahrzeug überholt und schneidet uns, als es vor uns einschert. Für einen Moment habe ich ein Déjà-vu und denke an die Ibis-Stadt, als die Straßen gesperrt wurden.

Darin bremst und entscheidet sich, einen anderen Weg zu nehmen. Wir biegen scharf links ab und kommen nach einem Geflecht aus Einbahnstraßen am Friedhof an, vor dessen Eisentor wir haltmachen. Der Motor verstummt, Nebel wälzt sich wie ein Meer über den mit Grabsteinen übersäten Hügel heran und ich schaudere. Holly kann gar nicht mehr aufhören mit dem Kopf zu schütteln und brummt unentwegt etwas vor sich hin, während sie sich umständlich abschnallt.

»Also, ich hab kein so gutes Gefühl mehr, mit den beiden Spinnern unterwegs zu sein«, lässt sie mich wissen und ich kann sie verstehen.

Romeo steigt aus, knallt die Tür hart ins Schloss. Raben erheben sich in die Luft und stoßen aufgeregtes Krächzen aus, das mich an einen ganz eigenen Alarm erinnert. Ich schaue ihnen nach und frage mich, welche Seelensplitter sie mit sich tragen. Holly und ich stehen einen Moment etwas verloren einfach nur da und als ich sehe, dass Darin eine Waffe lädt und unter seiner schwarzen Jacke verstaut, wird mir mulmig. Der Blick, den er Romeo zuwirft, heißt so viel wie: Dich brauch ich nicht.

Holly hakt sich bei mir ein, sie sucht denselben Halt wie ich bei ihr. Für einen Moment sehe ich uns beide, wie wir zusammen zum Unterricht traben. Wie wir zusammen beten und unsere Hände sich dann und wann ineinanderflechten.

Romeo schaut sich wachsam um und winkt uns hinter sich her. Es sind wenige Meter und wir entdecken die richtige Hausnummer. Es ist ein windschiefes Haus mit der Aufschrift *Pension zur Wolkenschlucht* und als wir näher kommen, sehe ich den Abhang, der sich direkt neben dem Gebäude auftut. Es ist, als hätte ein Blitz in die Erde geschlagen und einen tiefen Riss in die Stadt geritzt, die Kirche und Friedhof vom Rest ab hier trennen.

»Ist die echt?«, fragt Holly Darin nach der Waffe und Romeo antwortet für ihn gewohnt sarkastisch. »Nein, Redhead. Wir hoffen, dass es keiner merkt.« Dann schiebt er mich hinter sich, der Blick, den er mir dabei zuwirft, geht mir unter die Haut. Sorge gepaart mit einer leisen Entschuldigung und ich unterbreche den Augenkontakt. Die ganzen Informationen, die er mir so gewalttätig ins Hirn gepflanzt hat, kreisen in meinem Kopf und fordern viel zu viel meiner Aufmerksamkeit. Kann es wirklich wahr sein? Hat Darin Tuana angestiftet, uns zu manipulieren, damit wir keine Zeit miteinander verbringen? Könnte er so etwas Gemeines tun? Würde Tuana dabei mitmachen? Ich sehe sie vor mir, wie sie mir heute Morgen diese schönen Haarspangen schenkte. Ihr schüchternes Lächeln dabei. War es ihre Art der Entschuldigung für diesen hinterlistigen Einsatz? Ich wende mich zu Darin, seine Miene ist angespannt, während wir im Licht des sterbenden Tages die Pension betreten.

Eine Türglocke ertönt, hallt lieblich wider und passt so gar nicht zu meiner Stimmung. Darin sieht mich nicht an, hält mir die Tür auf, die Romeo mir entgegenfallenließ.

Am Empfang sitzt ein kleiner Mann mit Glatze, der Karteikarten sortiert. Als er aufschaut und lächelt, entblößt er eine Reihe unvollständiger Zähne und macht eine einladende Geste.

»Willkommen, brauchen Sie zwei Zimmer?«, fragt er und schaut uns Mädchen so anzüglich an, dass Romeos Haltung sich in eine neue Aggressivität wandelt.

»Wir möchten zu einem Gast«, erklärt er schneidend und ich sehe, wie er die Hand an den Schaft seines Messers legt. »Einer Ordensschwester«, ergänzt er ungeduldig und der kleine Mann denkt viel zu lange nach.

»Zimmer vierzehn«, sagt er gedehnt. »Aber sie mag keine Störungen«, ergänzt er misstrauisch.

»Diese wird sie mögen«, verspricht Romeo und lässt ihn einfach stehen, wendet sich zur Treppe, die in einem Bogen zu den Zimmern führt.

»Hey, junges Fräulein«, hält der Portier mich zurück.

»Wissen Sie, dass in der Stadt ein Mädchen gesucht wird, mit langem weißem Haar, wie Sie es haben?«, fragt er mich und ich schaue aufgeschreckt Holly an. Seine Miene hat etwas Lauerndes, das mich ängstlich macht, und seine Finger zucken so seltsam, als überlegen sie, mich zu packen. »Wenn ihr netten Kinder mir ein hübsches Trinkgeld hierlasst, werde ich so tun, als hätte ich nichts gesehen.«

Er hat den Blick eines Geiers und die Anmut dazu. Darin kommt mir zuvor, schiebt dem Mann mit der hässlichen Seele einen Schein entgegen und raunt: »Wenn Sie nicht blind werden wollen, sehen Sie jetzt ganz genau weg.«

Mein Blick kann sich nicht von den stumpfen Augen losreißen, die mich mustern, und Darin legt seinen Arm um meine Mitte, um mich voranzuschieben, den anderen hinterher. Ich mache mich von ihm los. Je mehr die Dinge, die Romeo sagte, in mir widerhallen, desto wütender werde ich auf Darin.

Holly ist direkt hinter Romeo, der schon im ersten Stock ankommt. Das Haus ist alt und die Inneneinrichtung hat die besten Tage weit hinter sich. Die Wände sind allesamt schief und mir kommt der Gedanken, dass es nicht mehr als einen

Sturm braucht, um die linke Seite des Gebäudes in die Wolkenschlucht zu reißen.

»Ember, warte mal«, flüstert Darin hinter mir und greift nach meiner Hand. »Ich werde dir alles erklären, es gibt keinen Grund, sauer auf mich zu sein.«

Die vertraute Wärme seiner Stimme lässt mich milder werden und ich nicke ihm versucht freundlich zu. Wenngleich ich mir nicht sicher bin, ob er es verdient hat.

»Vielleicht solltet ihr beiden Turteltauben später weitermachen«, brummt Romeo und klopft an die Tür mit der Nummer vierzehn. Holly atmet laut ein, als sie einfach aufschwingt. Meine Nackenhaare stellen sich trotz stickiger Luft hier oben auf.

»Das ist nicht so gut«, raunt Romeo und ich höre, wie das Metall des Messers über Leder streift, als es aus der Scheide gezogen wird. Darin wiegt die Waffe in seiner Hand, tritt vor mich und Holly hält die Luft an, während die Tür langsam weiter aufgestoßen wird.

Alles ist leise, das Zimmer wirkt verwaist. Auf dem alten Teppich mit Verzierungen aus Silberfäden liegen Papiere, die sacht durch einen Windhauch, der durch das halb geöffnete Fenster weht, zu flattern beginnen. Romeo bewegt sich geschmeidig wie eine Raubkatze und geht voran. Darin will mich zurückhalten, doch ich werde wie von einer unsichtbaren Schnur in den Raum gezogen, den Runa bewohnen soll. Das Klicken, während Darin die Waffe durchlädt, hört sich unnatürlich laut an. An den Wänden hängen Kreuze, mehrere mit Rosenranken. Ich bücke mich, hebe eines der Papiere auf und erkenne Runas Handschrift. *Ich soll nicht sprechen*, steht auf einem und auf einem anderen *Verrat ist teuer*.

Romeo bleibt vor einem Himmelbett mit weißen Vorhängen stehen. Unendlich langsam greift er nach dem Stoff mit Stickmuster, der mich an die Textilien in unserem Bus erinnert, und zieht ihn auf.

Holly schlägt sich die Hände vors Gesicht, ich schaffe es nicht, den Blick abzuwenden. Runa liegt friedlich auf der Matratze, die Augen wie im Schlaf geschlossen und der Mund … zugenäht.

»Scheiße«, knurrt Darin, berührt mich sanft am Arm. Ich bin wie eingefroren, starre auf den schreiend roten Faden, der durch ihre Lippen getrieben wurde. Doch das ist nicht das Eigentliche, das mich aufwühlt. Es sind ihre Hände, die sauber gefaltet auf ihrer Brust ruhen und mit einer weißen Seidenschleife verziert sind. Ihre Finger halten ein Kästchen und mein Magen wird zu Stein. Ich kann Alphas Stimme in meinem Kopf hören. *Ich schenke dir alles, was du verdienst, November.*

Ich gehe auf Runas so friedlich aussehenden Körper zu.

»Sie haben ihr irgendwas injiziert«, meint Romeo und deutet auf eine Einstichstelle am Hals.

»Vielleicht Gift oder eine Überdosierung an Narkosemittel.« Holly wimmert, wirbelt herum und übergibt sich in einen kleinen Mülleimer aus Weidengeflecht.

»Auch das noch«, stöhnt Romeo und ich löse mit den Fingerspitzen die weiße Schleife, die Hände und Kästchen miteinander verbinden.

»Warte, wir sollten vorsichtig sein«, warnt er mich und legt seine Finger an meinen Handrücken. Ich kann nicht warten, ich muss wissen, was im Verborgenen liegt.

»Das ist mein Geschenk«, erkläre ich mit stoischer Ruhe und ich habe Mühe, das Kästchen aus dem kalten Griff von Runa zu lösen. Einer ihrer Finger knackt, als ich Gewalt anwende. Holly übergibt sich erneut, ein Teil ihrer Kotze rinnt durch die Weidenzweige und tropft auf den Teppich. Romeo brummt, dass er es bereut, sie mitgenommen zu haben.

»Mir geht's gut, danke der Nachfrage«, raunt Holly ihm zu und nimmt sich ein Taschentuch von einem kleinen Schreibtisch aus Kiefernholz. Sie tupft sich den Mund ab, versucht nicht in Richtung Bett zu gucken und setzt sich auf den Stuhl, der irgendwie deplatziert in der Mitte des kleinen Raumes steht.

Ich frage mich, ob Runa dort gesessen hat. Ob sie verhört worden ist, bevor man sie umbrachte? Ob man ihr Leid zugefügt hat und sie langsam tötete? Abscheu steigt mir bitter die Kehle empor.

»Wir sollten wieder gehen«, meint Holly und lässt ihren Kopf zwischen den Beinen hängen. »Denkt ihr, es war Alpha? Ist er hier in Avas Wood?«

Darin durchsucht den Kleiderschrank nach Informationen und ich halte unter Romeos gespanntem Blick das kleine Kästchen in den Fingern. Der Deckel klemmt, ich hake mit den Fingernägeln darunter und stemme ihn auf.

Etwas ist in blaues Seidenpapier eingeschlagen und ich beginne zu zittern. Ungeduldig reiße ich es fort und mir wird schwindelig, als ich erkenne, was es birgt. Es ist das kleine Lieblingsstofftuch von Nira, das wir gestern Nacht so lange gesucht haben. Der Raum gerät ins Wanken, heute ist der Abend, an dem er in die Schlucht gerissen wird. Ich spüre, wie alles einstürzt, und wir alle beginnen zu fallen.

»Ember?«, fragt Romeo vorsichtig. Ich starre auf Runas wächsernes Antlitz und möchte sie schütteln und ihr so viele Fragen stellen, die jetzt unbeantwortet bleiben.

»Was ist das?«, will Holly wissen, die neben mir aufgetaucht ist und sich wieder die Hand vor den Mund presst.

»Wir müssen sofort zurück«, stoße ich aus und Leben kommt in mich. *Ich werde dich immer finden*, hatte Alpha mir versprochen. *Es gibt keinen Ort, an dem du dich verstecken kannst, ich bin immer dicht hinter dir. Ich werde deine Welt einstürzen lassen und dich mit Trauer füllen.*

»Sie haben uns gefunden«, spreche ich das Unfassbare aus. »Sie waren bereits bei uns.« Ich zeige ihnen das kleine Tuch aus rosafarbenen Flicken, das Karl für Nira aus einigen Kleidern ihrer Mama gemacht hatte. Ohne das die Kleine nicht einschlafen wollte und Eiswasser schießt mir durch die Glieder. »Das gehört Nira«, erkläre ich gehetzt. »Alphas Leute, sie müssen bei uns im Bus gewesen sein.« Meine Stimme überschlägt sich. Ich renne los, aus dem Zimmer hinaus in den engen Flur.

»Ember!«, schreit mir Romeo nach. Er klingt wütend, doch ich kann nicht auf ihn hören. Der einzige Gedanke ist, wie kann ich die Kinder und den Clan schützen? Ich *muss* sie schützen. Niemals würde ich es mir verzeihen, wenn ihnen etwas geschieht.

Ich bereue, dass Darin und ich noch nie geübt haben, meine Tränen als Waffen einzusetzen. Dass wir so hungrig nach den guten Mächten in ihnen waren und die Euphorie des Heilens genossen.

»Verdammt, nicht so kopflos!« Romeo erreicht mich, packt mich und schwingt mich zu sich herum. Der triste Flur scheint enger zu werden, ich kann kaum atmen.

»Wir müssen jetzt genau überlegen, was zu tun ist.« Ich zwinge mich zur Ruhe. Mein Blut wird zu schnell durch meinen Körper getrieben und ich versuche mich aus Romeos Griff zu befreien.

»Was gibt es da zu überlegen?«, fragt Darin harsch und winkt mich hinter sich her. »Wir brechen auf.«

»Schon mal darüber nachgedacht, dass sie auf Ember warten?«, gibt Romeo zu bedenken und beißt die Zähne zusammen, als ich Darin folge.

»Die sollen nur kommen«, ist Darins letztes Wort, bevor er die Treppe hinunterjagt und ich ihm hinterher.

»Das war ein sehr kurzer Besuch«, keckert der Portier mit seinem selten dämlichen Lächeln und ich möchte ihn gerne dafür bestrafen, dass er nicht auf Runa aufgepasst hat. Dass er nicht einmal bemerkt hat, dass sie blicklos und starr in seinem verkackten Zimmer liegt.

25

Asche und Phönix

»Darin, du machst einen Fehler, wenn du jetzt direkt zum Clan fährst. Es könnte uns bereits jemand folgen. Oder noch schlimmer, sie warten schon auf uns und du lieferst Ember direkt ans Messer«, knurrt Romeo leise, aber bestimmt. Er ist gefährlich ruhig und ich bin mir sicher, dass er darüber nachdenkt, Darin ins Lenkrad zu greifen. Oder ihn vielleicht sogar außer Gefecht zu setzen.

»Es ist meine Entscheidung«, sage ich mit Nachdruck und lege Romeo meine Hand auf die Schulter. Er schüttelt mich ab, und dreht sich zu mir um.

»Wenn du heute draufgehst, nur weil du nie auf mich hörst, dann bring ich dich um, Ember«, schreit er mich so unvermittelt an, dass ich Tränen in meinen Augen spüre.

Ich lasse mich zurück in den Sitz fallen. Dann schaut Romeo stur nach vorn und der Motor heult auf.

Es wird still im Auto. Keiner sagt mehr ein Wort. Darin rast wie ein Irrer zurück, manchmal habe ich das Gefühl, der Mustang verliert die Bodenhaftung und wir enden am nächsten schlafenden Baum.

Wir halten auf die alte Fabrik zu, die sich grau am Horizont zeigt. Kurz kann ich einen Blick über den Hügel werfen und sehe die Zufahrt zum versteckt liegenden Hof, auf dem sich die Wagenstadt befindet.

Darin überholt einen Kleinwagen, Holly greift an den Vordersitz vor sich, um sich festzuhalten und schaut mich ängstlich an. Dann erreichen wir den schmalen Teerweg, der direkt auf das Gelände führt. Ich spähe zwischen Darin und Romeo nach vorne, suche den Teil des Platzes ab, der sich mir zeigt. Die Lichter im Inneren der Wagen brennen, erhellen den Platz.

»Sieht aus wie immer«, meint Holly. »Es könnte doch sein, dass Nira das Tuch auf dem Markt verloren und jemand es dort gefunden hat«, überlegt sie und sie könnte damit sogar richtigliegen. Nira hatte es an dem Tag dabei und ich kann nicht mit Bestimmtheit sagen, dass sie es mit zurückgenommen hat. Womöglich hat Schwester Runa es selbst gefunden und dann unter Zwang berichten müssen, woher es stammt?

Wir kommen näher, die Lichterketten von Nonnas Wagen glitzern vom Eis und alle atmen auf, als der Hund des Clans aus seinem Vorzelt schaut und kläfft.

»Gott sei Dank«, sage ich leise und schnalle mich ab, als wir nur noch Meter vom Platz entfernt sind.

Und dann zerreißt ein ohrenbetäubender Knall diesen trügerischen Frieden. Darin verreißt das Lenkrad, der Mustang schlingert und landet mit einem dumpfen Aufschlag auf der Ackerfläche. Ich knalle mit dem Kopf gegen den Vordersitz, meine Ohren pfeifen und ich kann für einen Moment nicht klar sehen. Holly schreit. Ich höre es dumpf und als wäre sie weit weg. Blut schießt aus meiner Nase und rinnt durch meine zitternden Finger. Ich schluchze, ich will nicht weinen.

Romeo fliegt zu mir herum, greift nach mir, redet mit mir, doch ich kann ihn nicht verstehen. Seine Lippen bewegen sich und seine Hände rütteln an mir. Ich schmecke Blut, seine Augen sind weit aufgerissen. Dann wendet er sich ab, steigt aus dem verunglückten Wagen. Plötzlich ertönt eine weitere Explosion, die Druckwelle treibt Sand und Erde zu uns herüber, sprüht sie an das Glas der Fenster. Holly hält sich neben mir die Ohren zu, sie ist kreideweiß. Sie sagt etwas. Die Worte kriechen wie Getier unter meine Haut. »Ich hätte es sehen müssen. Ich hätte es vorhersehen können, wenn ich nicht meine Gabe unterdrückt hätte.«

Meine Finger entriegeln die Tür und ich schaffe es, den Wagen zu verlassen. Darin steht mitten auf dem Acker, den Mund zu einem Ausruf geöffnet und ich verliere jegliche Körperspannung, als ich begreife, was geschehen ist. Nonnas Wagen … er ist nicht mehr da. Zumindest nicht mehr ganz. Flammen schlagen brüllend aus den Überresten und schicken schwarzen Rauch zu uns herüber.

Chaos ist auf dem Platz ausgebrochen. Menschen rennen wild durcheinander, einige kommen mit Wassereimern herbei, versuchen den Brand zu löschen. Andere bringen ihre Kinder aus Furcht vor weiteren Sprengsätzen in der Fabrik in Sicherheit. Ich sinke zu Boden, meine Hände krallen sich in den gefrorenen Ackerboden und ich fülle meine Lunge mit Luft. Ich schreie, wie ich niemals zuvor geschrien habe. Immer und immer wieder.

Darin läuft voraus, dem Brand entgegen. Seine Silhouette wird vom Qualm verschluckt und ich bekomme das Bild von Nonna, die mit Nira und Jupiter mir zum Abschied winkten, nicht mehr aus dem Kopf. Es brennt sich genauso ein, wie die Flammen, die das bunte Wohnmobil meiner Nonna verschlingen. Ich versuche aufzustehen, sinke aber wieder in den Dreck. Jemand löscht die Flammen der Vorderseite mit einem Feuerlöscher. Die Tür liegt unweit von diesem Mann auf dem asphaltierten Boden, von der Kraft der Explosion einfach herausgeschleudert. Er schafft es, den Eingang freizubekommen.

Darin nimmt eine mit Wasser getränkte Wolldecke von Tuana entgegen, legt sie sich um und wagt sich näher an Nonnas Zuhause heran. Endlich schaffe ich es, mich zu bewegen, und stehe auf. Am Rande bekomme ich mit, wie Holly aus dem Auto steigt. Unsere Blicke verbinden sich miteinander, sprechen die gleiche Sprache und ich laufe los, auf das Geschehen zu. Ich werde schneller, mein Herz donnert in meiner Brust, springt beinahe heraus.

»Die Kinder!«, brülle ich. »Jupiter und Nira waren bei Nonna.« Oh mein Gott. »Es ist alles meine Schuld!«

Die Worte zerreißen mich innerlich. Ich kann nicht atmen, die Luft ist schwer und giftig und ich strebe dem Feuer entgegen. Plötzlich schließen sich Arme fest um mich, halten mich zurück. Die Hitze brennt auf meinem Gesicht, ich will hinein, jemand muss sie doch befreien!

»Sie dürfen nicht tot sein«, schluchze ich trocken. Ich beginne mich gegen den Griff zu wehren. Romeo denkt nicht daran mich freizugeben und ich kämpfe. Ich kratze, schlage.

»Du kannst nichts tun«, sagt er nahe an meinem Ohr und drückt mich fest an sich. Holly steht neben uns, das Rot der Flammen spiegelt sich in ihren Augen ebenso wie mein Entsetzen. Ich halte inne, als ich sehe, wie Darin im Rauch des Wohnwagens verschwindet. Justus ist dicht hinter ihm und erstickt hungriges Feuer, das den Weg versperrt.

Meine Welt wankt, alles dreht sich und mein Blick kippt auf die versprengten Perlen des Vorhanges, der Nonnas Eingang zierte. Dem Eingang zu einem alten Zuhause, dem ich so lange fern war und zu dem ich mich immer zurückgesehnt habe. Ich denke an meine Kindheit und an den Moment, als wir vor wenigen Tagen heimkehrten. Mein Gesicht verzieht sich und ich schluchze. Romeo schlingt seine Arme fester um mich, hält mich auf den Beinen. Dann taucht eine Gestalt aus dem Qualm, es ist Justus, er trägt Nonna auf seinem Arm und Hoffnung wallt in mir auf. Sofort sind andere bei ihm und helfen dabei, den schlaffen Körper der alten Frau in einiger Entfernung vorsichtig niederzulegen.

»Nein, Ember. Tu dir das nicht an«, bittet Romeo, als ich zu ihnen will.

Es ist Jasmin, die Nonnas Körper untersucht, ihn abtastet und sich über sie beugt.

»Lass mich«, fauche ich, befreie mich und wanke vorwärts. Eine Gruppe Clanleute teilt sich vor mir, lässt mich durch und ein mir bekannter Geruch nach verbranntem Fleisch schlägt mir entgegen. Ich blinzle, die Erinnerung an Ruby huscht mir durch den Kopf. Die guten Zeiten, liebevolle Gedanken und ihr Tod rasen durch mich hindurch, greifen mit eisigen Fingern nach meinem Herzen.

Ich sehe, wie Jasmin ihre Finger an Nonnas Hals legt und nach einem Puls sucht. Sie schaut hoch, ihr Mund ist verkniffen und die Andeutung eines Kopfschüttelns gibt mir bittere Gewissheit. Ich starre auf meine Nonna. Die Hälfte von ihrem Gesicht fehlt, es ist einfach weg. Wie abgeschnitten und zu etwas Undefinierbarem verkohlt. Ihre Haare sind verbrannt, die Kopfhaut dampft und ihr Schmuck hat sich mit ihrem Körper verbunden. Meine Albträume, in denen es meine Tränen sind, die ihr die Haut vom Gesicht schälen, sind zurück, und ich fühle, wie sich etwas Spitzes mit Wucht in meinen Magen bohrt.

Nein, nein, nein!, pocht der Gedanke in mir und ich schaue zurück in die Verwüstung, aus der Darin jetzt auftaucht. Ohne die Kinder. Ich spüre, wie ich mich vor und zurück wiege, wie ich es oft tat, wenn ich die Kontrolle über mich verlor. *Weine nicht, kleine November!*

Jegliche Farbe weicht von diesem vorher so fröhlichen Ort. Ich falle auseinander, zerbreche in Tausende Scherben und werde von Romeo aufgefangen, als ich vorneüber auf alle viere fallen will.

Dann läuft alles wie in einem Film vor mir ab. Darin wird von heftigen Hustenanfällen geschüttelt und sagt etwas zu Justus, dessen Blick zu mir wandert. »Wo sind die Kinder?«, höre ich Holly fragen.

»Er kommt nicht weit genug in den Wagen hinein«, antwortet Romeo und schiebt seine Arme unter meine Beine. Mit einer schnellen Bewegung hebt er mich hoch und ich versuche mich daran zu erinnern, wie man seine Tränen einsperrt. Wie man nichts mehr fühlt.

»Vielleicht waren sie nicht mehr bei Nonna?« Holly schaut ihn hoffnungsvoll an und ich verkrampfe mich so heftig, dass jeder Muskel in meinem Körper bebt. Justus' Frau steht mit ihren Zwillingen vor dem Tor der Fabrikhalle und winkt Romeo zu sich. Er bringt mich zu ihr, mein Blick hängt weiter auf dem Skelett des Wohnwagens, das beinahe gelöscht ist. Ich wünschte, ich würde nicht Karl, den Opa von Nira und Jupiter entdecken, der unbeweglich in der Mitte des Platzes steht. Alleine. Seine Haltung verrät, dass er jetzt alles verloren hat, was ihn am Leben gehalten hat. Der Mond schaut ungerührt auf uns herab, die Sterne glitzern und ich schluchze. Romeo raunt mir etwas zu. Ich glaube, er sagt, ich soll mich beruhigen. Doch wie soll das gehen?

Er setzt mich vorsichtig ab. Ich habe Angst, meinen Blick zu heben und die Frauen des Clans anzusehen. Sie werden mich hassen, weil ich dieses Verderben gebracht habe.

»Ember, mein Herz«, flüstert Romeo eindringlich und legt seine Finger unter mein Kinn. »Bleib bei mir.«

»Was hat sie?«, fragt Holly.

»Sie steht unter Schock.«

»Lagere ihre Beine hoch«, schlägt Justus' Frau Moira vor und Holly setzt sich auf den kalten Boden und legt meine Füße auf ihren Schoß. Justus' Zwillinge halten sich an den Händen und sehen mich unverwandt an. Eine Frau bringt mir einen Becher mit Wasser und Romeo setzt ihn an meine Lippen. Ich trinke widerwillig.

»Was sollen wir nur tun?«, höre ich jemanden fragen. »Wer wird Nonna ersetzen, jetzt wo sie nicht mehr da ist?«

Ich schaue hinüber zu ihrem Körper, der immer noch auf dem Platz liegt.

»Was nun zählt, ist das Novemberkind zu schützen«, mischt sich jemand anderes ein. Ich warte darauf, dass mich jemand zum Teufel jagt, doch das geschieht nicht. Ganz im Gegenteil, als ich es endlich wage, meinem Clan in die Gesichter zu schauen, sehe ich nichts als Anteilnahme und Verbundenheit.

»Wir müssen uns wehren«, meint jemand mit der Kraft in der Stimme, die ich verspüren sollte. Ich suche nach meiner Energie. »Sollten wir unsere anderen Winterkinder zusammenrufen?«, fragt eine andere Frau und denkt an die vielen über den ganzen Kontinent versprengten Gaben, die Nonna über Jahrzehnte zur Frage und Antwort zusammengefügt hatte.

»Um in den Krieg zu ziehen?«, vermutet Justus' Frau und Sorge schwingt unverkennbar in ihrer Stimme, denn Kampf bedeutet auch immer Verluste.

Ein kleiner Junge, der mich an Romeo erinnert, als wir noch jung waren, hebt einen Stock vom Boden auf und schwingt ihn wie ein Schwert. »Ich werde mit November kämpfen, wenn sie es will«, verkündet er mutig und wartet auf meine Reaktion.

Wenn *ich* es will? Ich blinzle, langsam spüre ich meine Glieder wieder erwachen und stelle meinen Blick scharf. Romeo küsst meine Stirn und ich halte mich an ihm fest.

»Sie haben recht. Das alles muss ein Ende haben«, flüstere ich und setze mich auf. Die Dunkelheit in Romeos Augen, die ich so sehr liebe, nimmt zu.

»Wir sind wie der Phönix aus der Asche, Ember. Du und ich«, raunt er an meinem Ohr, als er sich noch etwas mehr zu mir herüberbeugt. »Wir verbrennen und erheben uns mit neuer Kraft, um die unseren zu schützen.«

Unsere Blicke verbinden sich atemlos und ich heiße die Wut in mir willkommen. Holly legt ihren Arm um mich. Der Zusammenhalt lodert in uns dreien auf und mir wird klar, wie verbunden wir sind, seitdem wir aus dem Orden flüchteten.

Talullahfalter flattern im Licht des Platzes, angezogen vom Tod, und erfüllen die Luft mit ihrem phosphoreszierenden Glanz. Es sieht aus, als tanzen blaue Lichter umher, fröhlich und frei. Für einen Moment lasse ich mich von ihrer Schönheit ablenken, muss daran denken, wie gerne wir diese Todfresser als Kinder beobachteten, als wir noch nichts über deren Natur wussten.

Justus hilft Darin dabei, Nonna aufzubahren und die Frauen verfallen in einen gebetsähnlichen Singsang. Holly breitet ein weißes Tuch über Nonnas Körper und stellt kleine Kerzen um sie herum auf, damit die Falter fernbleiben.

Ich ziehe die Wolldecke, die mir Romeo umgelegt hat, höher und drücke mich mit dem Rücken gegen die Wand. Ich wünschte, ich wäre nicht hier. Ich wollte, ich müsste nicht dabei zusehen, wie Nonna zu Grabe getragen wird und die Menschen hier ängstlich Wagen für Wagen nach weiteren Gefahren absuchen.

Jasmin und Tuana stellen gerade unseren Bus auf den Kopf und ich bin mir ziemlich sicher, dass sie nichts finden werden. Ich bin zu wertvoll, um eine Bombe unter meinen Arsch zu setzen, sie wollen mich lebend. Trotzdem habe ich solche Angst, dass sie mir in den Fingerspitzen prickelt und ich sie auf der Zunge schmecke. Denn jederzeit könnten zwei Kinderkörper aus den Trümmern von Nonnas Wagen, die immer noch brennen und schwelen, geborgen werden. Romeo und zwei andere Männer geben nicht auf und löschen die züngelnden Flammen nach ihren Kräften. Doch immer, wenn eine Stelle erstickt ist, erwacht woanders wieder Feuer zum Leben.

Plötzlich kriecht eine Hand auf meine Schulter und ich fahre zusammen, weil die Stimme, die leise zu mir spricht, hier nicht hergehört. »Sie werden sie nicht finden.«

Gerade als mir ein Schreckenslaut entfahren will, pressen sich Finger hart auf meinen Mund. Sie sind eiskalt und schmecken scharf und staubig. Ich stolpere rückwärts in die Schatten hinein und glotze Ylvi, das Geistermädchen, irritiert an. »Was zu Hölle? Was machst du hier?« Ich höre mich kränklich an und ihr Lächeln ist noch schärfer als sonst.

»Ich möchte dir etwas Frieden bringen«, antwortet sie, während sie mich von oben bis unten mustert. »Den hast du nötig, so wie du ausschaust.«

»Mein Gott, Ylvi«, stoße ich aus. »Du hast es geschafft! Hat die Oberschwester dich geschickt?« Ich greife nach meiner alten Freundin, will sie in meinen Arm ziehen, sie willkommen heißen. »Ich bin so froh, dass es dir gut geht.«

Ich begreife spät, dass sie mir nicht im Geringsten freundlich gesonnen ist. Einsamkeit zwischen uns entsteht, nimmt mir den Sauerstoff.

»Runa ist tot«, berichte ich und ihre Miene verrät, dass ich ihr keine Neuigkeit erzähle. Ihr Gesicht ist gespenstisch blass und als sie wieder spricht, sehe ich, wie blau verfärbt ihre Lippen sind, als fließe kein Blut mehr in ihren Adern.

»Ich war dabei, Ember«, sagt sie mir. »Der Tod ist die logische Konsequenz aus Verrat«, lässt sie mich wissen und sie sagt das so beiläufig, dass mir ein Schauer über den Rücken läuft.

»Was ist mit dir geschehen?«, frage ich und greife nach ihrer Hand, die sie mir sofort entzieht. Sie schürzt die blassen Lippen. Der Gesang der Trauernden wird vom Platz zu uns herübergetragen und vermischt sich mit dem Knistern von Feuer.

»Ich habe dir gesagt, dass es gilt, Seiten zu wählen«, erinnert mich Ylvi an den Tag, an dem sie uns verließ. »Ich habe die richtige gewählt, du die falsche.«

»Was redest du denn da?« Ich kann es nicht fassen, was sie da von sich gibt. »Moment, was meinst du damit, sie werden sie nicht finden?« Mir kommen ihre ersten Worte in den Sinn, mit denen sie mich eben begrüßt hat. Ich sehe zu den Trümmern eines Zuhauses, das Nonna so geliebt hatte, und spüre, wie Adrenalin durch meine Adern gepumpt wird. »Du!«, zische ich, als ich vollends begreife.

Ylvi grinst. »Ich«, entgegnet sie und ihre Hand schließt sich so plötzlich um meinen Hals, dass ich keine Zeit habe zu reagieren.

Ylvi zerrt mich mit sich in die tiefen Schatten, am Gemäuer entlang. Meine Beine verheddern sich in der Wolldecke, die hinuntergerutscht ist, und ich stolpere.

»Hör auf«, krächze ich, kralle mich in ihre viel zu starke Hand, die mir immer mehr die Luft abdrückt.

»Warum bist du so laut, Ember?«, fragt Ylvi ruhig, drückt noch fester zu und beobachtet mich wie ein Forscher sein Studienobjekt, mit distanziertem Interesse. »Willst du eine alte Freundin etwa verraten?«

Ich wehre mich, schaffe es, ihre Finger zu lösen, und ziehe krampfhaft Luft in meine Lunge. Mit Entsetzen schaue ich sie an, als das Licht des Mondes einen Moment auf ihr Gesicht scheint. Das ehemals leuchtende Goldgelb ihrer Augen ist erstarrt zu zwei toten Sonnen.

»Hör auf, dich zu wehren«, befiehlt sie und dreht mir im nächsten Moment den Arm schmerzhaft auf den Rücken. Mein Gesicht schrammt über Mauerwerk.

»Sag mir, was du mit den Kindern getan hast«, jammere ich und bekomme einen Schlag in die Rippen, der mir erneut das Atmen schwer macht.

»Sie haben einen wundervollen Ausflug gemacht«, erklärt sie nahe an meinem Ohr. »Und du sollst nachkommen, ins tolle Happyland. Das wird lustig, versprochen.«

»Wie konntest du nur die Mädchen mit in diese ganze Sache hineinziehen? Hast du kein Herz?«, frage ich sie.

»Mir macht das nichts aus, die beiden heulen und jammern zu sehen. Die Frage ist, hältst du das aus?« Sie macht eine Pause, wartet. »Sie vermissen dich ganz doll, Ember. Sie reden ganz viel von dir.« Sie macht einen Schmollmund.

Meine Hand kommt frei, ich stoße mich von der Wand ab.

»Wirst du ins Happy-Happyland kommen?«, singt sie und ich möchte sie gerne erwürgen.

»Wo soll das sein?«, frage ich und ächze unter einem erneuten Stoß.

»Am Ende von Avas Wood, an der Grenze zum alten Wald, da liegt ein antiker Ort.« Ylvi ist mir so nah, doch ich kann sie nicht riechen. Sie trägt keinen Geruch an sich, so wie sie um einiges an Menschlichkeit eingebüßt hat.

»Was genau willst du von mir?«, will ich wissen, wenngleich ich die Antwort bereits zu kennen glaube.

»Was denkst du denn?«, speit sie mir entgegen, verpasst mir einen weiteren Hieb und lässt mich dann los, als widere sie meine Nähe an. Ich wende mich zögerlich in ihre Richtung.

»Alpha schickt dich, ich soll ihn heilen«, antworte ich.

»Ember«, sagt sie gespielt überrascht. »Du bist so klug!«

»Danke«, entgegne ich lahm.

»Du hättest gleich das Richtige tun und nicht zu einem Clan aus Clowns flüchten sollen.« Sie lässt ihre Fingerknöchel knacken. Vom Platz her höre ich, wie Justus Anweisungen gibt und erneutes Klatschen von Wasser, das aus Eimern geworfen wird und auf Asphalt trifft.

Ich ringe die Hände. »Ylvi, das alles hier …«, beginne ich und mache eine ausladende Geste, »das wirst du mir büßen«, schwöre ich ihr und suche in ihren gespenstischen Zügen nach dem Mädchen, das ich kannte. Mit dem ich zur Schule gegangen bin, das mir Streiche gespielt und mich vor einem tollwütigen Kaninchen gerettet hat.

»Das Büßen, liebe November, das überlasse ich ganz dir«, spuckt sie mir zornig ins Gesicht. Ein Speichelfaden trifft dabei auf meine Wange. »Du hast sie alle sterben lassen, Ember. Du hast nur an deine eigene Haut gedacht und hast Matti geopfert …«

»Er ist tot?«, unterbreche ich sie und ich spüre nichts mehr, außer tiefer Schwärze. Ich bin vollkommen ausgebrannt, wie Nonnas Wohnwagen.

»Nein, du Dummerchen.« Etwas liegt ihr auf den Lippen, eine bittere Information, ihr Blick huscht unruhig zu Boden, doch sie entscheidet sich, es nicht auszusprechen.

»Was hätte ich denn tun sollen?«, frage ich sie tonlos.

»Du hättest unserem Oberhaupt einfach geben können, was er wollte. Schließlich hat er sich gut um dich gekümmert, als du ein Kind warst, oder etwa nicht?«

»Er hat uns geraubt, Ylvi«, erinnere ich sie an die Wahrheit. »Er sammelt Winterkinder und du bist sein Opfer«, versuche ich zu ihr durchzudringen.

Sie lacht leise und fährt sich durch ihr wirres Haar, klemmt es hinter ihre winzigen Ohren.

»Das hat man dir erzählt?« Sie hebt ihre Augenbrauen und sieht für einen Moment wieder aus wie ein Teenager, wie ich selbst einer sein sollte. Unbekümmert, lebensfroh.

»Hast du vom Baum der Erkenntnis genascht, oder was?«, will sie wissen.

»Und wenn?« Trotz erwacht in mir und ich fixiere sie mit meinem Blick.

»Nur blöd, dass die Früchte dieses Baums so gefährlich sind, weil sie meistens unreif genossen werden«, antwortet sie leichthin und geht einen Schritt rückwärts. Wolken schieben sich erneut vor den Mond und die Natur verdunkelt sich.

»Du wirst genau das tun, was von dir erwartet wird, Ember. Sonst werden die beiden Kinder für dich bluten.«

»Ember?«, hör ich zeitgleich zu ihrer Drohung Romeo nach mir rufen, der vom Platz her auf die Fabrik zuläuft.

Ich stoße auf Ylvi zu, will sie packen und festhalten, doch es ist, als gleite ich plötzlich durch sie hindurch. Ich taumle.

»Ich hab keine Zeit mehr«, sagt sie mir süß. »Ich freu mich auf unsere Verabredung, wir haben ja so lange nichts Nettes mehr miteinander gemacht«, plaudert sie, während ihre Gestalt verschwimmt.

»Warte, du kannst jetzt nicht einfach gehen«, bitte ich und sie hält inne.

»Jetzt räumt erst mal diese Schweinerei auf«, sagt sie gedehnt und deutet hinter mich in Richtung des Fuhrparks. »Und bringt das alte Weibsbild unter die Erde, bevor sie anfängt zu stinken oder die Falter sie anfressen.« Eine Sicherung knallt durch und ich hole aus, um ihr eine zu klatschen. Meine Faust verfehlt sie und für einen Wimpernschlag ist sie überall, wie ein Schemen, der sich unendlich schnell bewegt oder nicht wirklich da ist.

»Ember?« Romeo kommt näher.

»Hier, hierher!«, kreische ich, erwische eine Haarsträhne von Ylvi und als ich Luft hole, um erneut nach Hilfe zu brüllen, ist sie weg. Einfach in Luft aufgelöst. Ich registriere, wie Romeo um die Ecke prescht.

»Was machst du hier ganz alleine?« Seine Miene ist besorgt und ich wanke, während mir bewusst wird, dass ich statt einer Strähne einen Briefumschlag in den Fingern halte. Erstaunt sehe ich ihn an. Romeo hebt zuerst die Wolldecke auf und reicht mir skeptisch die Hand. »Wir haben die Kinder nicht gefunden.« Er versucht mich in den Arm zu nehmen, ich halte ihn auf Abstand.

»Das könnt ihr auch nicht«, sage ich und hebe den Blick von dem Stück Papier. »Sie sind nicht hier.«

»Was meinst du damit?« Er sieht mich an, als hätte ich jetzt vollends den Verstand verloren.

»Ylvi, das Geistermädchen …«, beginne ich.

»Was hat die damit zu tun?« Romeos Haltung sprüht vor Ungeduld.

»Ylvi, sie gehört jetzt zu Alpha«, spreche ich es aus. »Und sie hat die Kinder entführt. Und das mit Nonna war sie auch.«

»Diese miese kleine …«

Ich unterbreche ihn. »Vielleicht hätten wir sie nicht gehen lassen sollen«, mache ich mir Vorwürfe. »Wir hätten sie beschützen müssen.«

Romeo stößt hart die Luft aus.

»Jeder trifft seine Entscheidungen, Ember. Und sie hat entschieden, eine alte Frau zu töten und Kinder zu rauben. Da hast du nichts mit zu tun«, sagt er ernst. Ich zeige ihm den Brief.

»Ich bin sicher, hier steht alles drin.« Mit fahrigen Fingern öffne ich ihn und halte ihn Romeo entgegen.

»Ich soll zum Happyland kommen.«

An Romeos Miene sehe ich, dass das gar nicht gut ist, und in dem Moment, in dem ich selbst damit rechne, dass ich mich wie ein Kind nur noch wimmernd vor und zurück wiegen möchte, erwacht eine neue Natur in mir. Eine Kämpferin, die ab hier nicht mehr zögern wird, ihre Naturgewalt zu entfesseln.

26 Happyland

»Wir sind nicht genug Männer«, wirft Darin ein und ich kann nur daran denken, dass Nira und Jupiter vielleicht die schlimmsten Stunden ihres Lebens ausstehen.

»Mach dich bereit oder bleib hier bei den Frauen«, antwortet Romeo kühl.

»Denkst du, es macht mir Spaß, den Spielverderber zu geben?«, fragt Darin, geht vor mir in die Hocke und legt mir ohne zu zögern einen Lederriemen mit Messerheft um den Oberschenkel. Seine Nähe überfüllt mich mit sprühender Energie.

»Wer weiß«, murmelt Romeo, als sein Blick auf uns fällt. Er schaut schnell fort, widmet sich Holly, die sich in feste Stiefel zwängt und furchtbar zerbrechlich dabei wirkt.

»Wie lange werden die Boten brauchen, um Leute zusammenzutrommeln?«, fragt sie und schaut hoffnungsvoll in die Runde. Jasmin schließt ihre Jacke bis zum Hals, fährt sich immer wieder über ihr stoppeliges Haar und hilft Tuana sich zu bewaffnen. Es fühlt sich falsch an, dass wir Messer, Wurfsterne und dergleichen am Körper tragen, und doch ist es so notwendig wie atmen, damit wir eine Chance haben zu überleben. Auch wenn in den Zeilen steht, ich würde freies Geleit bekommen, sollte ich kooperieren, traue ich Alphas Worten nicht.

»Kommt drauf an«, überlegt Romeo und legt Holly tröstend die Hand auf die Schulter. »Vielleicht wenige Stunden, möglicherweise Tage.«

»Tage?« Ihre Stimme ist eine Oktave höher und ich schaue sie bittend an.

»Du musst nicht mit uns kommen«, mache ich ein weiteres Mal klar. »Die Frauen hier können auch Unterstützung gebrauchen.« Immerhin sind beinahe all ihre Männer in die Himmelsrichtungen verstreut, um Verstärkung zu suchen. Und Moira sitzt am Funkgerät und versucht ihr Glück darüber. Der Rest, Justus und Darin kommen mit Jasmin, Tuana und Holly, den einzigen Winterkindern neben mir, und dem unerwachten Romeo mit zum Happyland. Auch wenn in dem Brief steht, dass ich alleine kommen soll. Für wie verrückt hält der Mann mich?

Holly rollt mit den Augen, während ich ein kleines Messer in meinem Stiefel verstecke, und blafft: »Das kommt gar nicht infrage, dass ich hier sitze und stricke, während bei euch die Luzi rockt.« Mir entgeht nicht, wie sie die kleine Phiole mit dem Trank von Igrid in den Mülleimer wirft. Sie hätte die Medizin längst nehmen müssen, um die Gabe weiter in Schach zu halten. Doch nach diesem Unglück, will sie das nicht mehr. Ich sehe ihren Schmerz darüber, dass sie es nicht verhindern konnte, dass Nonna stirbt. Ich nicke ihr liebevoll zu und sie zupft ihren Mantel zurecht, während sie als Erste zur Tür geht. Ich folge ihr, dann kommen alle anderen nach.

Ich setze mich auf die Rückbank des wieder flottgemachten Mustangs neben Holly und greife ihre Hand. Mühsam unterdrücke ich den Drang, zu Nonnas Grab zu schauen, das die Männer unter Anstrengung in den gefrorenen Boden geschlagen haben. Ein Dreieck steht am Kopfende und geleitet ihren Geist in eine andere Welt, an die sie glaubt.

Ich beginne mir Mut zuzusprechen und es wird zu einem Mantra, das sich in meinem Kopf dreht und beginnt zu tanzen.

Mein Name ist November, ich bin ein Tränenkind und so mächtig wie Gevatter Tod. Ich entscheide über das Leben.

Mein Name ist November, ich werde weinen.

Justus, Tuana und Jasmin fahren im klapprigen Landrover voraus und ich hoffe, dass die Frauen es schaffen, für den Aufbruch des gesamten Clans alles vorzubereiten. Die ersten Wohnwagen sind bereit für die Abfahrt ins Unbekannte. Jetzt müssen wir nur noch heile und mit den Kindern wieder zurückkommen.

Diesmal sitzt Romeo am Steuer und folgt dem Fahrzeug vor uns mit wenigen Metern Abstand. Darin ist still, sehr in sich gekehrt und ich frage mich, woran er denkt. Es ist schwer zu wissen, da ich ihn nicht wirklich kenne. Doch wann weiß man wirklich über einen anderen Menschen Bescheid? Sind wir die Person, die wir nach außen zeigen, die Figur, die wir vorgeben zu sein? Oder sind wir die Zweifel und Schatten in unserem Inneren, die wir im Verborgenen halten?

Meine Hand gleitet an das kühle Heft mit dem Messer an meinem Oberschenkel, tastet es ab. Bin ich bereit zu töten, um mich und meine Leute zu schützen? Könnte ich Ylvi etwas antun?

Wir fahren durch dichten Wald, junge Bäume werden von älteren abgelöst, an denen Eis glitzert und sie in gefährliche Schönheit taucht. Ihre Stämme sind so dick, dass es mindestens drei Leute bräuchte, um sie zu umarmen, und sie wissen so vieles. Sie bergen die Vergangenheit in ihren Jahresringen.

Ehe wir das alte rostzerfressene Schild passieren, auf dem »Happyland« steht, geschieht etwas mit Holly. Ein Ruck geht durch ihren Körper und sie versteift sich. »Holly, was ist los?«, stoße ich aus, halte mit beiden Händen ihren Kopf, den sie immer wieder mit Kraft an die Rücklehne donnert.

Romeo wendet sich alarmiert zu uns um, die Fahrt wird langsamer.

»Sie sieht«, stellt Darin sachlich fest. »Fahr weiter, sonst verlieren wir die anderen.« Romeo beschleunigt, wir werden in eine Kurve gepresst.

»Holly, Holly«, rufe ich nach ihr, als ihre Augen blicklos werden. Ich bekomme Angst, der Glanz in ihrer Iris erlischt, wie bei einem Toten. »Holly, hörst du mich?«

Dann packt sie mein Handgelenk und ihr Körper hört auf zu zucken. Er wird ganz ruhig, aber nicht weniger verkrampft.

»Ich kann nicht atmen, Ember«, sagt sie zu mir. Ich beuge mich über sie, in meiner Verzweiflung lasse ich das Fenster herunter und eisige Luft ins Innere des Autos. »Der Schnee wird vergehen und eine Liebe erwacht«, prophezeit sie mir.

»Was? Wie meinst du das?« Es wäre wirklich toll, wenn sie sich klarer ausdrücken würde. »Hey, hey, nicht schlafen«, sage ich zu ihr, als ihre Lider sich flatternd schließen, und klopfe auf ihre Wange. Dann ist der Spuk auch schon wieder vorbei. Holly blinzelt einmal und sieht mich überrascht an.

»Ember, willst du vielleicht noch auf meinen Schoß?«, fragt sie, als wäre ich eine Idiotin, und schiebt mich ungeduldig von sich. »Und welcher Vollpfosten hat das Fenster geöffnet?«

»Ich wollte mich nur um dich kümmern«, sage ich noch immer irritiert und vollkommen aufgeputscht. Was hat sie nur gemeint mit ihren Worten?

»Wenn du dich weiter so gut um mich kümmerst, dann bekomme ich noch Frostbeulen«, plappert Holly und schließt das Fenster eilig. »Also, echt.«

Sie hält inne, der Groschen fällt unendlich langsam, bis sie begreift, was gerade geschehen ist. »Krass«, haucht sie nachdenklich und forscht in meinem Gesicht. »Ich hätte nicht gedacht, dass es so schnell passieren würde.«

Die Jungs vorne sind ganz still, schauen sich nur stumm hin und wieder zu uns um und wechseln dann untereinander Blicke, die nichts Gutes verheißen.

»Okay. Was habe ich gesagt?«, fragt sie nach einer Weile und wir rätseln alle gemeinsam über den winzigen Blick in eine Zukunft, in der eine andere Liebe erwachen und Schnee schmelzen wird. Oder so ähnlich? Das Gesagte beginnt schon in meinem Kopf durcheinanderzurollen.

Und als wir auf eine Lichtung kommen, die einen alten Schotterplatz beherbergt, und neben einem umgestürzten Kassenhaus parken, scheint ihre Vision nicht weiter wichtig zu sein. Viel zu weit weg, als dass sie heute Nacht eine Rolle spielen würde.

Ich steige als Erste aus dem Wagen aus und schaue mich um. Vor uns erstreckt sich eine unwirkliche Landschaft aus verrotteten Fahrgeschäften und verlassenen Buden, die sich die Natur zu einem großen Teil zurückerobert hat. Giftefeu und andere Schlingpflanzen ranken sich um das riesige Eisentor und heben es aus seinen Angeln. Alles ist gepudert von Schnee und Frost, sodass Weiß die dominierende Farbe an diesem verwunschenen Ort ist.

Romeo und Darin folgen mir, Holly wartet auf Jasmin und Tuana, die wie Soldaten hinter Justus marschieren und schnell aufschließen.

»Es ist wirklich gruselig hier«, flüstert Romeo mir zu. »Du wirst mich die nächsten Nächte im Arm halten und böse Träume von mir fernhalten müssen«, wünscht er sich und ein winziges Lächeln zuckt in seinem Mundwinkel, während er wachsam an mir vorbeigeht, um die Führung zu übernehmen. Über uns beginnt es zu summen und ich ahne, was das heißt. Kreaturen der Nacht haben uns entdeckt und könnten uns jederzeit aus ihrem Revier vertreiben wollen.

Romeo lässt seinen Blick nicht ruhen, unentwegt tastet er die Umgebung mit den Augen ab, die Hände immer an den Waffen.

Etwas erhebt sich über uns in die Luft und ich lege meinen Kopf in den Nacken, doch erkenne nichts.

»Was ist das?«, fragt Holly ängstlich und bleibt stehen.

»Fliegende Hunde vermutlich. Wir müssen vorsichtig sein, die können sehr ungemütlich werden«, antwortet Justus gepresst. Tuana zückt ein Messer, Jasmin dreht sich um die eigene Achse und versucht, so leise wie möglich die Füße auf dem Weg aufzusetzen.

»Wie alt ist dieser Ort?«, will Holly wissen, während wir an einigen Bäumen vorbeikommen, aus denen auf den ersten Blick Ketten wachsen.

»Sehr alt. Er lag lange unter ewigem Eis. Es hat ihn erst vor einigen Jahrzehnten wieder freigeben und die uralten Bäume wieder mit Leben erfüllt«, erklärt Justus und hilft Tuana über einen umgestürzten Stamm.

»War das mal ein Karussell?«, wundere ich mich und Holly stößt einen verrosteten Metallsitz an, der schief an einer Kette baumelt und prompt an einen anderen schlägt. Ein Klirren erhebt sich über uns und wird von einem reißenden Geräusch abgelöst.

»Vorsicht!«, schreit Darin, springt zu Holly und zerrt sie gerade noch rechtzeitig zur Seite, als sich ein Teil der Verankerungen, die über uns schweben, lösen und durch das Geäst brechen. Frost und Holzsplitter sprühen in alle Richtungen, als ein großes Metallstück auf dem Boden aufkommt.

»Das war knapp«, stelle ich fest und bemerke, wie sanft Darin zu meiner Holly ist.

»Tut mir echt leid«, haucht sie, während er sie wieder freigibt und lächelnd den Kopf über ihr Ungeschick schüttelt.

»Sei vorsichtiger«, mahnt er sie und lauscht in die Stille, die sich nach dem plötzlichen Krach wie ein Leichentuch über uns legt. Romeo kämpft sich durch Geäst, das den Pfad einnimmt, und ich spüre, dass wir nicht länger unentdeckt sind.

»Wo ist der Märchenteil des Parks?«, will ich von Justus wissen, der eine alte Karte in den Händen hält und versucht sie im wenigen Licht der Nacht zu lesen.

»Etwa fünfhundert Meter in diese Richtung.« Er deutet auf eine Anhöhe und mir fällt der große Drachenkopf auf, in dessen Maul Schienen verschwinden. Ich schaue etwas zu lang auf die spitzen Zähne, die mich an Wüstenschlangen oder kampfbereite Kaninchen erinnern.

»Nach einer Geisterbahn müssen wir in ein Waldstück, in dem einzelne Märchen aufgeführt wurden. Es muss dort ein Gebäude geben, das großzügig und noch gut erhalten ist. Dort wird Alpha auf dich warten, weil es einen Lieferantenausgang hat, von dem aus er sicher seine Fahrzeuge erreichen kann. Ich vermute zumindest stark, dass er es so plant.«

Ich weiß, dass wir uns aus voller Absicht von hinten durch den verwilderten Teil nähern. Ohne Licht, so leise wie es geht. Und dass sich die anderen im Hintergrund halten werden, wenn Darin, Romeo und ich den Märchenwald betreten, um uns mit dem Feind zu treffen. Sie sind lediglich eine Lebensversicherung.

»Ah«, stößt Holly plötzlich aus und geht in die Hocke. Das Flattern über mir nehme ich gerade noch rechtzeitig wahr, um meinen Kopf zu schützen. Die riesigen Fledermäuse starten einen Versuch, uns loszuwerden.

»Runter«, kommandiert Justus und hat im nächsten Moment die Zähne eines dieser schwarzen Schatten im Ärmel seiner Jacke. Romeo kommt ihm zu Hilfe. Er packt das Tier und reißt es fort. Das Gezeter weckt jeden Teufel in einem Radius von zwei Kilometern und ich bete, dass Romeo es schnell wieder loslässt, damit es nicht den ganzen Freizeitpark alarmiert. Zwei weitere Flughunde segeln über uns hinweg und dann ziehen sie sich urplötzlich zurück und verschwinden in der Nacht.

»Mann, was war das denn für eine Scheiße?«, haucht Holly und richtet sich langsam wieder auf.

»Ein Vorgeschmack von dem, was noch kommen kann«, flüstert Romeo und winkt uns hinter sich her. Ich bin ganz ruhig, vollkommen bei mir. Diese Tiere schocken mich nicht.

Etwas weiter hinter dem Drachenkopf aus Metall und Plastik liegt eine Gondel halb versunken im Schnee und erinnert mich an die vielen Pläne, die Holly und ich einst hatten. Wir wollten unbedingt in die großen Städte gehen und einmal im Riesenrad von Vehen fahren und über die Seen der Schneeschmelze blicken. Dass wir ausgerechnet an solchen Orten beginnen würden, die Welt zu erkunden, hätte sich keine von uns erträumt.

»Mach langsam, Ember«, flüstert Romeo, dessen Aufmerksamkeit auf etwas zwischen den Bäumen gerichtet ist, die pilzförmig aus der Erde schießen und ein Areal aus Buden abgrenzen, an denen man Glücksspiele spielen konnte. In einem dieser Häuschen hängen alte Stofffetzen, die einmal Tiere waren. Freundliche Bären und nette rosafarbene Häschen.

»Was ist los?«, frage ich und stelle meinen Blick scharf. Dunst wächst aus den Schatten und strebt auf uns zu, Kälte küsst mein Gesicht und ich weiß, wir sind nicht mehr alleine. Und diesmal sind es keine menschenfeindlichen Tiere, die sich anpirschen.

Ein heiserer Schrei ertönt und ich wirble in dem Moment herum, als Justus von den Beinen gefegt wird. Seine Waffe blitzt im Mondlicht, er feuert sie ab, trifft aber kein Ziel.

»Tuana, tu es«, befiehlt Jasmin und dreht sich hektisch um die eigene Achse, während sie ihren Schnee entstehen lässt.

»Ich kann nicht, wenn ich kein Ziel habe«, antwortet Tuana gehetzt und ich sehe, wie von ihrer schlanken Gestalt ein Wabern ausgeht, das sich unschlüssig ausdehnt und wieder zurückfährt.

Der Weg vor uns verwandelt sich in eine Eisbahn, ich schlittere zur Seite, stürze und halte mich an einer alten Zwergenfigur fest, deren Farben Blasen schlagen und abblättern.

»Wo kommt das her?«, keift Holly. Darin versucht Justus zu helfen, der im Dickicht verschwindet, doch kommt kaum hinterher.

»Lauf«, zischt Romeo, als er sich zu mir umdreht. In dem Moment, als ich auf die Beine komme und losrennen will, weiß ich, es hat keinen Sinn. Wir sind in der Falle. Und die Teufel haben uns gefunden.

»Ich hätte mir denken können, dass du dich nicht an die Bitte hältst, alleine zu kommen«, höre ich jemanden sagen. Romeo steht unweit von mir, angespannt wie ein Tiger vor dem entscheidenden Sprung.

»Das ist Matti.« Holly erliegt nicht der Gefahr, ihn als Freund einzustufen und baut sich drohend neben mir auf. Meine Hand tastet nach dem Messer. Sein blondes Haar hat er streng zurückgekämmt und seine sonst so fröhlichen Augen sind verengt und sehen mich neutral an. »Hallo, Schwestern«, sagt er so gefühllos, dass ich glaube mich übergeben zu müssen.

Darin springt in die Schatten, findet Justus, der wie eingefroren wirkt. Seine Haut ist bläulich. Er schlottert, findet kaum die Kontrolle über seinen Körper und stöhnt unter Schmerz.

»Gebt auf«, fordert Matti und ich will auf ihn zugehen, doch dann taucht Ylvi an seiner Seite auf, als würde sie aus dem Nichts entstehen.

»Matti, wie könnte ich aufgeben?«, sage ich bedauernd, versuche Zeit zu schinden, damit sich Justus erholt, der Mühe hat, auf den Beinen zu bleiben. »Sieh doch, zu was Alpha euch beide gemacht hat: Ihr seid Gewaltverbrecher.«

Ylvi kichert, Matti winkt mich mit seinem Zeigefinger zu sich, wie Schwester Runa es oft tat, bevor sie Strafen verhängte. Ich traue mich nicht auf ihn zuzugehen, er ist so fremd.

»Bitte, komme zur Vernunft«, versuche ich an ihn zu appellieren. »Gib mir die Kinder und wir reden dann in Ruhe«, schlage ich vor. Er ist ganz gelassen, Ylvis Erscheinung neben ihm flackert und Holly flüstert mir etwas zu. »Ylvi kann ihre Gestalt nicht halten«, meint sie und berührt mich am Arm. »Sie wird vergehen, noch innerhalb der nächsten Monate. Dr. Chicago hat mir von Geisterkindern ohne Schnee erzählt, das endet grausig.«

Mitleid streift mich und verraucht, als Ylvi ihre Hände an Mattis Gesicht legt und ihm einen innigen Kuss gibt.

»Pfui Teufel«, platzt es aus Holly heraus. »Ich hab es immer gewusst, dass sie auf ihn steht.«

Ich schlucke trocken und Holly wächst neben mir ganze zwei Zentimeter, weil sie recht hatte all die Jahre. Doch das alles spielt keine Rolle mehr.

»Versuch es nicht mal«, droht Romeo plötzlich und zückt sein Messer, als Matti offensichtlich versucht, in seinen Kopf zu gelangen. Mattis Miene bleibt ausdruckslos.

»Ich weiß längst, was ich wissen muss, Zimmergenosse«, antwortet er lahm. Der Dunst um uns herum wird dichter und ich suche die Umgebung nach einem Winterkind ab, das so etwas verursachen kann. Dann trifft mich der Schlag und ich schnappe erschüttert nach Luft.

Nein! Nicht sie. Holly und ich tauschen einen Blick, im Bemühen zu begreifen, wie das möglich ist. Meine Hände ballen sich zu Fäusten, als sich zwei kleine Schemen aus dem Nebel schälen, die sich aneinander festhalten.

»Was habt ihr nur getan?« Zorn paart sich mit Verzweiflung und Holly spricht die Namen aus, die mir mein Herz zerquetschen.

»Ihr habt Mona entführt?« Über das Gesicht des kleinen Mädchens, das so lange stumm war, rinnen Tränen, während sie mit Inolas Hilfe den Frost kontrolliert. Ich kann meine Augen nicht von den feinen Schnittwunden abwenden, die man dem Seiltänzermädchen zugefügt hat. Die ganze rechte Gesichtshälfte scheint mit feinsten Narben übersät.

»Sie wollten nicht gehorchen, Ember. Wie du«, sagt Matti, als wäre das eine adäquate Erklärung für die Misshandlung, und zuckt gleichgültig die Achseln. Jedes weitere Wort bleibt mir im Hals stecken, als Romeo mit einem Knurren an mir vorbeispringt, um Matti niederzustrecken. Ylvi ist schneller. Romeos Messer verfehlt sein Ziel und Tuana richtet ihre Angst auf Mona und Inola, die sofort zurückweichen und die Kontrolle über das Eis und den Nebel verlieren. Nur kurz sehe ich Mona ins Gesicht, ihr Blick bittet um Verzeihung und als mich ein Tritt zu Boden wirft, weiß ich, was sie tun wird. Blitzschnell rolle ich zur Seite, Frost verfehlt mich. Holly wirft einen Wurfstern, der nur knapp an Matti vorbeisegelt und mit einem dumpfen Geräusch in den Stamm eines Baums einfährt. Ich rechne damit, dass er erwacht und sich wehrt, Botenstoffe sendet und nach Giftpollen verlangt. Doch plötzlich kehrt eine unheimliche Ruhe ein. Romeo hört auf zu kämpfen, Matti sieht von ihm zu Holly und sagt: »Hör auf zu atmen.« Vier Worte, die eine schreckliche Vorhersage in den Vordergrund rücken. Meine Augen weiten sich, als Hollys Hand an ihre Kehle fliegt und sie auf die Knie sinkt. Ich fange sie auf, ihre Panik überträgt sich auf mich.

»Hör auf«, schreie ich und Matti steht plötzlich über mir, sieht völlig reglos dabei zu, wie Holly darum kämpft, Luft in die Lunge zu bekommen.

»Bitte«, flehe ich. Tuana fixiert Matti und versucht ihm Angst zu schicken. Ich kann sehen, wie der Schnee und ihre Gabe auf ihn zurasen. Ylvi lacht und ich ahne, warum. Matti ist nicht mehr empfänglich für Emotionen.

»Matti, wenn du jemals mein Freund warst, lass Holly leben«, bettle ich vollkommen unsinnig. Er weiß nicht, wovon ich rede, die Inseln des Vergessens haben diesen Teil bereits eliminiert. »Matti, wir waren Freunde. Denk an unsere Zeit, bitte.«

Holly zuckt, sie reißt ihren Mund auf, wie ein Fisch auf dem Trockenen und ich bin kurz davor, meinen Verstand zu verlieren. Mattis Blick wandert durch die Reihen und bleibt bei Romeo hängen, der versucht Ylvi niederzuringen. Doch seine Macht konzentriert sich weiter auf meine Holly, die jetzt auf die Seite kippt und die Beine an ihren Körper zieht.

»Bitte!«, kreische ich. Mona schickt Romeo Frost entgegen.

»Sie haben Inolas Eltern und Igrid. Sie werden sie alle umbringen«, ruft das kleine Mädchen, das ihre Stimme gefunden hat. Sie greift erneut an, denkt, sie habe keine Wahl.

Romeo erstarrt, nicht vom Frost, sondern weil ihm klar wird, dass sein Vater auch betroffen ist. Es muss einen erbitterten Kampf gegeben haben, vielleicht mit vielen Opfern.

»Hör auf zu atmen«, sagt Matti jetzt zu ihm und mit einer schnellen Bewegung reiße ich mein Messer aus der Lederscheide an meinem Bein und lege es an meinen eigenen Hals.

»Wenn nur noch einer stirbt, weil ihr mich wollt, dann töte ich mich selbst«, speie ich dem ersten Jungen entgegen, für den ich geschwärmt habe. Kurz flackert Überraschung über sein Gesicht und ich drücke die Klinge in die empfindliche Haut meines Halses. Warmes Blut tritt aus der Wunde und rinnt langsam an ihm hinunter. Hollys Augen tränen, ich kann spüren, dass das Leben aus ihr weicht. »Ich meine es ernst!«

Ylvi nickt Matti zögerlich zu und er spricht die ersehnten Worte. »Atmet.«

Röchelnd holt Holly Luft und hustet. Ich lasse das Messer sinken, schließe meine Arme fest um sie und helfe ihr aufzustehen. Meine Tränen hebe ich mir für jemanden anderen auf und wappne mich gegen das, was noch kommt.

Holly zieht heftig den Sauerstoff in die Lunge. Sie will mir etwas sagen, kann aber nicht. Romeo, der nur kurz in die Gewalt von Matti gekommen ist, flüstert so leise, wie es geht: »Er kann sich nicht gut auf mehrere konzentrieren. Das müssen wir nutzen.« Er stützt Holly, die immer noch keucht, und will von mir eine Reaktion, dass ich ihn verstanden habe, was Mattis Schwachpunkt angeht. Ich nicke knapp.

»Dann los, ich komme mit euch«, verkünde ich und gehe auf Matti und Ylvi zu, nachdem wir all unsere Waffen abgeben mussten. Mona schleicht neben mir her wie ein geschlagener Hund. Ich habe sie noch nie so ängstlich und unsicher erlebt. Was hat sie nur durchgemacht? Ich nehme unauffällig ihre Hand und drücke sie einmal fest und hoffe, dass sie nicht zu viel über uns alle verraten hat. Über die Macht des Schnees und wie alles zusammenhängt. Ob sie weiß, dass ich meinen gefunden habe?

»Alpha wartet bereits ungeduldig«, verkündet Ylvi und stoppt kurz an einer Weggabelung, von der aus man entweder zur alten Achterbahn gelangt, die von Gestrüpp und Bewaldung eingenommen ist, oder an einer Schiffschaukel vorbeikommt, deren Schiffchen allesamt wie Spielzeug über eine Asphaltwüste verteilt liegen. »Wir sollten uns beeilen«, fügt sie an und winkt Matti zu sich heran. Ich kann nicht verstehen, was sie ihm sagt, aber er stimmt ihr zu.

»Sie wissen vom Schnee, Ember«, flüstert Romeo mir zu. »Die wissen alles.«

Ich weiß nicht, woher er seine Gewissheit nimmt, und halte mich daran fest, dass ich mich mithilfe von Darin wehren kann, wenn es hart auf hart kommt, ohne mich selbst zu vernichten.

»Du darfst ihn nicht heilen«, beschwört mich Romeo weiter und greift nach meiner Hand, die so verkrampft ist, dass sie wehtut. Er legt den Arm um mich, flüstert in mein Haar: »Er wird sich niemals damit zufriedengeben, Ember.«

Ich erhasche einen wachsamen Blick von Ylvi. Matti sieht aus, als wäre er ferngesteuert, während er über eine schmale Brücke geht, die über einen künstlich angelegten See führt. Die meisten Boote mit Entchen-Optik sind halb untergegangen und liegen im Eis. Eines guckt nur mit dem Schwänzchen in die Höh.

»Das kann sein«, fürchte ich. »Aber ich muss ihm entgegenkommen, wenn wir die Kinder hier heile herausbringen wollen.« Ich nicke zu Mona und Inola, die ich miteinschließe. Noch mal würde ich sie nicht zurücklassen, nur über meine kalte Leiche.

»Verstehe«, knurrt Romeo und beugt sich zu mir herüber. »Wenn es hier für jemanden von uns endet …« Er verstummt, sein Kiefer zuckt und ich spüre, wie er mit sich ringt. »Ich wollte dich niemals mit meinen Worten verletzen oder …« Er bricht erneut ab und schaut in den wolkenverhangenen Himmel über uns und dann einige Herzschläge zu den Schienen der Achterbahn, die sich über ein großes Areal und den halben See erstreckt.

»Ich weiß«, antworte ich schnell und bleibe stehen, halte Romeo zurück. »Erzähl mir das, was du mir jetzt in diesem unmöglichen Moment sagen willst, wenn wir hier weg sind, ja?«, bitte ich ihn und wünsche mir so sehr, dass sein Herz für mich genauso schlägt, wie meines für ihn. Auch wenn ich für Darin ebenfalls etwas empfinde, von dem ich noch nicht weiß, wie es zu benennen ist.

»Versprochen«, sagt er sanft und als Holly auf der Mitte der Brücke stoppt, bellt Matti uns entgegen, dass wir nicht trödeln sollen.

Wir überqueren einen tristen Platz, Schnee knirscht unter unseren Schritten und verrät, dass hier schon viele Paare Schuhe gegangen sind. Mauern kommen in Sicht, die den Park vom Lieferantenparkplatz und womöglich einer nahen Straße abschirmen. Wir haben den Märchenwald erreicht und folgen einem kurvenreichen Pfad, der an vielen kleinen Kulissen inmitten toter Bäume entlangführt. Ich erkenne Rotkäppchen und den bösen Wolf, die vor einer winzigen Hütte platziert sind, in dem die Großmutter in ihrem Bett liegt. Die Puppen stehen auf Schienen und ich kann mir bildlich vorstellen, wie sie einst zum Leben erweckt wurden. Ein alter Lautsprecher ist aus seiner Befestigung gefallen und liegt zerschlagen auf dem Boden. Die sieben Zwerge laufen in Richtung eines Berges, der sich als Gebäude entpuppt. Licht dringt aus ihm heraus und mir wird klar, dass dies das Bauwerk ist, das Darin meinte.

Als Matti an die Stahltür klopft, wird ihm umgehend geöffnet. Wir treffen auf alte Bekannte. Lukas und seine Soldatenfreunde nehmen uns in Empfang. Romeo, Justus und Darin werden die Hände auf den Rücken gebunden. Uns Mädchen scheinen sie nicht sonderlich ernst zu nehmen, denn uns fesselt niemand, was Jasmin mit einem spöttischen Schnaufen quittiert.

»Hier lang«, kommandiert Lukas, der nicht wirklich erfreut aussieht, mich zu sehen. Und beim zweiten Blick auf ihn, erkenne ich auch, wieso. Ich habe ihm das letzte Mal gehörig das Gesicht mit meinen Tränen verätzt. Sein linkes Augenlid hängt in Fetzen und schließt nicht mehr ganz. Ich empfinde keine Reue und halte seinem hasserfüllten Blick stand.

Wir werden vorangetrieben, dem Licht entgegen und ich muss an die Sehnsucht eines Falters denken, der vor dem Scheinwerfer eines Autos seinen Tod findet.

Wir kommen an einer weiteren Märchenszene vorbei. Sie zeigt die sieben Zwerge, wie sie im Bergwerk nach Diamanten suchen, und unweit davon befindet sich die Kulisse eines Waldes, in dem der Jäger Schneewittchen das Herz herausschneiden soll. Holly ist so weiß im Gesicht wie das Puppenmädchen, das um ihr Leben fleht. Eine weitere Tür stoppt uns und Matti klopft an. Eine Weile geschieht nichts.

»Keiner da, wir können wieder gehen«, zwitschert Holly versucht vergnügt und verkneift sich einen weiteren Kommentar, als wir schließlich in einen hellen und sehr sauberen Raum gebracht werden, in dessen Mitte nicht nur die Szene mit Schneewittchen in ihrem Sarg stattfindet, sondern auch eine wirklich wohnliche Situation geschaffen wurde. Es gibt eine Sitzgruppe, auf deren Sessel Alpha thront und gewohnt ruhig einen Tee genießt, bevor er sich freudig erhebt, als erwarte er Gäste zu einer verrückten Party.

»Sehr schön, ihr seid meiner Einladung gefolgt«, sagt er und breitet die Arme in einladender Geste aus. Frau Dr. Leander steht stocksteif neben ihm, sie sieht ebenso mitgenommen aus, wie ich mich fühle. Ich frage mich, warum sie Alpha folgt und gehorcht. Ist es Abhängigkeit oder gar so was wie Liebe?

»Bringen wir es hinter uns«, sage ich kühl.

»Lass dich ansehen, Kind«, begrüßt Alpha mich und ist in wenigen Schritten bei mir. Ich werde steif, sein Finger drückt sich unter mein Kinn, schiebt es von einer zur anderen Seite.

»Ich habe eine Frage an dich, November.« Er runzelt die Stirn, er sieht wirklich kränklich aus. Seine Augen sind blutunterlaufen, seine Haut ist dünn wie Pergament und trotzdem ist er immer noch ein wirklich schöner Mann.

»Sag mir, war es das alles wert?«, haucht er mir die Frage entgegen. »Die Toten, das ganze Leid und die misshandelten Kinder?« Er schaut mich fest an, mittleidlos und ich spüre, wie meine Kehle eng wird.

»Wo sind Nira und Jupiter?« Ich verfluche meine bebende Stimme.

»Sie bedeuten dir wirklich etwas, oder?« Übertriebene Freude zeigt sich auf seinem Gesicht und er winkt Ylvi an seine Seite. »Ich habe es ja nicht glauben können, dass ausgerechnet diese beiden so viel bei dir auslösen könnten. Aber Ylvi hier, die euch eine ganze Weile beobachtet hat, die wusste es.« Er drückt ihr einen Kuss auf ihr wirres Haar, wie er es einst bei mir tat. »Ich hätte einfach den Burschen oder Holly genommen, aber ihr seid wirklich schwer zu trennen gewesen«, plaudert er weiter und ich nehme am Rande wahr, wie Dr. Leander irgendwelche Vorkehrungen für Untersuchungen trifft. Sie sortiert Dinge auf einem Tisch, prüft Nadeln und ihr Mikroskop. Ylvis Gestalt wird wieder milchig neben Alpha und ich frage mich, ob sie weiß, dass sie bereits stirbt.

»Wenn ich dich heilen soll, brauche ich die Kinder«, werfe ich ein. »Solange ich mich auch um nur einen von meinen Leuten sorgen muss, kann ich nicht aus positiven Gefühlen heraus weinen«, stelle ich klar. Alpha lässt Ylvi los und greift viel zu schnell nach meiner Hand. Ich zucke erschrocken zurück, als er mich berührt und werfe beim nächsten Atemzug Romeo einen warnenden Blick zu, der sich gegen den Griff eines Soldaten stemmt.

»Süßes Mädchen«, sagt Alpha auf eine ganz neue Art, die er mir sonst nie gezeigt hat. Anzüglich mustert er mich und nimmt mich mit sich zu der Sitzgruppe. Mir entgeht das Missfallen von der blonden Dr. Leander nicht.

»Weißt du, es wird höchste Zeit, dass du etwas tust«, verrät er mir. »Man sagt mir nach, dass ich kaum noch Kontrolle über meine Gefühle und Gelüste habe.« Er tippt sich an die Stirn. »Ich verliere den Verstand, tue immer öfter, was mir so in den Sinn kommt«, gesteht er mir beinahe beschämt und Dr. Leander senkt den Blick bei seinen Worten, als wäre sie betroffen.

»Ich werde mir Mühe geben«, erkläre ich und lasse mich von ihm auf den Sitz manövrieren.

»Und?«, fragt er und klatscht in die Hände. »Wie gehen wir vor?«

»Ich brauche meinen Schnee an meiner Seite.« Ich schaue mich zu Darin um, der von Lukas bewacht wird. Es braucht nur ein schwaches Wedeln von Alphas Hand und er wird grob zu mir gebracht. Ich blicke stur auf Alphas spiegelblanken Stiefel, um ruhig zu bleiben, während Darin einen Schlag in die Rippen kassiert.

»Nehmen Sie ihm die Fesseln ab«, fordere ich.

Lukas lässt ein Messer aufschnappen und durchtrennt das dünne Seil. Darin reibt sich die Handgelenke, stellt sich genau hinter mich und wartet wie ich, dass Nira und Jupiter endlich zu uns kommen. Mir fällt eine große Schwere von der Brust, als ich die beiden höre, wie sie schwatzend zu uns geführt werden. Beide haben einen kandierten Frosch in den Händen und strahlen übers ganze Gesicht, als sie mich entdecken. Mona ist bei ihnen und lächelt zaghaft. »Ich habe mich gut um sie gekümmert«, sagt sie mir und Nira hüpft fröhlich auf mich zu. Es scheint ihnen nichts zu fehlen. Ich springe auf, strebe den Mädchen entgegen, gehe auf die Knie und schließe sie in meine Arme, während ich Mona einen dankbaren Blick schenke. Niras halbes Gesicht ist mit rotem Zucker beschmiert, sie hält alles für einen wundervollen Ausflug und Tränen der Erleichterung brennen in meinen Augen.

Nur Jupiter ist verhaltener, als sie Ylvi und Alpha ansieht. Sie tritt unruhig von einem aufs andere Bein und zupft an meinem Jackensaum. »Ich will jetzt gehen«, flüstert sie.

»Wie schön, eine Wiedervereinigung«, meint Alpha, sitzt wie ein König auf seinem Sessel und schlägt ein Bein über das andere, während er uns beobachtet. »Damit es so hübsch bleibt, erfüllst du jetzt besser deinen Teil der Abmachung.«

»Seid lieb und geht schon mal zu Holly«, flüstere ich. Nira will mir einen Wunsch zeigen, legt ihre kleinen Hände an meine Wange und ich sehe für einen winzigen Augenblick Romeo vor mir, wie er mich küsst und wir einen friedlichen Strand entlangspazieren. Meine Hand legt sich auf meinen Bauch, der so mächtig ist, dass ich beinahe erschrecke. Ich bin schwanger und spüre das Leben, wie es sich in mir rührt. Romeos Kind.

Nira lässt von mir ab. Mein Blick zuckt zu Darin, der mich aufmerksam beobachtet und zu ergründen versucht, was ich mir wünsche.

»Ah, ja. Dieses hübsche Wunschding«, mischt Alpha sich süffisant ein. »Äußerst amüsante Gabe, findest du nicht?«

Ich schiebe Nira ihrer Schwester hinterher. In einen sicheren Abstand zu Alpha, und Tuana nimmt die beiden in Empfang.

»Drollig, welche Wünsche einem nicht mal selbst bewusst sind, oder?«, interpretiert er meine Miene falsch.

»Ja, ganz toll«, brumme ich und versuche mich zu konzentrieren. Die Erleichterung darüber, dass es den Mädchen gut geht, ist noch sehr präsent. Ich muss dieser Regung jetzt nur Raum geben und Tränen zulassen.

Darin nickt mir aufmunternd zu, legt seine warmen Hände auf meine Schultern und ich halte die Luft an, spüre dem Gefühl der Liebe nach. Es dauert nicht lang und meine Sicht wird undeutlich. Alpha lehnt sich voller Erwartung in seinem Sessel zurück, Dr. Leander beobachtet mich aus ihren schmalen Augen argwöhnisch und ich blende sie aus. Ich fokussiere das warme Gefühl in meiner Brust. Als sich etwas anderes anbahnt, Angst um die, die ich liebe, suche ich nach Niras Bildern, die sie mir gerade offenbart hat. Eine mögliche Zukunft, die vielleicht einmal Wirklichkeit werden könnte. Wenn wir hier alle heile rauskommen sollten. Wenn meine Beziehung zu Darin klarer wird. Darin, der mir beisteht und dem ich so verbunden bin.

Ich spüre, wie die Luft um uns herum sich verändert. Zwischen Darin und mir beginnt es zu knistern, Funken sprühen, als er die ersten Schneeflocken erschafft. Sie verharren über uns, scheinen auf der Stelle zu schweben und nur auf meine Tränen zu warten. Ein Raunen geht durch die Menge, wie immer hat das alles eine beeindruckende Magie. Alpha wirkt angespannt, seine Hände greifen fest in die Lehnen des Sessels und ich spüre, wie mein Gesicht sich verzieht. Glück ist auch nur ein Schmerz, der tief aus einem heraus an die Oberfläche dringt. Ich gebe mich ihm hin und schließe die Augen. In diesem Moment beginnen sie zu fließen, die Tränen der Hoffnung, der Liebe, der Zuversicht und ihr Strahlen erhellt den Raum. Sie funkeln wie kleine Diamanten. Ich spüre ihnen nach, wie sie über meine Wangen rinnen und von meinem Kinn tropfen.

»Ahh«, höre ich Alpha zufrieden seufzen, als Darins erste Schneeflocken umherwirbeln und die glitzernde Energie der Tränen aufnehmen. Der kleinste dunkle Gedanke wird sofort gefangen, bevor er Schaden anrichten kann, und das weiße Flirren, das Gesundheit verspricht, breitet sich aus, wird von weißen Flocken begleitet und gezielt zu dem Mann getragen, den ich hasse. Darin drückt meine Schultern, mahnt mich damit, nicht darüber nachzudenken, als könne er in meinen Gedanken lesen.

Ich sammle mich, weine noch mehr. Alpha lehnt sich zurück, Dr. Leander sieht aus wie ein Wachhund an der Kette, bereit diese zu sprengen, sollte es nötig sein.

Und dann geschieht es. Alphas Erscheinungsbild verändert sich, er gewinnt an Stärke, seine Augen glänzen und ich kann fühlen, wie Schmerz aus seinem Körper weicht. Wie die Zellen sich in seinem Körper regenerieren und die Krankheit bekämpfen.

»Großartig«, sagt er leise und atmet langsam ein und aus. Dr. Leander beugt sich zu ihm, flüstert ihm etwas zu und legt ihm sofort eine Manschette um den Arm. Sie taucht eine Nadel in seine Armbeuge und entnimmt ihm rotes Blut. Ich kann sehen, wie es sprudelnd in die Ampulle gezogen wird. Alpha schenkt seiner Ärztin einen liebevollen Blick, innig und vertraut.

»Kinder, ich bin so gespannt, was du vollbracht hast«, meint Alpha so vorfreudig wie ein Kind, das auf seinen Geburtstag wartet. Er steht auf, viel zackiger als zuvor und ich selbst fühle mich ausgelaugt. Unendlich müde.

»Sie können beruhigt sein, Sie sind jetzt gesund«, verspreche ich ihm, denn ich weiß es. So wie ich es bei dem Mädchen und bei mittlerweile unzähligen Tieren, die ich gerettet habe, wusste.

»Das hoffe ich für dich«, ist alles, was dem Mann dazu einfällt. Er faltet die Hände hinter seinem Rücken und geht einen Moment vor uns auf und ab, bis Dr. Leander nach der Untersuchung unter dem Mikroskop ihm endlich zunickt, was meine Aussage bestätigt.

»Also trennen sich jetzt unsere Wege«, fordert Darin das Versprechen ein und in Alphas Augen flackert etwas, das die Lüge enttarnt. Ich erhebe mich unendlich langsam. Meine Knie sind weich.

»Natürlich, ihr alle könnt gehen. November hingegen wird mich begleiten und wenn sichergestellt ist, dass mein Tumor wirklich weg ist, schicke ich sie euch zurück«, meint er dann und ich höre das unverkennbare Geräusch von Waffen, die durchgeladen werden.

»In Scheibchen, oder wie?«, platzt es aus Holly heraus und ich hebe warnend meine Hand. Tränen brennen immer noch in meinen Augen, der Druck auf meiner Brust nimmt wieder zu und ein Schrei ist in mir gefangen, will hinaus.

»Das war nicht unsere Abmachung«, knurrt Romeo.

»Ach, mein junger Freund meldet sich einmal mehr zu Wort.« Alpha grinst. »Ganz der Vater, will immer im Mittelpunkt stehen.« Romeos Miene bleibt undurchsichtig.

»Wie soll ich denn wissen, ob das Tränenkind mir nicht nur einen gewissen Aufschub verschafft hat?«, fragt er und wendet sich dann mir zu. »Du bist ein raffiniertes Ding, vielleicht wiegst du mich nur in Sicherheit?« Er hebt die Augenbrauen und lächelt entschuldigend. »Aber ich muss sagen, fürs Erste hast du mich wirklich glücklich gemacht.«

»Ich verspreche Ihnen, dass es kein Trick ist«, versuche ich es erneut und wechsle mit Darin einen schnellen Blick. Ich weiß nicht, was ich tun soll. Wenn es zu einem Kampf kommt, sind die Kinder in unmittelbarer Gefahr. Ich kann an Romeos Haltung erkennen, dass er nichts unversucht lassen wird, um zu verhindern, dass ich zurück zum Orden gehe. Ylvi schaut mich unverwandt an und ich gehe auf die Knie, senke den Kopf. Mir ist nicht nur schummrig.

»Ich flehe Sie an«, flüstere ich und er lacht.

»Warum nur möchtest du so gerne deine Zeit mit den Leuten verbringen, die für den Tod deiner Mutter verantwortlich sind?«, fragt er plötzlich ernst.

»Lügen, das sind alles Lügen.« Ich atme tief ein und bemerke, wie Justus' Augen sich erschrocken weiten.

»Bist du dir da sicher?« Alpha macht einen Schritt auf mich zu, fährt sich nachdenklich durch seine Bartstoppeln, die so schön in Form geschnitten sind. »Ich ließ ihnen die Wahl, deinen Leuten. Ich habe sie angefleht aufzugeben und dadurch das Leben deiner Mutter zu retten, doch deine liebe Nonna hat sie einfach geopfert«, sagt er leise und ich spüre meine Unterlippe beben. »Ich kann mich noch sehr gut an den Blick deiner liebenden Mami erinnern, als ihr das klar wurde. Noch heute denke ich an den Lebenswillen in ihren blauen Augen, bevor ich sie erschoss.« Seine Worte sind so sanft. Und sie machen es mir leicht, neue Tränen zu erschaffen. Schlagartig sind sie da, wie auch die weißen Flocken, die sich über mir sammeln und Kälte versprühen. Ehe Darin sie zu einer Waffe machen kann, erhasche ich eine schnelle Bewegung. Alpha zieht eine kleine silberne Pistole aus seinem edlen Jackett. *Der Schnee vergeht,* jagt es mir durch den Kopf. Hollys Worte! Ich springe auf die Beine, will Darin wegstoßen, da fällt ein Schuss. Es ist nur ein kleiner Stoß, der verhindern soll, dass er von der Kugel getroffen wird. Er stürzt so unglücklich, dass er mit dem Kopf aufschlägt und liegen bleibt. Blut sickert aus einer Platzwunde und ich kann nicht sagen, ob er von der Kugel verfehlt wurde. Ich schnappe nach Luft, der Ruck, der durch mich hindurchgeht, nimmt mir für einen Moment sämtliche Energie. Das unsichtbare Band zwischen mir und Darin ist durchschnitten. Er liegt da, als würde er in den gläsernen Sarg von Schneewittchen gehören.

»Wie schade«, sagt Alpha bedauernd. »Mit Schnee wärst du sicher wertvoller gewesen, aber es wird auch so gehen«, meint er und ruft eine kurze Anweisung.

Er kommt auf mich zu. »Ich weiß, dass du ohne Schnee selbst verwundbar bist. Deine Mona hat es mir erklärt, sie hat wirklich viel von Tante Igrid gelernt und Freude daran, ihr Wissen zu teilen.« Sein Blick wandert zu Mona, sie steht unbeweglich vor den Zwergen der Kulisse, als wäre sie selbst einer von ihnen.

»Du gehörst mir, November.« In mir wird es eisschwarz.

Alphas Leute reagieren, Justus bekommt einen Schlag über den Schädel, Nira wird aus Jupiters Armen gerissen und ihr spitzer Schrei lähmt mich einen Moment. Ich schlage die Hände vor mein Gesicht, wiege mich vor und zurück. Ich bete, dass Darin wieder aufsteht. Und dass er nicht tot ist.

»Ich gebe auf!«, kreische ich außer mir. »Ich gebe auf!«

Doch dem Schock weicht plötzliche Entschlossenheit.

»Nehmt die Winterkinder, alle anderen tötet ihr«, befiehlt Alpha und in diesem Moment beschwöre ich die dunkelsten Emotionen. Blanker Hass wallt in mir auf und pulsiert durch meine Adern.

»Tu das nicht!«, ruft Romeo mir entgegen. Unsere Blicke begegnen sich. Ich flüstere: *Ich liebe dich* und ich sehe, wie Tränen in seine Augen steigen. Ist dies der Abschied? Ist jetzt alles verloren?

Matti geht durch die Reihen, befiehlt Jasmin nicht mehr zu atmen. Ich krümme mich, wie unter ihrem Schmerz, meine

Haare fallen wie ein Fächer vor mein Gesicht, verstecken mein Weinen. Es geht alles ganz schnell. Ehe Alpha registriert, dass ich bereit bin, selbst zu sterben, erreicht die erste Dunkelheit Dr. Leander. Sie kreischt und der Mann, für den sie alles tun würde, weicht vor ihr zurück, anstatt ihr zu helfen. So etwas wie Opferbereitschaft ist ihm fremd und die Überraschung darüber, dass ich bereit bin, mich für andere herzugeben, steht ihm in sein aristokratisches Gesicht geschrieben.

Mona erwacht aus ihrer Hilflosigkeit, sie und Inola greifen an. Schnee fällt vor ihre Füße, während Inola über das Dach der Zwergenhauskulisse balanciert und tanzt.

Kälte schwappt zu uns herüber, trifft tatsächlich Matti und hüllt ihn in Nebel. Gespenstisch langsam wendet er sich der kleinen Mona zu, die einen Soldaten schachmatt setzt. Ihre Locken sprühen vor Eis, ihre Miene ist verschlossen und hochkonzentriert.

Ich warne Holly, sie muss die Kinder in Sicherheit bringen, wenn Chaos ausbricht. Und das wird es. Dunkle Tentakel greifen auf die Luft über, schmutzige Tränen laufen über meine Wangen und mir wird einen Moment lang speiübel.

»Ember!«, schreit Romeo mich an, taucht unter einem Hieb von Lukas hindurch, pariert ihn und verpasst ihm eine Kopfnuss, mit der er nicht gerechnet hat. Ich höre seine Nase brechen, Blut spritzt und er taumelt einige Schritte zurück. Das verschafft Romeo einen Moment, in dem sich unsere Blicke miteinander so fest verbinden, dass ich mich ihm nicht entziehen kann.

Mona springt Lukas auf den Rücken, ihre eiskalten Finger graben sich in seine Brust und er beginnt zu brüllen. Er versucht sie abzuschütteln, doch er friert ein, bevor er das wildgewordene Mädchen loswird.

Jasmin liegt am Boden, ringt um Luft und Matti nimmt Justus ins Visier. Ich sehe, wie Tuana zu ihrer Freundin stürzt, ohne ihren Schnee beginnt sie, ihre Angst auf Frau Leander zu richten, die wie wild mit einer Waffe um sich schießt. Ich höre die Projektile auf Metall kreischen.

Dann lenke ich meine tödlichen Tränen in Alphas Richtung, der nicht glaubt, was hier geschieht. Doch mein Weinen verseucht mich von innen heraus. Ich welke, ich spüre, wie mein Herzschlag sich verlangsamt. Wuwumm, wuwumm, dröhnt er in meinen Ohren und mein Sichtfeld franst aus. Ich bin bereits tot, ich weiß es nur noch nicht.

Ich erkenne den Schmerz in Romeos Augen, als er mir dabei zuschaut, wie ich mich umbringe. »Ember«!

Ich will ihm sagen, dass es okay ist. Dass er die Kinder und Holly retten muss, egal was auch geschieht, doch ich habe kaum noch Kraft, um meine Lunge mit Luft zu füllen.

Als er den nächsten Schrei ausstößt, rast plötzlich Schnee auf mich zu. Weißer reiner Schnee, der mich umhüllt und mir Raum zum Atmen verschafft. Wie kann das sein? Ich blicke zu Darin, der immer noch bewusstlos am Boden liegt und meine Augen fliegen zu Romeo. Romeo! Er ist umhüllt von Schnee! Wundervoller Schnee, den er zu mir lenkt. Völlig perplex sieht auch er mich an, doch dann tritt Entschlossenheit in seinen Blick und er nutzt seine wie durch ein Wunder erwachte Macht. Ich blinzle, heiße Tränen brennen auf meiner Haut, die eisschwarze Dunkelheit wird absorbiert. Schmutzige Flocken sammeln sich, tanzen, verdichten sich zu scharfen Hagelkörnern. Romeo schafft es trotz gefesselter Hände, sie zu lenken, und lässt sie mit Wucht vorschnellen, direkt auf Alpha zu. Der taumelt, geht zu Boden, kreischt und versucht sich vor den winzigen Geschossen, die in ihn eindringen wollen, zu schützen. Ich atme schnell, die Sicht kommt zurück, mein Blut zirkuliert. Holly rollt sich ab, als sie einen Stoß von einem Soldaten bekommt, und stürzt. Sie ist ein einziger flinker Feuerball. Romeo kommt ihr zu Hilfe, greift mit unserem Schneetreiben auch ihn an, bevor der Mann Holly erschießen kann. Ich kann den Blick nicht von diesem Grauen abwenden, wie sich die Flocken in seine Augen bohren, sie bluten lassen und die Haut im Gesicht sich auflöst, wie schwelendes Papier, in das sich Feuer frisst. Der Mann schreit, als stünde er in Flammen, es hört sich unmenschlich an, und hält in der nächsten Sekunde seine Augäpfel in der freien Hand. Mit der anderen feuert er zweimal wild die Pistole ab, trifft einen Soldaten aus den eigenen Reihen. Dr. Leander erliegt Tuanas Welle der Angst und ist wie erstarrt. Alpha kommt wieder auf die Beine. Seine silberne Waffe sieht aus wie ein heller Blitz, als er auf Romeo zielt. Ylvi rennt mir in die Seite, bevor ich ihren Anführer erreichen kann, und wir rutschen gemeinsam über den glatten Boden. Ich knalle mit dem Kopf an den gläsernen Sarg von Schneewittchen und stoße ihn von seinem Sockel. Die Puppe mit Haut so weiß wie Schnee, Lippen so rot wie Blut und Haaren so schwarz wie Ebenholz fällt hinaus, zerbricht sich den Kopf und die Zwerge sehen uns währenddessen traurig zu. Der blinde Soldat, stürzt über meine Beine und fällt in sich zusammen. Blut und Asche treffen auf Ylvi und mich und ich bekomme seine Waffe zu fassen, zerre sie aus seinen Fingern. Es ist eine fließende Bewegung. Ich reiße sie hoch, ziele mit meinem Herzen und treffe Alpha genau zwischen die Augen. Es ist seltsam, wie lange er sich noch auf den Beinen hält und mich ansieht, als wolle er fragen, wie das geschehen konnte. Ylvi platziert einen Hieb direkt auf meine Nase und für einen Moment bin ich blind.

»Ich bring dich um«, kreischt sie und ich reiße meine Arme hoch, versuche mich vor ihren donnernden Schlägen zu schützen. Der Augenblick, als Alpha endlich tot zusammenfällt, löst Verwirrung aus. Matti wirkt für einige Sekunden wie eine Maschine, die man ausgeschaltet hat, und verharrt in seinen Bewegungen. Romeo, der seine Fesseln los ist, reißt Ylvi von mir herunter. Dr. Leander stürzt zu ihrem Chef und ist außer sich über sein Ableben. Sie hebt den Blick, schaut mich an. Ihre Wut donnert auf mich zu, ich kann sie körperlich spüren und ich rapple mich auf. Ein Hauch Glück streift mich, als ich erkenne, dass Darin lebt. Justus stützt ihn, hilft ihm zu flüchten.

Holly nimmt Jupiter an die Hand, ich bin in wenigen Herzschlägen bei ihr und nehme die weinende Nira auf den Arm. Mona schleudert weiter mit Frost, bevor sie uns mit Inola folgt. Ich zerre eine blaue Stahltür auf, mein Blick fliegt über die Schulter und ich atme auf, als ich Romeo sehe, wie er mit Jasmin und Tuana auf uns zuhält. Wir verlassen diesen Friedhof. Mein letzter Blick gilt Alpha, der leblos auf dem Boden liegt, und dann schlägt ein Projektil unweit meines Kopfes in den Türrahmen.

»Wir müssen zurück zu den Fahrzeugen«, keucht Justus und reißt geistesgegenwärtig ein Regal aus der Verankerung, um die Tür hinter uns zu versperren. Puppenköpfe rollen, Holly springt über den des tapferen Schneiderleins. Nira brüllt und klammert sich panisch an mir fest. Darin wankt, Blut rinnt aus einer Kopfwunde in den Kragen seines Hemdes. Als sich unsere Hände berühren, ist es nicht mehr wie vorher. Die statische Aufladung fehlt.

»Es wird alles gut, mein Schatz«, verspreche ich Nira, drücke ihren kleinen Körper tröstend an mich und werde von Romeo weitergelotst. Es ist dunkel in diesem Teil des Raumes, ich weiß nicht, wo ich hintreten soll, und plötzlich habe ich Angst, dass wir in einer Sackgasse sitzen. Von hier waren wir ganz sicher nicht gekommen. »Beeilung«, zischt Justus. Ich atme zitternd aus, als mir Mondlicht entgegenströmt. Jasmin hat ein Tor gefunden, durch das einst Gabelstapler Waren gefahren haben müssen.

»Wo zum Teufel sind wir?«, fragt Holly und dreht sich im Kreis. Darin wankt, er muss eine heftige Gehirnerschütterung haben und Jasmin und Tuana helfen ihm voranzukommen.

»Seitlich des Märchenthemas«, ruft Mona, die schon vorausgerannt ist und uns hektisch hinter sich herwinkt. Ich werde mich nie an ihre raue Stimme gewöhnen. »Sie werden gleich hier sein.« Sie lauscht.

»Aber Alpha ist tot, was wollen sie dann noch?«, fragt Holly gehetzt und schlittert über gefrorenen Boden.

Inola stößt ein hartes Lachen aus. »Alpha war nur ein Teil des Problems. Die Frau ist viel schlimmer«, lässt sie uns wissen und blanke Angst spricht aus ihren Augen. Was hat Leander ihr und den Winterkindern angetan?

»Wir haben nur eine Chance, wir müssen die Abkürzung über die Achterbahn nehmen«, sagt Inola ernst.

»Du bist ja völlig irre«, haucht Romeo und folgt ihr widerwillig. »Nicht jeder bewegt sich auf unsicherem Terrain so gut wie du.«

»Dann wird es Zeit dazuzulernen.« Sie wird schneller, ihre langen dunklen Haare wehen um ihren Kopf, während sie sicherstellt, dass Mona dicht bei ihr ist. Als wir um die Ecke des Gebäudes schießen, kommen unsere Verfolger aus dem Teil, durch den wir es betreten hatten. Justus, der Darin stützt, fällt zurück, Jasmin und Tuana zögern.

»Wir müssen uns trennen«, zischt er Romeo zu und Mona lässt Dampf vom Boden aufsteigen, der uns wenigstens einen Moment Deckung verschafft. Darins Blick ist verwirrt. So langsam sickert die Erkenntnis zu ihm durch, dass wir nicht mehr miteinander verbunden sind. Dass der eigentümliche Zauber, der von der Frage und der Antwort bestimmt wurde, verraucht ist.

Ich hebe meine Hand, ein flüchtiger Abschied für diesen kurzen Moment, und schaue den anderen nach, wie sie über den offenen Platz rennen und Darin in Sicherheit bringen.

»Beeil dich.« Romeo greift nach mir, Funken sprühen durch diese Berührung und ich kann es immer noch nicht fassen, was mit uns geschehen ist. Ein irres Lächeln zuckt in meinem Mundwinkel und ich habe das Gefühl, das jetzt alles gut werden wird.

Wir überqueren die kleine schräge Brücke und lassen die ehemals gelben Enten mit ihren grinsenden Fratzen hinter uns. Holly taucht mit Jupiter durch Dickicht, ich folge ihr, Romeo hält einige Äste hoch, damit ich mit Nira durch die Lücke passe. Dornen reißen an meinen Kleidern und schrammen über Haut. Meine Nase blutet immer noch von Ylvis Schlag.

»Das ist Wahnsinn«, haucht Romeo und bleibt stehen, als er sieht, wie Inola mit Mona die mit Raureif überzogenen Bahnschienen erklimmt, die sich wie ein in Schieflage geratener Regenbogen über gefrorenes Wasser spannt.

»Wir müssen es probieren.« Ich kann hören, wie Schritte über Asphalt jagen, die schnell näher kommen. Holly hat die erste Etappe geschafft. Vorsichtig lenkt sie Jupiter vor sich her und ich beiße mir fest auf die Lippe, um vor Furcht nicht auszuflippen. Nira legt mir ihre Hände an die Wangen, sie schluchzt herzzerreißend. Ihre Bilder, die sich Frieden und Sicherheit wünschen, lassen mich mutig werden. Ich setze sie auf meine Hüfte und greife mit der freien Hand Romeos.

»Tritt nur dorthin, wo ich hintrete«, mahnt er mich zur Vorsicht. Unser Atem sammelt sich vor uns, erinnert mich an unsere Küsse auf dem Platz vor dem Zirkuszelt. Ich trete daneben, morsches Holz kracht und ich verliere beinahe den Halt. Ich werfe einen Blick über den Rand, gerade so lange, um zu begreifen, wie tief es dort hinuntergeht. Trümmer von alten Wagen liegen dort verstreut, bereit uns aufzuspießen. Romeo sieht mich wütend an, seine Nerven liegen blank. Er gibt mir mehr Halt und wir erreichen den steileren Teil des Bogens und als ich sehe, dass teilweise nur noch die blanken Schienen weiterführen, habe ich das Gefühl auszuflippen. Nira vergräbt ihr Gesicht an meiner Schulter und ich gehe voran. Holly hat es fast geschafft, Mona und Inola sind bereits wieder unten auf festem Boden angekommen und winken Holly und Jupiter ungeduldig zu sich heran. Der Mond wird von einer Wolke verschluckt, ich werde langsamer.

»Gib mir Nira«, fordert Romeo, als wir etwa einen halben Meter auf den Schienen balancieren müssen. Nira wehrt sich, sie will mich nicht loslassen.

Romeo gibt sein Vorhaben auf. »Na gut, ich gehe zuerst«, stöhnt er und geht voran. Als er es geschafft hat, setze ich vorsichtig einen Fuß vor den anderen. Ich zwinge mich, nicht hinabzublicken, konzentriere mich auf Romeos schönes Gesicht, das im Halbschatten der Nacht liegt.

Und schließlich höre ich die erlösenden Worte: »Ich hab dich«, sagt er und zieht mich auf seine Seite. Von hier geht es nur noch wenige Meter sanft bergab und dann ans Ufer, an das der Wald grenzt, aus dem wir gekommen waren. Dort sollten uns höchstens noch Flughunde gefährlich werden.

»Ich liebe dich«, kommt es mir über die Lippen, als Romeo mich sicher auf die Bahn bringt. Atemlos sehen wir uns an. Sein Kuss ist ungestüm und kurz, und füllt mich mit neuer Kraft.

»Ich liebe dich viel mehr, Ember«, antwortet er und lächelt sein schiefes Lächeln, als sanftes Mondlicht es schafft, wieder zu uns durchzudringen. Die tiefe Verbindung, die wir durch unser neu geflochtenes Band geknüpft haben, lässt mich innerlich vibrieren. Und trotz des Chaos, der Gefahr und dem drohenden Tod, fühle ich mich einen Moment vollkommen und glücklich.

»Aber damit wir noch etwas davon haben, sollten wir endlich aus diesem verschissenen Happyland rauskommen.«

Das letzte Wort erstirbt auf seinen Lippen, als Nira anfängt panisch zu quieken.

Holly und Jupiter haben festen Grund erreicht, wir sind nur wenige Meter von ihnen entfernt und doch sind wir von ihnen wie abgeschnitten. Ich weiche zurück, rutsche auf dem glatten Holz der Bohlen. Romeo zerrt mir Nira vom Arm, positioniert sie zwischen uns. Ich kann fühlen, wie mein Hirn sich verdreht, als jemand darin herumfuhrwerkt. Matti hat uns gefunden! Er steht auf dem letzten Stück der Achterbahn, unbeugsam und kalt wie der Winter selbst. Ylvi ist bei ihm, hält die anderen an Land auf Abstand, die wie versteinert am Ufer des eingefrorenen Sees stehen und hilflos zu uns schauen.

»Lass uns gehen«, knurrt Romeo und Matti zeigt keine Regung. Unverwandt widmet er sich meiner Liebe und befiehlt ihm: »Spring.«

Das Wort ist ganz leise, beinahe höre ich es gar nicht und sehe, wie Romeo gegen seine Manipulation ankämpft. Wie er versucht, sich nicht an den Abgrund zu bewegen …

Matti lässt meine Gedanken verschwimmen und ich weiß nicht mehr, was ich tun soll. Das verzweifelte Weinen eines Kindes behält mich im Hier und Jetzt. Für einen Moment kann ich mich nicht mehr an Niras Namen erinnern und starre nur mit weit aufgerissenen Augen auf Romeos angespannte Miene. Ein Countdown läuft in mir ab, bis er in die Tiefe stürzen wird, wie Matti es möchte.

Ich finde das fast vergessene Messer in meinem Stiefel und stürze ohne zu zögern auf ihn zu. Die Klinge bohrt sich tief in Mattis Rippenbogen, weil er nicht rechtzeitig ausweichen kann, und für einen Moment empfangen wir uns wie Liebende. Atemlos sehe ich in seine blassgrünen Augen, die mich erschrocken ansehen.

»Ember«, haucht er, als erkenne er mich erst jetzt, bevor er den Halt verliert und wankt. Er rudert mit den Armen, als ich mich von ihm befreie, und er stürzt an Romeos Stelle in die Tiefe.

»Du Miststück!« Ylvi kommt auf mich zu. Raserei begleitet ihre Bewegungen und alles in mir schreit nach Flucht. »Ich bring dich um!«

Matti trifft mit einem knirschenden Geräusch auf das dünne Eis des Sees und bricht ein. Mein Blick fliegt zu Nira, die ungeschützt auf den Gleisen kauert und brüllt und weint. Romeo besinnt sich, will mir zu Hilfe kommen. Dann geht alles ganz schnell. Matti taucht aus dem eisigen Wasser auf. Romeo friert in seiner Bewegung ein und fasst sich an die Kehle, sein Atem bleibt fern. Holly ruft mir etwas zu, eine Warnung, die zu spät kommt. Ylvi taucht so schnell direkt vor mir auf, dass ich rücklings auf die Gleise knalle. Meine Sicht franst aus, durch den Schlag auf den Hinterkopf. Niras Gebrüll schwillt an, Romeo geht zu Boden, er bekommt keine Luft, weil Matti seine ganze übrige Energie auf ihn konzentriert.

Ylvis Fuß stellt sich auf mein Handgelenk, ich spüre, wie der Knochen knackt. Meine Finger lösen sich automatisch vom Griff des Messers, dessen Klinge vom Rot glänzt. Es fällt durch die Bohlen in die Tiefe.

»Und jetzt, November, endest du«, knurrt Ylvi mir entgegen. Ich schaue zu ihr auf, nichts ist mehr von ihr übrig. Ihr Gesicht so blass und kalt, eine Fratze, mehr nicht. Während sie zu einem Tritt ausholt, der auf meine ungeschützte Kehle zielt, rollt mein Blick hinüber zu Holly und Mona, die zum Strand sprinten. Mona hechtet vor. Inola dicht hinter ihr. Schnee sprüht in alle Richtungen, unkontrolliert und wild. Monas Hände berühren das Eis des Gewässers. Frost jagt zu Matti und tötet ihn umgehend. Ich schließe die Augen, als Ylvi auf mich eintritt, doch Romeo ist schneller und verpasst ihr einen Hieb. Ein heißer Schmerz durchzuckt mich an der Schulter, bevor sie die Arme ausbreitet. Für eine Millisekunde sieht es aus, als flöge sie einfach davon. Wie ein Vogel, den man aus seinem Käfig befreit hat. Doch sie stürzt so unglücklich hinab, dass ich ihr Genick brechen höre, als sie auf den jetzt vollkommen erstarrten See aufschlägt. Ich rolle mich auf den Bauch und ich beobachte, wie sich dunkles Rot über dem Eis tief unter uns ausbreitet. Eines der Entchenboote schaut ungerührt dabei zu.

»Komm«, haucht Romeo, greift meine Hüfte und zieht mich auf die Beine.

»Ich will, dass das aufhört«, jammere ich. Ich bin den Tränen nahe, ich kann sie kaum noch wegatmen. Nira hockt immer noch an der Stelle, an der wir sie auf die Beine gestellt haben. Wind zerrt an ihr und ich bekomme Panik, dass sie jederzeit auch fallen könnte. Romeo ist schnell bei ihr, nimmt sie auf den Arm. Gemeinsam überwinden wir die letzten zehn Meter bis zum Ufer.

»Danke, du hast uns das Leben gerettet«, sage ich zu Mona, die mich mit großen Augen ansieht. Sie antwortet ohne Worte, sie sind nicht nötig, um zu erkennen, dass ihr dieser Mord nicht leichtgefallen ist.

»Jetzt aber schnell«, treibt Holly uns an. »Die Hexe hat bestimmt noch nicht aufgegeben.«

Romeo übergibt mir Nira, die sich gar nicht mehr beruhigen kann, und kämpft für uns Gestrüpp nieder. Niras Gebrüll begleitet uns durch die Bewaldung und peitscht mich auf.

»Dr. Leander, die hat die Kinder umgebracht«, zischt mir Holly zu, während wir nebeneinanderher traben. »Mona hat mir erzählt, dass sie sogar aus Eifersucht ein Schneemädchen namens Ivory vergiftet hat, weil Alpha sie in seinem Schlafzimmer haben wollte.«

Gott, ich weiß nicht, was ich widerwertiger finde, die Tatsache, dass Alpha das Mädchen missbrauchen wollte oder dass die Leander sie einfach umbrachte. Ich bringe keinen Ton heraus. Endlich tauchen wir durch das eiserne Tor und erreichen den Parkplatz. Justus und die anderen sind schon da, die Motoren laufen und Jasmin, die am Steuer des Mustangs sitzt, winkt uns hektisch zu sich. Ich reiße die Tür auf, schubse zuerst Jupiter und Nira auf den Rücksitz. Holly sitzt bereits auf dem Beifahrersitz, Mona und Inola haben das andere Fahrzeug gewählt, das bereits mit Volldampf den Platz verlässt. Ich reiche Romeo die Hand, als er als Letzter zu uns einsteigt. Eine Waffe wird abgefeuert. Die Zeit steht still und der Blick, mit dem Romeo mich ansieht, lässt mein Herz stocken.

»Weine nicht«, sagt er plötzlich. »Ich liebe dich, November.« Es ist nur ein Flüstern, ehe ich ihn zu mir hereinziehe. Ehe sich meine Arme um ihn schließen. Jasmin gibt Gas, Kies spritzt und die Reifen drehen durch. Die Tür ist noch geöffnet und eine Kugel trifft erneut ihr Ziel und ein Ruck geht durch Romeos Körper hindurch. Sein Blick ist so intensiv, so voll von allem, was uns verbindet.

»Nein!«, kreische ich. Ich ziehe Romeo auf meinen Schoß und meine Hände färben sich rot. »Nein, nein, bitte nicht!«

Ich weiß nicht, wie ich es schaffe, die Tür zu schließen. Den Anblick von Dr. Leander, wie sie mit erhobener Schusswaffe unter dem Torbogen steht und uns nachschaut mit dieser Zufriedenheit auf ihrem Gesicht, lässt mich brennen.

Meine Hände zittern, während ich Romeo versuche gerade zu halten. Sein Körper verliert seine Spannung, während Jasmin Justus folgt. Wir rasen dahin, die Bäume verschwimmen zu einem Grau und in mir entschleunigt sich alles.

»Er ist getroffen!«, rufe ich, als ich wieder einen Ton herausbringe. Holly dreht sich zu uns um.

»Verdammt!« Sie zieht ihre Jacke aus, reißt ihr T-Shirt kaputt und reicht es mir. »Du musst die Blutung stoppen.«

»Wie denn?« Ich presse den Stoff auf den sich ausbreitenden Fleck auf seiner Brust. »Bleib bei mir«, bitte ich und sein Mundwinkel zuckt zu einem schwachen Lächeln. »Bitte, halte durch.«

Er hebt seine Hand, seine Finger berühren meine Wange und ich schmiege mich hinein. Dann schließen sich seine Augen.

»Wach auf!« Ich rüttle an ihm. Der Wagen geht in eine Kurve, Jupiter hält ihre Schwester fest im Arm. »Das kannst du mir nicht antun!«, brülle ich Romeo an und die Lichter von Verfolgern tauchen aus dem Nichts auf und holen auf. Dann wird es still in mir, als Romeos Herz aufhört zu schlagen.

27
Die Liebe und der Tod

Alles, was jetzt um mich herum passiert, ist verwaschen und undeutlich. Ich nehme Romeo in meinen Arm, bette seinen Kopf an mein Schlüsselbein und entwirre sein Haar im Nacken. Zärtlich, tröstend. Jasmin tritt das Gaspedal voll durch, die Lichter der Verfolger holen trotzdem auf. Als wir gerammt werden, geraten wir ins Schlingern und Nira schreit wie am Spieß. Jupiter versucht sie zu beruhigen. Holly sieht sich panisch nach hinten um. Ich bin ganz still.

»Vorsicht!«, ruft Holly aus. Der Mustang rutscht von der Straße, holpert über den gefrorenen Seitenstreifen und findet im letzten Moment festen Grund. »Zieh nach links, lass ihn nicht vorbei!«, kommandiert sie, ihr rotes Haar fliegt.

Ich bin ganz bei Romeo, es interessiert mich nicht, dass ein Fahrzeug auf unsere Höhe kommt. Auch dass jemand ein Gewehr hebt und die Scheibe öffnet, ist mir gleich.

Der Motor röhrt auf. Jasmin schafft es, ihn abzudrängen, und er verschwindet aus meinem Sichtfeld.

»Oh Gott, die Kurve! Du bist zu schnell!« Holly sieht über die Schulter. »Das sind viele, wenn die uns kriegen, war es das.«

Ich blicke ihr reglos ins Gesicht. In ihre blauen Augen, in ihr junges hübsches Antlitz. Sie ist voller Kampfeslust, unbeugsam und wild.

Gestern waren wir noch junge Mädchen mit einfachen Wünschen. Heute steht das Ende bevor. Für den einen ist es schon gekommen, für den anderen nur noch wenige Minuten entfernt. Ich drücke Romeo fester an mich, streichle durch sein braunes Haar, lasse die Strähnen durch meine Finger gleiten und lehne mich im Sitz zurück, beobachte das Chaos um uns herum.

Wir hängen beinahe an der Stoßstange von Justus' Rangerover und donnern in die Rechtskurve. Die Bäume verschlucken das wenige Licht der Nacht und bilden ein düsteres Dach über uns. Es ist beinahe, als tauchen wir in tintenschwarze Schatten, die nur unsere Scheinwerfer durchziehen. Ein erneuter Ruck geht durch den Wagen, als wir von einem Verfolger am Heck erwischt werden. Jasmin hat Mühe, die Kontrolle nicht zu verlieren. Ich schließe einen Moment die Augen, beuge mich vor und atme den Duft von Romeo ein. Winter, Zimt und Regen. Und Kupfer.

»Da, sie kommen!«, ruft Holly aus, erhebt sich etwas von ihrem Sitz und deutet nach vorne. Plötzlich ist es, als würden unzählige Sterne aus dem Dicht der Bewaldung auftauchen. Sie streben uns auf der Landstraße, die sich wie eine Schlange durch den Wald schlängelt, entgegen.

»Ja!«, triumphiert Jasmin und drückt wie wild auf die Hupe. »Unsere Leute, sie haben uns gefunden. Sie kommen uns zu Hilfe.« Ich kann die Fahrzeuge nicht zählen, die aufgereiht wie eine Armee aus Panzern auf uns zuhalten und immer mal wieder zwischen den Bäumen auftauchen und wieder verschwinden. Es sind Wohnmobile, Busse und Kleintransporter, die unsere Verfolger dazu zwingen ihr Vorhaben zu überdenken. Sie bremsen ab, fallen zurück, während wir weiter der geschwungenen Straße folgen. Die Ersten von Alphas Fußvolk drehen ab und flüchten. Justus vor uns wird auch langsamer, die Straße verläuft jetzt gerade und das erste Fahrzeug der fremden Clans passiert uns, bremst und hält an. Ein bulliger Mann mit einem Gewehr steigt aus. Die letzten Verfolger wenden, noch ehe es zu einem Kampf kommen kann. Ich frage mich, ob die Leander in einem der Fahrzeuge sitzt. Oder ob sie lediglich ihre Höllenhunde hinter uns hergeschickt hat und sich in Sicherheit und Ruhe die Fingernägel feilt?

»Onkel Ralfi!«, ruft Jupiter erleichtert und winkt dem Koloss von einem Mann zu. Er ist schnell bei den Kindern, öffnet die Autotür und nimmt zuerst die kleine Nira auf den Arm. Mir wird bewusst, warum sich die Clans *Wölfe* nennen. Sie schützen ihr Rudel, bis aufs Blut ohne Wenn und Aber.

Jasmin ist ausgestiegen, sie fällt Tuana um den Hals, als die aus Justus Wagen springt und zu ihr eilt. Ich höre ihr erleichtertes Weinen.

Romeos Kopf rutscht etwas zur Seite und ich angle nach seiner Hand, versuche seinen schlaffen Arm um meinen Körper zu legen. Holly erscheint neben mir, redet auf mich ein. Sie fühlt Romeos Puls an seinem Hals und ich wehre mich dagegen. Ich will, dass sie geht. Ich will alleine sein mit Romeo.

Alle Türen des Mustangs stehen offen, kalte Luft dringt zu mir und zerrt an mir. Mit einem Mal habe ich Angst, Romeos Seele könnte wie Rauch verweht werden, fortgetragen vom Winterwind, und ich werde nervös. Ich möchte die Türen schließen, kann mich aber nicht bewegen. Auf der Straße mitten in diesem alten Wald blüht das Leben im Licht der Fahrzeuge. Es wird sich begrüßt, es werden Informationen geteilt und immer mal wieder taucht ein besorgtes Gesicht auf, das in den Wagen schaut. Ich schlinge meine Arme fester um Romeo, wiege mich sacht vor und zurück, versuche den Albtraum zu vertreiben und summe ein Lied. Eine Melodie, die wir beide kannten und liebten, die uns als Kinder verband. *Meine Gabe, deine Gabe, lass sie nicht alleine …*

Gestern war ich noch wütend auf ihn, weil ich dachte, er liebt mich nicht. Heute … Was für eine bittere Welt, denke ich. Was für eine bittere Welt.

»Ember«, höre ich Holly erneut mit mir reden. Ihre Stimme ist genauso sanft, wie ihre vorsichtige Berührung an meiner Hand. »Wir müssen weiter.«

Ich nicke. Wie auch immer, denke ich. Ich bleibe genau hier.

»Der Mustang verliert Benzin. Wir müssen umsteigen«, versucht sie mich zu erreichen.

Ich nicke erneut, fasse Romeos leblosen Körper fester. Justus taucht auf, schiebt Holly energisch zur Seite. Ein weiterer Mann mit gütigen Augen kommt hinzu und will mir Romeo entreißen. Ich fahre fauchend hoch und er weicht zurück.

»Mädchen, er ist fort«, sagt er leise. Er hat eine steile Falte zwischen den Brauen und eine Brille auf der Nase. Ich glaube ihn zu kennen, ihn beim Zirkus gesehen zu haben.

Ich schaue an ihm vorbei, hinaus auf die Straße, auf der Dr. Chicago unbeweglich steht und zu uns sieht. Er ist hier? Wollte er uns zu Hilfe kommen? Seine Miene ist leer, so leer, wie ich mich fühle.

Widerwillig gebe ich Romeo frei. Ich kann nicht begreifen, wie es sein kann, dass er aus dem Auto getragen wird, wie ein schlafendes Kind. Ich reiße den Blick von ihm los, starre stattdessen auf meine blutverschmierten Hände und Kleidung.

»Ember, komm raus da«, fordert Holly entschlossener. »Jetzt reiß dich zusammen. Alles hat seine Zeit«, sucht sie nach Worten und Argumenten. »Trauern hat seine Zeit.«

Ich möchte schreien, doch kein Ton findet seinen Weg hinaus. Justus reicht mir seine Hand und zieht mich mit Kraft ins Freie. Ich mache mich von ihm los, er hält Holly zurück, als sie mir folgen will. Sie diskutieren und sie gibt nach.

Bin ich ein Todesengel? Nur der Himmel weiß es. Ich schaue Dr. Chicago nicht an, als ich ihm dahin folge, wohin Romeo gebracht wird. Ich schaue zu, wie sein Körper auf ein ordentliches Bett mit weißen Laken in einem Wohnmobil gelegt wird. Müde setze ich mich neben ihn und betrachte sein entspanntes Gesicht. Er ist so wunderschön.

Minuten vergehen, oder Sekunden. Ich weiß es nicht.

Dr. Chicago schließt die Türen und setzt sich ans Steuer seines Wohnwagens. Der Motor springt an und der mächtige Trupp der vereinten Clans setzt sich in Bewegung. Ich weiß nicht, wo es hingeht. Ich habe keine Ziele mehr. Vorsichtig lege ich mich neben Romeos Körper und bette meinen Kopf auf seine stille Brust.

Weine nicht, kleine November.

Wie soll das gehen? Ich wünschte, ich könnte einfach aufhören zu atmen und auch einschlafen. Meine Finger krallen sich in seine Kleidung und ich halte die Luft an, bis meine Lungen brennen.

Ich denke an unsere erste neue Begegnung, die so intensiv und echt war. Obwohl ich mich nicht mehr wirklich an unsere gemeinsame Kindheit erinnern konnte, erkannte ihn mein Herz.

»Kannst du mich hören?«, flüstere ich ihm zu. »Du bist die Antwort auf all meine Fragen. Du warst es schon immer.«

Ich nehme seine Hand in meine. Sie ist kühl.

»Ich bin so unendlich dankbar für unsere Zeit. Ich möchte keine Sekunde missen.« Meine Lippen legen sich sanft auf seinen Handrücken und ich schlucke trocken, bevor ich weiterspreche.

»Auch wenn du mich manchmal echt zur Weißglut bringen konntest. Ich wusste immer, dass ich mich auf dich verlassen konnte, wenn es darauf ankam.«

Ich denke an sein Lächeln, an seinen Mut und seine Küsse. Meine Sicht verschwimmt, ich lasse die Tränen achtlos fließen. Der Tod ist auch nur eine Station, hatte Nonna immer gesagt. Ich denke an seinen Blick, nachdem wir uns das erste Mal geküsst hatten. Diese vielen atemlosen Momente, die wir teilten.

»Ich liebe dich so sehr«, hauche ich und versinke in einer Erinnerung. »Ember«, hatte er gesagt. Die Art, wie er meinen Namen aussprach, war süßer Schmerz.

»Ja?« Ich konnte nicht atmen damals unter seinem intensiven Blick.

»Ich …« Er verstummte einige Herzschläge lang. »Ich will dich auch«, gab er zu, doch etwas Unausgesprochenes verweilte in der Luft zwischen uns. Es war das Wissen, dass es einen anderen Mann geben würde. Das Wissen, dass Darin mit seinem Schnee zwischen uns stehen würde. Und das Wissen und der Schmerz darüber, dass eigentlich er es sein sollte, der mein Schnee, die Antwort auf meine Fragen für mich hätte sein sollen. Seine Hand legte sich in dieser Nacht im Zirkus an meine Wange und ich schmiegte mich hinein.

»Warum hast du nie mit mir darüber gesprochen?«, frage ich ihn jetzt, wo er nicht mehr antworten kann. »Wir hätten uns viel mehr sagen müssen. Wie konnten wir nur so viel Zeit verschwenden?«

Ich betrachte sein Gesicht liebevoll und streiche seine Locken aus der Stirn. Diese eine Nacht, in der wir uns beim Zirkus so nahe waren, ruht in meinem Herzen. Und sie ist so wertvoll, dass ich es niemals ausdrücken könnte. Ich denke daran zurück, wie sehr er für mich die Rettung auf hoher See war. Der Grund, warum ich nicht in all dem Chaos ertrank. Als ich Romeo spürte, als wir uns vereinten, schlug mein Herz einen fiebrigen Rhythmus, den es nie wieder vergessen sollte.

Es schmerzte, süß und echt. Und ich war lebendig.

Ich lächle und die Tränen treffen endlich auf seinen Handrücken. Es gibt nun kein Halten mehr. Wieso auch? Wie kleine Perlen schimmern sie auf seiner hellen Haut und werden von ihr aufgenommen. Die hauchzarten Eisblumen, die auf ihr wachsen, nehme ich kaum wahr. Das Vibrieren um uns herum, das die Luft bewegt und sie zu komprimieren scheint, auch nicht. Oder vielleicht ignoriere ich die kalte Kraft aus meinen Tränen auch, trotze ihnen, da sie mir nicht helfen können. Sollten sie mich doch gerne vernichten.

Als ich mich an Romeos Seite kuschle und mit den Fingern über seine Brust fahre, halte ich inne. Tränen tropfen auf den Stoff seiner Jacke, dampfen und zischen.

Der Wagen brummt und beschleunigt, folgt den anderen Fahrzeugen und für einen Moment denke ich, es ist das Vibrieren des Motors, das ich fühle. Mein Bauch wird warm, so warm. Ich richte mich auf, beuge mich über Romeo und küsse seine kalten Lippen. Mein Herz zieht sich vor Liebe mit jedem Schlag weiter zusammen. Noch ehe ich wirklich begreife, was geschieht, erkenne ich das leise Flattern unter seinem Rippenbogen, als ich meine Wange darauflege. Wie ein gefangener Vogel beginnt sein Herz sich zu regen und ich schluchze auf. Ist das möglich? »Romeo, komm zu mir«, hauche ich und bedecke sein Gesicht mit winzigen sachten Küssen. Meine Tränen machen mich blind, sie erhellen mein ganzes Sein.

»Komm zu mir.« Ganz leise holt er plötzlich Luft und sein Herz findet einen Takt. Einen gleichmäßigen, aber langsamen Rhythmus.

Ich kann es nicht glauben, unfassbares Glück lässt mich innerlich taumeln und ich muss über Igrids Worte nachdenken: *Was ist die machtvollste Emotion auf der Welt? Wenn Glück heilen kann, was vermag die Liebe zu tun?*

Ich lege meine Hände um sein Gesicht, beobachte, wie Farbe zurück in seine Haut fährt und seine Stirn sich in Falten legt. Der Glanz um uns herum nimmt zu, pulsiert durch den Raum.

»Ich bin hier«, flüstere ich. »Komm zurück zu mir.«

Die Nacht weicht dem Morgengrauen, als er seine Augen aufschlägt und mich anblickt. Verwirrt, etwas angestrengt. Die Zeit steht still.

»Romeo«, flüstere ich und küsse seine Stirn, als er sich rührt. »Das muss ein Traum sein.« Vermutlich habe ich den Verstand verloren. Es soll mir gleich sein, wenn so der Wahnsinn aussieht, heiße ich ihn willkommen.

Ich schluchze, starre ihn an. Doch er bewegt seine Arme tatsächlich, die Beine auch und versucht sich aufzurichten. Langsam schließt er die Lider und öffnet sie wieder. Das Braun seiner Augen leuchtet, das Bernstein in ihnen verflüssigt sich, wird weich.

»Oh mein Gott«, sage ich erstickt. Seine Finger fischen mir eine glitzernde Träne von der Wange, die leuchtet wie ein fallender Stern.

»Ich habe etwas geträumt«, sagt er mit belegter Stimme und versucht sich zu erinnern. »Es war alles dunkel und …«

»Der Traum ist vorbei«, flüstere ich und die Morgensonne schickt ein dunkles Violett über den Horizont, als wir aus dem Wald des Happyland fahren und einen Teil des Schreckens hinter uns lassen.

»Wo bin ich?« Romeo richtet sich auf, sein Blick wandert zu dem Blut, das sich in seine Kleidung gefressen hat.

»Zurück in der Welt«, hauche ich und er blickt sich analysierend um, erkennt die Einrichtungsgegenstände des Wohnwagens und begreift.

»Mein Vater …«

»Es geht ihm gut«, erkläre ich und in diesem Moment dringt unsere Unterhaltung bis in die Fahrerkabine durch, in der Holly und Romeos Vater sitzen. Dr. Chicago stößt einen Fluch aus, er bekreuzigt sich, wie die Leute des alten Glaubens, stellt sofort die Warnanlage an und bremst ab.

Ich lasse meine Tränen fließen, meine Augen brennen und ich bin so voller Energie, dass ich bersten könnte. Ich lache, weine und umarme meinen Liebsten. Und all meine Kraft trifft auf die Menschen, die ich liebe. Die Fahrt wird gestoppt. Holly klettert nach hinten, stürzt zu mir, schließt mich und dann Romeo in die Arme. Ich lache erstickt. Chicago presst sich die Hand zitternd vor den Mund, verneigt sich zuerst ehrfurchtsvoll vor mir und küsst dann seine Fingerspitzen, um sie mir auf meine Schläfen zu legen. Sein Gesicht verzieht sich, er weint und umarmt seinen Sohn. Ich bin so glücklich, gerührt und selig. Ich beobachte, wie Wunden sich schließen, wie Narben in Herzen heilen und Bindungen verstärkt werden. Und das alles in atemberaubender Geschwindigkeit.

Es passiert so viel, dass ich nicht weiß, wie mir geschieht. Und als es leiser wird um uns herum, zieht mich Romeo in seine Arme und küsst mich innig. Wir sind eins, unsere Seelen sprechen dieselbe Sprache. Die Not, die wir spüren, ist bedeutend und wir versinken in einem Funkenregen aus Liebe.

Die Frage und die Antwort.

Am Abend haben wir eine Siedlung inmitten der Felder erreicht, die im Sommer voller Klatschmohn stehen, und positionieren uns neben einem kleinen Bach. Draußen brennt ein großes Lagerfeuer und die meisten besprechen, wie es weitergehen soll. Es sind noch so viele Fragen offen.

Inola sitzt auf dem Schoß ihrer Mutter und genießt ihre Nähe. Ein Glück geht es ihnen allen gut und sie konnten sich aus der Gewalt von Alphas Männern befreien. Es hatte eine Weile gedauert, bis sich die Nachricht von Nonnas Tod und dem Anschlag zu den verschiedenen Clans herumgesprochen hatte. Dr. Chicago war nach der Entführung von Inola und Mona bereits mit seinen Leuten auf dem Weg und schloss sich wenig später mit den anderen zusammen. Jetzt sind wir weit über zweihundert Wagen mit Familien und Alleinstehenden, kampfbereiten Männern. Ein riesiges Rudel aus Wölfen und weißen Schakalen.

Inolas Vater übergibt Mona eine selbst geschnitzte Flöte und ich freue mich darüber, dass sie das Winterkind so liebevoll miteinbeziehen, dass sie sie behandeln wie eine weitere Tochter. Romeo und ich bleiben eine Weile alleine in Dr. Chicagos Wagen. Ich brauche einfach eine gewisse Zeit, um zu begreifen, dass es uns gut geht.

»Du musst mir etwas versprechen«, fordere ich ernst von Romeo, der mich ewig betrachtet, wie ein Gemälde mit einer versteckten Botschaft, die es zu entschlüsseln gilt.

»Alles, was du willst«, raunt er und lässt seine Fingerkuppen sacht über meinen Arm wandern.

»Keine Geheimnisse mehr. Niemals.«

Er hebt eine Augenbraue.

»Jeder hat das Recht auf Geheimnisse«, gibt er zu bedenken.

»Ja, aber nicht auf die, die mich unmittelbar betreffen«, rüge ich ihn und entdecke das verwegene Funkeln in seinem Blick.

»Das kann ich dir unmöglich versprechen, Ember.«

Ich knuffe ihn sanft. »Das wirst du müssen.«

Er wird ernst, sein Blick wandert zu den Fotos, die im Regal hinter dem Bett stehen, auf denen auch Nonna zu sehen ist.

»Wie hätte ich dir all das sagen können, für das es keine Erklärung gibt, Ember?«, beginnt er. »Ich wusste selbst nicht, dass der Schnee eine so mächtige Bindung ergibt«, sagt er und zieht seine Stirn kraus. »Ganz ehrlich, Nonna hatte recht, sauer auf mich zu sein. Sie hatte gewusst, was für Probleme uns dreien durch meine Verliebtheit blühen würden.« Für einen Moment weicht er meinem Blick aus. »Was hätte Darin … was hättest du dagegen ausrichten sollen? Ich spüre die Macht der Frage und der Antwort jetzt selbst in mir.«

Ich lege den Kopf schief, Haare fallen mir ins Gesicht. »Ich weiß. Du hast recht«, muss ich zugeben.

»Und du bist auch ohne diese Magie schon unwiderstehlich. Was muss da in Darin gefahren sein?« Romeo grinst und dieses freche Lächeln verrutscht sofort wieder. »Du musst mit Darin sprechen«, gibt er sanfter hinterher und erinnert mich daran, dass die paar Worte, die wir nach dem Erwachen von Romeo gewechselt hatten, bei Weitem nicht ausreichen würden. Die lapidare Aussage, es ginge ihm gut, war sicher nicht mehr als eine Floskel.

Ich betrachte Romeos schönen Mund, lasse meinen Daumen darüberfahren. »Zuerst«, sage ich, »muss ich dich aber küssen.«

Schnell ist er über mir, drückt mich in die Kissen und ich spüre sein Lächeln auf seinen Lippen, während er mich küsst.

Etwa eine weitere Stunde später entsteht Tumult auf dem Platz und ich springe aus dem Bett. Einige Frauen beginnen rhythmisch in die Hände zu klatschen und zu singen. Freudige Melodien, die Romeo zu kennen scheint. Er steigt in seine Hose und wirft sich einen Pullover über.

»Was ist da los?«, frage ich aufgeregt.

»Ich bin mir nicht sicher. Es hört sich so an, als hätte die Suchergabe gewählt.« Er sieht verwirrt aus und schiebt die Gardine zur Seite, um nach draußen zu spähen.

Die Suchergabe? Nonnas Vermächtnis? War sie nicht die Kraft, die nach dem Ableben eines Trägermenschen, den man als Gefäß bezeichnen könnte, sich selbstständig ein neues sucht? Was hatte Nonna noch gesagt?

Ich zwänge mich in mein Kleid, binde mir mein purpurfarbenes Halstuch um und als ich gerade hinauswill, fliegt die Tür schon auf und Holly weht herein. Ihre Wangen glühen.

»Holla, die Waldfee!«, stößt sie aus und ich bemerke, wie sie am ganzen Körper bebt.

»Was ist passiert?«, frage ich alarmiert.

»Jupiter ist passiert. Sie ist die neue Nonna, eine Sucherin.« Hollys Stimme überschlägt sich.

»Sie ist noch ein Kind«, wundert sich Romeo und zieht sich hektisch seine Socken an.

»Sie findet Winterkinder, sie übernimmt Nonnas Aufgaben«, berichtet Holly aufgewühlt weiter und tänzelt von einem aufs andere Bein.

»Das ist doch nicht möglich, oder?«, überlege ich.

Sie zuckt die Achseln. »Kann sie solch eine Aufgabe denn bewältigen?« Sorge macht sich in mir breit. Sie hat auch so schon zu viel Last zu tragen, die Verantwortung für ihre kleine Schwester. Ich blicke hinaus durch das Fensterglas der Tür. Jupiter wird auf den Schultern der stammesältesten Männer getragen. Sie lacht und sieht so fröhlich aus. Karl steht am Rande und platzt vor Stolz. Holly ist mit zwei Schritten bei mir und zwingt mich, ihr in die Augen zu sehen. »Ich muss dir noch was sagen.«

»Schieß los.« Mich kann nichts mehr überraschen.

»Sie hat Darin für mich erkannt.«

Ich gucke skeptisch. »Häh?«

Romeo legt seinen Arm um mich, löchert Holly ebenso mit Blicken.

»Guckt mich nicht in diesem Ton an, ja?« Sie hebt drohend den Zeigefinger und ich schnappe ihn mir, halte ihn mit der Hand fest. »Lass mich einfach erzählen«, fordert sie und wird immer lauter dabei.

»Holly, schrei nicht so.« Ich lege ihr die Hände auf die Schultern und zwinge sie zur Ruhe.

»Okay, also.« Sie holt tief Luft. »Sie, also Jupiter, stand einfach da, guckte in diese schwarze Scherbe, ein Überbleibsel von Nonnas Spiegel, das sie gehamstert hatte. Und dann sagte sie: Hey, ich weiß, wer dein Schnee ist. Und ich so: sehr witzig. Und sie so: Darin. Und ich so: Haha.« Sie verschluckt sich und hustet. »Dann bin ich rüber zu ihm, also zu Darin, ich wollte gucken, wie es ihm geht, na ja, nach dem ganzen Schlammassel mit dir und so. Und dabei ist es passiert. Zack!« Sie macht eine unschuldige Geste und reißt die Augen auf. »Ich hab ihn nur an der Hand berührt und dann hab ich eine gewischt bekommen.«

Ich verziehe das Gesicht, schaue Romeo fragend an. Wünscht Holly sich so sehr einen Schnee, dass sie es quasi herbeispinnt?

»Nur eine statische Aufladung vielleicht?«, werfe ich eine Möglichkeit ein.

»Nein, du dumme Socke. Es war mega. Ich wusste auf einmal, wer er ist. Ich wusste, wie es ihm geht. Seine Emotionen waren meine. Er war mit mir, hier hinter den Mauern.« Sie legt ihre Hand auf ihre Brust und ich verstehe, was sie meint.

So war es zwischen mir und Darin nie gewesen. Aber zwischen Romeo und mir, seitdem wir Frage und Antwort bilden. Ich atme tief ein, wende mich von Holly ab.

»Jetzt ergibt alles einen Sinn«, erkenne ich. »Und jetzt ist alles, wie es sein soll.« Ich drücke Holly an mich und schiebe sie dann in Richtung Ausgang. Romeo sieht mich aufgeregt an, er denkt das Gleiche.

»Und übrigens, für Nira hat sie einen Schneejungen in den östlichen Wäldern ausgemacht. Morgen bricht ein Trupp auf, um ihn zu suchen und die Eltern aufzuklären.«

»Das ist großartig«, freue ich mich, muss aber unweigerlich an den Winterorden denken. Ich drehe mich zu Romeo um.

»Wir müssen besprechen, wie wir mit dem Winterorden verbleiben.«

Er nickt, seine Miene wird sehr ernst. »Wir müssen es beenden. Die Winterkinder müssen frei sein, um die Welt zu verändern«, sagt er und ich fädle meine Finger in seine, als wir hinaustreten, um Jupiter und das Leben zu feiern. Und um Pläne zu schmieden, den Winterorden zu zerschlagen.

Epilog

Die Julisonne strahlt vom blauen Himmelsrund über dem Kloster, die Blumen blühen, verströmen ihren betörenden Duft bis ins alte Büro von Oberschwester Klara. Die Schwestern und Nonnen im Innenhof, die ich durchs Fenster beobachte, sind mit der Gartenarbeit beschäftigt. Die kleine Nira wackelt von einem zum anderen Beet und ertränkt die Pflanzen mit viel zu viel Wasser aus einem Eimer. Ich muss lächeln, als ich sehe, wie unsere strenge Oberschwester Klara ungelenk versucht den Wirbelwind aufzuhalten.

»Hey, hier spielt die Musik«, höre ich Romeo neben mir brummen, der mir gerade anhand einer Landkarte die Route zeigen will, die er gedenkt zu nehmen, um ein weiteres Kind zu uns zu bringen. Hierher an einen Ort des Friedens, inmitten eines Waldes. Einen Ort, den wir nicht ohne Blutvergießen erschaffen konnten.

Manchmal hallen noch die Echos der Kampfesschreie durch die Gemäuer des Klosters und branden durch den Wald. Und an schlechten Tagen wandere ich über den Friedhof hinter dem Herrenhaus, der so viele Opfer beherbergt. Die kahlköpfigen Zwillinge, meine liebe Ruby, Henry, der Oberstufenschüler, der mich einst schlafen schickte.

Romeo legt seine Hand an meine Hüfte. Ich beuge mich etwas weiter vor, meine Aufmerksamkeit liegt immer noch nicht bei der Routenplanung, sondern jetzt ganz bei meinem Schnee, der meinen Nacken küsst. Ich spüre die Elektrizität, die durch mich hindurchjagt, und als er seine Lenden an mich drückt, entrinnt mir ein leiser Seufzer.

»Und du bist sicher, dass ich nicht mit dir kommen soll, um das Mädchen zu finden?«, frage ich erneut, weil ich mir einfach nicht vorstellen kann, ohne ihn zu sein. Er flüstert in mein Haar. Sein Atem streicht über meine Wange. »Ein bisschen Abstinenz wird dir nicht schaden, mein Herz.«

Ich höre das verführerische Lächeln in seiner Stimme und möchte ihn umgehend in mein Zimmer zerren.

»Du wirst mich schmerzlich vermissen«, prophezeie ich ihm und will mich zu ihm umdrehen, doch er presst sich nur fester an mich, was die Glut in mir endgültig entfacht.

»Oh ja«, knurrt er, küsst meinen Hals und lässt seine Hand über meinen Bauch wandern, während mein Blick auf das große Kreuz an der Wand fällt, das seit einiger Zeit schief hängt.

»Willst du mir vielleicht zeigen, wie sehr du mich vermissen wirst?«, fragt er mich anzüglich und gerade, als seine Finger tiefer wandern wollen, fliegt die schwere Tür zum Büro auf. Romeo lässt mich so schnell los, dass ich ertappt die Landkarte vom Tisch fege, als könnte sie Aufschluss über meine wilden Gedanken geben.

»Hoppla«, haucht Holly. »Komm ich ungelegen?« Darin, der ihr wie ein Schatten überallhin folgt, rennt in sie hinein und schiebt sie endgültig zu uns in den Raum. Er hat noch Schnee im Haar und seine warmen braunen Augen haben etwas Gehetztes.

»Nö, gar nicht«, antworten Romeo und ich wie aus einem Mund.

»Dann ist ja gut, ihr solltet nämlich umgehend alle Leute in die heiligen Hallen hohlen«, erklärt Holly eilig und betätigt den Knopf für die Sturmglocke. Das Schrillen, das augenblicklich durch das Gebäude und über das Grundstück hallt, stellt mir wie jedes verdammte Mal die Nackenhaare auf.

»Was zum Teufel hast du gesehen?«, frage ich und zerre meinen Pullover, unter dem ich eben noch Romeos Hand gespürt habe, zurecht. Die Route und die Karte, die deplatziert auf den Dielen liegen, sind vergessen, mein Puls beschleunigt sich.

»Die Bäume, sie greifen an.« Darin nickt bestätigend, er hat sich immer noch nicht an den dichten Wald mit seinen Tücken gewöhnt. Ich runzle die Stirn. »Wieso das denn?« Ich blicke hinaus, die Schwestern lassen alles stehen. Gießkannen fallen um, Saatgut wird liegen gelassen, Nonnen treiben Kinder zusammen. Ich stürze aus dem Büro, Holly und die anderen beiden folgen mir in den Flur und hinaus zum Hauptausgang. »Jupiter, sie wird in etwa einer Minute einen Ast einer kleinen Eiche abbrechen und stört somit den Frieden«, berichtet Holly mit einer Mischung aus Erheiterung und Unmut.

»Schon wieder?« Ich schnaufe. Wie oft habe ich ihr jetzt schon erzählt, dass diese Wälder um einiges wütender werden können, wenn man auf ihren Wurzeln herumtrampelt, ein Feuerchen nahe der Jungbäume legt oder ihre Rinde beschädigt, als andere Wälder. »Das darf alles nicht wahr sein«, murre ich und stürme über den Rasen. Die Winterkinder reihen sich fein säuberlich auf, um ins Herrenhaus zu gehen. Schwester Klara fängt Nira ein, sie ist vollkommen außer Atem und humpelt in unsere Richtung. Ihre Frisur ist in Unordnung geraten und rahmt ihr mürrisches Gesicht.

»Was ist geschehen?«, will sie wissen. Sie hat jeden Tag Angst, dass eine Armee von Soldaten und die schwarze Witwe von Alpha, Dr. Leander, zurückkehren könnte. Ich hätte nie gedacht, dass die beiden verheiratet gewesen sind.

»Jupiter hat die Bäume verärgert«, erkläre ich knapp.
»Schon wieder?«
Darin lacht darüber, dass es jetzt das vierte Mal wird, dass wir uns alle für Stunden oder Tage einsperren dürfen, um den Pollen zu entgehen.
Klara schnalzt mit der Zunge und hebt ihren knöchrigen Finger mahnend. »Das ist deine lapidare Erziehung, November! Du hast die Kinder nicht im Griff«, motzt sie. »Eine strenge Hand ist unerlässlich, bei so vielen kleinen Ratten.« Die alte Dame, die das Zepter feierlich an mich übergeben hat, kommt aus dem Schimpfen gar nicht mehr heraus. Holly, die neben mir hertrabt und zum östlichen Teil des Schwarzen Waldes zeigt, äfft sie nach und ich muss trotz der Furcht um Jupiter lachen.
»Dort entlang!«, kommandiert Holly und springt über den Zaun, Darin dicht hinter ihr. Seine braunen Augen leuchten, während er sein Mädchen mit den roten Locken dabei beobachtet, wie es in den grünen Wald taucht und über Büsche jagt, wie ein junges Reh. Sie findet Jupiter sofort, die schuldbewusst den jungen Zweig hinter ihrem Rücken versteckt. Ihre Kniestrümpfe sind total erdig und ich frage mich, was sie hier getrieben hat.
»Das knallt dem Frosch die Locken weg.« Holly packt die Siebenjährige und hält sie zur Eile an. »Was denkst du dir nur dabei, du dummes Huhn?«
»Das wollte ich gar nicht. Ich bin gestolpert und hab mich nur festhalten wollen«, versucht sie sich zu verteidigen.
»Erklär das Väterchen Frost.« Ich stemme die Hände in die Seiten und will gerade zu einer Standpauke ansetzen, da nehme ich das Rauschen der Bäume wahr.
»Los, los!«, stoße ich aus, angle nach der Hand des Mädchens, die keckernd neben mir her flitzt, als wäre es der größte Spaß überhaupt, vor der diesigen Wolke aus Pollen abzuhauen.

»Ember, was machen wir eigentlich mit den Sommerkindern?«, zwitschert sie mir zu, während wir als Letzte ins Herrenhaus laufen, bevor sich die Türen schließen.

»Wie meinst du das?«, frage ich nachdenklich und lasse mich von ihr ans Fenster führen, an das sich ein gelber Schleier legt.

»Na, das Mädchen, das ich gefunden habe, ist im Juli geboren«, erklärt sie mir und ich schaue Romeo irritiert an. Er zuckt die Schultern.

»Dann ist es kein Winterkind und gehört hier nicht her.« Das ist für mich im ersten Impuls so logisch wie das Amen in der Kirche.

»Warum nicht? Sie ist ganz allein.« Jupiter sieht mich vorwurfsvoll an.

»Aber sie ist nicht vom Winteratem geküsst worden, sie hat keine Gabe.«

»Doch, es ist ihr Lächeln, Ember. Julis Lächeln«, sagt sie ganz selbstverständlich und meine Augen weiten sich vor Überraschung.

»Sie kann Menschen, Tiere und sogar die Bäume beschwichtigen. Das ist doch toll, oder?«

Sollte es möglich sein, dass eine neue Ära eingeläutet wird?

Danksagung

Ohne die Hilfe von vielen lieben und extrem fähigen Menschen hätte *Novembers Tränen* nie das Licht der Welt erblickt. Ich kann der lieben Emily nur aus tiefstem Herzen danken, dass sie diesem Buch beim wunderbaren Ueberreuter Verlag ein Zuhause gegeben hat. Ihr seid ein tolles Team!

Und dieses Buchbaby war bei Weitem keine leichte Geburt. Das wird niemand besser wissen als meine meisterhafte Lektorin Angela, die die Aufgabe hatte, dem etwas zu dickem Kind durch den Geburtskanal zu helfen. Gott sei Dank! Mutter und Kind sind wohlauf.

Ich danke auch meiner Familie. Ihr seid mein Ein und Alles! Und meinen Lesern, die meine schrägen Ideen mögen. Ihr seid die Besten!